마지막
기도

SAIGO NO INORI

©Gaku Yakumaru 2023
First published in Japan in 2023 by KADOKAWA CORPORATION, Tokyo.
Korean translation rights arranged with KADOKAWA CORPORATION,
Tokyo through JM Contents Agency Co.

마지막 기도

야쿠마루 가쿠

기도

BOOK PLAZA

목차

—

프롤로그

프롤로그

보안부장의 뒷모습을 바라보며 좁은 계단을 걸어 올라갔다.

계단을 다 오르자 보안부장이 문을 열고 나에게 먼저 들어가라고 손짓했다. 방 안에 있던 제복 차림의 교도관 네 명이 이쪽을 향해 경례했다.

이어서 소장과 총무부장과 검사와 검찰 사무관이 들어오고, 마지막으로 들어온 보안부장이 문을 닫자 교도관들이 일제히 손을 내렸다. 다들 경례를 마친 후에도 여전히 굳은 표정이었다. 이 작은 방에 모인 사람 모두가 그러했다. 내 얼굴을 직접 확인할 방법은 없지만 나 역시 다른 이들과 마찬가지로 하얗게 핏기가 가신 얼굴을 하고 있을 터였다.

세 평 남짓한 공간의 정중앙에는 다양한 종류의 과자가 놓인 테이블과 의자 여섯 개가 마련되어 있었다. 한쪽 벽에 십자가가 걸린 제단이 설치되어 있고, 반대쪽 벽에는 주름식 커튼이 쳐져 있었다.

이곳에 온 것은 오늘이 처음이지만 주름식 커튼 너머에 무엇이 있는지는 쉽게 짐작이 갔다. 심장이 미친 듯이 뛰었다.

보안부장이 내게 손짓했다. 나는 십자가 앞에서 기도를 올린 후 의자에 앉았다.

무거운 침묵이 실내를 가득 채워 숨쉬기가 힘들 정도였다.

저벅… 저벅… 계단을 올라오는 발소리가 들렸다. 방 안에 있는 모두가 문을 향해 고개를 돌렸다. 표정이 한층 더 딱딱해졌다.

이윽고 문이 열리고 양옆과 등 뒤를 세 명의 교도관에게 둘러싸인 채 쿠도 요시타카가 들어왔다.

어제 상담실에서 만났을 때와는 완전히 딴사람 같았다. 얼굴과 눈빛에서는 생기가 느껴지지 않았고, 교도관이 붙잡지 않으면 제대로 서 있을 수 없을 정도로 다리가 휘청거렸다.

교도관이 쿠도의 손목에 채워진 수갑을 풀고 맞은편 의자에 앉혔다. 쿠도는 고개를 숙인 채 온몸을 부들부들 떨었다.

"2330번, 쿠도 요시타카 본인 맞습니까?"

보안부장의 질문에도 제대로 대답하지 못했다.

"대단히 유감입니다만 집행 명령이 내려왔습니다. 지금부터 형을 집행하도록 하겠습니다."

쿠도는 15년 전에 친구네 일가족 세 명을 죽이고 11년 전에 사형 선고를 받았다. 8년 전 구치소에서 종교 상담을 받은 것을 계기로 기독교에 관심을 갖게 되었고, 이후 세례를 받고 기독교인이 되었다.

후임 목사인 나와의 인연은 1년 반 정도에 불과하지만 나는 언젠가 찾아올 이날을 위해 이제껏 최선을 다해 상담에 임해 왔다. 지금도 몇 분 후 쿠도의 영혼에 평온이 깃들기를 마음속으로 계속 기도하고 있었다.

"마지막으로 뭔가 먹지 않겠나? 담배도 있네."

보안부장의 말에 쿠도가 살짝 고개를 들었다. 떨리는 손을 뻗어 접시에 놓인 만주를 집으려다가 이내 단념한 듯 천천히 손을 내려놓았다.

"안 먹을 건가?"

쿠도는 아무 반응도 보이지 않았다. 보안부장이 내 쪽을 보며 "그럼 부탁드립니다"라고 말했다.

나는 성서를 들고 자리에서 일어났다.

"자리에서 일어나 주십시오"라고 말했지만 쿠도는 꼼짝도 하지 않았다. 테이블 위의 한 점을 응시하며 떼쓰는 아이처럼 고개를 좌우로 흔들었다.

"그대로 있어도 됩니다. 그럼 성서의 한 구절을…."

내가 입을 여는 것과 동시에 쿠도가 "주… 죽고 싶지 않아!"라고 외치며 양손으로 테이블을 탕 내리치더니 벌떡 일어섰다.

"가만 있어!" 곧바로 교도관 몇 명이 쿠도에게 달려들었다. 하지만 쿠도는 교도관들의 손을 뿌리치며 문 쪽으로 도망치려고 했다. 다른 교도관들도 합세해서 쿠도를 막아섰다.

"네놈들이 무슨 권리로 나를 죽이는 건데! 나를 보고 살인자라고 욕하면서 네놈들도 마찬가지잖아!"

괴성을 지르며 미친 듯이 날뛰는 쿠도를 교도관 네 명이 달려들어 제압했다. 몸싸움을 벌이는 과정에서 누군가 테이블에 부딪히는 바람에 접시에 담겨 있던 과자가 바닥에 쏟아졌다.

그 모습을 바로 옆에서 보고 있던 소장이 "집행하라!"라고 지시를 내리자 교도관 중 한 명이 쿠도의 눈에 안대를 씌웠다. 그와 동시에 다른 교도관 두 명이 쿠도의 오른팔과 왼팔을 각각 붙잡고 등 뒤에서 수갑을 채웠다.

"웃기지 마! 죽고 싶지 않아…. 나는 아직 할 일이 남아 있다고!" 유일하게 자유롭게 움직이는 다리를 버둥거리며 쿠도가 고래고래 소리를 질렀다.

소장의 안내를 받으며 검사와 검찰 사무관이 방에서 나갔다. 조금 전 쿠도의 눈에 안대를 씌운 교도관이 커튼을 걷자 안쪽에 있는 집행실이 모습을 드러냈다.

"살려 주세요…. 제발 부탁이니… 사… 살려…."

양쪽 발목이 끈으로 고정된 상태로 교도관들에게 거의 들리다시피 한 채 집행실로 끌려가는 쿠도를 바라보며 나는 그 자리에 얼어붙은 듯 서 있을 수밖에 없었다.

온 힘을 다해 기도를 올렸지만 쿠도의 절규에 가려 목소리가 제대로 나오고 있는지도 알 수 없었다.

"살려 줘… 살려 주세요…. 제발 부탁입니다…."

"입 다물어! 혀를 깨물면 너만 더 힘들어진다."

교도관이 제지했지만 쿠도는 울부짖으며 필사적으로 목숨을 구걸했다.

발판 위에 선 쿠도의 목에 하얀 밧줄이 걸렸다.

"목사님… 살려 주세요…. 저는… 저는 아직 죽고 싶지 않아요…. 이대로는 구원받을 수 없다고요…."

교도관들이 한 발 뒤로 물러섬과 동시에 땅이 흔들리는 듯한 굉음이 울리더니 쿠도의 모습이 시야에서 사라졌다.

지금까지 한 번도 들어 본 적 없는 기묘한 소리에 심장이 쪼그라들었다. 끼익 끼익 귀에 거슬리는 소리를 내며 허공에서 흔들리는 하얀 밧줄이 망막에 선명하게 새겨졌다.

쿠도의 영혼은 구원받았을까.

마음속으로 간절히 물었지만 신은 침묵할 뿐이었다.

제1장

1

버스가 정류장에 도착했다. 호사카 소스케는 자리에서 일어나 버스에서 내렸다. 밝은 햇살이 내리쬐는 길을 따라가자 얼마 지나지 않아 붉은 벽돌로 된 복고풍의 아치형 정문이 나타났다.

여기 올 때마다 드는 생각이지만 정문에 붙은 '치바 교도소'라는 팻말만 없으면 아무도 이곳이 죄지은 사람을 수용하는 시설이라는 사실을 눈치채지 못할 것 같았다.

과장을 조금 보태면 마치 영빈관에 초대받은 국빈이나 유명 인사가 된 듯한 기분이었다. 외국 그림책에나 나올 법한 동화적인 분위기는 지금까지 막연히 생각해 온 교도소의 이미지와 완전히 동떨어져 있었다.

정문을 통과해 안쪽에 위치한 2층짜리 본관으로 향했다. 본관 역시 정문과 마찬가지로 건물 전체가 벽돌로 지어져 엄숙하고 장엄한 분위기를 자아내고 있었다.

호사카는 건물 안으로 들어가 서무과에 들러 출입 절차를 밟

왔다. 성서와 찬양 반주기를 꺼낸 후 가방을 직원에게 맡겼다.

찬양 반주기는 다양한 찬송가의 반주를 재생하는 기기로, 성서와 함께 교정 선교의 필수품이었다.

아무리 이곳에 정기적으로 출입할 자격이 있는 교정위원이라고는 해도 교도소 내에서의 행동은 엄격하게 제한되었다. 스마트폰이나 노트북 같은 기록 매체의 반입이 금지되는 것도 그중 하나였다.

접수를 마친 호사카는 복도로 나와 대기실로 향했다. 노크를 하고 문을 열자 테이블에 앉아 있던 니시자와 보안부장이 자리에서 일어났다.

"호사카 목사님, 어서 오십시오. 날이 많이 춥지요?"

니시자와가 부드럽게 웃으며 인사를 건넸다.

5일 후면 12월이다.

"그러게 말입니다. 요 며칠 사이에 확 추워진 것 같네요."

호사카는 맞장구를 치며 코트를 벗었다. 벗은 코트를 의자에 걸고 그 옆자리에 앉자 맞은편에 있던 니시자와가 테이블 위에 놓인 전기 포트로 끓인 물을 주전자에 부어 차를 내주었다.

"감사합니다."

호사카는 차를 받아 한 모금 마셨다. 호사카가 차를 마시는 동안 언제나처럼 니시자와가 교정 상담을 신청한 수용자들이 평소 어떻게 지내고 있는지를 설명해 주었다.

"매년 이맘때가 되면 목사님께 상담을 받고 있는 사람들뿐만 아니라 다른 수용자들도 마음이 들뜨나 봅니다. 올해도 크리스마스 파티를 여실 건가요?"

니시자와의 물음에 호사카는 그럴 생각이라며 고개를 끄덕였다.

이곳에서 교정 선교를 시작한 5년 전부터 매년 12월 25일이 되면 크리스마스 파티를 열었다. 교회 신자들을 데려와서 교도소 강당에서 수용자들과 함께 크리스마스 찬송가를 부르고, 수화 댄스 공연을 선보이고, 마지막에 호사카가 성서의 말씀을 전하는 시간을 가졌다.

호사카가 이곳에서 개인 상담을 진행하는 수용자는 열 명 정도이지만, 크리스마스 파티 때는 50명 가까이 모였다.

그들 모두가 주님의 말씀을 듣고 싶어서 오는 거라고 믿고 싶지만 사실은 젊은 여성 신자를 보러 오는 사람이 대부분일 것이다.

"올해도 KFC 할아버지가 되실 겁니까?"

니시자와가 농담처럼 물었다.

산타클로스 분장을 말하는 것이었다. 작년 크리스마스 파티에서는 모두가 즐길 수 있는 자리를 만들고 싶다는 생각에 산타클로스 옷을 입고 설교를 진행했다. 다만 호사카는 평소에도 안경을 쓰고 턱수염을 기르고 있는 데다가 몸집도 큰 편이다 보니 파티가 끝난 후 몇몇 수용자들로부터 '크리스마스 때 KFC 매장 앞에 서 있는 커넬 샌더스 동상 같았다'며 놀림을 받았다.

"글쎄요… 고민 중입니다."

호사카는 머리를 긁적이며 대답했다.

"아무튼 다들 기대하고 있으니 올해도 잘 부탁드립니다."

"저야말로 잘 부탁드립니다."

니시자와가 벽에 걸린 시계를 쳐다보며 입을 열었다.

"슬슬 시작할 시간이네요."

니시자와의 말에 호사카도 시간을 확인하고 테이블에 찻잔을 내려놓았다. 윗옷 안주머니에서 수첩을 꺼내 펼쳤다.

"오늘 개인 상담은 요시모토, 토야마, 이구치, 히로오카… 그리고 처음으로 상담을 신청한 사람이 한 명 있습니다."

니시자와가 불러주는 이름을 듣고 지난번 상담에서 그들 각자와 무슨 이야기를 나누었는지 수첩을 보며 확인했다.

이곳 치바 교도소에는 LA급 수용자가 수용되어 있다. L은 형기 10년 이상인 자, A는 범죄 경향이 진행되지 않은 자를 가리킨다. 즉 LA급이란 범죄 경향은 더 심해지지 않았지만 형기 10년 이상의 중범죄를 저지른 자라는 뜻이다.

개인 상담은 월 2회, 한 번에 다섯 명씩 진행된다. 상담 시간은 한 사람당 25분이었다. 가벼운 잡담만 나누다 끝날 때도 있었고, 수용자가 안고 있는 고민이나 죄의식에 관해 진지하게 이야기를 나누다가 제대로 마무리하지 못한 상태에서 시간 관계상 어쩔 수 없이 상담을 종료해야 하는 경우도 있었다.

사전에 상담을 진행할 상대가 누구인지 알면 어떤 이야기를 나눌지 미리 준비해 올 수 있겠지만 무슨 이유에서인지 상담자 명단은 상담 당일 교도소에 도착한 후에야 알 수 있었다.

호사카는 니시자와에게 차를 잘 마셨다고 인사한 뒤 성서와 수첩과 찬양 반주기를 들고 대기실을 나섰다. 복도를 걸어가서 상담실 문을 열고 안으로 들어갔다.

세 평 남짓한 방 안에는 학교에서 사용하는 교탁과 작은 칠판이 놓여 있고, 한쪽 벽에는 십자가가 걸린 제단이 마련되어 있었다.

종교 집회 때는 수용자 열다섯 명 정도를 앉혀 두고 교탁에 서서 이야기를 하지만, 개인 상담에서는 교탁을 사이에 두고 수용자와 가까운 거리에서 일대일로 접하게 된다.

호사카는 십자가 앞에서 간단히 기도를 드린 다음 자리에 앉았다. 잠시 후 노크 소리와 함께 문이 열렸다.

아오야기라고 하는 젊은 교도관이 죄수복을 입은 남자를 데리고 들어왔다. 서른 살 전후로 보이는 마른 체구의 남자였다.

"잘 부탁드립니다."

아오야기가 그렇게 말한 다음 문을 닫고 나가자 모르는 사람과 단둘이 남겨졌다는 사실에 긴장했는지 남자가 고개를 푹 숙였다.

개인 상담을 하는 것은 오늘이 처음이지만 호사카는 남자를 본 적이 있었다. 종교 집회 때 눈에 잘 띄지 않는 맨 뒷줄에 앉아 있었다.

"안녕하세요. 지난번 종교 집회 때 오셨었죠?"

호사카가 자리에서 일어나 가까이 다가가자 남자가 머뭇거리며 고개를 들었다.

방에 들어왔을 때부터 고개를 숙인 채 몸을 움츠리고 있었기 때문에 체구가 작은 줄 알았는데 가까이서 보니 생각보다 키가 훨씬 더 컸다. 180센티미터는 넘어 보였다.

"아마도 알고 계시겠지만 저는 목사인 호사카 소스케라고 합니다. 잘 부탁드립니다."

호사카는 눈앞에 있는 남자에게 손을 내밀며 말했다.

개인 상담에서 만나는 수용자와는 이야기를 나누기에 앞서 우선 악수부터 나누는 것이 호사카의 방식이었다.

남자는 잠시 주저하는 기색을 보였지만 조심스럽게 호사카의 손을 맞잡았다.

"이쪽으로 앉으시죠."

손을 내리며 앉으라고 손짓하자 남자가 천천히 교탁 앞 의자로 가서 앉았다. 호사카도 마주 보고 앉았다.

"우선… 이름을 알려주시겠습니까?"

호사카가 상체를 앞으로 기울이며 묻자 남자가 고개를 숙인 채 "1074번입니다…"라고 대답했다.

"아, 아니… 죄수번호가 아니라 본명을…."

호사카의 말에 남자는 아차 하는 표정으로 고개를 들더니 머리를 긁적이며 "나라… 나라 쇼헤이… 입니다"라고 다시 대답했다.

"나라 씨의 성은 지명인 나라와 같은 한자를 쓰나요?"

남자가 고개를 끄덕였다.

"이름은 한자로 오를 승에 평평할 평입니다."

"좋은 이름이군요."

상대가 이름을 가르쳐주면 호사카는 반드시 이렇게 대답했다. 자기 이름을 지어준 사람을 떠올리면서 그 사람이 어떤 마음으로 그 이름을 지어줬을지 생각해보기를 바라는 마음에서였다.

"고향은 어디신가요? 설마 정말로 나라현에서 태어나셨나요?"

"아니요… 태어난 곳은 아이치현입니다. 고등학교를 졸업할 때까지는 나고야시에서 살았고… 그 후에는 요코하마에서…."

"나이는 어떻게 되시죠?"

"스물여덟입니다…."

"여기 들어온 지 얼마나 되셨나요?"

"3년 정도 됐습니다."

남자는 거기까지 말하고 다시 고개를 숙였다.

"상담을 신청한 이유는 뭔가? 기독교에 관심이 있어서?"

조금이라도 긴장을 풀어주기 위해 존댓말 대신 반말을 쓰기로 했다.

호사카의 바뀐 말투에 반응하듯 나라가 다시 고개를 들었다.

"딱히 관심이 있는 건 아니지만… 체포돼서 구치소에 있을 때 아는 사람이 성서를 넣어 줬는데… 마침 할 게 아무것도 없어서 심심하던 차라…."

나라의 말투에서도 딱딱한 긴장감이 사라졌다.

"그래서 성서를 읽게 되었다는 거군?"

"네, 뭐…." 나라가 고개를 끄덕였다. "의미는 거의 이해하지 못했지만요."

이 자는 무슨 죄를 저질러서 여기 오게 된 걸까.

교도소 측에서는 수용자 정보를 제공해 주지 않기 때문에 직접 알아내는 수밖에 없었다.

"혹시 괜찮다면 어쩌다 이곳에 들어오게 되었는지 알려주지 않겠나?"

그 말을 듣고 나라가 당황한 듯 몸을 흠칫 떨었다.

"대답하기 싫으면 안 해도 되네. 그걸 몰라도 상담은 가능하니까. 다만 여기 오게 된 이유를 알려주면 아무래도 보다 더 구체적인 이야기를 나눌 수 있을 테니까…."

"사람을 죽였습니다."

호사카의 말을 자르듯 나라가 말했다.

나라는 경계하는 듯한 눈빛으로 이쪽의 반응을 살폈지만 호사카는 조금도 동요하지 않았다.

형기 10년 이상의 죄를 지은 자들이 들어오는 곳이다. 이곳에 있는 사람은 대부분 저마다의 방식으로 남을 해친 자들이었다.

"그래? 누구를 죽였지?" 호사카가 물었다.

"여자친구를 죽였습니다…. 세상 사람들은 헤어진 여자친구라고 하겠지만요." 나라가 쓴웃음을 지으며 대답했다.

"여자친구라면 자네한테 소중한 사람이었겠군?"

나라가 잠시 뜸을 들였다가 희미하게 고개를 끄덕였다.

"그런데 왜 죽인 건가?" 호사카가 재차 물었다.

"나한테는 제일 소중한 사람이었으니까요. 그런데… 나를 배신했거든요."

"배신했다니? 다른 남자랑 바람이라도 피웠나?"

"바람을 피웠는지 안 피웠는지는 몰라요…. 나 말고 좋아하는 상대가 생긴 건지 아닌지도 모르겠고…."

나라가 거기까지 말하고 무거운 한숨을 내쉬었다. 몇 번인가 머리를 휘휘 젓더니 다시 말을 이었다.

"갑자기 문자로 헤어지자고 그러더라고요…. 믿을 수가 없었어요. 며칠 전까지만 해도 자기한테 가장 소중한 사람은 나라고… 나중에 결혼하면 어떻게 살고 싶다 이런 이야기도 같이 하고 그랬는데 갑자기 헤어지자니…. 그래서 대체 왜 그러냐고, 나한테 문제가 있으면 고칠 테니까 한 번만 더 기회를 달라고 매달렸는데 그냥 헤어지고 싶다고만 하더라고요…. 그러다가 내 전화는 아예 받지도 않고 문자에도 답을 안 해서…. 이대로는 해결이 안 나니까 직접 만나서 얘기해야겠다 싶어서 집으로 찾아갔어요. 그런데 벨을 눌러도 답이 없고, 현관문 열쇠도 바꿨는지 제가 가지고 있던 보조키로는 열리지가 않았어요."

단숨에 쏟아 내듯 내뱉은 나라가 거기까지 말하고는 입을 다물었다.

재촉하지 않고 가만히 기다리자 다시 천천히 입을 열었다.

"도저히 납득이 안 돼서… 그 후로도 계속 연락했는데 전화는 착신 거부당하고, 문자는 되돌아오고, 집도 이사 가 버리고…. 아르바이트하던 가게에도 찾아가 봤는데 거기도 그만뒀더라고요. 달리 방법이 없으니 여자친구가 다니는 대학교를 찾아가서 학교 정문 앞에서 하루 종일 여자친구가 나오기만을 기다렸어요. 그랬더니 어느 날 경찰이 와서 저를 연행해 갔어요. 스토커 신고가 들어왔다고, 저한테 두 번 다시 그 사람한테 접근하거나 연락하지 말라고 했어요. 이를 어기면 체포하겠다고…."

거기까지 들으니 이 남자가 어쩌다 여기 오게 되었는지 대충 짐작이 갔다.

"나는 그 여자를 정말로 사랑했는데… 그냥 헤어질 때 헤어지더라도 직접 만나서 제대로 얘기하고 싶었을 뿐인데… 그 여자는 나를 스토커 취급하면서 자기한테서 완전히 밀어내려고 했어요. 그걸 도저히 용서할 수가 없어서… 내가 얼마나 자기를 사랑했는지 알려주고 싶어서… 어느 날 근처 철물점에서 구입한 칼을 가방에 넣고 학교로 찾아갔어요. 캠퍼스를 어슬렁거리다가 이윽고 친구랑 이야기하며 걸어오는 그 여자를 발견했죠. 그리고… 뒤쪽에서 다가가서… 등을 찔렀어요. 비명을 지르며 쓰러진 그녀를 몇 번이고 계속해서…."

호사카의 얼굴을 향하고 있던 나라의 시선이 자기 손으로 옮겨 갔다.

여자친구를 찔렀을 때 칼을 쥐고 있던 손의 감각이 떠오르기라도 한 것일까.

"그래서… 그 자리에서 바로 체포된 건가?"

호사카의 질문에 나라가 고개를 끄덕였다.

"몇 년 형을 선고받았나?"

"징역 22년이요."

지금까지의 흥분은 온데간데없이 사라지고 나라가 담담한 말투로 대답했다.

"조금 전에 자네는 '내가 얼마나 자기를 사랑했는지 알려주고 싶었다'라고 했는데 그건 무슨 뜻인가? 사랑한다면 더더욱 상대의 목숨을 빼앗을 생각은 하지 않을 것 같은데."

"그 여자를 죽이면 내 인생은 끝나는 거잖아요. 그 여자랑 달리 대학 근처에도 못 가 본 나도 그 정도는 안다고요. 운 좋게 사형은 면하더라도 오랜 기간 감옥에서 지내게 될 거고, 출소해도 제대로 된 일자리는 구할 수 없을 거고, 부모, 형제, 친척들에게 민폐를 끼치고 절연당할지도 모르죠. 아니, 실제로 절연당했지만요. 그러니까… 나는 내 인생을 망치고 가족과의 인연을 끊어도 좋다고 생각할 정도로… 그 여자를 최우선으로 생각했다는 겁니다."

나라는 거기까지 말한 다음 자기 말에 맞장구를 치듯 고개를 끄덕였다.

나라의 사고방식에 대해서는 하고 싶은 말이 많았지만 지금 여기에서 그 이야기를 꺼내는 것은 조금 이른 듯싶었다.

"스스로가 한 일에 후회는 없어요. 다만 종교 집회 때 목사님 이야기를 듣고부터 뭔가 찜찜한 기분이 들어서…."

그래서 개인 상담을 신청하게 된 건가.

"내 이야기 중 어느 부분에서 찜찜한 기분이 들었다는 건가?"

"목사님이… 신은 어떤 사람이라도 용서해 준다고 하셨잖아요."

호사카는 고개를 끄덕였다.

지난번 종교 집회 때는 기독교의 복음에 대한 이야기를 했다. 예수 그리스도의 십자가와 부활을 믿음으로써 모든 인간의 죄는 용서받고 신의 자녀가 된다는 가르침이다.

"하지만 그럴 리가 없잖아요…."

나라가 몸을 흔들며 짜증 섞인 투로 중얼거렸다. 호사카는 그 모습을 묵묵히 지켜보았다.

"…아무리 신을 믿는다 한들 내가 한 일은 결코 용서받을 수 없을 거예요. 살려 달라고 애원하는 사키를 무려 서른 번도 넘게 찔러서 죽였다고요. 신을 믿고 성서를 읽으면 내가 저지른 죄가 사라지고 사키와 그 가족들이 나를 용서해 준다는 겁니까? 그럴 리가 없잖아요. 대체 무슨 말을 하는 건지 이해가 안 돼요."

흥분해서인지 여자친구를 지칭하는 말이 그 여자에서 이름으로 바뀌었다.

"그런 뜻이 아니라네. 자네가 저지른 죄가 사회적으로 없었던 일이 되지는 않아. 유족들이 자네를 용서할지 안 할지도 지금으로서는 알 수 없는 일이지. 하지만 신 앞에서는 용서받을 수 있다네. 사회적인 용서와 종교적인 용서는 좀 다르거든."

"그러니까 그게 대체 무슨 말인지 모르겠다고요!"

나라가 고함을 지르며 교탁을 탕 내리쳤다.

곧바로 노크 소리와 함께 문이 열리고 아오야기가 "괜찮으십니까?"라고 물으며 얼굴을 들이밀었다.

"네, 아무것도 아닙니다."

호사카는 괜찮다고 대답했지만 아오야기는 불안한 눈빛으로 이쪽을 쳐다보았다.

아오야기에게서 시선을 거두어 벽에 걸린 시계를 확인했다. 슬슬 마무리할 시간이었다.

호사카는 다시 고개를 돌려 정면에 앉아 있는 나라를 보았다. 흥분해서 벌게진 나라의 얼굴을 보며 온화한 말투로 입을 열었다.

"시간이 다 되었으니 오늘은 여기까지 해야겠군. 다음에 또 개인 상담을 신청해 주게. 그때 오늘 하던 이야기를 마저 이어서 해 보자고."

호사카는 버스에서 내려 눈앞에 있는 치바역으로 향했다. 개찰구를 통과해 지하철 플랫폼에서 열차를 기다렸다.

호사카가 목사로 일하는 교회는 도쿄 메지로에 있었다. 오후 5시부터 신자들을 대상으로 한 성서 모임이 있기 때문에 바로 교회로 돌아가야 했다.

교도소 선교 활동은 100% 순수한 자원봉사다. 교회 일에 비하면 고민되는 부분도 많고 결코 쉽지 않은 일이었지만 그만큼 보람도 컸다.

첫 상담이었던 나라를 포함해 오늘 만난 다섯 명 모두 사람을 죽인 자들이었다. 자기가 저지른 죄를 대하는 자세와 성서에 대한 이해도는 각기 달랐지만, 상담을 통해 어떻게든 삶의 목적을 찾고자 애쓰는 모습을 보면 호사카도 느끼는 바가 많았다.

지하철을 타고 스마트폰을 꺼내 연락이 온 것은 없는지 확인했다.

교회에서 온 연락은 없었지만 키타가와 유아에게서 라인 메시지가 와 있었다. 두근거리는 마음으로 메시지를 열었다.

【안녕하세요, 아저씨. 별일 없으시죠? 조만간 엄마랑 아저씨를 만나러 갈까 하는데 시간 어떠세요? 아저씨가 엄마한테 연락해 보시고 두 분이 가능한 날짜를 알려주시겠어요? 잘 부탁드립니다.】

메시지에는 귀여운 이모티콘이 달려 있었다.

'아저씨가 엄마한테 연락해 보시고'라는 부분에서 저도 모르게 심박수가 빨라졌다.

도쿄에 사는 유아와는 석 달 전에도 만나서 함께 밥을 먹었지만, 센다이에 사는 마리아를 마지막으로 본 것은 1년도 더 전이었다.

【그래, 알겠다. 너희 엄마랑 얘기해 보고 가능한 날을 알려주마.】

답신을 보내고 라인 앱을 닫았다. 그러고는 핸드폰 배경화면을 내려다보았다.

유아의 고등학교 졸업식 날, 학교 정문 앞에서 찍은 모녀의 사진이었다.

한참을 쳐다보다가 가슴이 저려 와서 화면을 끄고 윗옷 주머니에 넣었다.

이케부쿠로역 서쪽 출구에 있는 파출소 앞에서 기다리고 있으려니 인파에 섞여 걸어오는 마리아의 모습이 보였다. 호사카의 심장이 빠르게 뛰기 시작했다.

마리아가 호사카를 발견하고 이쪽으로 다가왔다.

"미안. 많이 기다렸어?"

"아니, 나도 방금 왔어."

유아가 알려준 가게의 위치는 인터넷에서 미리 확인해 뒀다. 호사카는 마리아를 데리고 로사 회관이 있는 번화가 쪽으로 향했다.

"오늘은 이쪽에서 자고 갈 거야?"

호사카가 묻자 마리아가 고개를 끄덕였다.

"저녁 식사가 끝나면 아무래도 시간이 늦을 테니까. 그 시간에 센다이로 돌아가기는 힘들 것 같아서 근처에 있는 호텔을 예약해 뒀어. 그건 그렇고 대체 무슨 일일까? 갑자기 다 같이 모여서 밥을 먹자는 게 영 신경 쓰이네."

"미리 뭐 들은 거 없어?"

"그 아이는 예나 지금이나 나한테는 꼭 필요한 말밖에 안 하니까."

유아는 어려서부터 엄마인 마리아와 센다이에서 둘이 살았다. 마리아는 딸에게 아낌없는 사랑을 주었지만 그래도 유아는 아빠가 없어서 외로웠을 것이다. 아빠에 대해 아무것도 가르쳐주지 않는 엄마에게 불만을 품은 유아는 오랜 기간 반항적인 태도를 보였다. 고등학교에 들어갈 무렵에는 매일 밤늦게까지 집에 들어가지 않고 거리를 쏘다녔고, 보다 못한 호사카가 매주 센다이까지 내려가 유아의 불만을 들어주며 어떻게든 모녀 사이를 다시 이어보려 애썼다.

"호사카 너야말로 뭐 들은 거 없어? 엄마인 나보다 네가 유아랑 더 친하잖아."

호사카는 마리아의 친구로서 유아가 어릴 때부터 모녀 사이의 윤활제 역할을 해 왔다. 유아는 호사카를 '도쿄 아저씨'라고 불렀고, 대학 진학을 계기로 유아가 도쿄로 올라온 7년 전부터는 호

30   제1장

사카가 가끔씩 유아를 불러내 함께 식사하며 학교나 진로에 관한 고민을 들어주곤 했다.

마리아와 함께 고급 일식 레스토랑에 들어가자 기모노를 입은 여자 점원이 두 사람을 맞이했다.

"키타가와 유아라는 이름으로 예약이 되어 있을 텐데요."

마리아가 말하자 점원이 "네, 이쪽으로 오시지요" 하고 두 사람을 안내했다. 점원은 홀 안쪽으로 들어가 방문 앞에서 걸음을 멈췄다.

"일행분이 도착하셨습니다."

점원이 방문을 열자 테이블 안쪽에 앉아 있던 젊은 남녀와 눈이 마주쳤다. 호사카는 자기도 모르게 고개를 돌려 마리아와 얼굴을 마주 보았다.

유아 옆에 앉아 있던, 유아와 동년배로 보이는 정장 차림의 남자가 자세를 고쳐 앉았다.

"엄마, 아저씨, 갑자기 연락해서 놀라셨죠?"

유아가 인사를 건네며 몸을 일으키자 옆에 있던 남자도 뒤따라 자리에서 일어났다.

"이쪽은 키모토 야스히로 씨예요."

"키… 키모토라고 합니다. 처, 처음 뵙겠습니다. 잘 부탁드립니다."

남자가 잔뜩 긴장한 얼굴로 말을 더듬으며 고개를 숙였다.

"유아 엄마 되는 사람입니다. 처음 뵙겠습니다…."

"호사카입니다. 저야말로 잘 부탁드립니다."

간단한 자기소개를 마친 후 두 사람과 마주 보고 앉았다.

"요리는 코스로 시켰으니까 각자 마실 걸 주문할까요?"

유아의 제안에 넷이서 음료 메뉴판을 들여다보았다. 호사카와 마리아와 유아는 우롱차, 키모토는 잠시 고민하는가 싶더니 진저 에일을 골랐다. 아마 마음 같아서는 술을 마시고 싶었을 것이다.

음료가 나오고 다 함께 건배를 했다.

"아저씨, 요즘도 많이 바쁘세요?"

유아가 무난한 화제로 대화를 이끌어갔다. 키모토는 뻣뻣하게 굳은 자세로 앉아 잔에 든 진저에일을 마시고 있었다.

"저… 키모토 씨…?"

마리아가 말을 건네자 키모토가 고개를 들었다.

"키모토 씨는 나이가 어떻게 되나요?"

마리아의 질문에 키모토는 "유아 씨와 동갑인 스물다섯입니다" 라고 대답하고 고개를 숙였다.

"나랑 같은 회사에서 일해." 유아가 덧붙였다.

유아는 대학을 졸업한 후 도쿄에 있는 부동산 회사에서 일하고 있었다.

유아가 팔꿈치로 옆구리를 푹 찌르자 키모토가 다시 고개를 들었다.

"아, 저… 사실은… 오늘은 두 분께 드릴 말씀이 있어서 이렇게 자리를 마련하게 되었습니다. 유아 씨와의 결혼을 허락해 주십시오!"

호사카는 마리아와 잠시 얼굴을 마주 보았다가 다시 눈앞에 있는 두 사람을 쳐다보았다.

"그 말은… 언젠가는 결혼을 하고 싶다는 말인가요?" 마리아가 물었다.

"아니요. 가능한 한 빨리… 최대한 빨리 혼인신고를 하고자 합니다."

"최대한 빨리…?"

마리아가 당혹스러운 표정으로 중얼거렸다.

"나… 임신했어. 지금 임신 5개월째야."

호사카는 깜짝 놀라 유아를 쳐다보았다.

"솔직히 말해서… 한때는 엄마를 많이 원망했어. 꽤 오래… 왜 나만 아빠가 없는 건지… 내가 상처받을 걸 뻔히 알면서 나를 낳은 엄마가 미웠어. 하지만 내 몸에 새 생명이 깃들었다는 사실을 알았을 때, 제일 먼저 떠오른 사람이 엄마였어. 엄마… 나를 낳아 줘서, 지금까지 키워 줘서 고마워… 이 생각이 제일 먼저 들더라. 그러니까… 나 꼭 이 아이를 낳고 싶어. 이 사람이랑 행복한 가정을 만들어 나가고 싶어…."

유아의 눈가에 눈물이 고였다.

"그래…? 내가 벌써 할머니가 되는 거네…."

고개를 돌려 옆에 앉은 마리아를 쳐다보았다. 마리아의 눈에서 눈물이 흘러내렸다. 마리아는 가방에서 손수건을 꺼내 눈물을 닦은 후 유아에게서 키모토에게로 시선을 돌렸다.

"키모토 씨, 유아를 잘 부탁드립니다. 다음에는 센다이에 와서 우리 부모님이랑 여동생한테도 인사해 줄래요?"

마리아네 집 불단에는 마리아의 부모님과 여동생 유리아의 영정 사진이 놓여 있다.

"물론입니다." 키모토가 힘껏 고개를 끄덕였다.

"깜짝 놀랐네."

그 말에 호사카는 옆에서 걷고 있던 마리아를 돌아보았다.

"그러게. 석 달 전에도 유아랑 만나서 함께 밥을 먹었는데 사귀는 사람이 있는 줄도 몰랐어. 도쿄 아저씨 체면이 말이 아니다."

"그래도 센다이에서 고생해서 올라온 보람이 있네. 재미있는 구경도 했고."

"재미있는 구경?"

"그래. 호사카 너 하는 짓이 너무 웃겨서 죽는 줄 알았어."

마리아는 앞만 보고 걸으며 말했다.

레스토랑에서 나와 두 사람과 헤어진 후 마리아는 한 번도 호사카가 있는 쪽을 쳐다보지 않았다. 의식적으로 시선을 피하는 것 같았다.

"내가 뭘?"

"키모토 씨한테 질문을 퍼부어댔잖아. 정말로 유아에게 걸맞은 상대인지 확인하려고 혈안이 된 것 같았어."

"좋은 사람 같던데. 키모토 씨라면 분명 유아를 행복하게 해 줄 거야."

자신에게 다른 사람을 판단할 자격이 없다는 건 스스로가 가장 잘 알고 있다. 어쨌거나 호사카가 그 나이였을 때를 생각하면 키모토가 자신과는 비교도 안 될 정도로 건실한 청년이라는 사실은 의심할 여지가 없었다.

"그건 그렇고… 그 얘기는 할 거야?"

호사카의 물음에 마리아가 걸음을 멈췄다. 그러고는 천천히 이쪽으로 고개를 돌렸다.

"응… 어차피 호적을 보면 알게 될 테니까. 조만간 유아한테 얘기하려고."

호사카는 고개를 끄덕였다.

"하지만 네 얘기는 안 할 거야."

두 사람은 마주 보고 서서 잠시 서로를 쳐다보았다.

"아무래도 그게 좋겠지…."

호사카는 나지막한 목소리로 중얼거리며 다시 발걸음을 옮기기 시작했다.

호사카는 교회 옆에 있는 목사관에 도착해서 열쇠를 꺼내 문을 열었다.

신발을 벗고 불을 켜자 조금 전까지의 떠들썩하고 즐거웠던 광경이 머릿속에서 흔적도 없이 사라지고, 남자 혼자 사는 쓸쓸한 현실이 그 자리를 채웠다.

술은 한 방울도 안 마셨건만 기분이 한껏 고조되어 심장이 두근거렸다.

오랜만에 마리아의 얼굴을 가까이에서 봐서 그런 것인지, 아니면 유아의 임신과 결혼 소식을 들어서 그런 것인지는 알 수 없었다.

호사카는 부엌 찬장에서 컵을 꺼내 수돗물을 받았다. 단숨에 들이켜고 짧게 숨을 내뱉은 후 식탁 의자에 앉았다.

유아가 결혼한다….

감회가 새로웠다. 한편으로는 조금 쓸쓸하기도 했다.

호사카의 역할은 이제 곧 끝난다. 지금까지는 아빠 없이 자란 유아가 외로움을 느끼지 않도록 옆에서 고민을 들어주고 어려움에 처했을 때 손을 내밀어주는 것이 호사카에게 주어진 사명이었다. 하지만 앞으로는 남편인 키모토 야스히로가 그 역할을 이어받게 될 것이다.

게다가 유아가 결혼해서 완전히 독립하면 호사카와 마리아의 접점은 지금보다도 더 줄어들 것이다.

그게 바람직하다. 그렇게 생각하기로 했다.

만나서 이야기를 나눈 것은 두 시간 정도에 불과하지만 키모토는 착하고 예의 바른 청년이었다. 그러면 분명 유아를 행복하게 해 줄 것이다.

문득 누군가 자신을 부르는 듯한 기분이 들어서 호사카는 옆에 있는 방문을 돌아보았다.

잠시 주저하다가 자리에서 일어나 서재로 갔다. 서랍장을 열어 안에 놓인 종이 상자를 물끄러미 내려다보았다. 그 자리에 주저앉아 박스 테이프를 뜯고 상자 안에 든 책을 꺼냈다.

책장을 펼쳐 그 사이에 끼워진 사진 한 장을 조심스럽게 집어 들었다.

마리아의 여동생인 유리아와 호사카, 둘이서 찍은 단 한 장뿐인 사진이었다.

이곳 목사관으로 이사 올 때 본 것을 마지막으로 지난 15년 동안 한 번도 꺼내 보지 않았었다. 당시 이삿짐을 싸다가 우연히 이 사진을 발견하고 느꼈던, 심장을 후벼 파는 듯한 아픔이 되살아났다.

지금도 여전히 유리아의 사진을 보는 것은 무서웠다. 하지만 아무리 힘들고 고통스러워도 유아를 낳아 준 친엄마에게 딸이 어떻게 성장했는지 알려주는 것이 자신의 의무라고 생각했다.

젊었을 적 자신과 유리아의 얼굴을 보아도 15년 전처럼 가슴이 아프지는 않았다. 그것이 오히려 더 충격이었다. 호사카는 사진을 손에 쥔 채 잠시 멍하니 서 있다가 부엌으로 돌아와 다시금 사진을 찬찬히 들여다보았다.

유리아….

유아가 이제 곧 결혼한대. 그리고 엄마가 된대. 뱃속에 아기가….

유리아를 처음 만난 것은 호사카가 대학교 1학년 때였다.

호사카는 나고야 출신으로, 회계사무소를 운영하는 아버지의 뒤를 잇기 위해 도쿄에 있는 대학에 진학해 회계 공부를 하고 있었다.

당시 호사카는 도쿄 코엔지에 있는 연립주택에 살았고, 유리아는 호사카가 자주 밥을 먹으러 가는 식당에서 일하는 아르바이트생이었다. 유리아가 사는 곳은 코엔지에서 지하철로 두 정거장 떨어진 오기쿠보였지만, 다니는 대학이 이쪽이라고 했다. 그러다 보니 가게뿐만 아니라 동네에서도 종종 마주쳤고, 나이도 동갑이라는 사실을 알게 되면서 두 사람은 조금씩 친해졌다. 정신을 차리고 보니 어느샌가 연인 사이가 되어 있었다.

유리아는 밝고 다정한 사람이었다. 그리고 그 나이 또래에서는 보기 드물게 가정적인 성향이 강했다. 아르바이트가 없는 날에는 호사카의 방에 와서 맛있는 요리를 만들어 주었고, 익숙하지 않은 자취 생활과 학업으로 바쁜 호사카를 대신해 청소와 세탁을 해 주기도 했다.

누가 봐도 이상적인 여자친구였지만 딱 하나 문제가 있었다. 유리아는 늘 입버릇처럼 빨리 결혼해서 아이를 낳고 행복한 가정을 꾸리고 싶다고 말했다. 호사카는 그 말을 들을 때마다 부담을 느꼈다.

호사카가 생각하기에 유리아가 가정에 집착하는 것은 그녀가

자라 온 환경 때문이었다.

부모님은 유리아가 초등학생 때 교통사고로 돌아가셨고, 그 후 한 살 위인 언니와 유리아는 큰아버지 집에 맡겨졌다. 큰아버지와 큰어머니는 좋은 분들이셨지만 이미 자식이 둘 있었다고 하니 얹혀사는 입장에서 마음이 편치만은 않았을 것이다. 유리아의 언니는 고등학교를 졸업하자마자 큰아버지 집에서 나와 일하기 시작했고, 유리아도 언니를 따라 나와 그때부터는 둘이 살고 있다고 했다.

호사카가 대학 졸업 후 고향인 나고야로 돌아갈 거라는 사실은 유리아도 알고 있었다. 유리아는 나고야에서의 생활이 기대된다고 했다. 나고야에 있는 호사카의 부모님도 유리아를 마음에 들어 할 것 같았다.

하지만 당시의 호사카는 유리아와의 관계를 이어가면서도 늘 마음 한구석이 답답하고 무거웠다.

유리아에게 뭔가 불만이 있었던 것은 아니다. 유리아가 싫어진 것도 아니었다.

그 당시 호사카를 짓누르던 부정적인 감정의 정체는 겨우 나이 스물에 인생이 결정되어 버리는 것에 대한 막연한 거부감이었다.

그러던 중에 운명의 장난과도 같은 만남이 이루어졌다.

스무 살의 어느 날 밤, 이케부쿠로에서 데이트 중이던 호사카는 유리아가 이끄는 대로 어느 바에 들어갔다. 카운터석이 여덟 개뿐인 작은 가게로 손님은 한 명도 없었고, 색색의 술병이 빼곡하게 들어찬 장식장 앞에 머리를 짧게 친 여자 바텐더가 서 있었다.

유리아와 나란히 자리에 앉아 시원한 눈매를 가진 바텐더와 눈이 마주친 순간, 온몸에 전류가 흘렀다.

지금까지의 인생에서 단 한 번도 느껴보지 못한 감각이었다.

바로 옆에 여자친구를 두고 눈앞에 있는 여자에게 한순간에 마음을 빼앗겨 버렸다.

"언니, 이 사람이 내가 말한 호사카 소스케 씨야."

유리아의 말을 듣고 깜짝 놀랐다. 그리고 크게 낙담했다.

바텐더는 미소 띤 얼굴로 호사카를 쳐다보며 유리아의 친언니인 마리아라고 자신을 소개했다.

다른 손님이 올 때까지 마리아가 만들어 준 칵테일을 마시며 셋이서 이야기를 나누었지만, 눈앞에 있는 두 사람에게 자신의 감정을 들키지는 않을까 전전긍긍하느라 무슨 말을 했는지는 하나도 기억나지 않았다.

두세 잔 정도 마시고 바에서 나와 역으로 걸어가면서 유리아에게 언니 이야기를 들었다.

마리아는 고등학교를 졸업하고 바로 도쿄에 있는 레스토랑 바에서 일하기 시작했다. 아직 음주가 불가능한 나이였지만 술에 관한 지식이라든지 칵테일 만드는 법 등을 배우며 열심히 일했고, 얼마 전에 자기 가게를 열었다고 했다.

어떻게 스물한 살에 자기 가게를 가질 수 있었을까 싶었는데 유리아의 말에 따르면 큰아버지 집에서 나올 때 자기들 명의로 된 통장과 카드를 받았고, 각각의 통장에는 1천만 엔이 들어있었다고 했다. 부모님의 사고 보험금에서 양육비를 빼고 남은 2천만 엔을 자매에게 돌려준 것이었다.

마리아는 자기 몫인 1천만 엔으로 가게를 열었고, 유리아는 그 돈을 학비에 보태기로 했다.

그날 집에 돌아온 후에도 호사카의 머릿속은 온통 마리아 생각뿐이었다. 잊으려고 했지만 마리아를 향한 마음은 날이 갈수록 점점 더 커져 가기만 했다.

마리아를 만난 지 3주쯤 되었을 때 유리아와 사소한 일로 말다툼을 하고 홧김에 마리아를 만나러 갔다. 카운터 안쪽에 있던 마리아는 혼자 온 호사카를 보고 조금 당황한 듯했지만 미소를 지으며 반갑게 맞아 주었다. 호사카는 유리아랑 싸웠는데 얘기 좀 들어 달라는 핑계로 가게에 몇 시간을 눌러앉아 있었다.

시원한 눈매, 언뜻언뜻 떠오르는 부드러운 미소, 칵테일을 만드는 손의 움직임… 호사카는 자기 눈에 비치는 마리아의 동작 하나하나에 걷잡을 수 없이 매료되었고, 심장은 미칠 듯이 뛰었다.

그 후로는 마리아의 얼굴이 한시도 머리에서 떠나지 않았다. 유리아와 한 침대에 누워 있을 때조차 머릿속으로는 마리아를 생각할 정도였다.

호사카의 마음이 멀어지기 시작한 것을 눈치채기라도 했는지 유리아와 싸우는 일이 늘어났다.

호사카는 유리아와 싸웠다는 핑계로 마리아를 만나러 갔고, 바에서 만난 다른 손님들과도 친해지면서 일주일에 한두 번은 마리아의 가게를 찾게 되었다.

호사카의 마음은 유리아에게서 완전히 떠난 상태였다.

물론 유리아에게는 미안하다고 생각했다. 하지만 마리아를 향한 마음을 도저히 억누를 수가 없었다.

마리아는 바에 오는 다른 남자 손님들에게도 인기가 많았기 때문에 스무 살짜리 애송이에 불과한 자신을 봐 줄 거라는 기대는 하지 않았다. 마리아의 마음을 차지하는 행운아는 자기보다 훨씬 더 어른스러운 남자일 거라고 생각했다.

하지만 때때로 마리아가 슬픈 눈빛으로 자신을 바라보는 것을 느낄 때면 어쩌면 마리아도 자신을 좋아하는 게 아닐까 하고 실낱같은 희망을 품기도 했다.

어쨌거나 이대로 유리아와 계속 사귀다가 결혼한다는 것은 불가능했다. 유리아와 결혼하면 마리아와는 평생 처형과 매부라는 애매한 관계에 놓이게 된다. 그런 상황을 견딜 수 있을 리가 없었다.

그날 밤도 마리아의 가게에서 마시고 있는데 옆자리에 앉은 남자 손님이 호사카를 보고 놀란 표정으로 말을 걸어 왔다.

자기는 마리아가 이전 가게에서 일할 때부터 알고 지냈는데 그 가게 단골이던 스기시타라는 남자와 호사카가 너무 닮아서 깜짝 놀랐다고 했다.

그 순간, 바로 옆에서 울음이 터져 나왔다. 호사카가 고개를 돌려 앞을 보자 카운터 안에 서 있던 마리아가 입을 틀어막고 울다가 급히 화장실로 사라져 버렸다.

호사카가 영문을 모르겠다는 얼굴로 다시 옆자리 남자를 쳐다보자 남자는 호사카를 닮은 스기시타라는 단골 손님이 작년에 오토바이 사고로 죽었다고 설명해 주었다. 사고 당시 그의 나이는 불과 스물셋이었다.

그제야 호사카는 마리아가 때때로 자신을 슬픈 눈빛으로 바라본 이유를 깨달았다.

아마도 스기시타라는 남자는 마리아의 연인이었거나 마리아가 좋아하는 사람이었을 것이다.

스기시타의 이야기를 들은 후 호사카가 가게를 찾는 빈도는 더 늘었다. 누군가의 대신이라 하더라도 마리아의 마음을 차지할 수만 있다면 상관없었다. 어떻게든 그녀가 자신을 쳐다봐 주기를 바랐다. 그 순간은 생각지도 못한 형태로 찾아왔다.

어느 날, 가게에서 호사카 혼자 마시고 있는데 남자 둘이 들어왔다. 딱 봐도 불량해 보이는 놈들이었다. 남자들은 주문한 술을 내온 마리아의 손을 주무르면서 '하루 매출에 해당하는 금액을 낼 테니까 가게 문 닫고 어디 놀러 가자'라며 치근덕거렸다.

마리아가 대답을 얼버무리며 넘어가려고 하자 자기들은 조폭이고 이런 가게쯤은 언제든지 망하게 할 수 있다고 협박했다.

호사카는 어쩔 줄 몰라 하는 마리아를 그냥 두고 볼 수가 없어서 저도 모르게 한마디 했다.

"아까부터 시끄러워 죽겠네. 조용히 좀 마시자."

그러자 예상했던 대로 남자들이 벌떡 일어나 호사카에게 달려들었다.

가게 안에서 소란을 피우고 싶지 않아서 호사카는 두 사람을 데리고 밖으로 나갔다. 가게를 나서기가 무섭게 한 명이 호사카의 얼굴에 주먹을 날렸다. 땅바닥에 쓰러지자 옆구리와 등과 허벅지에 발길질이 날아들었다.

"경찰 불렀어요!"

마리아가 소리를 지르자 두 사람은 공격을 멈추고 잽싸게 달아났다.

사실 경찰을 불렀다는 건 거짓말이었다. 불량배들이 사라진 후 마리아는 호사카에게 정말로 경찰에 신고하는 게 좋을지 의견을 물었지만 가게에 피해가 갈 것 같아서 부르지 말라고 했다.

호사카는 마리아의 부축을 받으며 가게로 돌아왔다. 팔에 딱 달라붙은 마리아의 몸이 덜덜 떨리고 있었다.

"누구한테 맞아 보긴 처음이네."

어릴 때부터 폭력과는 거리가 먼 인생을 살아왔다. 주먹질은 물론이거니와 불량배에게 싸움을 건 것도 처음이었다.

"바보… 그러다 죽으면 어쩌려고…."

귓가에 들리는 마리아의 목소리는 화를 내는 것 같기도 하고 우는 것 같기도 했다.

"사실 죽어도 상관없다고 생각했어요. 그래서 마리아 씨가 날 기억해 준다면."

그 말이 입에서 흘러나온 순간, 마리아가 호사카의 팔을 확 뿌리치며 이쪽을 쳐다보았다.

"그게 무슨 소리예요?"

마리아가 정색을 하고 물었다.

"좋아해요."

호사카의 말에 반응하듯 마리아의 어깨가 꿈틀했다.

호사카는 마리아의 어깨를 거칠게 끌어당겨 입술을 빼앗았다.

곧바로 자신을 밀쳐내거나 뺨을 때릴 거라고 생각했는데 마리아는 잠시 굳은 채로 가만히 있다가 천천히 눈을 감았다.

호사카도 눈을 감고 혀로 마리아의 입술을 열고 들어갔다. 이윽고 두 사람의 혀가 엉키고 머릿속이 새하얘졌다.

입술이 떨어지자 눈을 뜬 마리아가 잘못을 저지른 아이 같은 표정으로 고개를 숙였다.

그날 밤은 거기서 멈췄다.

두 사람 다 유리아에게 못할 짓을 하고 있다는 자각은 있었다. 호사카는 적어도 유리아에게 제대로 말하기 전까지는 이 이상 아무것도 하지 않겠다는 말을 남기고 그 자리에서 돌아 나왔다.

다음 날, 호사카는 유리아를 방으로 불러 자신의 솔직한 심정을 털어놓았다.

유리아는 울지도 화내지도 않고 시종일관 차분한 표정으로 호사카의 이야기를 듣고 있었다. 호사카는 유리아에게 자신이 마리아를 좋아한다는 말은 했지만 간밤에 마리아와 키스했다는 이야기는 하지 않았다.

"언니랑 사귈 거야?"

유리아의 입에서 나온 말은 그 한마디뿐이었다.

호사카가 아직 잘 모르겠다고 대답하자 "그래…? 어쨌거나 난 못 이기겠네"라고 중얼거리더니 자리에서 일어나 그대로 돌아가 버렸다.

다음 날, 마리아에게서 전화가 왔다.

유리아는 마리아에게 이렇게 말했다고 했다. 자기는 호사카와 헤어질 거니까 두 사람은 좋을 대로 하라고, 다만 이제 언니랑 같이 살 수는 없으니까 집을 구해서 나가겠다고.

일주일 후, 유리아는 이사를 나갔다. 이사 가는 곳 주소는 언니에게도 알려주지 않고 모습을 감춘 것이다.

그리하여 호사카와 마리아는 사귀기 시작했지만 그것은 호사카에게 있어서 행복이 아니라 괴로움의 시작이었다.

여동생이 사라진 후 마리아는 변했다. 시원시원하던 눈매는 생기를 잃었고, 호사카가 좋아하던 미소도 자취를 감추었다.

마리아가 유리아에게 느끼는 죄책감은 호사카와는 비교도 안 될 정도로 큰 것 같았다.

내 목숨보다 사랑하는 사람을 내가 힘들게 만들었다….

유리아를 배신했다는 사실보다 힘들어하는 마리아를 보는 것이 더 견디기 힘들었다. 호사카는 마리아를 만날 때마다 속이 까맣게 타들어갔다.

시간이 지나 언젠가 유리아에게서 잘 지내고 있다는 연락이 오면 다시 예전의 마리아로 돌아올 수 있지 않을까.

그런 날이 오기만을 바라며 일단은 시간이 허락하는 한 마리아 옆에 있어 주려고 노력했다.

유리아가 사라지고 1년 정도 지났을 때, 갑자기 마리아와 연락이 닿지 않았다. 핸드폰에 전화를 걸어도 받지 않고, 집에도 없고, 가게에도 찾아가 봤지만 임시 휴업이라는 종이가 붙어 있을 뿐이었다.

설마 자살이라도 하려는 것은 아닌지 걱정이 되어서 몇 번이고 문자를 남겼지만 며칠이 지나도록 답은 오지 않았다.

그렇게 한참을 기다린 끝에 겨우 마리아에게서 전화가 왔다. 서둘러 전화를 받자 마리아가 어두운 목소리로 물었다.

"지금 만날 수 있을까…?"

심상치 않은 분위기에 그날 들으려던 강의를 내팽개치고 마리아의 집으로 달려갔다.

문을 열어 준 마리아의 얼굴을 보고 흠칫 놀랐다. 눈이 퉁퉁 부어오르고 뺨은 쑥 들어가 있었다. 호사카는 며칠 사이에 몰라보게 변한 마리아의 모습에 불안함을 느끼며 안으로 들어갔다. 테이블에 마주 앉아서 마리아가 충혈된 눈으로 호사카를 쳐다보며 입을 열었다.

마리아의 목소리는 똑똑히 들렸지만 순간적으로 말의 의미가 이해되지 않았다.

"유리아가 죽었어."

마리아가 한 번 더 말했다. 그러고는 울면서 무슨 일이 있었는지 설명해 주었다.

나흘 전 마리아의 핸드폰으로 모르는 번호에서 전화가 걸려 왔다. 전화를 건 남자는 마리아에게 시즈오카에 있는 경찰서라면서 "키타가와 유리아 씨를 아십니까?"라고 물었다. 여동생이라고 하자 "동생분이 어젯밤 자살했습니다"라는 말이 돌아왔다. 마리아는 곧바로 경찰서로 향했다.

경찰서에 도착할 때까지도 도저히 믿을 수가 없었지만 영안실에 누워 있는 사람은 틀림없이 유리아였다.

유리아는 살고 있던 아파트 9층 방 베란다에서 뛰어내렸다. 신고를 받고 출동한 경찰이 사람이 뛰어내린 것으로 추정되는 집을 찾아 들어가자 아기 침대 안에서 생후 얼마 되지 않은 아기가 자고 있었고, 탁자 위에는 유서가 놓여 있었다.

"아기…?"

호사카가 되묻자 마리아가 가방에서 편지 봉투를 꺼내 눈앞에 내려놓았다.

호사카는 떨리는 손으로 '유서'라고 적힌 봉투에 든 종이를 꺼내 들었다.

종이 맨 위에는 언니인 마리아의 이름과 연락처가 적혀 있었고, 그 아래에 이렇게 적혀 있었다.

— 아무도 나를 모르는 곳에서 호사카의 아이와 함께 열심히 살아가려고 했지만 이젠 너무 지쳤어. 유아를 잘 부탁해.

호사카의 아이와 함께 열심히 살아가려고….

그 문장이 눈에 들어온 순간, 몸이 부들부들 떨렸다.

마리아의 말에 따르면 아이는 생후 6개월 정도 되었고, 현재는 아동보호센터에서 지내고 있다고 했다. 유리아는 다니던 대학을 그만두고 아이를 낳은 것이었다.

호사카는 마리아에게서 시선을 피하며 과거의 기억을 필사적으로 떠올려 보았다.

16개월 전이라면 마음은 이미 마리아에게 빼앗긴 상태였지만 아직 유리아와 사귀고 있을 때였다.

어쩌면 유리아는 호사카에게 임신 소식을 알리고 싶었지만 호사카의 마음이 마리아를 향하고 있다는 사실을 눈치채고 차마 말을 꺼내지 못한 것이 아니었을까.

만약 그때 유리아에게 임신했다는 말을 들었다면 자신은 어떻게 했을까.

마리아를 향한 마음을 접고 유리아와 결혼하기로 마음먹었을까.

알 수 없다. 이제 와서 그랬을 거라고 생각하는 것은 너무 비겁했다.

적어도 유리아는 임신 소식을 알리더라도 호사카의 마음이 자기에게 돌아올 거라고는 생각하지 않았을 것이다. 그래서 두 사람 앞에서 모습을 감추고 혼자서 아이를 낳기로 한 것이다. 그것이 비록 유리아가 그토록 바라던 행복한 가정은 아닐지라도.

유리아가 자신에게 보낸 마지막 메시지가 눈물에 가려 흐릿해졌다. 돌이킬 수 없는 잘못을 저지르고 말았다. 유리아를 배신하고 상처입히고 죽음으로 몰아넣음으로써 마리아에게서 하나뿐인 가족을 빼앗은 것이다.

장례식이 끝난 후 마리아는 호사카에게 유리아의 딸인 유아를 자신이 양자로 들이겠다고 말했다. 여동생이 남기고 간 아이를 자기 인생을 다 바쳐 정성껏 키우면서 평생 유리아에게 속죄하며 살겠다고. 그리고 두 번 다시 연애는 하지 않겠다고 선언했다.

호사카도 반대하지 않았다. 그 역시 이런 비극을 초래해 놓고 앞으로 마리아와 함께 살아가는 것은 불가능하다고 생각하고 있었다. 비겁하지만 당시로서는 혼자서 아이를 키울 자신도 없었다.

그 후 마리아는 이케부쿠로의 바를 정리하고 유아를 양자로 들인 다음 전혀 연고가 없는 센다이로 이사를 했다. 그리고 거기서 여자 혼자 힘으로 유아를 정성껏 키웠다.

마리아는 계속해서 속죄하고 있다. 그에 반해 자신은 어떠한가.

유리아가 자살한 것은 자기 때문이라는 죄책감에 괴로워하고 있을 때, 우연히 성서의 구절을 접하게 되었다. 무언가에 이끌리듯 교회를 찾아간 호사카는 그곳에서 타인의 고민을 내 것처럼 받아들이고 성서에 기초해 다양한 조언을 해 주는 목사의 모습에 깊은 감명을 받았다. 그리고 자기도 그런 사람이 되고 싶다고 생각하게 되었다.

동시에 마리아와 마찬가지로 두 번 다시 연애는 하지 않겠다고 맹세하고, 유리아가 남기고 간 유아와 마리아 두 사람에게 평생 멀리서나마 버팀목이 되어 주기로 결심했다.

스물두 살 때 부모님의 반대를 무릅쓰고 세례를 받았다. 대학 졸업 후에도 고향에는 돌아가지 않고 2년 동안 아르바이트를 하며 돈을 모았고, 그 돈으로 신학교에 들어가 4년간 공부한 후 메지로에 있는 작은 교회의 목사가 되었다.

기독교를 통해 과거의 자신처럼 고통받고 괴로워하는 사람들을 조금이라도 돕고 싶다는 마음으로 목사 일에 최선을 다해 임했다.

　하지만 늘 마음 한구석에서는 또 한 명의 자신이 이렇게 물었
다.

　지금까지 해 온 노력은 모두 유리아에게 저지른 잘못을 속죄하
기 위해서가 아니라 그저 신께 용서받았다고 믿고 싶어서 한 일
아니냐고.

2

노크 소리에 호사카는 고개를 들어 문 쪽을 쳐다보았다.

문이 열리고 교도관인 아오야기가 죄수복을 입은 마루야마를 데리고 들어왔다.

"그럼 잘 부탁드립니다."

아오야기가 문을 닫고 나가자 마루야마가 "여어, 목사님" 하고 손을 들어 올리며 이쪽으로 다가왔다. 호사카는 마루야마와 악수를 한 다음 마주 보고 앉았다.

올해 쉰세 살인 마루야마는 2년 전부터 호사카에게 개인 상담을 받고 있었다.

"이번 종교 집회 때 안 오셨던데 무슨 일 있으셨습니까?"

호사카는 교탁 위에서 양손으로 깍지를 끼며 물었다.

마루야마는 종교 집회가 열릴 때마다 매번 빠지지 않고 참석하는데 그날만 모습이 보이지 않아서 이상하다고 생각하던 차였다.

"아… 문제를 일으켜서 3주 정도 징벌방에 들어가 있었습니다."

마루야마가 별일 아니라는 듯 웃으며 대답했다.

"무슨 문제를 일으키셨는데요?"

호사카가 묻자 마루야마는 의기양양한 표정으로 "테라야마를 때려눕혀서 묵사발을 만들어 놨거든요" 하고 대답했다.

호사카는 저도 모르게 새어 나오는 한숨을 간신히 참으며 다시 물었다.

"테라야마가 누굽니까?"

"모르세요? 테라야마 노보루라는 강간범이 저랑 같은 작업장에서 일하거든요. 행동 하나하나가 다 어찌나 얄밉고 마음에 안 드는지. 작업 중에 제 발을 밟아 놓고 사과도 안 하더라니까요."

"그래서 때리셨다고요?"

"네. 그 자식 때문에 괜히 저한테까지 불똥이 튀어서…."

"마루야마 씨가 여기 들어오게 된 이유는 뭐였죠?"

호사카가 말허리를 자르며 묻자 마루야마가 멋쩍은 표정으로 시선을 피했다.

마루야마는 5년 전에 살인 혐의로 체포되어 징역 14년형을 선고받고 치바 교도소에 수감되었다.

술집에서 술을 마시다가 다른 손님과 싸움이 붙었는데 마루야마는 카운터 안쪽으로 들어가서 식칼을 들고나와 그 칼로 상대를 수차례 찔러 죽였고, 이를 제지하려던 가게 종업원들에게도 큰 상처를 입혔다.

당시 마루야마는 작은 설비 업체를 운영하고 있었고 아내와 눈에 넣어도 아프지 않은 중학생 딸이 있었지만, 이 사건으로 인해 회사는 문을 닫았고 아내와는 이혼했다. 개인 상담을 시작하고 얼마 되지 않았을 때, 마루야마가 호사카에게 자기 아내와 딸은 한 번도 교도소에 면회를 오지 않았고 편지를 보내도 답이 없다고 쓸쓸한 표정으로 털어놓은 적이 있었다.

"처음 만난 자리에서 제가 왜 개인 상담을 신청했냐고 물었더니 마루야마 씨는 자기를 바꾸고 싶어서라고 대답하셨죠? 화를 잘 내고 성질이 급해서 흥분하면 앞뒤 가리지 않고 덤비는 성격을 고치고 싶다고. 성서를 통해 마음을 다스릴 수 있지 않을까 싶었다고요."

"네, 뭐… 그랬죠. 제가 참 뭐라 드릴 말씀이 없습니다."

마루야마가 꾸중을 듣는 어린아이 같은 표정으로 머리를 긁적였다.

"성서에는 '좋은 열매와 나쁜 열매'라는 말이 있습니다."

"좋은 열매와 나쁜 열매요?"

마루야마가 갑자기 무슨 말이냐는 듯 고개를 갸웃거렸다.

"인생은 좋은 열매를 맺기도 하고 나쁜 열매를 맺기도 합니다. 나쁜 열매를 맺는 것은 뿌리가 썩었기 때문이라고 보는 거죠."

"목사님… 무슨 말인지 하나도 모르겠는데요. 아무리 제가 작게나마 회사를 경영하는 사장이었다고는 해도 학력은 중졸이라서요. 좀 더 알기 쉽게 설명해 주실 수 없을까요?"

"마루야마 씨의 경우, 나쁜 열매는 술집에서 싸움이 붙어서 그 상대를 죽인 겁니다. 그 일로 인해 경찰에 체포되어 교도소에 들어오게 되었죠. 마루야마 씨는 자기가 한 일을 반성하고 잘못을 회개하고자 노력하고 있으니 나쁜 열매는 제거되었다고 할 수 있습니다. 다만 마음속에 썩은 뿌리가 남아 있는 한 언제 또 같은 잘못을 반복하게 될지 모릅니다. 이번에 테라야마라는 분을 때린 것도 마루야마 씨 안에 아직 썩은 뿌리가 남아 있기 때문이라고 생각합니다. 그러니 저와 함께 그 썩은 뿌리를 찾아보지 않겠습니까?"

"제가 뭘 하면 되는 건지…."

"마루야마 씨는 어릴 때부터 화를 잘 내는 편이었나요?"

호사카가 묻자 마루야마는 천장을 올려다보며 잠시 생각에 잠겼다가 다시 이쪽을 쳐다보며 입을 열었다.

"아니요… 어릴 때는 안 그랬던 것 같습니다. 오히려 화를 잘 내는 사람이 너무 싫었습니다."

"왜죠?"

"아버지가 그런 인간이었거든요. 알코올 중독이라 늘 고주망태가 되어 집에 돌아와서는 어머니와 저에게 주먹을 휘둘렀습니다. 싫어하는 게 아니라 증오했죠."

"아버지는 지금도 살아 계십니까?"

호사카가 묻자 마루야마는 "모릅니다" 하고 고개를 저었다.

"제가 중학생 때 딴 여자랑 바람이 나서 집을 나갔거든요."

"그러시군요…. 아무래도 아버지에 대한 감정이 좋지는 않겠네요."

"좋지 않은 정도가 아니라… 절대 용서 못한다고 이를 갈았습니다. 어릴 때는 죽어도 아버지 같은 사람은 안 될 거라고 그랬는데… 정신을 차리고 보니 저도 똑같아졌네요. 아니지, 집을 나간 후에는 어떻게 살았을지 몰라도 적어도 우리랑 사는 동안 사람을 죽인 적은 없으니까 제가 더 질이 나쁘네요. 어쩌다 이렇게 됐는지…." 마루야마가 탄식했다.

— 어릴 때는 죽어도 아버지 같은 사람은 안 될 거라고 그랬는데….

호사카는 마루야마가 한 말에 대해 다시 한번 곰곰이 생각해
보았다.

강하게 맹세하면 맹세할수록 아버지를 용서할 수 없다는 생각
에 사로잡혀 거기서 헤어나오지 못하게 되는 것이 아닐까.

"아버지를 용서해 드리면 안 될까요?"

호사카의 말에 놀란 듯 마루야마가 고개를 들었다.

"그 자식을 용서하라고요?"

"네. 쉽지 않은 일이라는 건 알지만 그렇게 하는 편이 마루야마
씨에게도 좋을 것 같아서요."

용서를 통해 악순환의 고리를 끊고 아버지의 그림자에서 풀려
남으로써 마루야마 앞에 새로운 길이 열리게 될 것이다.

"목사님… 아무리 그래도 그건 너무 어려운 주문인데요."

마루야마가 난감한 표정으로 머리를 긁적였다.

"서두르지 말고 천천히 해 보죠."

호사카는 마루야마를 향해 부드럽게 미소 지으며 말했다.

호사카는 교도소 서무과에 들러 맡겨 둔 가방을 돌려받았다.
가지고 있던 성서와 찬양 반주기를 가방에 넣고, 가방에서 스마
트폰을 꺼내 주머니에 넣었다.

교도소 부지를 벗어나 버스 정류장으로 향하면서 스마트폰을
확인했다. 유아에게서 메시지가 와 있었다.

【아저씨랑 만나서 얘기하고 싶은 게 있는데 언제 시간 되세요?
최대한 빨리요.】

무슨 일이라도 생긴 걸까. 최대한 빨리 만나고 싶다는 말이 마
음에 걸렸다.

【오후 6시 이후라면 오늘도 가능하다만.】

버스를 기다리면서 메시지를 보내자 바로 답신이 왔다.

【그럼 6시 반에 이케부쿠로에 있는 세이부 백화점 옥상에서 만나요.】

【그래, 알았다.】

메시지를 보내는데 심장 박동이 조금씩 빨라졌다.

지난번에 마리아가 한 말이 떠올랐다.

— 조만간 유아한테 얘기하려고.

유아는 마리아에게 자기가 친엄마가 아니라는 말을 들은 게 아닐까.

문을 열고 밖으로 나가자 차가운 바람이 뺨에 와 닿았다. 땅거미가 지기 시작한 옥상에서 어린이용 놀이기구 앞 벤치에 앉아 있는 유아를 발견하고 그쪽으로 다가갔다.

인기척을 느꼈는지 유아가 고개를 들었다. 양손을 주머니에 넣은 채 몸을 둥글게 말고 있었다.

"춥지? 카페로 자리를 옮기는 게 좋을 것 같은데."

유아가 고개를 가로저었다.

"뱃속의 아기한테도 안 좋을 텐데." 호사카가 한 번 더 권했다.

"그렇게 긴 얘기도 아니고, 오늘은 하루 종일 날씨가 좋을 거라고 했으니까 아저씨랑 밤하늘의 별을 보며 이야기하고 싶어서요."

"그럼 뭔가 따뜻한 마실 거라도 사 오마. 뭐 마실래?"

"밀크티요."

호사카는 근처에 있는 자판기에서 따뜻한 밀크티와 커피를 산다음 벤치로 돌아왔다. 유아 옆에 앉아서 밀크티 캔을 내밀었다.

유아는 캔을 따서 한 모금 마시면서 하늘을 올려다보았다. 호사카도 커피를 마시며 고개를 젖혀 하늘을 보았다. 칠흑 같은 어둠 속에서 작은 별들이 점점이 반짝이고 있었다.

"…아저씨는 알고 계셨죠?"

그 말을 듣고 호사카는 유아를 돌아보았다. 유아의 시선은 여전히 하늘을 향하고 있었다.

"…제가 엄마 딸이 아니라는 거."

"아아… 엄마가 뭐라고 하디?"

"제 친엄마는 엄마의 동생인데 저를 낳자마자 교통사고로 돌아가셨다고요. 아빠는 누군지 모르고 달리 의지할 사람도 없어서 엄마가 저를 양자로 들였다고…."

거짓말이다. 네 친엄마는 교통사고로 죽은 게 아니다. 그리고 네 아빠는 바로 눈앞에 있다.

"정말이에요? 아저씨도 저희 아빠 지금 어디 있는지 모르세요?"

유아가 이쪽을 똑바로 쳐다보며 물었다. 호사카는 대답을 망설였다.

네 아버지는 지금 네 눈앞에 있다고 말하고 싶었다. 그리고 진심으로 사과하고 싶었다.

유리아를 배신해서 자살하게 만든 것에 대해. 아빠 없이 외롭게 자라게 한 것에 대해.

진실을 털어놓고 편해지고 싶었다.

하지만 무서웠다.

"정말이란다."

호사카의 말에 유아가 쓸쓸한 미소를 지으며 "그래요…? 아무튼 지금까지 감사했습니다"라고 말했다.

"…너한테 고맙다는 인사를 들을 만한 일을 한 기억은 없다만."

"어느 날 갑자기 갓난아이를 키우게 된 엄마를 도와서 아빠 없이도 제가 외롭다고 느끼지 않도록 최선을 다해 돌봐 주셨잖아요. 아저씨는 엄마가 하던 가게의 손님이었을 뿐인데."

아니다. 친딸이었기 때문이다.

큰 도움은 되지 못하지만 조금이라도 내 자식을 위해 뭔가 해주고 싶었다.

"저 진짜 행복해요…. 제게는 누구보다 소중한 엄마가 있고, 든든한 아저씨가 있고, 사랑하는 사람도 있으니까요. 아마 전 세상에서 제일 행복한 사람일 거예요…."

어둠 속에서 유아의 눈물이 뺨을 타고 흘러내리는 것이 보였다.

"결혼식 날짜는 다음달 16일로 정했어요. 아저씨 때문에 일부러 일요일이 아니라 토요일로 했는데 오실 수 있죠?"

"무슨 일이 있어도 반드시 가도록 하마."

"다행이다. 그리고 한 가지 부탁이 있는데요."

"말해 보렴."

"저랑 같이 손잡고 입장해 주시겠어요?"

그 말을 들은 순간, 가슴속에서 뜨거운 무언가가 치밀어 올랐다.

저도 모르게 눈물이 날 것만 같아서 호사카는 다시금 밤하늘을 올려다보았다.

"예식장 직원한테 물어봤더니 에스코트하는 사람은 평소 신부를 아끼던 사람이면 누구든 상관없대요."

"그렇다면 네 엄마한테 부탁하는 게 좋지 않겠니?"

"엄마한테는 제가 입장하는 모습을 보여드리고 싶으니까요. 네? 제 부탁 들어주실 거죠?"

"그래… 알았다."

호사카는 눈을 감고 머릿속으로 딸의 손을 잡고 입장하는 자신의 모습을 그려 보았다.

"이참에 이미지를 좀 바꿔 볼까?"

호사카가 눈을 뜨고 이렇게 말하자 유아가 무슨 말이냐는 듯 고개를 갸웃거렸다.

"신부를 에스코트하는 역할이니까 아무래도 멀끔해 보여야겠지. 수염도 좀 깎고, 안경 대신 콘택트렌즈를 낀다든지…. 유아 네 생각은 어떻니?"

"좋아요! 분명 지금보다 훨씬 더 젊어 보일 거예요. 결혼식이 벌써부터 기대되는데요?"

유아가 호사카를 향해 환하게 웃었다.

3

잡지에서 시선을 들자 유리창 너머로 길을 걸어가는 젊은 여자
가 보였다.

나이는 자신과 비슷해 보였고, 머리를 갈색으로 염색한 여자였
다. 밖은 춥다. 그런데도 검은색 코트 아래 입은 분홍색 이너웨어
는 가슴 부분이 깊게 파여 있었다. 여자는 그대로 편의점 안으로
들어와 바구니를 집었다.

그걸 보고 잡지를 재빨리 진열대에 돌려 놓고 야구 모자를 푹
눌러 쓴 다음 자신도 바구니를 하나 집어 들고 매장 안을 어슬렁
거리기 시작했다. 여자가 봉지 과자와 스타킹을 바구니에 넣고 계
산대로 향했다.

서둘러 맥주 두 병과 박스 테이프를 바구니에 넣고 여자 뒤에
가서 줄을 섰다.

여자가 계산을 마치고 계산대를 빠져나갔다.

"다음 분."

계산대에 가서 바구니를 내려놓았다. 눈앞에 있는 남자 점원이 병맥주와 박스 테이프의 바코드를 차례대로 찍었다.

"823엔입니다."

주머니에서 천 엔짜리 지폐를 꺼내 던지듯 건네고 물건이 든 비닐봉지를 받아 곧장 문으로 향했다.

등 뒤에서 점원이 거스름돈을 받아 가라고 불렀지만 무시하고 밖으로 나왔다. 주머니에서 장갑을 꺼내 손에 끼고 여자가 걸어가는 쪽으로 향했다. 여자는 편의점에서 조금 떨어진 흰색 건물로 들어갔다. 뒤따라 들어가자 공동 현관 앞에 서 있는 여자의 뒷모습이 보였다.

"안녕하세요."

인사를 건네자 여자가 이쪽을 돌아보며 "안녕하세요" 하고 인사했다. 여자가 손에 쥐고 있던 열쇠를 기계에 가져다 대자 문이 열렸다.

우편함 앞에서 멈춰 선 여자를 그대로 지나쳐 엘리베이터를 찾았다.

계단 옆에 있는 엘리베이터는 7층에 멈춰 있었다.

이쪽으로 걸어오는 발소리를 확인한 후 버튼을 눌렀다.

여자가 옆에 와서 섰다. 엘리베이터 문이 열리고, 여자보다 먼저 타서 "몇 층이세요?" 하고 물었다.

"아… 6층이요. 고맙습니다."

6층 버튼을 누르고 이어서 5층 버튼을 눌렀다.

5층에서 문이 열리고 엘리베이터에서 내렸다. 엘리베이터 문이 닫히기를 기다렸다가 곧바로 계단을 뛰어올라 갔다. 엘리베이터에서 세 번째 집 문 앞에 여자가 서 있었다.

발소리를 죽이고 조용히 다가가서 손이 닿을 정도의 거리가 되었을 때 "이거 떨어뜨리셨어요" 하고 말을 걸었다.

"네?" 하고 이쪽을 돌아보는 여자의 얼굴을 향해 들고 있던 비닐봉지를 힘껏 휘둘렀다.

둔탁한 소리와 함께 그 자리에 주저앉는 여자를 감싸안았다. 한쪽 손을 뻗어 여자가 떨어뜨린 열쇠와 비닐봉지를 주웠다. 열쇠로 현관문을 열고 여자와 함께 안으로 들어갔다. 어두워서 아무것도 보이지 않았다. 여자의 몸에서 손을 떼자 쿵 하고 큰 소리가 났다.

손으로 벽을 더듬어 스위치를 찾아서 불을 켰다. 바닥에 쓰러진 여자는 코가 부러졌는지 코피를 흘리며 이쪽을 올려다보고 있었다.

"제, 제발… 죽이지 말아 주세요…."

여자가 덜덜 떨면서 눈물을 흘리며 코 막힌 소리로 말했다.

입술에 검지를 가져다 대자 여자가 고개를 끄덕이며 입을 다물었다.

다행히 머리는 나쁘지 않은 것 같았다.

"걱정 마. 안 죽일 테니까."

아직은.

4

노크 소리가 들렸다.

"네."

호사카가 대답하자 문이 열리고 교도관인 아오야기가 죄수복 차림의 남자를 데리고 들어왔다.

한 달 반 전에 처음 개인 상담을 했던 나라 쇼헤이였다.

"그럼 잘 부탁드립니다."

아오야기가 문을 닫고 나가자 지난번과 마찬가지로 나라가 바닥을 쳐다보며 호사카 쪽으로 걸어왔다.

악수를 한 후 앉으라고 권하자 나라는 고개를 숙인 채 호사카 맞은편에 앉았다.

"오랜만이군." 호사카가 말했다.

지난번 상담 이후 두 차례 개인 상담을 진행했지만 두 번 다 나라는 신청하지 않았다.

"상담을 계속 받을지 말지 고민하느라…." 나라가 혼잣말처럼 중얼거렸다.

"왜지?"

호사카의 질문에 나라는 아무 대답도 하지 않았다.

"스스로가 용서받아서는 안 된다고 생각해서?"

짐작이 가는 대로 다시 물었다.

지난번 개인 상담 때 나라는 신 앞에서는 누구라도 용서받을 수 있다는 성서의 가르침에 동의할 수 없다며 거세게 반발했었다.

"그때도 얘기했듯이 자네가 저지른 죄가 사회적으로 없었던 일이 되는 것도 아니고, 유족들이 자네를 용서할지 안 할지도 알 수 없어. 신 앞에서 용서받는다는 것은 그런 게 아니라네. 자네는 자네가 일으킨 사건에 대해 어떻게 생각하나?"

"그야… 오랜 기간 감옥에서 썩어 마땅한 짓을 저질렀다고 생각합니다." 나라가 고개를 숙인 채 대답했다.

"모두 다 자기 잘못이라고?"

"…그렇게 생각하지는 않아요. 죽인 건 잘못했지만… 그래도 전 그 여자를 진심으로 사랑했는데… 그런 제 마음을 그 여자가 무참히 짓밟았기 때문에… 그 여자가 제 마음을 제대로 받아주기만 했어도… 저를 스토커처럼 취급하지만 않았다면… 저도 그런 짓은 안 했을 거예요."

"상대를 도저히 용서할 수가 없어서 죽였다는 건가?"

"네."

"지금도 여전히 용서하지 못하겠나?"

나라가 고개를 끄덕였다.

"그도 그럴 것이… 그 여자 때문에 지금 제가 이런 데 들어와 있는 거니까요. 만기 출소할 때쯤이면 저는 쉰이 넘은 중년 아저씨가 되어 있을 거예요. 제가 그 여자의 목숨을 빼앗은 건 사실이지만, 동시에 저 역시 그 여자한테 인생의 모든 가능성을 빼앗겼다고요."

"자네는 자기가 누구에게도 용서받지 못할 거라고 생각하기 때문에 상대방도 용서하지 못하는 게 아닐까?"

호사카의 말을 듣고 나라가 천천히 고개를 들었다. 생기가 느껴지지 않는 탁한 눈빛으로 이쪽을 쳐다보았다.

"내가 생각하기에 인간은 자신이 용서받았다는 사실을 깨달았을 때 비로소 남도 용서할 수 있는 게 아닌가 싶거든."

호사카의 말에 반응하듯 나라의 눈이 천천히 벌어졌다.

"자네가 상대를 용서하지 못하고 있는 한 죄를 뉘우치거나 반성하는 것도, 자기가 일으킨 사건을 정면으로 마주하는 것도 불가능하지 않을까 싶군. 그런 상태로 시간을 보내는 건 아무 의미가 없네. 죄책감에 시달리는 동시에 상대를 향한 증오심을 불태우며 삶의 목적을 찾지 못한 채 인생을 허비할지, 신 앞에서 용서받고 삶의 목적을 발견해서 남은 인생을 속죄하며 살지… 어느 쪽이 좋을 것 같나?"

나라는 이쪽을 똑바로 응시하며 호사카가 한 말을 곱씹어 보고 있는 것 같았다.

"물어보고 싶은 게 하나 있는데요." 나라가 입을 열었다.

"뭐지?"

"목사님은 어릴 때부터 기독교인이셨나요?"

"아니. 세례를 받은 건 스물두 살 때였네."

"기독교인이 되기로 결심하게 된 계기는 뭐였나요?"

내 죄를 용서받고 싶었기 때문이다.

"내게도 신께 용서받고 싶은 일이 있었거든."

자세한 사정은 설명하지 않고 짧게 대답했다.

"목사님은 자식이 있나요?"

나라의 질문을 받고 반사적으로 유아의 모습이 떠올랐다.

"아니, 없네."

"아내는요?"

"없어."

"그러시군요…. 그럼 물어봐도 소용없겠네요."

나라가 그렇게 말하며 시선을 돌렸다.

"대답을 할 수 있을지는 모르겠지만 일단 물어는 보는 게 어떻 겠나?"

나라가 고민하는 듯한 표정으로 다시 이쪽을 쳐다보았다.

"만약 목사님한테 아이나 아내가 있다면… 그리고 제가 한 것 처럼 누가 목사님 가족을 살해했다면 목사님은 그 범인을 용서할 수 있으시겠어요?"

그 장면을 상상한 순간, 가슴에 비수가 날아와 꽂히는 것만 같 았다.

동시에 오늘 아침 TV에서 본 뉴스가 떠올랐다.

어제 도쿄 세타가야에 있는 한 아파트에서 젊은 여성의 시체가 발견되었다. 여자는 유아와 동갑인 스물다섯 살이었고, 양손과 양다리를 테이프로 묶인 채 목 졸려 살해당한 상태였다.

만약 유아가 그런 일을 당한다면….

호사카는 한참을 고민한 끝에 고개를 저으며 "모르겠네…"라고 대답했다.

나라가 이쪽을 뚫어지게 쳐다보았다.

"내가 범인을 용서할 수 있을지 없을지는 모르겠군."

솔직히 말하자 나라가 "역시 그렇죠?"라고 하며 한숨을 내쉬었다.

"하지만 범인이 신께 용서받는 것까지 막지는 않겠네."

호사카는 나라의 눈을 똑바로 쳐다보며 이렇게 덧붙였다.

5

호사카는 전화벨 소리에 눈을 떴다. 머리맡에 놓아둔 스마트폰 액정이 어둠 속에서 희미하게 빛나고 있었다.

호사카는 침대에서 몸을 일으키며 스마트폰을 집어 들었다. 화면에 뜬 '마리아'라는 이름을 보고 바로 전화를 받았다.

"여보세요?"

"밤늦게 전화해서 미안…."

마리아는 사과부터 했지만 호사카는 지금이 몇 시인지 전혀 감이 오지 않았다. 방에 불을 켜고 시계를 보았다. 오전 2시 40분이었다.

"무슨 일이야?" 호사카가 물었다.

"방금 키모토 씨한테 전화가 왔는데… 계속 울면서 '유아가… 유아가…' 이 말만 반복해서… 나도 뭐가 어떻게 된 건지 잘 모르겠어. 아무튼 지금 도쿄 네리마 경찰서에 있다는 건 알아냈는데… 그러고 나서 바로 전화가 끊겨 버려서… 내 쪽에서 다시 걸어도 받지를 않네."

"네리마 경찰서?"

마리아와 마찬가지로 자신의 목소리도 떨리고 있었다.

안 좋은 예감이 들었다.

"응. 뭔가 사건이나 사고에 휘말린 게 아닌가 싶어. 지금 당장 택시를 잡아서 도쿄로 갈 생각이야."

센다이에서 도쿄까지는 차로 4시간 넘게 걸린다. 택시비도 어마어마하게 나올 것이다.

"그러지 말고 일단 내가 가 볼 테니까 내일 첫차 타고 올라와. 경찰서에 도착해서 뭔가 알게 되면 바로 전화할게."

"알았어… 그럼 부탁 좀 할게…"

전화를 끊자마자 서둘러 옷을 갈아입고 목사관을 나섰다. 종종걸음으로 대로변까지 나가서 택시 몇 대를 그냥 보낸 후에야 겨우 한 대를 잡아타는 데 성공했다.

"네리마 경찰서로 가 주세요."

택시 기사에게 목적지를 말하자 차가 출발했다. 좌석에 몸을 기대고 무릎 위에 손을 올려놓았다. 손이 부들부들 떨렸다.

무슨 일인지는 모르겠지만 제발 무사히 살아만 있게 해 달라고 마음속으로 신께 빌었다.

대체 경찰서에는 언제 도착하나 하고 조바심을 내고 있었는데 막상 "거의 다 왔습니다"라는 말을 들으니 덜컥 겁이 났다.

택시가 경찰서 앞에 멈춰 섰다. 1만 엔짜리 지폐를 건네고 거스름돈도 받지 않은 채 택시에서 내려 건물 안으로 뛰어들어 갔다. 아무도 없는 안내 데스크로 가서 "실례합니다" 하고 큰 소리로 부르자 제복을 입은 남자가 나타났다.

"키타가와 유아라는 여성에 대해 여쭤볼 것이 있는데요."

호사카의 말을 듣고 남자의 표정이 딱딱하게 굳었다.

"누구시죠?"

"저는 유아 엄마의 친구 되는 사람입니다. 아이 엄마는 지금 센다이에 있어서 우선 제가 무슨 일인지 알아보러 왔습니다. 유아에게 무슨 일이 생겼나요?"

"지금 담당자를 불러 드리겠습니다. 저쪽에서 기다리세요."

호사카는 남자가 안내하는 대로 안내 데스크 앞에 놓인 벤치로 향했다. 하지만 앉지는 않고 그대로 서서 기다렸다. 잠시 후 호사카와 비슷한 연배로 보이는 양복 차림의 남자가 이쪽으로 걸어왔다.

"키타가와 유아 씨 관계자 되십니까?"

남자의 질문에 호사카는 고개를 끄덕였다.

"저는 나카니시 형사라고 합니다. 키타가와 유아 씨 가족이신가요?"

"아니요… 아이 엄마 친구입니다. 아이 엄마가 센다이에 살아서 도쿄까지 오는 데 시간이 좀 걸리다 보니 제가 먼저 사정을 알아보러 온 겁니다. 유아의 약혼자인 키모토 야스히로 씨는 여기 있나요?"

"아니요, 지금 병원에 있습니다."

"병원이요?"

"여기서 설명을 듣다가 과호흡으로 쓰러져서 구급차를 타고…."

"그래서… 유아는요?"

호사카가 조심스럽게 묻자 나카니시가 입가를 일그러뜨렸다.

"사망하셨습니다. 현재 살인 사건으로 수사 중입니다."

머릿속이 하얘졌다.

"…괜찮으십니까?"

그 말에 호사카는 정신을 차리고 고개를 들었다. 눈앞에 서 있는 나카니시가 걱정스러운 표정으로 이쪽을 내려다보고 있었다.

나카니시의 말을 들은 순간 정신이 아찔해지면서 저도 모르게 그 자리에 주저앉아 버린 듯했다.

의미가 이해되지 않았다. 유아가 죽었다는 게 대체 무슨 말일까.

살인 사건으로 수사 중이라니… 도무지 알아들을 수가 없다. 그런 말을 믿을 수 있을 리가 없지 않은가.

호사카는 나카니시의 부축을 받으며 떨리는 다리에 힘을 주고 간신히 일어섰다.

나카니시에게 방금 한 말이 대체 무슨 뜻이냐고 따져 묻고 싶었지만 입술이 덜덜 떨려서 말이 나오지 않았다.

"일단 장소를 좀 옮기도록 할까요."

나카니시가 몸을 틀더니 어딘가로 걸어가기 시작했다.

안내 데스크에서 멀어져가는 나카니시의 뒤를 따라 가려는데 발밑이 푹푹 꺼지는 것 같아서 제대로 걷기가 힘들었다.

가까스로 엘리베이터 앞까지 와서 멈춰 있던 엘리베이터에 올라타자 나카니시가 2층 버튼을 눌렀다. 2층에서 내려 다시 나카니시를 따라갔다. 나카니시는 복도 제일 안쪽 방 앞에서 걸음을 멈췄다.

나카니시가 문을 열고 "들어가시죠" 하고 손짓했다. 방 안에는 책상 하나와 접이식 의자 네 개가 덩그러니 놓여 있을 뿐이었다.

"앉아서 잠시만 기다려 주십시오."

나카니시가 그렇게 말한 후 문을 닫고 나갔다. 호사카는 안쪽 의자에 가서 앉았다. 또다시 무릎이 덜덜 떨렸다. 두 손으로 무릎을 꽉 움켜쥐었지만 멈추려고 하면 할수록 떨림은 점점 더 심해졌다.

문이 열리고 나카니시가 방 안으로 들어왔다. 손에 든 플라스틱 컵을 호사카 앞에 내려놓은 다음 마주 보고 앉았다.

"그리 좋은 차는 아니지만 드시죠."

"감사합니다…."

컵을 물끄러미 내려다보았지만 손을 뻗을 마음은 들지 않았다.

"어젯밤 11시 50분경 키모토 야스히로 씨로부터 경찰에 신고가 들어왔습니다."

그 말에 호사카는 시선을 들어 나카니시를 쳐다보았다.

"키모토 씨는 무언가에 크게 놀란 듯 좀처럼 말을 제대로 하지 못했고, 그래서 신고 전화를 받은 담당자도 상황을 파악하기가 어려웠다고 합니다. 아무튼 키모토 씨는 전화로 '지금 여자친구 집에 와 있는데 여자친구가 죽어 있다'라고 했고, 경찰은 그 즉시 출동했습니다. 초인종을 눌러도 대답이 없고 현관문도 잠겨 있지 않아서 그대로 문을 열고 들어가자 안쪽 방에 죽은 여자가 쓰러져 있고, 그 옆에 키모토 씨가 앉아 있었다고 합니다."

"그… 죽은 여자라는 건… 정말로 유아… 유아가 맞습니까?"

쥐어짜낸 듯한 목소리로 묻자 나카니시가 고개를 끄덕였다.

"유아는 지금 어디 있습니까?"

"이곳 경찰서 영안실에 있습니다. 곧 부검을 진행할 예정입니다."

"유아를 볼 수 없을까요?"

믿고 싶지 않았다. 적어도 이 두 눈으로 유아의 얼굴을 똑똑히 확인하기 전까지는 믿을 수 없었다.

"시신은 이미 키모토 씨가 확인했습니다. 키타가와 유아 씨가 틀림없다고 했고요."

"그래도…."

"안 보시는 게 나을 겁니다."

단호한 말투에 호사카는 화가 나서 저도 모르게 "왜 그러는 겁니까?" 하고 따졌다.

"시신의 손상 정도가 매우 심하기 때문입니다."

"손상 정도가 심하다고요?"

나카니시가 고개를 끄덕이며 시선을 피했다.

"얼마나 심한 겁니까?"

호사카가 물었지만 나카니시는 대답하기를 꺼렸다.

"유아는 대체 무슨 짓을… 제발 부탁이니 가르쳐 주십시오."

호사카는 불안함과 조바심을 억누르며 최대한 차분한 말투로 애원했다. 나카니시가 한숨을 내쉬며 이쪽을 쳐다보았다.

"발견 당시 시신의 양손과 양다리는 박스 테이프로 묶여 있었고, 얼굴에는 둔기 같은 것으로 수차례 강하게 얻어맞은 듯한 상처가…."

등에 전율이 흐르고 속이 뒤집어졌다. 위에서 신물이 올라와서 호사카는 손으로 입을 틀어막고 고개를 숙였다.

"약혼자인 키모토 씨조차 얼굴만으로는 유아 씨를 알아보지 못할 정도였습니다. 하지만 점의 위치라든지 다른 신체적 특징으로 미루어 봤을 때 유아 씨가 틀림없다고…."

"그렇… 습니까…." 호사카는 치밀어오르는 구역질을 애써 참으며 중얼거렸다.

"그 후에 키모토 씨를 경찰서로 모셔 와서 유아 씨를 발견하게 된 경위를 확인했습니다. 키모토 씨의 자택은 키타가와 유아 씨가 사는 네리마에서 두 정거장 떨어진 에코다에 있는데 어젯밤 10시경 유아 씨에게서 '아이스크림 사러 편의점에 다녀오겠다'라는 메시지가 온 후 연락이 끊겨서 키모토 씨가 유아 씨네 집까지 찾아갔다고 합니다. 유아 씨는 평소 어딘가 다녀온 후에는 반드시 잘 들어왔다는 메시지를 남기는 편이었고, 시간이 많이 늦기도 해서 걱정이 되었다더군요. 키모토 씨가 서둘러 유아 씨가 사는 아파트에 가 보니 집 앞 복도에는 아이스크림이 든 편의점 비닐봉지가 떨어져 있었고, 현관문도 열려 있길래 뭔가 이상하다고 생각하면서 안으로 들어가 보니 아까 말씀드린 것처럼 유아 씨가 죽어 있었다고 합니다."

나카니시의 설명에 따르면 키모토는 유아의 참혹한 모습을 직접 두 눈으로 목격했다는 말이었다.

그 순간 키모토가 받았을 충격을 상상해 보았다. 만약 현장에서 시체를 발견한 사람이 자신이었다면 도저히 제정신을 유지할 수 없었을 것이다.

"키모토 씨는 이야기 중에 잠시 화장실에 다녀오겠다고 하며 나갔는데 아무리 기다려도 돌아오지 않길래 찾으러 가 보니 과호흡으로 쓰러져 있었고, 그래서 바로 병원으로 이송했습니다."

아마도 키모토는 화장실에 갔을 때 유아의 엄마인 마리아에게 전화를 했을 것이다. 경찰서에 와 있다는 말까지만 하고 쓰러지는 바람에 마리아가 다시 전화를 걸었을 때는 받지 못한 게 아닐까 싶었다.

갑자기 윗옷 주머니에서 진동음이 울려서 화들짝 놀랐다. 스마트폰 화면에 '마리아'라는 글자가 떠 있었다.

호사카의 연락을 기다리다 지쳐 전화를 걸어온 모양이었다.

"받으셔도 됩니다."

나카니시는 편하게 받으라고 했지만 호사카는 도저히 전화를 받을 수가 없었다.

받아서 무슨 말을 어떻게 해야 할지 알 수가 없었다.

유아가 죽었다. 아니, 살해당했다.

전화나 메시지로 전할 수 있는 내용이 아니었다.

호사카는 스마트폰을 윗옷 주머니에 도로 넣고 끊임없이 울리는 진동을 필사적으로 모른 척했다.

안내 데스크 앞 벤치에 앉아 문 쪽을 쳐다보고 있으려니 마리아가 들어오는 모습이 보였다. 마리아는 호사카를 발견하고 잔뜩 화가 난 표정으로 이쪽으로 다가왔다.

"내가 몇 번이나 전화했는지 알아? 왜 메시지에 답이 없어!"

마리아에게서는 전화와 메시지 수백 통이 와 있었지만 뭐라고 답을 하면 좋을지 알 수가 없어서 그대로 방치해 두었다.

"미안…."

호사카는 겨우 그 한마디를 내뱉으며 힘없이 벤치에서 몸을 일으켰다. 얼굴은 마리아를 향하고 있지만 눈을 마주칠 수가 없었다.

"경찰이 뭐래? 유아는? 키모토 씨는?"

조금 전까지와는 달리 마리아가 불안한 목소리로 물었다.

"키모토 씨는 지금 병원에 있대."

마리아가 고개를 갸웃거렸다.

"병원? 유아는? 유아는 어디 있는데?"

마리아가 절망적인 눈빛으로 이쪽을 쳐다보며 물었다.

마리아를 만나면 제대로 얘기해 줘야 한다고 생각하고 있었지만 용기가 나지 않았다.

호사카는 마리아에게는 아무 대답도 하지 못한 채 안내 데스크로 향했다. 거기 서 있는 제복 차림의 경찰관에게 "나카니시 형사님을 불러 주시겠습니까?" 하고 요청했다.

"형사라니?" 뒤따라온 마리아가 의아한 듯 물었다. "…대체 무슨 일인데?"

마리아는 계속해서 다그치듯 물었지만 호사카는 묵묵부답으로 일관했다. 그때 저쪽에서 나카니시가 걸어오는 모습이 보였다.

"이쪽이 유아의 모친입니다."

"그러시군요. 저는 형사과의 나카니시라고 합니다."

나카니시가 마리아에게 인사를 건네고 호사카를 슬쩍 쳐다보았다.

"아직 말하지 못했습니다."

호사카가 말하자 나카니시가 연민에 찬 표정으로 "아, 네…" 하고 고개를 끄덕였다.

"일단 자리를 옮기시죠."

나카니시의 안내를 받으며 셋이서 아까 갔던 2층으로 향했다.

방으로 들어가 호사카와 마리아가 책상 한쪽에 나란히 앉았다. 차를 내와도 마시지 않으리라는 걸 알아서인지 나카니시도 이번에는 곧바로 맞은편에 앉았다.

"대체 무슨 일이죠…? 유아는 어디 있나요? 키모토 씨가 병원에 있다는 건….”

마리아의 말을 들으며 나카니시가 자세를 고쳐 앉는 것을 보고 호사카는 눈을 감았다.

사실을 알게 된 순간 마리아의 반응을 확인하는 것이 두려웠다.

“이런 소식을 전하게 되어 대단히 송구스럽습니다만, 유아 씨는 사망하셨습니다.”

마리아가 헉하고 숨을 들이마셨다.

“어젯밤 11시 50분경, 키모토 씨가 집 안에서 죽어 있는 유아 씨를 발견하고 경찰에 신고했습니다. 현재 살인 사건으로 수사를 진행 중에 있습니다.”

“거… 거짓말….”

마리아가 떨리는 목소리로 중얼거렸다.

“사실입니다. 많이 놀라셨겠지만 일단 진정하시고….”

“그게 사실일 리가 없잖아요! 우리 유아가 왜…!”

호사카는 눈을 뜨고 옆에 앉은 마리아를 보았다. 마리아는 죽일 듯한 눈빛으로 나카니시를 노려보고 있었다.

“지금 심정이 어떠실지 압니다. 하지만 유아 씨가 죽은 것은 사실입니다. 앞으로 유아 씨와 가족분들의 한을 풀어드리기 위해서라도 범인 체포에 전력을 다할 계획이니….”

“유아는 여기 있나요?”

나카니시가 고개를 끄덕였다.

“지하 영안실에 있습니다. 곧 부검을 진행할 예정입니다.”

“만나게 해 주세요. 지금 당장 유아를 만나게 해 주세요!”

“안 만나는 게 좋아.”

나카니시를 대신해 호사카가 대답하자 마리아가 고개를 돌려 무서운 눈빛으로 호사카를 쏘아보았다.

"왜!"

"보면 너만 힘들 테니까." 달리 할 말이 없었다.

"나는 유아 엄마야. 이렇게 가까이 있는데 내가 내 딸을 못 만날 이유가 뭐가 있어!"

호사카는 성난 표정으로 따지고 드는 마리아의 어깨를 손으로 감싸안으며 진정하라고 다독였다.

"유아 씨의 시신은 심하게 훼손된 상태입니다."

"네?"

독기에 찬 시선이 호사카에게서 나카니시에게로 옮겨갔다.

"유아 씨의 얼굴에는 둔기로 수차례 강하게 내리친 듯한 흔적이 남아 있어서 키모토 씨조차 유아 씨를 한눈에 알아보지 못할 정도였습니다."

아까 설명을 들었을 때의 호사카처럼 마리아가 손으로 입을 가리고 헛구역질을 했다.

"아… 아기는…."

마리아가 울먹이며 내뱉은 말을 듣고 나카니시가 무슨 소리냐는 듯 이쪽을 돌아보았다.

"유아는 임신 7개월이었습니다."

호사카가 말하자 나카니시가 얼굴을 일그러뜨렸다.

"만나게 해 주세요… 유아를 만나게 해 주세요…. 저는 안 믿으니까…. 그건 유아가 아닐 거예요. 유아네 집에 갔다가 죽은 사람을 발견하고 키모토 씨가 놀라서 착각한 걸 거예요. 키모토 씨도 처음 봤을 때는 못 알아봤다면서요. 누군지 알아보지 못할 정도

로 얼굴이… 얼굴이…. 엄마인 제가 보면 바로 알 수 있어요. 유아
가 아니라는 걸….”

마리아가 오열하며 애원했다.

“알겠습니다. 그렇게까지 말씀하시니… 제가 안내해 드리겠습니
다.”

나카니시의 말에 마리아가 고개를 들었다.

“괜찮겠어?”

호사카가 묻자 마리아가 고개를 끄덕이며 의자에서 일어났다.

“호사카 씨는 어떻게 하시겠습니까?”

나카니시의 물음에 호사카는 잠시 망설였다.

유아가 끔찍하게 살해된 모습을 보고도 제정신을 유지할 수 있
을지 자신이 없었다. 하지만 마리아 혼자 보게 내버려 둘 수는 없
었다.

“저도 같이 가겠습니다.”

호사카도 자리에서 일어나 셋이 함께 방을 나섰다. 엘리베이터
를 타고 지하 1층으로 내려갔다. 앞서 걸어가던 나카니시가 ‘영안
실’이라고 적힌 방 앞에서 걸음을 멈췄다.

“들어가시죠.”

나카니시가 문을 열고 손짓했지만 마리아는 좀처럼 들어가지
못하고 주저하는 기색을 보였다.

“역시 그만둘래?”

호사카가 묻자 마리아는 고개를 숙인 채 아이처럼 도리질을 쳤
다.

호사카는 마리아의 손을 잡고 함께 안으로 들어갔다. 방 한가
운데에 시체 안치대가 하나 놓여 있고, 그 위에 누운 사람은 전신

이 흰 천으로 덮여 있었다.

나카니시가 문을 닫고 들어와 안쪽에 마련된 제단으로 걸어갔다. 향에 불을 붙여 향로에 꽂은 다음 안치대 위에 누워 있는 시신을 향해 합장했다.

"그럼 확인 부탁드립니다."

나카니시가 그렇게 말하며 얼굴에 덮인 흰 천을 걷었다.

시신의 얼굴이 눈에 들어온 순간, 칼로 심장을 후벼 파는 듯한 통증과 함께 온몸이 얼어붙었다.

마리아의 절규가 울려 퍼졌다.

6

"무슨 일일까요?"

택시 기사의 말에 호사카는 눈을 떴다.

도로 한쪽에 자동차 여러 대가 일렬로 주차되어 있었다. 그중 몇 대에 그려진 방송국 로고를 보니 위가 욱신거리기 시작했다.

택시가 장례식장 주차장으로 들어가자 인도에 모여 있던 사람들이 우르르 쫓아왔다. 건물 입구 앞에 멈춰 선 택시는 눈 깜짝할 사이에 마이크와 카메라를 들이대는 기자들에게 둘러싸였다.

"키타가와 유아 씨 가족이신가요?"

"범인을 어떻게 생각하십니까?"

"세타가야 사건 피해자의 유족들은 범인을 절대로 용서할 수 없다며 크게 분노하고 있습니다. 범행의 유사성으로 미루어 보아 이번 사건도 동일범의 소행일 가능성이 높다고 하는데요."

호사카가 택시에서 내리기가 무섭게 사방에서 마이크를 들이밀었다.

"죄송하지만 저는 할 말이 없습니다. 고인을 조용히 보낼 수 있게 도와주십시오."

호사카는 짧게 대답하고 빠른 걸음으로 건물 안으로 들어갔다. 접수대에서 부의금을 내고 방명록에 이름을 적은 다음 빈소 안으로 걸음을 옮겼다. 영정 앞에 있는 마리아를 발견하고 그쪽으로 다가갔다.

"밖에 기자들이 난리도 아니네."

호사카가 말을 걸자 영정을 쳐다보고 있던 마리아가 이쪽을 돌아보더니 표정을 일그러뜨리며 고개를 끄덕였다.

수많은 꽃으로 둘러싸인 영정 앞에 관이 놓여 있었다. 관에는 고인의 얼굴을 확인할 수 있도록 창문이 달려 있었지만, 지금은 닫혀 있었다.

"얼굴 볼래?"

마리아의 물음에 호사카는 대답을 망설였다.

경찰서 영안실에서 본 유아의 모습이 아직도 뇌리에 남아 있었다.

도저히 동일인이라고는 생각할 수 없을 정도로 변해 버린 딸의 모습이.

그런 유아의 모습을 보기가 두려웠다. 하지만 내일이 지나면 아무리 보고 싶어도 두 번 다시 볼 수 없다.

마지막 가는 길에 얼굴도 제대로 보지 않고 보내는 것은 유아에게 너무 미안했다.

호사카가 고개를 끄덕이자 마리아가 손을 뻗어 관에 달린 창문을 열었다. 관 속에 누워 있는 유아를 내려다보았다.

화장 덕분에 얼굴의 상처는 크게 도드라져 보이지 않았지만 그래도 눈앞에 있는 사람이 자신이 알던 유아라는 게 믿기지 않았다.

"아까 장례식장 직원이 와서 창문을 닫을지 열지 물어보더라."

"닫아 두자. 우리가 봤으니 됐어."

호사카가 말하자 마리아가 아쉬운 표정으로 창문을 닫았다.

"키모토 씨는?"

아까부터 빈소 안을 이리저리 둘러보았지만 키모토의 모습은 보이지 않았다.

"아까 키모토 씨 부모님이 오셔서… 미안하지만 아들은 도저히 장례식에 참석할 수 있는 상태가 아니라고…."

"아…."

영안실에서 시신을 마주한 두 사람조차 유아의 변해 버린 모습에 그만 정신을 놓을 뻔했다. 사건 현장인 집에서 유아의 시신을 발견한 키모토가 받았을 충격은 감히 상상조차 할 수 없었다.

"이제 곧 식이 시작될 거야."

호사카는 고개를 끄덕이며 마리아와 함께 영정에서 물러났다.

"…내일도 있으니 저희는 이만 들어가 보겠습니다."

마주 보고 앉아 있던 키모토의 아버지가 옆에 앉은 아내와 함께 몸을 일으키며 말했다.

호사카도 마리아와 함께 자리에서 일어나 마지막까지 남아 있던 두 사람에게 고개를 숙였다.

"그럼 내일 발인 때도 잘 부탁드리겠습니다."

"내일은 어떻게든 아들도 함께 올 수 있도록…."

"무리할 필요 없다고 전해 주세요. 아드님이 지금 얼마나 힘들지 저도 잘 압니다."

마리아와 함께 장례식장 입구까지 키모토의 부모님을 배웅하고 돌아와 다시 마주 보고 앉았다. 두 사람의 입에서 동시에 무거운 한숨이 흘러나왔다.

"호사카, 오늘 밤은 어떻게 할래?"

"하룻밤만 재워 줄래?"

"물론이지. 유아도 좋아할 거야."

마리아가 일어나서 구석에 있는 냉장고로 향했다. 냉장고에서 사케 한 병을 꺼내고 옆에 있는 선반에서 유리잔을 두 개 집어서 돌아왔다.

둘이서 건배를 하고 잔에 따른 술을 마셨다. 착잡한 마음을 금할 길이 없었다.

유아가 어릴 때부터 센다이에 있는 집에는 자주 찾아갔지만 자고 간 적은 한 번도 없었다.

부녀가 처음으로 한 지붕 아래에서 자는 것이 이런 상황이라는 게 참으로 얄궂게 느껴졌다.

"후회하고 있어…."

호사카가 혼잣말처럼 중얼거리자 줄곧 시선을 바닥에 떨구고 있던 마리아가 이쪽을 보며 고개를 갸웃거렸다.

"유아한테 사실대로 말하고 싶었어."

자신이 유아의 친모인 유리아를 배신해서 죽게 만들었다는 사실을 포함해 유아에게 지금까지 아빠 없이 외롭게 자라게 해서 미안하다고 용서를 빌고 싶었다.

사실을 알게 되면 유아는 호사카를 탓하고 원망할 것이다. 유아를 영영 보지 못하게 될지도 모른다는 생각에 좀처럼 용기가 나지 않았다.

하지만 설령 유아가 자신을 욕하고 경멸하더라도 그 모든 것을 받아들일 각오를 하고 솔직히 털어놓았어야 했다.

이제는 그럴 기회조차 없었다.

"유아는 아마 알고 있었을 거야…."

"왜 그렇게 생각하는데?"

"근거를 물으면 감이라고밖에 할 수 없지만…. 유아한테 네 친엄마는 유리아라고 했더니 그럼 아빠는 누구냐고 물었다고 했잖아. 나는 모른다고 잡아뗐는데 자기가 먼저 호사카 아저씨 아니냐고 묻더라고. 끝까지 아니라고 했지만 유아 표정을 보면 안 믿는 것 같더라."

친아빠일지도 모른다고 생각하면서 신부 입장 때 함께 들어가 달라고 부탁한 것이었다니.

"어릴 때부터 호사카 아저씨가 아빠면 좋겠다고 입버릇처럼 말하곤 했으니까." 마리아가 쓸쓸한 표정으로 중얼거리며 잔을 입으로 가져갔다.

7

경품 교환소에서 1만 8천 엔을 받아서 윗옷 주머니에 넣고 돌아 나왔다.

역을 향해 걸어가고 있는데 바지 주머니에서 핸드폰 진동음이 울렸다.

미야모토에게서 온 전화였다.

"너 지금 한가하냐?"

통화 버튼을 누르기가 무섭게 미야모토가 물었다.

"뭐… 한가하다면 한가하지."

"일이 하나 들어왔는데 안 할래? 조건이 나쁘지 않거든."

이번에도 또 보이스 피싱 같은 건가.

미야모토를 처음 만난 것은 소년 교도소 출소 후 잠시 머물렀던 센터에서였다. 센터에서 지낼 수 있는 기간은 정해져 있는데 나가서 살 집은 물론이거니와 돈도 없고 일자리도 없어서 난감해하던 차에 미야모토가 몇 번인가 돈이 되는 일을 소개해 줬다.

여전히 집은 없다. 가지고 있는 돈도 조금 전 파친코에서 딴 돈을 합쳐서 2만 엔 정도가 전부다.

"좋아."

"오케이, 자세한 얘기는 만나서 하자. 이케부쿠로에 있는 바 기억하지? 전에 몇 번인가 같이 갔던 데."

"알았어. 바로 갈게."

문을 열고 들어가자 딸랑거리는 종소리와 함께 카운터 안에 있던 남자가 "어서 오세요" 하고 인사했다. 카운터석이 열 개뿐인 작은 가게 안에 다른 손님은 보이지 않았다.

"혼자 오셨나요?"

보면 알 거 아니냐고 생각하며 아무 대답도 하지 않고 오른쪽 구석 자리에 가서 앉았다. 윗옷 주머니에서 담배와 라이터를 꺼내 카운터에 내려놨다.

"뭘로 드릴까요?"

남자가 떨떠름한 표정으로 재떨이와 컵받침을 내왔다.

"맥주."

"생맥주 괜찮으십니까?"

아무거나 상관없다고 대답하자 남자가 안쪽으로 사라졌다가 다시 와서 눈앞에 맥주잔을 내려놓았다.

맥주를 한 모금 마시고 담배를 꺼내 입에 물었다. 라이터로 불을 붙이려는데 좀처럼 불이 붙지 않았다. 원래 사용하던 라이터를 잃어버려서 급하게 산 라이터였다. 싸구려 라이터는 이래서 문제다.

"라이터나 성냥 있어요?"

남자가 술병이 진열된 장식장 아래 서랍을 뒤져서 라이터를 꺼냈다. "이것밖에 없으니 다 쓰면 돌려 주세요"라고 말하며 내게 건넸다.

겨우 담배에 불을 붙이는 데 성공하고 연기를 내뿜었다. 다시 맥주를 한 모금 들이켰다.

딸랑, 하는 소리에 문 쪽으로 고개를 돌렸다.

양복을 입은 남자들이 줄줄이 들어왔다. 이렇게 좁은 가게에 어떻게 다 앉으려고 그러나, 그런 생각을 하고 있는데 방금 들어온 남자들이 내 뒤에 빙 둘러섰다.

"이시하라 료헤이 씨?"

그중 한 명이 물었지만 무시하고 맥주잔에 손을 뻗었다. 곧바로 옆에 있던 남자가 내 손목을 움켜쥐었다. 그와 동시에 사방에서 뻗어온 손들이 내 몸을 짓눌렀다.

"이시하라 료헤이 씨, 키타가와 유아 씨 살해 혐의로 당신을 체포합니다."

남자의 목소리와 함께 손목에 차가운 감촉이 닿으면서 철컥 하는 금속음이 울렸다.

"저기요."

내가 부르자 문 옆에 놓인 책상에 앉아 있던 양복 차림의 남자가 이쪽을 쳐다보았다.

"배가 조여서 아픈데, 도망 안 칠 테니까 이 줄 좀 풀어주면 안 돼요?"

남자가 무시하듯 고개를 돌렸다.

나도 큰 기대는 하지 않았기에 코웃음을 치고 넘어갔다.

문이 열리고 또 다른 남자가 들어왔다. 이쪽도 양복을 차려입고 손에는 종이 뭉치를 들고 있었다.

"도쿄지방경찰청 수사1과 무토입니다."

남자가 들고 온 서류를 책상 위에 내려놓으며 맞은편에 앉았다.

"조사를 시작하기 전에 본인 확인부터 하겠습니다. 이름이 어떻게 되죠?"

"묵비권을 행사하겠습니다."

"나이는요?"

"묵비권을 행사하겠습니다."

"직업은?"

"묵비권을 행사하겠습니다."

"주소와 본적지는?"

"묵비권을 행사하겠습니다."

질문을 마친 후 눈앞에 있는 남자가 차갑게 웃었다.

"역시 경험이 있어서 묵비권에 대해 잘 알고 있는 모양이군. 어쨌거나 규칙이니 안내는 하지. 당신에게는 진술을 거부할 권리가 있습니다."

나는 알고 있다는 뜻으로 고개를 끄덕였다.

"다음으로 당신이 체포된 혐의에 대해 설명하겠으니 사실인지 아닌지 대답하십시오. 피의자는 2019년 2월 7일 오후 10시 10분경 도쿄 네리마구 도요타마나카 3번지 52-12에 위치한 스카이캐슬 도요타마 203호에 침입하여 키타가와 유아 씨를 살해한 후 도망쳤다."

"무슨 말인지 모르겠습니다."

"이번에는 묵비권을 행사하지 않겠다는 건가. 그럼 2월 7일 오후 9시경부터 11시경까지 어디서 뭘 했는지 말해 봐."

"그렇게 오래전 일을 기억하고 있을 리가 없잖아요."

"아직 2주도 안 지났어. 기억을 떠올리는 데 도움이 될 수 있도록 이쪽에서 조사한 내용을 말해 주지. 당신은 2월 7일 오후 1시경부터 오후 9시 20분경까지 네리마역 근처에 있는 '다이나믹 볼 네리마점'이라는 파친코 가게에서 시간을 보냈어. 가게 안 CCTV와 경품 교환소의 CCTV에 당신으로 추정되는 사람이 찍혀 있더군. 그로부터 약 2시간 반이 지난 오후 11시 50분경, 마찬가지로 네리마역 근처에 있는 PC방에 들어가서 다음 날 아침까지 머물렀지. 가게 컴퓨터에 당신 회원 카드 이용 기록이 남아 있어."

"누가 내 카드를 주워서 사용했나 보죠."

"PC방 회원 카드를 잃어버렸다는 건가?"

나는 고개를 끄덕였다.

즐기기 전이나 즐기고 난 후에 사용한 PC방 회원 카드는 만약에 대비해 다 버렸다.

"아까 압수한 지갑을 살펴보면 알 거 아닙니까."

"그래? 그럼 당신은 스카이캐슬 도요타마 203호에는 간 적이 없다는 건가?"

"내가 기억하기로는요. 아니면 거기 CCTV에도 내 얼굴이 찍혀 있던가요?"

"아니…."

눈앞의 남자가 고개를 가로저으며 윗옷 주머니에 손을 넣었다. 주머니에서 꺼낸 물건을 책상 위에 내려놓았다.

투명 지퍼백에 들어 있는 은색 라이터였다.

"키타가와 유아 씨 시신 옆에 이게 떨어져 있었다. 당신, 과거에도 사건을 일으켜서 경찰서에서 지문 채취 당한 적 있지? 라이터에서 검출된 지문이 그때 채취한 지문과 일치하더군. 이것도 누가 주워서 시체 옆에 두고 갔다고 할 건가?"

남자가 하는 말을 들으며 라이터를 내려다보았다.

어디서 잃어버렸나 했더니 거기 떨어뜨리고 온 거였구나. 나도 모르게 웃음이 났다.

"뭐가 웃기지?"

"아니, 아무것도 아닙니다." 나는 웃음을 참으며 고개를 저었다.

8

버스에서 내려 조금 걷자 벽돌로 된 정문이 나타났다.

호사카는 정문을 통과하려다가 문득 걸음을 멈췄다.

이대로 교도소에 들어간다고 해서 지금까지와 똑같이 재소자 상담을 진행할 수 있을까.

3주 전, 유아를 죽인 범인이 체포되었다.

이시하라 료헤이라는 스물다섯 살짜리 남자였다.

경찰로부터 직접 이야기를 들은 마리아의 말에 따르면 경찰에 체포된 이시하라는 처음에는 범행을 부인했지만 경찰이 현장에서 발견된 범인의 지문이 묻은 라이터를 보여 주자 순순히 자기가 죽였음을 인정했다고 한다. 유아가 죽기 일주일 전에 세타가야에서 시신으로 발견된 여자도 이시하라가 죽인 거라고 했다.

유아의 죽음으로 인한 충격 때문에 지난번 개인 상담은 쉬었다. 보안부장인 니시자와에게는 사실대로 말해야 할지 고민했지만 굳이 말할 필요도 없을 것 같아서 일단은 몸이 좋지 않다는 핑계를 댔다.

두 번 연속으로 쉴 수는 없다는 생각에 여기까지 오기는 했지만 정문을 통과하기가 망설여졌다.

호사카는 한차례 숨을 크게 내쉰 다음 문을 통과했다. 본관으로 들어가서 복도를 걸어갔다. 서무과에 들러 가방에서 성서와 찬양 반주기를 꺼낸 뒤 가방을 직원에게 맡기고 대기실로 향했다.

노크를 하고 대기실 문을 열자 테이블에 앉아 있던 니시자와가 자리에서 일어났다.

"목사님, 몸은 좀 괜찮으십니까?"

니시자와가 걱정스러운 표정으로 물었다.

"걱정 끼쳐 드려 죄송합니다. 이제 다 나았습니다."

"목사님께서 못 온다고 하신 건 처음이라 걱정했습니다." 니시자와가 테이블 위에 놓인 전기 포트에 손을 뻗으며 말했다.

"차는 안 주셔도 됩니다."

호사카가 사양하자 니시자와가 손을 멈추고 고개를 들었다.

평소처럼 차를 마시고 잡담을 나누면서 아무렇지 않은 척할 자신이 없었다.

호사카의 지인이 범죄자의 손에 죽었다는 사실을 알게 되면 니시자와도 자신을 어떻게 대해야 할지 고민이 될 것이다. 어쩌면 교정 선교를 그만둬야 할지도 모른다. 사실 교정 선교를 계속할 마음이 있는지 스스로도 확신할 수 없었다.

어쨌거나 당장은 차분히 생각할 시간이 필요했다.

"오랜만이라 오늘 상담을 어떻게 진행할지 혼자서 생각을 좀 정리하고 싶어서요. 죄송합니다."

"알겠습니다. 오늘 상담을 신청한 사람은 나라, 마루야마, 이구치, 후세, 야마다 총 다섯 명입니다."

이름을 듣고 마음이 한층 더 무거워졌다. 모두 살인을 저지른 자들이었다.

"알겠습니다." 호사카는 고개를 끄덕이며 대답한 후 대기실을 나와 상담실로 향했다. 방 안으로 들어가 코트를 벗어 옷걸이에 걸고 자리에 앉았다. 교탁 위에 팔꿈치를 얹고 양손으로 머리를 감싸 쥔 채 눈을 감고 마음을 진정시키려 애썼다.

지금부터 만날 다섯 명은 이시하라 료헤이 같은 인간은 아니다….

나는 그들을 이끌어야만 한다. 신의 말씀을 통해 그들이 두 번 다시 나쁜 길로 빠지지 않도록…. 그것이 내 사명이다….

노크 소리에 정신을 차리고 문 쪽을 돌아보았다.

"네."

호사카가 대답하자 문이 열렸다. 아오야기 교도관을 따라 나라가 방 안으로 들어왔다. 이전처럼 고개를 숙이지 않고 똑바로 이쪽을 향하고 있는 얼굴은 어딘지 모르게 편안해 보였다.

"그럼 잘 부탁드립니다."

아오야기가 문을 닫고 나가자 나라가 이쪽으로 다가와 오른손을 내밀었다.

그 손을 내려다보며 처음으로 망설임을 느꼈다.

이자는 이 손으로 사람을 죽였다. 유아를 죽인 이시하라 료헤이처럼.

그렇다고 악수를 하지 않을 수도 없어서 호사카는 나라가 내민 오른손을 가볍게 쥐었다. 등에 소름이 돋았다. 바로 손을 놓은 다음 나라에게 "앉지" 하고 의자를 권하며 마주 보고 앉았다.

"몸이 안 좋으시다고 들었는데 괜찮으세요?" 나라가 물었다.

"아아, 별일 아니네. 혹시 지난번 개인 상담을 신청했었나?"

"네. 하루빨리 목사님을 만나 얘기하고 싶어서요. 기다리느라 목 빠지는 줄 알았어요." 나라가 멋쩍게 웃으며 대답했다.

만나는 것은 오늘로 세 번째인데 웃는 얼굴은 처음 보았다.

평소라면 기쁘게 생각했겠지만 오늘은 조금도 반갑지 않았다.

"무슨 얘기를 하고 싶었길래?" 호사카가 물었다.

"지난번에 목사님이 하신 말씀을 실천해 봤어요."

"내가 한 말?"

그렇게 되물으며 자신이 무슨 말을 했었는지 기억을 더듬어 보았다.

"신께 용서받았다고 생각하려고 노력했습니다."

나라의 말을 들으니 기억이 났다.

지난번 상담 때 호사카는 나라에게 인간은 자신이 용서받았다는 사실을 깨달았을 때 비로소 남도 용서할 수 있다고 말했다. 자신이 죽인 상대방을 용서하지 못하는 한 죄를 뉘우치고 반성하는 것도, 자기가 일으킨 사건을 정면으로 마주하는 것도 불가능하다고.

불과 한 달 전에 있었던 일인데 아득히 먼 옛날 일처럼 느껴졌다.

"스스로가 용서받은 존재라고 생각하니 신기하게도 마음이 조금 가벼워졌습니다. 동시에 사키를 용서해야겠다고 생각하게 되었고요…"

나라는 헤어진 연인인 사키를 스토킹한 끝에 칼로 서른 군데

넘게 찔러 죽였다.

"사키가 저한테 차갑게 대한 걸 용서하려고요. 그렇게 함으로써 저도 신 앞에서 용서받고 목사님이 말씀하신 것처럼 앞으로 삶의 목적을 열심히 찾아보려고 합니다. 출소 후에 제대로 살아갈 수 있게요."

나라의 말을 들으며 죽은 사람은 살아 돌아오는 것도, 처음부터 다시 시작하는 것도 불가능하다는 당연한 사실을 새삼 깨달았다.

이시하라에게 살해당한 유아도, 나라에게 살해당한 사키라는 여성도.

사키의 유족들이 지금 나라가 한 말을 들으면 뭐라고 생각할까.

아무리 신 앞이라는 단서를 달았다고는 해도 자신이 용서받았다고 생각하는 나라를 용서할 수 있을까.

나라를 그런 믿음으로 이끈 나는 과연 용서받을 수 있을까.

사키의 유족들에게, 그리고 범죄자에게 목숨을 빼앗긴 유아에게.

나라의 얼굴을 도저히 계속 마주 보고 있을 수가 없어서 호사카는 고개를 푹 숙였다.

"목사님, 왜 그러세요? 제가 뭔가 이상한 말을 했나요?"

나라의 목소리가 들렸다.

"아니… 미안하지만 잠깐 화장실 좀 다녀오겠네."

호사카는 고개를 숙인 채 자리에서 일어나 상담실 밖으로 뛰쳐나갔다.

"무슨 일이십니까?" 복도에서 대기하고 있던 아오야기가 놀란 얼굴로 물었다.

"잠깐 화장실 좀….” 호사카는 말을 끝까지 맺지 못하고 그 자
리에 털썩 무릎을 꿇었다.

한계치에 다다른 속마음을 토해 내듯 속에 든 것을 바닥에 다
쏟아 냈다.

제2장

1

절이 가까워지자 입구에 서 있는 마리아가 보였다. 호사카와 마찬가지로 한 손에 꽃다발을 들고 있었다.

"미안. 많이 기다렸지."

호사카가 말을 걸자 마리아가 "나도 방금 왔어"라고 대답했다.

마리아와 함께 절 안으로 들어가 물통을 빌린 다음 물을 받아서 무덤으로 향했다.

마리아 부모님의 무덤은 시부야에 위치한 이 절에 있었다. 유리아가 죽었을 때도 여기 묻었고, 지금은 유아도 한 무덤 안에 잠들어 있다.

유아의 장례식이 끝나자마자 마리아는 언제든지 무덤을 찾을 수 있도록 센다이에서 하던 일을 정리하고 도쿄로 이사 왔다. 현재는 이타바시에 있는 오피스텔에 살면서 보험 회사에 다니고 있었다.

"키모토 씨랑은 연락하고 지내?"

호사카가 묻자 마리아가 고개를 가로저었다.

"그쪽 어머니랑은 몇 번인가 전화로 통화했어. 키모토 씨, 아직도 정서 불안으로 집에서 쉬고 있대."

유아의 장례식이 끝난 후 키모토는 회사를 그만두고 부모님이 계신 니가타로 내려갔다. 사건 현장에서 유아의 시신을 발견한 충격에서 아직 헤어나오지 못하고 있는 모양이었다.

"약혼자로서 재판 방청은 당연히 가야 하겠지만 아무래도 키모토 씨가 견딜 수 있을 것 같지가 않다고…."

유아를 죽인 이시하라 료헤이의 첫 공판이 내일 도쿄지방법원에서 열린다. 죽은 유아의 한을 풀어줄 수 있는 판결이 내려지기를 바라는 마음으로 마리아와 함께 기도하기 위해 오늘 이곳에 온 것이었다.

무덤 앞에 도착해서 주변을 간단히 청소한 후 꽃다발을 내려놓고 향을 피웠다. 마리아가 먼저 무덤 앞에 쪼그리고 앉아서 합장했다.

마리아가 일어나서 자리를 비켜주자 호사카는 무덤 앞으로 이동했다. 양 손바닥을 맞대고 눈을 감았다.

호사카는 지하철 가스미가세키역 개찰구를 빠져나와 A1 출구로 향했다. 계단을 걸어 올라갈 엄두가 나지 않아 엘리베이터 앞에서 버튼을 누르고 엘리베이터가 오기를 기다렸다.

이 역에서 내리는 것은 오늘로 네 번째다.

— 그 정도로 짜릿한 재미를 맛봤으니 미련 없이 언제든지 사형당해 줄게요.

첫 공판에서는 공소장을 낭독한 검사를 향해 피고인 이시하라 료헤이가 허가되지 않은 발언을 하는 바람에 퇴정당하고 그대로 폐정했지만, 이후에는 별다른 문제 없이 심리가 진행되었다.

사건 현장에 입회한 경찰관의 증언이라든지 두 여성 피해자의 부검을 담당한 전문가의 소견을 방청석에서 들으면서 호사카는 유아의 시신을 확인했을 때의 기억이 되살아나 가슴을 후벼 파는 듯한 고통을 느껴야 했다.

그리고 피고인석에 앉아서 증언을 듣는 이시하라를 보고 분노에 몸을 떨었다.

이시하라는 시종일관 엷은 미소를 띠고 있었으며, 때로는 입을 크게 벌리고 하품을 하기도 했다. 자신이 저지른 죄를 뉘우치고 반성하는 모습은 전혀 찾아볼 수 없었다.

이시하라를 처음 본 그날부터 호사카는 극심한 분노와 슬픔에 몸부림쳤다. 식사도 제대로 하지 못했고, 매일 밤 악몽에 시달렸다.

집을 나서기 전까지 오늘 방청은 못 가겠다고 마리아에게 연락하려다가 그만두기를 몇 번이고 반복했다.

오늘은 오전 중에 피고인 신문, 오후에는 검찰 측 논고 및 구형과 변호인의 최종 변론이 예정되어 있었고, 이다음은 판결 공판이었다. 1심에서 이시하라를 볼 수 있는 기회는 앞으로 이틀뿐이라는 말이었다.

그중 하루만이라도 절망하고 괴로워하는 이시하라를 보고 싶었다. 자신이 유아를 죽인 대가로 머지않아 자기도 이 세상에서 영영 사라지게 될지 모른다는 사실에 벌벌 떠는 모습을.

엘리베이터에서 내려 도쿄지방법원이 있는 합동 청사로 향했다. 청사 주변은 오늘도 마이크와 카메라를 든 기자들과 방청권을 구하려는 사람들로 북적였다. 인파를 뚫고 걸어가다가 건물 앞에 서 있는 마리아를 발견하고 그쪽으로 다가갔다.

아직 약속한 시간은 되지 않았지만 호사카가 "기다리게 해서 미안"이라고 말을 걸자 입구 쪽을 보고 있던 마리아가 이쪽으로 고개를 돌렸다.

잠시 말없이 호사카의 얼굴을 쳐다보던 마리아가 어두운 목소리로 "밥은 제대로 챙겨 먹고 있어?" 하고 물었다.

"응… 뭐… 대충….

거짓말이었다.

"몸은 좀 괜찮아?"

마리아가 고개를 끄덕였지만 그것 역시 거짓말일 터였다.

마리아의 눈 밑에는 화장으로도 가려지지 않는 다크서클이 짙게 자리잡고 있었고, 뺨도 최근 일주일 사이에 눈에 띄게 홀쭉해졌다.

자기와 마찬가지로 마리아의 마음도 거의 한계에 다다른 것 같았다.

순간적으로 오늘은 이대로 돌아가자는 말이 목까지 차올랐지만, 가까스로 "그럼 갈까?"라는 말로 바꾸어 내뱉고 건물 입구로 향했다.

직원에게 가지고 있던 가방을 건네고 금속 탐지기를 통과했다. 엘리베이터를 타고 701호 법정으로 향했다.

복도에 서 있는 직원에게 사건 피해자 관계자라고 말하고 법정 안으로 들어가 늘 앉던 방청석 왼쪽 앞에서 세 번째 줄에 앉았다.

마리아가 가방에서 유아의 사진을 꺼내 가슴에 안았다.

지금까지의 경험으로 미루어 보면 이시하라는 방청석에 누가 와 있든 전혀 개의치 않는 것 같기는 했지만, 호사카도 마리아 옆에서 날카로운 시선으로 피고인석을 노려보며 공판이 시작되기만을 기다렸다.

교도관 두 명이 이시하라를 데리고 법정으로 들어왔다. 오늘도 변함없이 기분 나쁜 미소를 띤 이시하라가 나이가 지긋한 변호인 옆에 앉자 교도관들이 수갑과 포승줄을 풀어주었다.

"모두 자리에서 일어나 주십시오."

남자의 목소리와 함께 정면에 보이는 문이 열리고 세 명의 판사와 여섯 명의 배심원, 두 명의 예비 배심원이 들어왔다.

자리에서 일어나지도 않고 고개를 숙이지도 않는 이시하라를 시야 끝으로 확인하며 호사카는 목례를 한 뒤 다시 자리에 앉았다.

"그럼 재판을 시작하겠습니다. 오늘은 피고인 신문을 할 차례죠? 피고인은 증언대 앞으로 나와 주십시오."

남자 재판장이 말하자 변호인이 옆에 앉은 이시하라에게 뭔가 말을 건넸고, 이윽고 이시하라가 자리에서 일어나 이쪽으로 걸어왔다.

매번 그랬듯 이시하라는 마리아가 가슴에 안고 있는 영정 사진을 흘깃 쳐다보더니 코웃음을 치며 증언대 앞 의자에 앉았다.

"변호인, 신문하십시오."

재판장의 지시에 변호인이 종이 뭉치를 들고 자리에서 일어났다.

"변호인 질문하겠습니다. 우선… 이번 두 사건이 아니라 피고인이 8년 전에 저지른 살인 사건에 대해 묻겠습니다."

변호인의 말이 채 끝나기도 전에 이시하라가 "그 망할 놈의 할 망구요?"하고 시큰둥한 어조로 내뱉었다.

"피고인의 할머니 말입니다." 변호인이 곧바로 타이르듯 말했다. "당신은 열여섯 살 때, 자고 있던 할머니를 야구 방망이로 때려죽이고 경찰에 체포되었습니다. 왜 그런 짓을 했죠?"

"짜증 나서요."

"어떤 점이 짜증… 아니, 신경에 거슬렸습니까?"

"갑자기 왜 그런 옛날 일을 묻는 건데요." 이시하라가 귀찮다는 투로 말하며 고개를 한 바퀴 돌렸다.

"대답해 주시죠. 저는 지금까지 수차례 피고인 접견을 갔지만 피고인은 이번 사건에 관한 이야기 외에 자신의 성장 과정 등에 대해서는 한마디도 하지 않았습니다."

"말할 필요가 없으니까요."

변호인이 한숨을 내쉬더니 손에 들고 있던 종이를 넘기며 입을 열었다.

"해당 사건의 재판 기록에 따르면 피고인이 아홉 살 때 부모님이 이혼하면서 아버지가 피고인을 데려갔고, 어머니는 당시 열 살이던 누나를 데려갔다고 되어 있는데 이것이 사실입니까?"

"네."

"그 후 한동안은 피고인과 아버지 둘이 살았지만 석 달쯤 지났을 때 한 여자가 집에 들어와 함께 살기 시작했고, 1년쯤 지나자 아버지는 피고인을 자신의 어머니, 즉 피고인의 친할머니 집으로 데려갔습니다. 아버지는 피고인에게 잠시 일 때문에 지방에 내려가게 되었으니 몇 달만 할머니 집에서 지내라고 했지만, 그 후 아버지는 돌아오지 않았고 연락도 끊겼습니다. 피고인은 아버지가 아들인 자기가 아니라 동거하던 여자와 단둘이 살기 위해 자신을 할머니 집에 버리고 갔다고 생각했다고요?"

"그래서요?"

"국가에서 나오는 연금으로 근근이 살아가던 할머니는 군식구가 생겨서 생활이 더 팍팍해졌다며 매일 같이 피고인을 구박했습니다. 떨어져 사는 어머니와 누나에게서는 연락이 오지 않았고, 피고인은 가족에게 버림받았다는 절망 속에서 사이가 좋지 않은 할머니와 살 수밖에 없었습니다. 그런 환경에서는 공부에 대한 의욕도 생기지 않았고, 할머니도 피고인에게 들어가는 학비가 아깝다고 생각했기 때문에 결국 피고인은 고등학교에 진학하지 않고 방 안에만 틀어박혀 지내게 되었습니다. 그러다가 나가서 돈을 벌어오라는 할머니의 구박에 그때까지 쌓여 있던 불만이 폭발하면서 그런 사건을 일으키게 되었습니다. 당시 재판에서 피고인은 범행 동기에 대해 이렇게 증언했다고 되어 있습니다. 맞습니까?"

"글쎄요. 그게 뭐 어쨌다는 건데요." 이시하라가 시니컬한 말투로 대꾸했다.

"피고인은 자신을 할머니 집에 갖다 맡긴 아버지, 그리고 떨어져 살면서 피고인에게 한 번도 연락하지 않은 어머니를 어떻게 생각합니까?"

"고맙다고 생각합니다."

"고맙… 다고요?" 예상치 못한 대답에 변호인이 되물었다.

"네. 그 할망구랑 6년간 함께 산 덕분에 내가 살아 있다고 실감할 수 있었으니까요. 비록 한순간이었지만."

"무슨 말이죠?" 변호인이 의미를 모르겠다는 듯 고개를 갸웃거렸다.

"야구 방망이로 내리쳤을 때, 처음에는 머리를 노렸지만 잘못해서 어깨에 맞았거든요."

"그건… 피고인의 할머니를 공격했을 때 말입니까?"

"네. 할망구가 비명을 지르며 몸을 일으키려고 하길래 몇 번인가 연달아 머리를 내리쳤더니 바로 죽었어요. 그 순간, 그때까지 한 번도 느껴 본 적 없는 강한 쾌감이 밀려들었어요. 내가 살아 있다는 걸 실감했죠."

이어서 피고인이 소년 교도소를 나와 지금까지 어떻게 살았는지에 대한 질문과 대답이 오간 후, 이야기는 드디어 본론이라고 할 수 있는 이번 살인 사건으로 옮겨왔다.

"피고인은 공소장에 적힌 두 건의 강도 살인 사건에 대해 전적으로 혐의를 인정했습니다. 피해자들에게 하고 싶은 말은 없습니까?"

"하고 싶은 말이요?"

이시하라가 입꼬리를 올리며 피식 웃었다.

"피해자는 둘 다 스물다섯 살짜리 젊은 여성이었습니다. 피고인은 자기와 아무 상관도 없는, 미래가 있는 사람들을 죽인 겁니다. 미안하다고 생각하지 않습니까?"

"별로 안 미안한데요." 이시하라가 바로 답했다.

"정말로 피해자들에게 아무것도 할 말이 없습니까? 그런 사건을 저지른 것을 후회하지 않습니까?"

"딱 하나 후회되는 게 있어요."

"뭐죠?" 변호인이 상체를 이시하라 쪽으로 내밀며 물었다.

"조금만 더 신중하게 임했더라면 더 죽일 수 있었을 텐데, 하고요."

"이상입니다."

어깨를 축 늘어뜨린 변호인이 자리에 앉자 재판장이 "다음으로 검사, 반대 신문 하세요"라고 말했다.

호사카 앞에 앉아 있던 남자 검사가 자리에서 일어났다.

"히라모토 검사입니다. 조금 전 변호인도 말했듯이 피고인은 공소장에 적힌 내용이 사실이라고 인정했습니다. 애초에 피고인은 왜 그런 사건을 저지른 겁니까?"

"아까도 말했듯이 살아 있다는 실감을 느끼고 싶어서요." 이시하라가 담담한 말투로 대답했다.

"그게 다입니까? 금품이라든지 여성의 몸이 목적이었던 건 아닙니까?"

이시하라는 대답하지 않았다.

"피해자들의 시신에서 성폭행을 당한 흔적은 확인되지 않았습니다. 다만 피해 여성들은 얼굴을 구타당해 코가 내려앉고 눈 주위의 뼈가 부러졌을 뿐만 아니라 혈관이 터져서 피도 많이 났습니다. 그런 상태였기 때문에 성적 흥미를 잃었을 뿐이지 만약 그렇지 않았다면 성적 욕구를 채운 후에 살해하고 금품을 빼앗으려고 했던 것 아닙니까?"

"솔직히 말해서 여자 몸에는 별로 관심 없어요. 돈은 뭐 있으면 가져가도 좋겠다고 생각했지만요."

"방금 말한 살아 있다는 실감을 느끼는 것과 금품을 빼앗는 것, 둘 중 어느 쪽의 동기가 더 강했습니까?"

"당연히 전자죠. 파친코에서 버는 것도 있으니까 돈은 어디까지나 부차적인 문제였어요. 딱히 돈이 필요한 건 아니었지만 죽은 사람이 돈을 가지고 있어도 의미가 없으니까요."

"그렇습니까."

검사가 증오에 찬 눈빛으로 이시하라를 쏘아보며 말을 이었다.

"여자 몸에는 별 관심이 없다고 했는데 그렇다면 왜 젊은 여성을 노린 겁니까? 사람을 죽이는 행위를 통해 살아 있다는 실감을 얻는 거라면 상대가 꼭 젊은 여성일 필요는 없을 텐데요. 첫 범행 때처럼 노인을 노리는 편이 힘으로 제압하기도 더 쉬웠을 테고요."

"답답한 소리 하시네. 죽일 거면 당연히 젊은 사람이 더 좋죠."

"왜죠?" 검사가 불쾌한 기색을 드러내며 물었다.

"인간의 평균 수명이 대충 80살이라고 치면 앞으로 살 날이 기껏해야 10년, 20년밖에 안 남은 할망구를 죽이는 것보다 앞으로 60년 가까이 더 살 수 있는 젊은 여자를 죽이는 편이 만족감이라든지 살아 있다는 실감을 더 확실하게 느낄 수 있으니까요. 그리고 검사님 말마따나 힘을 생각했을 때 아무래도 남자는 상대하기 힘드니까 여자를 노린 거고요."

신이 나서 떠드는 이시하라를 노려보며 검사가 입술을 씰룩거렸다.

소리는 들리지 않았지만 개자식, 이라고 한 것 같았다.

"그럼 이어서 각각의 사건에 대해 묻도록 하겠습니다. 먼저 세타가야에서 일어난 사건부터⋯ 왜 피해자를 표적으로 삼은 거지?"

이시하라에 대한 혐오감을 그대로 드러내듯 검사의 말투가 거칠어졌다.

"편의점에서 봤는데 영 싸가지 없어 보이길래요. 이런 여자가 나한테 목숨을 구걸하면서 죽어 갈 때는 어떤 얼굴을 할지 궁금하더라고요."

　말하는 사이사이에 섞여 드는 이시하라의 웃음소리가 신경을
건드렸다.

　"매장에서 구입한 맥주병으로 상대의 안면을 내리친 다음 집으
로 끌고 들어간다는 수법은 미리 생각해 둔 건가?"

　"아니요, 즉석에서 생각해 낸 방법이었어요. 뭔가 쓸 만한 게 없
을까 하고 편의점 안을 둘러보다가 병맥주랑 박스 테이프를 사서
여자 뒤를 따라갔죠."

　"사건 현장에서 피고인의 지문은 검출되지 않았는데."

　"나도 바보는 아니니까요. 편의점을 나온 직후에 장갑을 꼈죠.
여자는 편의점 옆에 있는 건물로 들어갔고, 바로 따라 들어가서
공동 현관 앞에 서 있는 여자한테 인사를 건넸더니 같은 건물에
사는 주민이라고 생각했는지 멍청하게 자기도 나한테 인사를 하
더라고요. 공동 현관 문이 열리고 같이 안으로 들어가서 여자가
우편함을 확인하는 동안 내가 먼저 엘리베이터 앞에 가서 여자가
오기를 기다렸어요. 여자 발소리가 들리길래 엘리베이터 버튼을
누르고 같이 타서…." 이시하라가 갑자기 말을 멈추더니 고개를
갸웃거렸다.

　"그리고?" 검사가 대답을 재촉했다.

　"몇 층이었더라…."

　"피해자의 집은 602호였다."

　"아, 맞다. 몇 층이냐고 물으니까 6층이라고 하길래 6층이랑 5
층 버튼을 눌렀어요."

　"5층 버튼은 왜 누른 거지?"

　"같은 층에서 내리면 경계할 것 같아서요. 엘리베이터 바로 옆

에 계단이 있어서 일단 5층에서 내린 다음 계단을 이용해 6층으로 올라갔어요. 문 앞에 서서 열쇠를 꺼내고 있는 여자한테 소리 없이 다가가 이걸 떨어뜨린 것 같다고 말을 걸었죠. 그러고는 이쪽을 돌아보는 여자의 얼굴을 향해 맥주병이 든 편의점 비닐봉지를 힘껏 휘둘러서 그걸로 게임 끝."

"그런 다음 피해자가 가지고 있던 열쇠로 현관문을 열고 안으로 끌고 들어간 건가?"

"네."

"그때 피해자의 상태는?"

"검사님이 아까 말한 것처럼 코가 부러져서 피를 흘리면서 덜덜 떨고 있었어요. 울면서 죽이지만 말아 달라고 애원하길래 조용히 하면 안 죽이겠다고 한 다음 박스 테이프로 입을 막고 그걸로 양쪽 손목과 발목도 다 묶었어요."

등 뒤에서 오열이 터져 나왔다. 호사카가 앉아 있는 의자 등받이도 미세하게 흔들렸다.

"할망구 때는 너무 빨리 죽어 버려서 제대로 즐기지 못했기 때문에 이번에는 충분히 시간을 들여서 고통에 몸부림치는 모습을 실컷 만끽했죠."

"이 악마!"

여자의 절규에 호사카는 뒤를 돌아보았다.

뒷자리에 앉아 있던 여자가 이시하라를 잡아먹을 듯한 표정으로 삿대질을 하며 소리를 질렀다.

"이 짐승만도 못한 놈! 요코를 살려 내!"

아마도 이 사건 피해자의 가족인 듯했다.

"정숙하세요." 재판장이 나지막한 어조로 주의를 주었다.

"너 같은 놈은 당장 사형에 처해야 해! 지옥에나 떨어져라!"

"정숙하세요."

여자는 재판장의 주의에도 아랑곳하지 않고 이시하라에게 욕설을 퍼부어대다가 경위들에게 끌려나갔다.

여자가 사라진 후에도 법정 안 여기저기에서 웅성거림이 들려왔다.

"정숙하세요!"

날카로운 일갈에 그제야 정내가 조용해졌다.

"검사, 계속하세요."

재판장의 지시에 검사가 다시 이시하라를 향해 입을 열었다.

"방금 방청인이 한 말에 대해 어떻게 생각합니까?"

"지당하신 말씀이라고 생각합니다."

이시하라가 쿡쿡 웃으며 대답했다.

이어서 이시하라는 살해에 이르기까지의 자세한 경위를 설명했다. 귀를 틀어막고 싶은 심정이었다.

"…그럼 이어서 두 번째로 도쿄 네리마에서 일어난 사건에 대해 묻겠습니다. 어째서 또다시 젊은 여성을 표적으로 삼은 겁니까?"

검사의 말에 호사카는 저도 모르게 옆을 돌아보았다.

마리아는 증언대 쪽을 죽일 듯이 노려보고 있었다. 액자를 든 손이 부들부들 떨렸다.

호사카는 지금 당장 법정에서 뛰쳐나가고 싶은 충동을 필사적으로 억누르며 다시 정면을 쳐다보았다.

"뭐 이미 두 명 죽였으니 잡히면 사형 아니면 무기징역일 거 아니에요. 그럴 거면 잡히기 전에 한 번 더 죽여 봐야겠다 싶었죠. 즐거움을 맛보기 위해서요. 그래서 언젠가 파친코에서 돈을 땄을 때 그 돈으로 경찰봉을 손에 넣어서 계속 들고 다녔어요."

"칼이 아니라?"

"찔러 죽이는 건 재미없잖아요. 흠씬 두드려 패서 저항하지 못하게 만든 다음 천천히 고통을 가하면서 목을 조르는 게 최고거든요."

"왜 키타가와 유아 씨를 노린 겁니까?"

"먼젓번과 마찬가지로 편의점에서 우연히 마주쳤는데 관심이 가더라고요."

"관심을 갖게 된 이유는 뭡니까?"

"행복한 표정으로 미소를 짓고 있었거든요. 잡지랑 자기 왼손 약지에 낀 반지를 번갈아 쳐다보면서요."

"그게 어쨌다는 거죠?"

"당연한 걸 묻네요. 젊은 데다가 행복하기까지 한 사람을 죽이는 게 더 재미있으니까 그렇죠. 안 그래요?"

"계속하세요."

"내가 편의점 안으로 들어가니까 여자는 잡지를 내려놓고 매장을 둘러보기 시작했어요. 아이스크림을 집는 걸 보니 이 근처에 사는 사람 같았고, 그래서 여자가 계산을 마치기를 기다렸다가 바로 따라 나왔죠. 박스 테이프는 쓰던 게 아직 남아 있었거든요. 거기서부터는 아까랑 거의 똑같아요. 여자랑 같이 아파트로 들어가서 여자가 자기 집 앞에서 열쇠를 꺼내려는 순간 경찰봉으로 여자의 얼굴을 수차례 내리친 다음 집으로 끌고 들어갔죠."

"첫 번째 피해자는 현관 바로 앞에 쓰러져 있었던 반면 두 번째 피해자는 안쪽 방에서 발견되었습니다. 피고인이 거기까지 옮긴 겁니까?"

"아니요. 처음에 끌고 들어갈 때는 기절해 있었는데 안으로 들어가서 박스 테이프로 묶으려고 하니까 정신이 들었는지 눈을 뜨고 안쪽으로 도망쳤어요. 비명이라도 질렀으면 좋았을 텐데 너무 무서워서 소리가 안 나오는 것 같더라고요. 여자가 도망쳐 들어간 방문을 힘으로 열고 들어가서 여자를 조용하게 만들기 위해 경찰봉을 휘둘렀더니 그게 여자의 얼굴에 명중했고, 여자는 그대로 침대 위에 쓰러졌어요. 그래서 일단 양쪽 손목이랑 발목을 박스 테이프로 묶은 다음 여자의 뺨을 때려서 깨웠죠."

"왜 그런 짓을?"

"직업상 어쩔 수 없는 일이겠지만 검사님도 참 아까부터 똑같은 질문을 지치지도 않고 계속하시네요. 기절한 여자를 죽이는 건 재미가 없잖아요."

그 말을 들은 순간 귓가에서 쩽 하고 날카로운 울림이 들리더니 정신이 아득해졌다. 눈앞이 뱅뱅 돌고 구역질이 났다.

더이상 들으면 안 된다….

하지만 나는 들어야만 한다….

유아의 마지막이 어땠는지를.

"이윽고 눈을 뜬 여자는 자기가 처한 상황을 깨닫고 울기 시작했어요. 시뻘건 눈물을 줄줄 흘리는 게 어찌나 웃기던지. 뱃속에 아기가 있으니 심한 짓은 하지 말아 달라는 말을 듣고 이 여자가 왜 아까 편의점에서 잡지를 보면서 미소 짓고 있었는지 깨달았죠. 임산부가 보는 잡지였거든요."

호사카는 편의점에서 잡지를 보는 유아의 모습을 상상해 보았다.

유아는 곧 태어날 아기와 세 가족의 미래를 그려 보며 미소 짓고 있었을 것이다.

자신들에게는 앞으로 밝은 미래가 기다리고 있다고 믿으며.

그런데….

"얼굴을 몇 대 더 때리니까 기절했는지 조용해지더라고요. 그 사이에 여자가 소리를 지르지 못하도록 박스 테이프로 입을 막았어요. 그러고 난 후에 역시 기절한 채로는 재미가 없으니까 다시 뺨을 쳐서 깨웠어요. 그런 다음 여자의 목을 양손으로 잡고 천천히…."

순간 속에서 뭔가가 울컥 치밀어올랐다. 호사카는 한 손으로 입을 틀어막으며 급히 자리에서 일어났다. 그대로 법정 밖으로 나가 화장실로 뛰어들었다. 변기 앞에 쪼그리고 앉아 위액을 토해냈다.

유아… 유아….

저 남자를 용서할 수 없다. 유아가 당한 것과 똑같은 고통을 맛보게 하고 싶다.

이런 생각을 하는 것은 신의 가르침에 반하는 것일까.

하지만….

호사카는 변기의 물을 내리고 소매로 입가를 닦으며 몸을 일으켰다. 세면대에서 입을 헹구고 화장실 밖으로 나오자 눈앞에 마리아가 서 있었다.

아마 자신도 분명 이런 눈을 하고 있을 것이다.

호사카는 마리아의 새빨간 눈을 말없이 응시했다.

2

"이시하라."

갑자기 들려온 남자 목소리에 그쪽으로 시선을 돌렸다. 문이 열리고 복도에 서 있는 교도관이 보였다.

"면회다. 나와."

일어나서 신발을 손에 들고 독방에서 나왔다. 뒤에서 따라오는 교도관에게 떠밀리듯 복도를 걸어가 면회실로 들어갔다.

아크릴판 건너편에 앉아 있던 변호인 토쿠무라가 고개를 들었다. 마주 보고 앉아서 "뭔데요?" 하고 물었다.

"항소 의사를 확인하러 왔습니다. 어제 판결이 나오고 나서는 이야기할 시간이 없었으니까요."

"됐어요."

뭐가 그리 놀라운지 도쿠무라는 바보처럼 눈이 휘둥그레졌다.

"그게 무슨 뜻인지 알고 하는 말입니까? 항소를 안 한다는 건 사형 판결이 그대로 확정된다는 겁니다."

"어차피 항소해도 결과는 바뀌지 않을 거잖아요."

"꼭 그렇다고만은 할 수 없습니다. 피해자는 두 명뿐이고…."

"세 명이에요." 내가 바로 정정했다.

숫자를 틀리면 곤란하다. 나는 정확히 세 사람 몫을 즐겼으니까.

"아… 네… 아무튼 1심 배심원 재판에서 사형이 선고된 사건이 2심에서 무기징역으로 바뀌는 케이스도 꽤 있습니다. 이시하라 씨가 이제라도 제대로 반성하는 모습을 보여주기만 한다면 1심에서는 자포자기한 나머지 다소 거친 언동을 하게 되었던 거라고…."

이 남자는 남의 일에 뭘 이렇게까지 열심인 걸까.

내가 죽든 말든 너랑은 상관없잖아.

이 남자도 웃긴 게 일부러 구치소까지 찾아와서 내 변호를 맡겠다고 했다.

유명해지고 싶어서 그런 건지는 모르겠지만 내 변호를 맡아 봤자 이미지가 나빠지기만 할 텐데 말이다.

최종 변론에서는 '사형 판결이 내려질 수도 있는 상황에서 굳이 스스로에게 불리한 증언을 한다는 것은 그만큼 자신의 죄가 얼마나 무거운지 잘 알고 있다는 증거'라느니 어쩌느니 하면서 말도 안 되는 소리를 늘어놔서 나도 모르게 웃어 버렸다.

"미안하지만 내가 집단생활을 싫어하거든요."

도쿠무라가 갑자기 무슨 말이냐는 듯 고개를 갸웃거렸다.

"무기징역으로 바뀌면 구치소가 아니라 교도소로 가게 될 거 아니에요."

"그건 그렇지만…."

"이대로 여기 계속 있으면 집단생활을 할 일도 없고, 노역할 일도 없고, 혼자서 방 안에서 편하게 지낼 수 있잖아요."

"하지만 언젠가는 형이 집행될 겁니다. 교수형에 처해진다고요."

"고작 목이 졸리는 것뿐이잖아요. 내가 한 짓에 비하면 훨씬 더 편하게 죽는 거죠. 더이상 사람을 죽이는 즐거움을 맛볼 수 없다면 아무래도 상관없어요."

"진심입니까?"

고개를 끄덕였다.

"정말로 이대로 형이 확정되어도 상관없다고요? 나중에 가서 후회해도 취소는 불가능합니다."

"알겠다고요."

도쿠무라가 크게 한숨을 내뱉으며 "알겠습니다…"라고 말했다.

"마지막으로 하나만 물어볼게요."

"뭡니까?"

"왜 나 같은 놈의 변호를 맡은 거예요?"

그렇게 어려운 질문도 아닌데 도쿠무라는 좀처럼 입을 열지 않았다.

"변호사님 자식 있어요?"

"대학생 아들이 하나 있습니다."

"그 아들이 잔인하게 살해당하더라도 아들을 죽인 범인을 변호할 거예요?"

"그건 힘들겠죠. 하지만 다른 변호인이 붙어서 그가 사형을 피할 수 있도록 변호해 주길 바랄 겁니다. 아까 한 질문에 답을 하자면… 당신이 한 짓은 결코 용서받을 수 있는 성질의 것이 아닙니다. 다만 저는 사형이라는 제도에 반대하는 입장입니다. 그래서 사형 판결이 내려질 가능성이 매우 높은 당신의 변호를 맡고자 한 겁니다."

"왜 사형에 반대하는데요?"

"그 이유를 설명하려면 시간이 아주 많이 필요합니다."

"그럼 됐어요."

더 할 말도 없어서 그만 자리에서 일어났다.

"저도 마지막으로 한마디만 하겠습니다." 도쿠무라가 말했다.

문을 나서려다가 멈춰 서서 도쿠무라를 돌아보았다.

"공판에서 당신이 보여준 말과 행동은 본심이 아닐 거라고 생각합니다. 반성하는 태도를 보이지 않고 난폭하게 구는 데에는 당신 나름대로 뭔가 이유가 있을 거라고요."

순진한 인간이다. 어디 가서 사기당하지 않게 주의라도 줘야 하는 거 아닌가.

"하지만… 만약 제가 지금까지 보아온 것이 당신의 본모습이라면 형이 집행되기 전까지 조금이라도 인간으로서의 마음을 되찾길 바랍니다. 언젠가 당신이 죽인 피해자들을 떠올리며 눈물 흘리는 날이 오기를 진심으로 기원합니다."

진지하게 말하는 도쿠무라를 쳐다보며 쓴웃음을 지었다.

1만 년 기다린다 한들 그런 날은 오지 않을 것이다. 아니, 어차피 그때까지 살아 있지도 않겠지만. 1만 년은커녕 앞으로 몇 년 안에 내 목숨은 사라질 테니까.

3

절 앞에서 기다리고 있으려니 마리아가 이쪽을 향해 걸어오는 게 보였다. 걸음걸이에 힘이 없고 때때로 비틀거리기도 했다.

겨우 호사카 앞에까지 와서 "기다리게 해서 미안" 하고 말했다.

"아니야. 그럼 갈까?"

호사카는 마리아와 함께 절 안으로 들어가 물통을 빌린 다음 물을 받아서 무덤으로 향했다.

오늘은 어제 법원에서 이시하라 료헤이의 사형 판결이 확정되었다는 사실을 유아에게 보고하러 온 것이었다.

사건 발생 후 1년도 지나지 않아 사형 판결이 확정되었지만 호사카에게는 전혀 위안이 되지 않았다. 기쁨이나 안도는 조금도 느껴지지 않았고, 그저 허무할 따름이었다.

아마 마리아도 마찬가지일 것이다.

무덤 앞에 꽃다발을 내려놓고 향을 피운 다음 마리아가 두 손을 모아 합장했다.

"…널 죽인 그 남자, 사형이 확정되었단다…. 하지만… 그 남자가 죽는다고 해서 네가 살아 돌아오는 것도 아닌데…. 엄마는 네게 고작 이런 소식밖에 전해 줄 수가 없구나…. 그 남자한테 아무런 보복도 복수도 하지 못해서… 미안하다… 유아… 엄마가 미안해…."

호사카는 오열하는 마리아 옆에 서서 말없이 마리아의 어깨를 다독였다. 몸의 떨림이 손바닥을 통해 전해져 왔다. 이윽고 마리아가 모았던 손을 내리고 가방에서 손수건을 꺼내 눈가를 닦으며 몸을 일으켰다.

이번에는 호사카가 무덤 앞에 쪼그리고 앉아 손바닥을 맞대고 눈을 감았다.

마음속으로 유아에게 건넬 말을 찾았지만 적당한 말이 떠오르지 않았다.

이시하라의 사형이 확정되었다. 너를 무참하게 살해한 남자가 국가에 의해 살해당할 거라는 말을 들으면 너는 기뻐할까.

이시하라는 공판 중 자신이 어떤 벌을 받게 될 거라고 생각하느냐는 질문에 사형이어도 상관없다며 될 대로 되라는 식의 발언을 했고, 사형이 선고되더라도 자신은 항소하지 않겠다고 말했다.

그리고 실제로 법정에서 사형이 선고되자 증언대 앞에 서 있던 이시하라는 "내 소원을 들어 줘서 땡큐 베리 머치!"라고 외치며 크게 웃었다.

몇 년 후가 될지는 모르겠지만 언젠가 이시하라가 처형당하더라도 과연 그것이 유아가 맛본 공포와 절망에 걸맞은 최후라고 할 수 있을까.

호사카는 눈을 뜨고 자리에서 일어났다. 물통을 들고 걸음을 내디뎠다.

마리아가 뒤따라오며 나지막한 목소리로 중얼거렸다.

"그 남자에게 사형 선고가 내려지면 조금은 후련해질 줄 알았어. 유아를 잃은 슬픔이 사라지지는 않겠지만 그래도 아주 조금은 마음이 홀가분해지지 않을까 하고. 하지만 판결이 선고된 순간 그 남자의 반응을 보니까 화가 치밀어 오르더라…. 속이 부글부글 끓고 창자가 뒤틀리는 것 같았어. 사형이 확정되었지만 내가입은 상처는 그대로야…."

호사카는 힘없이 고개를 끄덕이며 "그러게…" 하고 대답했다.

"잠깐 쉬었다 가지 않을래?"

마리아의 제안에 두 사람은 경내에 있는 벤치에 나란히 앉았다.

"교정 선교 일은 계속 하고 있는 거야?"

뜬금없는 질문에 호사카는 눈을 깜박였다.

교도소에서 교정 선교를 하고 있다고 마리아에게 말한 적은 있지만, 그때는 별 관심이 없어 보였고 그래서 지금껏 그 이야기를 다시 꺼낸 적도 없었다.

마리아가 왜 갑자기 이런 질문을 하는 것인지 알 수가 없었다.

"교정 선교는 일이 아니야. 자원봉사지. 반년쯤 전에 그만뒀어."
호사카가 대답했다.

"왜 그만뒀는데?"

"도저히 견딜 수가 없어서."

"이시하라 같은 살인자를 교화하는 걸?"

"응, 뭐…. 반드시 나여야만 하는 이유가 있는 것도 아니고."

"그만둘 때 이시하라 얘기도 했어? 아는 사람이 그 남자한테 살해당했다고?"

호사카는 고개를 가로저었다.

"교도소 소장을 비롯한 관계자들한테는 교회 일이 바빠져서 시간을 내기가 어려워졌다고만 했어. 마침 몇 년 전 모임에서 만난 목사들 중에 교정 선교에 관심이 있다는 사람이 있었거든. 아마 그 사람이 내 뒤를 이어서 할 수 있을 거라고 소개해 드렸어."

"그래…?" 마리아가 뭔가 생각에 잠긴 표정으로 중얼거렸다.

비단 교정 선교뿐만 아니라 목사라는 직업 전반에 대해 지금껏 마리아가 뭔가를 물어본 적은 한 번도 없었다. 애초에 호사카가 기독교를 믿기 시작했을 때부터 별 관심이 없어 보였다.

"그런 건 왜 물어보는 건데?" 호사카가 의아한 표정으로 물었다.

"넌 납득할 수 있어?"

마리아가 질문을 질문으로 받아쳤다. 호사카는 고개를 갸웃거렸다.

"재판을 방청하면서 느꼈어…. 이 남자는 자기가 죽는 걸 전혀 두려워하지 않는다고. 오히려 그걸 바라는 것 같더라. 사형 판결이 확정되더라도, 언제가 될지는 모르겠지만 실제로 사형이 집행되더라도, 그 남자한테는 전혀 복수가 되지 않을 거야."

호사카도 같은 생각이었다.

"그 남자도 유아가 맛본 공포와 절망에 상응하는 고통을 느끼며 죽었으면 좋겠어."

"그야 마음 같아서는 나도 그러고 싶지만 방법이…."

"딱 하나 방법이 있어."

마리아가 말허리를 자르며 단호한 목소리로 말했다.

"네가 이시하라의 교정 선교를 맡는 거야."

생각지도 못한 말에 호사카는 자기 귀를 의심했다.

"솔직히 교정 선교가 어떻게 이루어지는지 자세히는 모르지만… 호사카 너라면 가능하지 않아?"

마리아의 말을 듣고 있으려니 속에서 울화가 치밀어올랐다.

"왜 내가 그런 놈을 회개시켜야 하는데?" 호사카가 거칠게 내뱉었다.

"유아의 한을 풀어주기 위해서!"

악에 받친 듯 내지르는 마리아의 목소리에 움찔했다.

"유아의 한을 풀어주기 위해서?"

무슨 뜻인지 알 수가 없었다.

"그래. 유아는 아직 스물다섯밖에 안 됐는데 이시하라한테 살해당했어. 그것도 이루 말할 수 없을 만큼 잔인하고 끔찍한 방법으로. 마지막 숨이 멎는 그 순간까지 유아가 얼마나 무시무시한 공포와 지옥과도 같은 고통을 맛봤을지… 상상만 해도 온몸이 갈가리 찢기는 것만 같아. 앞으로 하고 싶은 것도 많았을 텐데. 키모토 씨랑 결혼해서 아이를 낳고 행복한 가정을 꾸려서 언젠가 손주를 품에 안게 될 날까지 꿈꿨을지도 몰라. 하지만 그 남자 때문에 전부 다 빼앗겨 버렸어. 손주는커녕 자기 아이조차 안아 보지 못했지. 유아에게서 모든 것을 빼앗아 간 그 남자를 증오해…. 우리 소중한 유아를 빼앗은 그 남자가 너무 증오스러워서 미치겠어…."

"그건 나도 마찬가지야. 그런데 대체 왜 나한테 그런 놈을 만나서 이야기를 들어 주라는 건데?"

"나로서는 유아의 원수를 갚을 길이 없으니까. 구치소 안에서 사형이 집행되기만을 기다리는 이시하라한테 내 손으로 직접 복수하는 건 불가능하잖아. 내가 아무리 원해도 나는 두 번 다시 그 남자를 만날 수 없으니까….”

그 말을 들으니 마리아가 자신에게 원하는 것이 무엇인지 알 것 같았다.

“나보고 이시하라를 죽이라는 거야?”

구치소 교정위원이 되면 이시하라를 만날 수 있을지도 모른다. 아크릴판을 사이에 둔 면회실이 아니라 이시하라와 직접 닿을 수 있는 형태로.

“그것까지는 바라지 않아. 그 남자를 죽이면 호사카 네 인생도 거기서 끝날 텐데 내가 그런 걸 바랄 리 없잖아.”

“그럼 대체….”

무엇을 바라는 건가.

“이시하라를 만나서 살아갈 희망을 갖게 해 줘.”

그 말에 귀가 번쩍 뜨였다.

“교정 선교 목사는 형 집행 직전까지 사형수와 만날 수 있지 않아?”

호사카는 자신 없는 표정으로 고개를 끄덕였다.

사형수 본인이 원한다면 가능하지 않을까. 같은 교정 선교라고는 해도 호사카는 교도소에서의 경험밖에 없기 때문에 정확히는 알지 못했지만, 아마도 구치소 교정 선교에는 사형수의 형 집행을 참관하면서 기도를 올리는 일도 포함될 터였다.

“그 남자한테 살고 싶다는 희망을 심어 준 다음에 죽기 직전에 사실을 알려주면서 지옥에나 떨어지라고 저주를 퍼붓는 거야. 그것이야말로 그 남자에게 걸맞은 벌이라고 할 수 있지 않을까? 진정한 의미에서 그 남자를 죽일 수 있는 사람은 사형을 선고한 판사도 아니고, 사형을 집행하는 교도관도 아니야. 이시하라에게 삶에 대한 희망을 심어 준 다음 죽기 직전에 그 인간의 마음을 죽일 수 있는 사람. 유아의… 누구보다 소중한 우리 아이의 한을 풀어줄 수 있는 사람은 호사카 너뿐이야."

마지막 말을 듣고 걷잡을 수 없이 눈물이 흘러내렸다.

흐려진 시야 속에 유아와 유리아의 모습이 보였다.

한때 사랑했던 여자를 자신의 손으로 불행하게 만들었다. 유아에게도 아버지로서 아무것도 해 주지 못했다. 한없이 무력한 인간이었다.

"아빠로서 딸의 한을 풀어줘야지."

유아의 한을 풀어주는 것.

자신이라면 가능할지도 모른다.

유아를 죽인 이시하라를 용서할 수 없었다. 유아의 한을 조금이라도 풀어주고 싶었다.

하지만 마음속 한구석에 망설임이 남아 있었다.

인간을 심판할 수 있는 건 신뿐이다.

인생의 절반 가까이를 이 가르침에 따라 살아 왔다.

증오 때문에 이시하라에게 복수하고자 한다면 자신은 더이상 기독교인이라고 할 수 없다. 물론 목사로서 사람들에게 신의 가르침을 전할 자격도 없다.

게다가 호사카는 이시하라의 재판을 방청했다. 어쩌면 이시하라는 방청석에서 피해자 사진을 들고 있는 마리아 옆에 앉아 있던 자신의 얼굴을 기억할지도 모른다.

— 분명 지금보다 훨씬 더 젊어 보일 거예요. 결혼식이 벌써부

터 기대되는데요?

문득 유아의 웃는 얼굴과 함께 유아가 한 말이 떠올랐다.

행복했던 그때의 기억이.

유아가 결혼식 전에 죽는 바람에 신부 입장을 위해 단장할 일도 없어졌지만, 원래 계획했던 대로 수염을 깎고 콘택트렌즈를 끼면 완전히 다른 사람 같아 보이지 않을까.

적어도 법정에서 잠깐 지나쳤을 뿐인 이시하라는 알아보지 못할 것이다.

호사카는 고개를 들고 마리아를 쳐다보며 말했다.

"나도… 유아의 한을 풀어주고 싶어."

그 말을 내뱉은 순간, 누군가 심장을 힘껏 움켜쥔 것처럼 날카로운 통증이 스치고 지나갔다.

4

사동 도우미인 사토가 29번 방 앞에서 대차를 세우고 철문 아래 달린 배식구를 열었다. "배식입니다"라고 말하자 29번 방 주인이 배식구를 통해 플라스틱으로 된 식기를 내밀었다.

"오늘은 조금만 주셔도 됩니다"라는 말에 코이즈미 나오야는 철창문 사이로 독방 안을 들여다보았다.

"왜 그래? 어디 아픈가?"

나오야가 묻자 문 앞에 꿇어앉아 있던 이와타가 고개를 들었다.

"아… 어제 영치금으로 산 과자를 너무 많이 먹어서 그런지 살짝 체한 것 같습니다."

수용자는 영치금으로 구치소 내에서 음식을 사 먹을 수 있다. 미결 구금자, 피의자, 피고인뿐 아니라 이와타 같은 확정 사형수에게도 동일하게 인정되는 권리였다.

이와타의 말을 듣고 나오야는 가슴을 쓸어내렸다.

이 층에 수용된 자들의 건강 상태에는 특히 더 주의를 기울여야 했다.

"간식은 적당히 먹도록 해. 구치소에서 나오는 식사는 수용자의 영양 균형을 고려해서 만들고 있으니까."

"네, 죄송합니다."

이와타가 송구스러운 표정으로 고개를 숙였다. 나오야는 사동 도우미 두 사람을 향해 고개를 끄덕여 보였다. 사토와 이하라가 대차 위 들통에 든 음식을 플라스틱 식기에 덜어 배식구에 밀어 넣었다. 오늘 아침 메뉴는 보리밥, 미역 된장국, 죽순 조림, 김 가루였다.

마지막으로 사토가 배식구를 닫고 일어났다. 나오야는 대차를 이끌고 다음 방으로 향했다.

이 층에는 예순여섯 개의 방이 있다. 그중 약 절반에 해당하는 스물여덟 개 방에 사형수가 수용되어 있었다.

D동 11층 배식을 마치고 중앙통제실로 복귀하자 선배 교도관인 마츠시타가 나오야에게 다가왔다.

"이시하라 료헤이가 D동 11층으로 옮겨 오게 되었으니 이따 10시쯤 같이 데리러 가자."

이름을 듣고 가슴이 철렁했다.

"이시하라 료헤이라면…."

마츠시타가 얼굴을 찌푸리며 고개를 끄덕였다.

"젊은 여성 두 명을 죽인 놈이지. 그저께 사형 판결이 확정됨에 따라 확정자 처우로 바뀌게 되었어."

"사형이 확정되다니… 얼마 전에 1심 판결이 나오지 않았어요?"

"항소를 안 했대. 넌 뉴스도 안 보냐?"

마츠시타가 핀잔을 주었다.

"이시하라는 지금 어디 있습니까?"

"B동 9층에 있단다. 오전 순찰이 끝나면 알려 줘."

매일 아침 식사가 끝날 무렵 각 수용실을 돌며 수용자들의 요구사항을 확인한다. 부족한 비품 등의 구입 신청을 받고, 읽고 싶은 책이나 신문이 있다고 하면 나중에 가져다주는 것이다.

마츠시타가 자리를 떠난 후에도 한동안 심장의 두근거림이 멈추지 않았다.

앞으로 이시하라를 상대해야 한다….

젊은 여성 둘을 잔인한 방식으로 살해한 남자를.

나오야는 저도 모르게 무거운 한숨을 내쉬며 의자에 앉았다. 눈앞 테이블에 놓인 페트병을 집어 한 모금 마시며 마른 목을 축였다.

올해 서른인 나오야가 교도관이 된 것은 스물한 살 때였다. 처음 부임한 곳은 가와고에 소년 교도소였고, 2년 전에 현 직장인 도쿄 구치소로 옮겨 왔다.

같은 교도관이라고는 해도 교도소와 구치소에서 하는 일은 많이 달랐다. 2년 동안 일하며 이제 좀 구치소 일에 적응했다 싶었는데 지난달 배치전환이 이루어지면서 담당 구역이 D동 11층으로 바뀌었다.

도쿄 구치소는 지하 2층, 지상 12층, 연면적 약 9만 제곱미터에 달하는 거대한 시설이다. 중앙에 관리동이 위치하고, 이를 축으로 삼아 네 개의 수용동이 사방으로 뻗어 나가는 형태로 배치되어 있다.

지금까지 나오야가 담당하던 구역은 A동으로, 아직 재판에서 형이 확정되지 않은 미결 구금자를 모아 둔 곳이었다. 교도소와 달리 구치소에 수용된 자들에게는 노역의 의무가 없다. 조사나 재판 등의 일정이 없으면 각자 1.5평 정도 되는 독방에서 자유롭게 시간을 보낸다.

교도소에서처럼 수용자끼리 싸움이 일어나지 않도록 신경을 곤두세울 필요도 없고, 공장에서의 작업 효율을 높이고 할당량을 채울 방안을 고민할 필요도 없다. 전 직장인 소년 교도소에 비해 훨씬 수월한 업무에 마음을 놓은 나머지 한 가지 사실을 완전히 잊고 있었다. 자신이 일하는 이곳에는 예순여 명의 사형수가 존재한다는 사실, 그리고 그들을 처형하기 위한 형장이 마련되어 있다는 사실이다.

예전에 읽은 어떤 책에는 사형수만 따로 모아 둔 사동이 따로 존재한다고 적혀 있었고 나오야도 당연히 그럴 거라고 생각했지만, 도쿄 구치소에서는 사형수와 일반 수용자를 따로 구분하지 않았다.

나오야는 이번 배치전환이 이루어지기 전까지 사형수를 담당한 적이 없었지만, 실제로는 A동에서 D동까지 모두 사형수가 수용되어 있었다. 그중에서 가장 수가 많은 곳이 C동 11층과 현재 나오야가 담당하고 있는 D동 11층이었다.

사형수가 수용되는 방은 홀수 번호로 정해져 있기 때문에 원칙적으로 사형수는 한 방씩 건너서 수용된다. CCTV가 달린 실내는 흰색 벽으로 둘러싸여 있고, 바닥 면적은 1.5평 정도이며, 안쪽에는 수세식 변기와 세면대가 있다. 자살을 방지하기 위해 세면대 수도꼭지는 버튼식이고, 세면대 앞 거울은 깨지지 않는 필름으로 되어 있으며, 벽에 걸린 고리도 기준을 초과하는 하중을 가

하면 떨어지게 되어 있다.

도주나 자살을 방지하기 위해 반년에 한 번꼴로 방을 바꾸기는 하지만, 어쨌거나 사형수는 형이 집행될 때까지 몇 년에서 몇십 년에 달하는 기간을 평생 똑같이 생긴 1.5평짜리 공간에서 지내게 된다.

나오야는 이 구역으로 배치가 결정되자마자 서무과에 가서 앞으로 자신이 상대하게 될 사형수들의 신상기록부를 확인했다.

사형수의 신상기록부에는 재판을 통해 밝혀진 구체적인 사건 내용은 물론 구치소 내에서의 태도라든지 가족과 면회할 때의 모습 등 온갖 정보가 자세하게 기록되어 있다.

현재 D동 11층에 수용 중인 스물여덟 명의 사형수 전원이 최소 두 명 이상의 목숨을 빼앗은 살인범이었다. 개중에는 다섯 명을 살해한 자도 있었다.

신상기록부에 기재된 잔인하고 끔찍한 사건 기록을 읽으며 과연 자신이 정말로 이런 사람들을 상대할 수 있을지 걱정이 되었다. 동시에 이런 흉악 범죄를 저지른 자들과 말을 섞어야 한다는 사실 자체에 혐오감을 느꼈다.

하지만 실제로 접해 보니 다들 지극히 평범한 사람들이었다. 오히려 과거에 담당했던 교도소 수용자들이 훨씬 더 거칠다고 느껴질 정도로 조용하고 얌전한 사람이 대부분이었다.

당장 내일 형이 집행될지도 모른다는 공포가 사형수들로부터 생기를 빼앗아가는 것이 아닐까 싶었다.

10시가 되어 나오야는 마츠시타와 함께 엘리베이터를 타고 9층으로 내려갔다. 중앙통제실에서 열쇠를 빌린 다음 마츠시타의 뒤를 따라 B동 복도를 걸어가는데 심장 박동이 점점 빨라졌다.

이시하라 료헤이는 어떤 인간일까.

얼굴은 체포 당시 뉴스를 봐서 알고 있었다. 경찰차 뒷좌석에 앉아서 앞을 향하고 있는 이시하라는 평범한 요즘 청년 같아 보였다. 쉴 새 없이 터지는 카메라 플래시에도 아랑곳하지 않고 시종일관 엷은 미소를 머금고 있는 것이 인상적이었다.

거리에서 여자를 꼬시면 적어도 몇 명은 바로 고개를 끄덕일 것 같은 외모를 가졌으면서 왜 알지도 못하는 젊은 여성을 둘이나 죽인 것인지 이해가 가지 않았다.

이시하라가 일으킨 사건은 똑똑히 기억하고 있었다. 범행 수법이 워낙 잔인하기도 했고, 피해자 중 한 명이 나오야의 아내인 유아와 같은 이름이었기 때문이다.

자기와 같은 이름을 가진 사람이 목 졸려 살해된 데다가 사망 당시 임신 중이었다는 사실을 알게 된 아내는 도저히 남 일이라고 생각되지 않았는지 TV 화면에 비친 이시하라에게 욕설을 퍼부어댔다. 평소 조용하기만 한 아내가 그렇게 화내는 모습을 나오야는 그때 처음 보았다.

나오야도 같은 마음이었다. 아내가 피해자가 될 수도 있었다고 생각하면 피가 거꾸로 솟는 것 같았다. 얼굴도 모르는 피해자와 유가족이 얼마나 원통할지 감히 짐작도 가지 않았다. 이후 뉴스를 통해 재판에서 방약무인하게 구는 이시하라의 모습을 보면서 증오와 분노는 더욱 커져 갔다.

45번 방 앞에서 걸음을 멈추고 마츠시타가 철창문 안을 들여다보았다.

"이시하라, 들어간다." 마츠시타가 열쇠로 철문을 열고 들어갔다.

규칙에 따라 문 앞에 무릎을 꿇고 앉아 있는 이시하라와 눈이 마주쳤다. 나오야는 순간적으로 숨을 짧게 들이마셨다.

사형이 선고된 직후인데도 이시하라의 눈빛에서는 동요나 두려움 같은 감정은 전혀 찾아볼 수 없었다. 애초에 감정이라는 것 자체가 존재하지 않는 것 같았다.

이쪽을 똑바로 쳐다보는 이시하라의 시선에 숨이 막혔다. 나오야는 이시하라에게서 시선을 거두어 방 안을 둘러보았다.

지금 입고 있는 것과 색이 다른 운동복 두 세트, 속옷, 세면도구가 선반에 놓여 있었다.

사형수는 허용된 범위 내에서 최대 120리터까지 개인 물품을 소지할 수 있다. 또 55리터짜리 플라스틱 케이스를 세 개까지 영치품 창고에 맡길 수 있다.

사형이 확정된 지 얼마 안 되기는 했지만 그래도 이시하라는 지금까지 1년 가까이 구치소에서 생활해 왔다. 그런 것치고는 짐이 너무 적었다.

"전방이다. 짐은 나중에 옮겨 줄 테니 일단 밖으로 나와."

마츠시타가 고지하자 이시하라는 천천히 일어나 신발을 신고 방에서 나왔다.

철문을 닫은 다음 이시하라를 양쪽에서 붙잡고 엘리베이터로 향했다.

D동 11층 33번 방으로 들어간 이시하라는 우두커니 서서 방 안을 둘러보았다.

"지금까지 지낸 곳이랑 구조는 같다. 규칙도 똑같고. 용건이 있으면 저기 있는 벨을 누르고 말하도록 해." 마츠시타가 철문 옆에 붉은 버튼을 가리키며 말했다.

"일단 자기소개는 해 두지. 나는 마츠시타 교도관이고, 이쪽은 고이즈미 나오야 교도관이다."

이시하라는 관심 없다는 듯 이쪽을 쳐다보지도 않았다.

"너는 오늘부터 확정자 처우로 바뀌게 되었으니 그리 알도록."

그 말을 듣고 이시하라가 이쪽으로 고개를 돌렸다.

"지금까지랑 뭐가 달라지는데요?"

이시하라의 목소리를 들은 것은 처음이었다. 생각했던 것과는 달리 약간 어눌하고 앳된 목소리였다.

"가족 및 변호사 이외의 접견교통을 금지한다."

"접견교통?" 무슨 말인지 모르겠다는 듯 이시하라가 고개를 갸웃거렸다.

"면회를 오거나 편지를 보내거나 영치품을 넣어 주는 등의 행위를 말하는 거다."

이시하라가 웃었다.

"뭐가 웃기지?" 마츠시타가 이시하라를 쏘아보며 물었다.

"아니… 어차피 나한테는 가족 따위 없으니까 나랑은 상관없는 거 아닌가 싶어서요. 그보다 하나 묻고 싶은 게 있는데요."

"뭐지?"

"내 사형은 언제 집행되는 거죠?"

마츠시타가 이시하라에게 시선을 고정한 채 미간을 찌푸렸다.

"빨리 처리해 달라고 교도관님이 위에다 말 좀 해 주면 안 돼요?"

"그렇게 빨리 죽고 싶은 거냐?"

"그야 여기 생활은 편하긴 하지만 재미없으니까요."

"재미없다고?"

"여기서는 여자를 못 죽이잖아요. 제복을 입은 남자라면 빈틈을 노려서…."

"닥쳐!" 마츠시타가 버럭 소리를 질렀다. "한마디만 더 하면 징벌방에 처넣는다."

"농담이에요."

이시하라가 능글맞게 웃으며 말했다. 마츠시타의 표정이 한층 더 험악해졌다.

"어이, 이시하라. 뭔가 필요한 물건은 없나?"

자리를 수습하기 위해 나오야가 화제를 전환할 목적으로 묻자 이시하라가 "없는데요" 하고 고개를 저었다.

"필요한 게 있으면 신청서를 제출하도록 해. 하루에 한 번 아침 식사 후에 확인하러 오니까."

구치소 수용자가 식품이나 문구 등 일용품을 구입할 때는 신청용지에 필요한 품목을 적어서 교도관에게 제출하도록 되어 있다.

"마츠시타 교도관님, 그만 가시죠."

나오야가 부르자 마츠시타가 이쪽을 돌아보며 "아아" 하고 고개를 끄덕였다. 철문을 닫고 문을 잠근 다음 나란히 서서 발걸음을 옮기기 시작했다.

"미친 놈."

마츠시타의 증오에 찬 목소리에 나오야는 "그러게요" 하고 맞장구를 쳤다.

겉으로는 아무렇지 않은 척했지만 평정심을 유지하기가 힘들었다.

젊은 여성을 둘이나 잔인하게 살해해 놓고도 전혀 반성하는 기색이 없는 이시하라에게 분노가 치밀어올랐다.

이제부터 매일 저 남자를 상대해야 한다고 생각하니 눈앞이 캄캄했다. 안 그래도 배치전환 이후 사형수를 상대하는 스트레스 때문에 밤에도 제대로 잠을 이루지 못했고, 때때로 바늘로 위를 찌르는 듯한 통증이 느껴졌다.

중앙통제실로 돌아온 마츠시타는 수용자들의 일정이 적힌 서류를 살펴보더니 현재 시각을 확인했다.

"오늘은 10시 반부터 교정 상담이 예정되어 있지?" 마츠시타가 말했다.

소년 교도소와 A동에 있을 때는 교정 상담이라는 것이 없었기 때문에 교정 상담을 하는 자리에 나오야가 입회한 것은 2주 전이 처음이었다. 상담을 담당하는 센도는 일흔 정도 된 할아버지로, 가나가와현 오다와라에 있는 절의 스님이라고 했다.

"센도 스님도 여러모로 힘들지 않으실까요?"

나오야가 말하자 마츠시타가 고개를 저으며 "오늘은 다른 사람이야"라고 말했다.

"와시오라는 개신교 목사님이 오실 거야. 그러고 보니 나오야 넌 와시오 목사님이 상담하는 건 아직 본 적 없지?"

"네. 어떤 분이신데요?"

"다양한 의미에서 내가 지금까지 생각해 온 기독교인의 이미지를 뒤엎는 분이시지."

무슨 말인지 알 수가 없어서 고개를 갸웃거렸지만 마츠시타는 제대로 설명해 줄 생각이 없는 듯했다.

"뭐 구치소 교정 상담 같은 걸 하려면 그 정도는 되어야 하는 거겠지."

전에 마츠시타에게 들은 바에 따르면 이곳에서 교정 상담을 신청하는 사람은 대부분 사형수라고 했다. 듣고 보니 그럴 만도 하다는 생각이 들었다.

사형수는 접견교통권이 엄격하게 제한된다. 구치소 내에서 사형수끼리 어울리는 것도 거의 불가능하다. 과거에는 운동, 종교 행사, 생일 파티 같은 자리에서 함께 이야기를 나누기도 하고 탁구나 배드민턴을 함께 하기도 하고 사형이 집행될 때 다른 사형수들이 명복을 빌어주기도 했다는데 현재는 그런 집단 행동은 모두 자취를 감추었다.

사형 선고를 받을 정도로 무거운 죄를 저지른 사람이라면 가족에게도 버림받은 경우가 대부분일 것이다. 면회 오는 사람이 없는 수용자가 대화를 나눌 상대는 교도관과 사동 도우미 정도밖에 없다. 이처럼 사회로부터 격리된 환경에 놓인 사형수에게 교정 상담은 외부인과 접할 수 있는 유일한 기회인 셈이다. 또 사형수는 매일 홀로 죽음의 공포를 견뎌야 하기 때문에 마음의 안정을 되찾기 위해서라도 교정 상담을 필요로 하는 측면이 있을 것이다.

나오야는 마츠시타에게 교정 상담에 입회하라는 지시를 받고 중앙통제실을 나와 마츠시타와 함께 D동 11층 25번 방으로 향했다.

"키시모토, 들어간다."

나오야가 철창문 너머로 방 안을 확인하는 사이에 마츠시타가 철문을 열었다. 사형수인 키시모토 고로가 철문 앞에 무릎을 꿇고 앉아 있었다.

"교정 상담 시간이다."

마츠시타의 말을 듣고 키시모토가 미소를 지으며 일어났다. 신발을 신고 복도로 나왔다.

마츠시타와 둘이서 키시모토를 사이에 끼고 상담실로 향했다. 상담실 앞에 도착하자 마츠시타가 "나는 밖에 있을 테니까 넌 안에서 지켜보도록 해"라고 지시했다. 나오야는 고개를 끄덕인 후 상담실 문을 노크했다.

"들어오세요"라는 말을 듣고 문을 열었다.

정면에 놓인 책상에 안경을 쓴 중년 남성이 이쪽을 향해 앉아 있었다. 머리가 희끗희끗한 남자가 나오야를 보고 자리에서 일어났다. 눈매가 날카롭고 얼굴 전체가 누렇게 떠 있었다.

"키시모토 고로를 데려왔습니다."

나오야는 가볍게 목례를 한 후 키시모토와 함께 방 안으로 들어갔다. 문을 닫고 문 앞에 놓인 의자에 앉아 빠르게 방 안을 훑어보았다.

기독교 상담실에 들어오는 것은 처음이었다. 방 크기는 불교 상담실과 마찬가지로 세 평 정도 되는 것 같았고, 벽 쪽에 십자가가 놓인 제단이 마련되어 있었다.

"오오, 키시모토 씨, 어서 오세요."

와시오가 활짝 웃으며 손짓하자 키시모토가 그쪽으로 다가갔다. 와시오가 키시모토를 덥석 껴안았다.

"목사님한테 안기면 속세가 그리워집니다."

키시모토의 목소리가 들렸다.

"그렇죠? 상담 내내 이 상태로 있고 싶지 않습니까?"

"그렇긴 하지만 교도관님도 보고 계시니까요."

나오야는 의미를 알 수 없는 대화를 주고받으며 좀처럼 포옹을 풀지 않는 두 사람을 묵묵히 지켜보았다.

혹시. 이 두 사람은 동성애자인 걸까.

"아쉽겠지만 슬슬 이야기를 시작할까요?"

와시오의 목소리가 들리고 이윽고 두 사람의 몸이 떨어졌다. 두 사람은 테이블을 사이에 두고 마주 보고 앉았다.

"요새는 좀 어떠세요?"

와시오가 부드러운 말투로 묻자 "뭐… 똑같습니다"라고 키시모토가 대답했다.

"밤에는 잘 주무시고요?" 와시오가 다시 물었다.

"네."

"다행이네요."

"다 목사님 덕분입니다. 목사님 상담을 받기 전까지는 여기서 단 하루도 제대로 자 본 적이 없었으니까요. 내일 아침에는 형이 집행될지도 모른다고 생각하면 무서워서 잠이 오지 않았고, 겨우 잠이 들었다 싶으면 제가 죽인 두 사람의 얼굴이 꿈에 나와서 소스라치게 놀라 벌떡 일어나기 일쑤라…."

신상기록부에 따르면 올해 쉰두 살인 키시모토는 10년 전 모치다 케이스케와 모치다 유카리라는 부부를 살해한 혐의로 체포되었다. 당시 술집을 운영하던 키시모토는 가게 운영 자금이 부족해서 대부업체에서 돈을 빌렸다가 갚지 못해 빚 독촉을 받고 있었다. 고민 끝에 단골인 모치다 부부의 집을 찾아가 돈을 빌려 달라고 부탁했지만 냉정하게 거절당했고, 이에 분노한 키시모토는 그 자리에서 가지고 있던 식칼로 두 사람을 찔러 죽였다. 그후 두 사람의 지갑에서 7만 엔 정도의 현금을 빼앗아 달아났지만 결국 사건 발생 열흘 만에 체포되었다.

재판에서 키시모토는 범행 동기에 대해 이렇게 증언했다. 친구처럼 가까이 지낸 부부에게 심한 말을 듣고 순간적으로 눈이 돌아서 저도 모르게 가지고 있던 식칼을 휘둘렀다고. 하지만 죽일 생각은 전혀 없었고 조금 겁만 주려고 했는데 두 사람이 예상외로 거세게 저항하는 바람에 몸싸움을 벌이는 과정에서 그만 남편의 가슴에 식칼이 꽂혀 버리고 말았다고.

아내 쪽도 죽일 의도는 없었지만 여자가 "사람 살려!" 하고 고래고래 소리를 지르는 바람에 어떻게든 입을 다물게 해야겠다는 생각에 정신없이 손을 휘두르다 보니 어느샌가 죽어 있었다고 했다. 식칼은 처음부터 강도를 저지를 목적으로 준비해 간 것이 아니라 가게에서 사용하는 식칼이 무뎌져서 집에 가져가 날을 갈아 오려고 한 것뿐이라고 주장했지만, 판결에서는 계획적인 강도 살인이라고 보아 검사의 구형대로 사형이 선고되었다. 2심에서도 판결은 바뀌지 않았고, 이후 대법원에 상고했지만 기각되어 6년 전에 사형 판결이 확정되었다.

"목사님이 시키신 대로 매일 자기 전에 한 시간씩 죽은 두 사람을 위해 기도하고 있습니다. 그리고 제 마음속에 있는 썩은 뿌리를 마주하고 없애려고 노력하고 있습니다. 목사님이 말씀하신 대로 했더니 마음이 편해져서 잠을 잘 수 있게 되었습니다."

"자다가 꿈도 꾸나요?"

"네. 하지만 예전처럼 제가 죽인 두 사람이 꿈에 나오지는 않습니다. 지금은 우리 딸들이 꿈에 나옵니다."

"따님이 열두 살, 여덟 살이라고 하셨죠?"

와시오가 묻자 키시모토가 고개를 끄덕였다.

"사건 당시 나이가 그랬으니 지금은 스물두 살과 열여덟 살입니다. 어디까지나 제 상상에 불과하지만 그 나이가 된 두 딸이 꿈에 나옵니다. 그 아이들이 각각 취업과 입시로 바쁘게 지내는 모습이…"

키시모토의 신상기록부에는 체포된 후 아내와 이혼했다고 적혀 있었고, 가족이 면회를 왔다는 기록은 찾아볼 수 없었다.

"죽기 전에 딱 한 번만이라도 좋으니 꿈이나 상상 속에서가 아니라 현실에서 제 딸을 만나고 싶습니다. 하지만 사람을 두 명이나 죽인 제가 그런 걸 바란다는 건 이미 그 자체로 죄가 아닌지… 신께 용서받을 수 없는 일이 아닌지 고민이 됩니다."

"그건 인간으로서 당연한 바람이라고 생각합니다. 결코 죄가 아닙니다."

"그렇게 말씀해 주시니 마음이 조금 놓이네요."

"키시모토 씨가 저지른 잘못은 결코 사라지지 않겠지만 신은 당신을 용서하셨습니다. 키시모토 씨는 원래 선하고 부지런한 사람입니다. 우리가 여기서 처음 만난 게 6년 전이었던가요?"

"아마 그럴 겁니다."

"그동안 키시모토 씨는 자기 마음을 똑바로 들여다보고 성서 공부도 누구보다 열심히 해 왔습니다. 저는 키시모토 씨와 이렇게 함께할 수 있는 게 자랑스럽습니다."

"제게는 과분한 말씀입니다." 키시모토가 고개를 푹 숙였다. "지금껏 종교에는 전혀 관심이 없었고, 여기 처음 온 것도 사실은 바보 같은 이유 때문이었지만 지금은 상담을 받길 정말 잘했다고 생각합니다."

"바보 같은 이유라니요?" 와시오가 궁금하다는 듯 몸을 앞으로 내밀며 물었다.

"잠깐이라도 바깥 풍경을 보고 싶었거든요."

나오야는 창밖으로 시선을 돌렸다. 아주 조금이긴 하지만 키시모토가 말한 대로 밖이 내다보였다.

"교도관님한테 들었습니다. 여기 오면 밖을 내다볼 수 있다고요. 바깥 풍경을 못 본 지 너무 오래돼서…"

사형수가 지내는 독방은 창문 밖이 불투명 유리와 셔터가 달린 외벽으로 가로막혀 있어서 좁은 틈새로 겨우 하늘을 올려다볼 수 있을 뿐 바깥 풍경은 거의 볼 수 없게 되어 있다. 자동차나 열차 소리는커녕 새 우는 소리조차 들리지 않는, 외부와 완전히 차단된 공간인 것이다.

수용자들은 하루에 30분 정도 옥상에 설치된 운동장에 나갈 수 있지만, 사형수의 경우에는 좌우가 벽으로 막혀 있고 안쪽에 셔터가 달린 1인용 공간을 사용한다. 머리 위는 철망으로 덮여 있고, 그 너머로 하늘이 보이기는 하지만 수용실에서와 마찬가지로 바깥 풍경은 볼 수 없다. 게다가 위쪽에 있는 통로에서는 교도관들이 이쪽을 내려다보며 감시하고 있기 때문에 밖에 나와 있다고 해서 자유로운 기분을 느끼는 것은 불가능하다.

"계기가 무엇이든 저는 키시모토 씨를 만날 수 있어서 행복합니다. 키시모토 씨의 소원이 이루어지도록 저도 기도하겠습니다."

와시오는 눈을 감고 양손으로 깍지를 낀 다음 무언가 중얼거렸다.

아마도 성서 구절일 것이다.

와시오가 눈을 뜨고 키시모토를 보았다.

"감사합니다."

와시오가 키시모토의 인사를 받으며 벽에 걸린 시계를 쳐다보았다.

"시간이 다 됐네요."

그러자 키시모토가 "마지막으로 한 가지 드릴 말씀이 있는데요" 하고 말하며 자세를 고쳐 앉았다.

"네, 말씀해 보세요."

"세례를 받고 싶습니다만…."

키시모토가 진지한 표정으로 말을 꺼내자 와시오가 활짝 미소를 지었다.

"알겠습니다. 구치소 분들과 이야기해 보겠습니다."

나오야는 직원 식당에 들어가 곧장 식권 발매기로 향했다.

지갑에서 1천 엔짜리 지폐를 꺼내 기계에 넣고 무엇을 먹을지 잠시 고민했다. 평소에는 닭튀김이라든지 함박 스테이크 같은 든든한 고기 요리를 주로 먹지만, 아까 유아가 보내온 메시지에 오늘 저녁 메뉴는 함박 스테이크라고 적혀 있었기 때문에 고민 끝에 카레라이스 버튼을 눌렀다.

식권을 내고 카레라이스가 담긴 쟁반을 받아든 다음 식당 안을 둘러보았다. 좋아하는 자리가 비어 있어서 그쪽으로 향했다.

걸어가는 도중에 한 남자가 눈에 들어왔다. 아까 상담실에서 만난 와시오 목사가 자리에 앉아 아이스커피를 마시고 있었다. 눈이 마주쳐서 가볍게 눈인사를 나누고 와시오에게서 조금 떨어진 창가 쪽 자리에 가서 앉았다.

숟가락을 들기 전에 창문 밖에 펼쳐진 풍경을 잠시 바라보았다. 구름 한 점 없는 파란 하늘 아래 아라카와강이 흐르고 있고, 그 너머로 도쿄 스카이트리 전망대가 보였다.

그 풍경을 보고 있자니 저도 모르게 한숨이 새어 나왔다.

수용자만큼은 아니지만 나오야 역시 근무 중에는 늘 답답함을 느꼈다.

사실 일을 마치고 집에 돌아가도 관사 창밖으로 이쪽을 내려다보듯 서 있는 구치소 건물이 보여서 마음 편히 쉴 수가 없었다.

특히 D동 11층을 담당하게 되고부터는 매일매일이 지옥 같았다.

사형수를 상대하는 것만으로도 정신적으로 지치는데 만약 앞으로 형 집행을 담당하게 되기라도 한다면 대체 어느 정도의 고통에 시달리게 될지 짐작조차 가지 않았다.

나오야 같은 말단 교도관은 사형 집행에 직접 관여하는 일은 없다고 들었다. 하지만 마츠시타처럼 직급이 하나 위인 주임이 되면 피할 방도가 없을 것이다.

출세하고 싶지 않은 일을 계속해도 되는 걸까. 애초에 하고 싶어서 시작한 일도 아니었다.

그만둘까. 이대로 계속해 봤자 일의 보람이나 미래에 대한 희망 따위는 결코 찾을 수 없을 텐데.

하지만 중졸에 별다른 자격증도 없는 데다가 나이도 젊지 않은 자신이 이제 와서 비슷한 수준의 연봉을 주는 다른 일자리를 찾을 수 있을 것 같지도 않았다. 아내와 두 아이를 부양해야 하는 가장으로서 아무 대책도 없이 도망칠 수는 없는 노릇이었다.

나오야는 한숨을 내쉬며 창밖에서 시선을 거두어들였다. 숟가락을 들고 카레라이스를 먹기 시작했다.

평소에는 일단 식사를 시작하면 먹는 데에만 집중하는 편인데 오늘은 이런저런 생각이 계속 머릿속을 맴돌았다. 그 일만 없었더라도 내 인생은 달라졌을 텐데. 열일곱 살 여름에 있었던 일이 다시금 떠올랐다.

나오야는 어릴 때부터 공부는 잘하지 못했지만 운동에는 자신이 있었다. 초등학교 저학년 때부터 소속되어 있던 동네 축구팀의 코치에게 재능이 있다는 말을 듣고 공부 대신 축구에 모든 노력을 쏟아부었다. 축구 명문으로 알려진 고등학교에 체육 특기생으로 들어가 1학년 때부터 레귤러 포워드로 전국대회에 나갔다. 비록 우승은 하지 못했지만 졸업 후에는 J리그에서 활약할 거라고 주위 사람 모두가 기대했고, 나오야 자신도 당연히 그렇게 될 것이라고 믿어 의심치 않았다.

고등학교 2학년 여름방학 때, 연습이 없는 날을 골라 친구와 쇼핑몰에서 영화를 보기로 했다. 친구가 타고 온 스쿠터를 본 나오야는 잠깐만 타게 해 달라고 졸랐다. 면허는 없지만 옥상에 위치한 넓은 주차장이었기 때문에 잠깐 타 보는 정도는 괜찮을 거라고 가볍게 생각했다.

그 자리에서 친구에게 속성으로 운전법을 배우고 안장에 올라타서 친구가 알려준 대로 오른쪽 핸들을 당겼다. 그러자 생각지도 못한 속도로 스쿠터가 급발진하면서 머릿속이 새하얘졌다. 어느 쪽이 액셀이고 어느 쪽이 브레이크였는지 생각해 낼 틈도 없이 스쿠터는 벽으로 돌진해서 그대로 충돌했고, 나오야는 땅바닥에 내동댕이쳐졌다.

순간 무슨 일이 일어났는지 이해하지 못한 채 전면부가 완전히 찌그러진 스쿠터를 멍하니 쳐다보았다. 다음 순간, 다리 아래쪽에서 불로 지지는 듯한 고통이 느껴졌다. 나오야는 비명을 지르며 발을 부여잡고 그 자리에서 데굴데굴 굴렀다.

구급차를 타고 병원에 실려간 나오야는 양쪽 발목의 복합 골절

로 전치 4개월 진단을 받고 입원했다. 의사는 완치 후 일상생활에
는 지장이 없겠지만 축구를 계속하기는 어려울 거라고 했다. 기나
긴 입원 생활을 마치고 축구부에 복귀했지만 의사가 말한 대로
더이상 예전과 같은 움직임은 보여줄 수 없었다.

취미로 즐기는 정도는 가능하겠지만 프로로 활약하는 것은 불
가능하다는 사실을 깨달은 나오야는 축구를 그만두었다. 원래부
터 수업에는 거의 들어가지 않았고 축구만이 유일한 삶의 목적
이자 희망이었던 나오야는 학교에서 자신이 있을 곳을 찾을 수가
없었다. 3학년이 된 후로는 학교에 가지 않는 날이 늘었고, 결국
여름방학이 되기 전에 자퇴했다.

그 후 낮에는 집 근처 편의점에서 아르바이트를 하고 밤이 되
면 시부야에 가서 거기서 새로 알게 된 친구들과 술을 퍼마시며
노는, 지금 생각하면 무의미하기 짝이 없는 나날을 보냈다.

스무 살 때 친구에게 유아를 소개받았고, 그 자리에서 나오야
는 유아에게 첫눈에 반했다. 유아는 나오야와 동갑이었지만 고향
인 히로시마에서 홀로 상경해 지금은 도쿄에서 자취하며 매장 판
매 사원으로 일하고 있다고 했다.

축구를 그만둔 후로는 심장의 두근거림을 느낄 일이 전혀 없었
는데 유아를 만나고부터는 축구를 하던 때처럼 하루하루가 행복
했다.

나오야는 적극적으로 호감을 표시했고 두 사람은 사귀기 시작
했다. 그리고 반년 정도 지났을 때 유아에게 임신했다는 말을 들
었다. 당혹스러웠지만 나오야가 "낳고 싶어?"라고 묻자 유아는 작
게 고개를 끄덕였다.

그때 이미 나오야에게 유아는 다른 무엇과도 바꿀 수 없는 소

중한 존재가 되어 있었다. 유아가 원치 않는 선택을 한다는 것은
생각조차 할 수 없었다. 하지만 앞으로의 일을 생각하면 불안하
고 막막하기만 했다.

아이를 낳으면 유아는 한동안 일을 하지 못할 것이다. 당시 나
오야는 부모님과 함께 살고 있었고, 편의점 아르바이트를 해서 받
는 월급으로는 따로 나와 사는 것도 불가능했다.

애초에 중졸에 번듯한 직업도 없는 자신을 유아의 부모님이 사
위로 받아들여 줄 리 없었다. 유아와 앞으로 태어날 아이를 부양
할 수 있는 일을 찾아야만 한다는 생각에 나오야는 닥치는 대로
정보를 수집했다. 그리고 마침내 찾아낸 것이 교도관 일이었다.

교도관은 국가 공무원이기 때문에 안정적이다. 교도관이 되기
위해서는 채용 시험에 통과해야 하며, 시험의 난이도는 고등학교
를 졸업한 사람이라면 무난하게 합격할 수 있는 수준이라고 알려
져 있다. 응시 자격은 17세 이상 29세 미만의 남녀로, 고등학교를
나오지 않았어도 응시가 가능하다. 게다가 인터넷에서 찾아본 바
에 따르면 일반적인 국가 공무원에 비해 급여 수준이 높고, 기본
적으로 실력주의이기 때문에 학력이 낮더라도 노력 여하에 따라
출세할 수 있다고 하니 자신에게 딱 맞는 일이라고 느껴졌다.

나오야는 그때부터 열심히 공부해서 스물한 살 때 교도관 채용
시험에 합격했다. 실제 근무를 시작하기 전 8개월간의 연수를 받
는 사이에 딸이 태어났고, 그와 동시에 유아와 혼인 신고를 했다.

딱히 다른 인생을 살고 싶었다고 후회하는 것은 아니다. 유아
와의 사이에는 딸 아미와 아들 켄야를 두었고, 네 가족이 함께하
는 생활은 행복했다. 축구를 계속했더라면 아내와 만날 일도 없
었을 것이고, 지금 같은 행복도 얻지 못했을 것이다. 다만 매일 사

방이 막힌 감옥에서 일하다 보면 상상 속에서나마 어디론가 도망치고 싶어졌다.

유아는 연애할 때에 비해 나오야의 말수가 현저히 줄어들었다며 걱정했다.

그럴 만도 했다. 집에서 아내에게 할 수 있는 말이 별로 없었다.

집 이외에는 대부분의 시간을 직장에서 보내는데 교도관에게는 비밀 유지 의무가 있기 때문에 함부로 하소연도 할 수 없었다. 하물며 사형수를 담당하게 되었다고 가족들에게 털어놓는 건 절대로 불가능했다.

사형이 집행되면 그 사실이 뉴스를 통해 보도된다. 자기 남편이, 자기 부모가, 사람의 목숨을 빼앗는 일에 가담했을지도 모른다고 생각하게 만들고 싶지 않았다.

"이보게."

갑자기 들려온 목소리에 나오야는 퍼뜩 정신을 차리고 고개를 들었다.

눈앞에 와시오가 서 있었다.

"아… 수고가 많으십니다."

숟가락을 접시에 내려놓고 고개를 꾸벅 숙이자 와시오가 양해도 구하지 않고 맞은편에 와서 앉았다.

약간 막무가내인 구석이 있어 보였다.

"키시모토 씨를 상담실로 데려온 걸 보면 D동 11층 담당 교도관인가? 지금까지는 본 적이 없는 것 같은데."

와시오가 입을 열자 술 냄새가 확 풍겨 왔다.

"소개가 늦었습니다. 지난달부터 D동 11층을 담당하게 된 코이즈미 나오야라고 합니다. 잘 부탁드립니다."

구치소 내에서는 술을 팔지 않는데 술 냄새가 난다는 것은 이상한 일이었다.

"나야말로 잘 부탁하네. 자네 나이가 어떻게 되나?"

"올해 서른입니다."

나오야가 대답하자 와시오가 "그런가" 하고 고개를 끄덕이며 윗옷 주머니에 손을 집어넣었다. 은색 힙 플라스크를 꺼내 희미하게 떨리는 손으로 뚜껑을 열어서 입으로 가져갔다.

술 냄새가 한층 더 진해졌다. 안에 든 것은 위스키인 듯했다.

힙 플라스크에 입을 대고 마시는 와시오를 보니 아까 상담실에서 와시오와 키시모토가 서로 껴안고 있던 모습이 떠올랐다.

아마도 키시모토는 와시오에게서 술 냄새를 맡고 속세가 그리워진다고 말한 것이리라.

잘은 모르겠지만 술을 좋아하는 사람이 몇 년이나 술을 마시지 못하다 보면 술 냄새를 맡는 것만으로도 기분이 좋아지는 게 아닐까 싶었다.

와시오가 힙 플라스크에서 입을 떼고 이쪽을 쳐다보았다. 검지를 입에 대고 눈을 찡긋해 보였다.

나오야가 함구하겠다는 뜻으로 고개를 끄덕이자 와시오는 "도저히 마시지 않고는 견딜 수가 없어서 말이야"라고 말하며 힙 플라스크의 뚜껑을 닫아서 다시 주머니에 넣었다.

손을 떠는 것을 보니 알코올 중독일지도 모르겠다는 생각이 들었다. 얼굴이 누렇게 뜬 것도 간이 안 좋아서가 아닐까.

"그러고 보니 그저께 또 한 명 사형이 확정되었던데 그자도 자네가 담당하나?"

이시하라 료헤이를 말하는 것이겠지.

오늘 처음 만난 와시오에게 어디까지 말해도 될지 알 수가 없어서 나오야는 아무 말도 하지 않았다.

"뭐 그자가 혹시라도 교정 상담에 관심이 있다고 하면 데려와 주게."

와시오가 나오야의 어깨를 툭툭 치며 자리에서 일어났다.

마츠시타가 말한 대로였다. 와시오를 만난 것은 오늘이 처음이고, 함께 이야기를 나눈 시간도 얼마 안 되지만, 그로 인해 지금까지 자신이 가지고 있던 기독교인과 목사와 교정위원에 대한 이미지가 완전히 뒤집혔다.

— 아무래도 구치소 교정 상담 같은 걸 하려면 그 정도는 되어야 하는 거겠지.

나오야는 마츠시타가 한 말을 떠올리며 식당 출입구 쪽을 향해 비틀거리며 걸어가는 와시오의 뒷모습을 물끄러미 바라보았다.

5

느린 템포의 멜로디에 눈을 떴다.

한참 전부터 깨어 있었지만 쓸데없는 규칙 때문에 몸을 일으킬 수가 없었다. 신경에 거슬리는 음악을 들으며 계속 누워 있다가 이윽고 벨이 울려서 이불 밖으로 나왔다.

화장실에 가고 싶었지만 그 전에 귀찮은 일부터 끝내자는 생각으로 이불에 손을 뻗었다.

15분 안에 이불을 개고 세안과 양치를 마치고 방 안을 청소해야 한다. 이것도 쓸데없는 규칙 중 하나였다.

정해진 대로 세 번 접은 요를 벽에 붙여 놓고, 그 위에 네 번 접은 이불과 여덟 번 접은 담요와 열여섯 번 접은 시트를 올린 다음 제일 위에 베개를 놓았다.

그러고 나서 방 안쪽에 있는 변기에 앉아 소변을 보고, 바로 눈앞에 있는 세면대에서 세수를 하고 이를 닦았다. 세면대 아래 놓인 빗자루와 걸레를 손에 들고 대충 청소를 했다.

방의 크기나 방 안에 비치된 물품은 어제까지 지낸 방과 거의 비슷했다. 달라진 점이라면 천장에 동그란 소형 카메라가 달려 있는 것과 세면대 수도꼭지가 버튼식이라는 것 정도였다.

아마도 나 같은 사형수가 자살하는 걸 막기 위한 대책일 것이다.

자기 손으로 목숨을 끊는다는 건 여기 들어오기 전까지는 생각해 본 적도 없었는데 최근에는 그것도 나쁘지 않을 것 같다는 생각이 들었다.

이곳에 들어온 지 얼마 되지 않았을 때는 나름대로 지내기에 쾌적한 편이라고 생각했다. 밤 9시부터 아침 7시까지 잘 수 있고, 맛은 없지만 하루 세 끼 식사는 꼬박꼬박 나온다. 게다가 지금까지 지냈던 PC방 같은 시설처럼 옆에서 성가시게 구는 녀석도 없다. 매일 아침, 점심, 저녁마다 흘러나오는 라디오 소리가 귀에 거슬리기는 했지만, 이런 곳인 줄 알았으면 진작 들어올 걸 그랬다고 후회했을 정도다.

하지만 내 생각이 짧았다. 여기서는 PC방 개인실처럼 옆방 소음에 시달릴 일은 없다. 시설이나 교도소에서처럼 귀찮게 말을 걸어오는 사람도 없다. 하지만 그 이상으로 나를 짜증 나게 만드는 규칙이 잔뜩 있고, 그 규칙을 제대로 지키는지 눈에 불을 켜고 감시하는 교도관이 있다.

아침에 일어나서 벨이 울릴 때까지 이불 밖으로 나오면 안 되는 것도 규칙이다. 잘 때 베개를 문 쪽으로 놓아야 하는 것도, 이불을 얼굴까지 뒤집어쓰면 안 되는 것도 규칙이다.

이불은 물론 식기와 옷도 각각 놓는 곳이 정해져 있다. 며칠에 한 번 하는 온수 샤워 때는 타이머로 시간을 재고, 욕조에서 퍼서 쓸 수 있는 온수의 양도 바가지로 몇 번까지라고 정해져 있을 정도다.

그 밖에도 쓸데없는 규칙이 너무 많아서 짜증이 난 나머지 처음 한동안은 교도관이 하는 말을 제대로 듣지 않아 몇 번인가 징벌방에 보내졌다.

징벌방에서는 편지를 보내거나 책을 읽을 수도 없고 운동도 금지되지만 나는 원래 그런 일을 잘 하지 않기 때문에 크게 문제될 것은 없다. 다만 징벌방에 보내질 때마다 교도관이 잔소리하는 게 듣기 싫어서 요즘에는 아무리 바보 같은 규칙이라도 되도록이면 지키려고 하는 편이다.

하지만 자살도 나쁘지 않겠다고 생각하게 된 이유는 규칙에 얽매이는 생활이 싫어서가 아니다.

지루했다. 예전부터 살아 있음을 실감할 일은 거의 없었지만 여기 와서부터는 그게 더 심해졌다.

잠을 자고, 일어나면 밥을 먹고, 화장실에 간다. 매일 이것을 무한 반복한다.

이렇게 쓸데없는 짓을 언제까지 계속해야 하는 것인지 생각만 해도 눈앞이 캄캄해진다.

어제까지라면 가능했을지도 모르지만 여기서 자살하는 건 쉽지 않아 보였다.

전에 있던 방에서도 손목을 그을 칼이나 목을 매달 밧줄은 소지할 수 없었지만, 혀를 깨물거나 손목의 혈관을 물어뜯거나 젓가락으로 목을 찌르는 건 가능했다. 하지만 여기서는 그런 짓을 하면 그 즉시 교도관이 달려와서 병원으로 보내질 것이다.

역시 늦어도 어제까지는 내 손으로 내 인생에 종지부를 찍었어야 했는데.

"점검 준비!"

교도관의 호령이 울려 퍼졌다. 서둘러 빗자루와 걸레를 제자리에 돌려놓고 문 앞에 무릎 꿇고 앉았다.

잠시 후 문이 열리고 두 명의 교도관이 모습을 드러냈다. 한 명은 어제 나를 여기로 데리고 온 마츠시타라는 남자였고, 다른 한 명은 모르는 얼굴이었다.

"번호!"

바보처럼 크게 소리를 지르는 마츠시타를 보고 웃음이 터져 나오려는 것을 간신히 참으며 "1370번"이라고 대답했다. 옆에 있는 남자가 손에 든 종이에 체크를 하자 마츠시타가 이쪽을 노려보며 문을 닫았다.

어제 일을 아직 마음에 두고 있는 듯했다. 어제는 처음 만난 교도관을 조금 놀려 주고 싶었던 것뿐이지만 여기서 더 미운털이 박히지 않도록 주의하는 게 좋을 것 같았다.

교도관이 한 층을 다 돌고 난 후에 "점검 종료"라고 외치기를 기다렸다가 다리를 풀었다. 양쪽 발바닥을 주무르며 자리에서 일어나 배식 준비를 했다. 세면대 옆 선반에서 플라스틱으로 된 그릇과 컵을 꺼내 벽 앞에 놓인 작은 탁자로 가져갔다.

오늘 아침 메뉴는 보리밥과 다시마 조림과 김과 된장국이다. 보리밥은 설익어서 맛이 없었고, 다시마 조림과 된장국은 간이 거의 안 되어 있었다. 보리밥에 된장국을 부어서 억지로 다 먹었다.

식기를 세면내로 가져가서 씻은 다음 탁자 앞으로 돌아왔다.

할 일이 없어서 가만히 앉아 벽을 처다보았다.

취침 시간 외에는 앉아 있어야 하는 것도 쓸데없는 규칙 중 하나였다. 기본은 정좌이지만 책상다리까지는 봐주는 편이었다. 하지만 아무리 졸려도 눕는 것은 허용되지 않았다. 방 안에서 걸어다니는 것도, 무료함을 달래기 위해 팔 굽혀 펴기를 하는 것도 모두 교도관에게 들키면 징벌방행이었다.

오후 5시에 가취침 벨이 울리면 그때부터는 이불을 펴고 눕는 것이 허용되기 때문에 매일 그렇게 했다. 점심 식사를 마친 후 1시까지 약 50분간도 눕는 것이 허용되어서 그때도 역시 그렇게 했다. 결국 하루에 15시간 가까이를 누워 지내는 셈이었다.

이미 죽은 사람이나 다를 바가 없었다. 그래도 눈을 뜨고 있으면 어제와 다를 것 없는 풍경이 보이고, 머릿속으로는 온갖 상념이 떠오르고, 기억하고 싶지 않은 과거가 꿈에 나오기도 했다.

어차피 사형에 처할 거라면 하루라도 빨리 그렇게 해 달라고.

나라는 존재를 무로 되돌리고, 모든 것을 새까만 어둠으로 칠해 버리고 싶었다.

또각또각 구두 소리가 들렸다. 문 앞에서 소리가 멎었다.

"이시하라, 들어간다."

교도관의 목소리에 앉은 채로 문 쪽을 향해 몸을 돌렸다.

문이 열리고 복도에 서 있는 교도관의 모습이 눈에 들어왔다. 어제 여기 올 때 마츠시타와 같이 있던 남자다. 코이즈미 나오야라고 했던가.

혼자라는 건 형을 집행하러 온 것은 아니라는 말이었다. 내심 실망했다.

"뭐 필요한 건 없나?" 나오야가 물었다.

"없습니다."

"그래? 일단 구입 신청 용지를 두고 갈 테니까 필요한 게 있으면 여기 적은 다음 교도관을 부르도록 해."

나오야가 그렇게 말하며 손에 들고 있던 종이를 내밀었다.

종이는 총 세 장이었다. 각각에 '반찬 구입 신청 용지', '도시락 구입 신청 용지', '음식물 구입 신청 용지'라고 적혀 있었고, 도시락 외에는 품명이 적혀 있었다.

영치금으로 물건을 살 수 있다는 건 알고 있었지만 실제로 신청 용지를 보는 것은 처음이었다.

감옥에 들어오기 전에 소지하고 있던 돈이나 다른 사람이 넣어준 돈을 영치금으로 바꿔서 필요한 물건을 살 수 있는 시스템이었다. 경찰에 붙잡히기 전에 파친코에서 딴 돈이 2만 엔 정도 있었지만 지금까지 그 돈은 한 푼도 쓰지 않았다.

"전에도 설명을 들었겠지만 다시 한번 설명하지. 물품 구입 신청은 주 2회 이루어지고, 식료품은 월요일, 그 밖의 물품은 목요일이다. 신청한 물품이 도착하기까지는 일주일 정도 소요된다. 식료품 외의 물품에 대해서는 신청 용지가 따로 없으니 필요할 때 개별적으로 요청하면 된다."

나오야가 담담한 말투로 설명을 마친 후 문을 닫으려고 했다. "잠깐만요" 하고 부르자 나오야가 움직임을 멈추고 이쪽을 쳐다보았다.

"질문이 하나 있는데요."

"뭐지?"

"다른 사람들은 매일 뭐 하고 지내요?"

나오야가 이쪽을 보며 고개를 갸웃거렸다.

"나 말고도 사형수는 많을 거 아니에요. 그 사람들은 매일 뭘 하면서 시간을 죽이고 있는 거죠?"

"그게 왜 궁금하지?"

"그야 심심해서 죽을 것 같으니까요. 다른 사람들은 매일 무료함을 달래기 위해 뭘 하나 싶어서."

"무료함을 달래기 위해 하는 건 아니겠지만 여러 가지가 있지."

"여러 가지요?"

"책을 읽는다든지 가족이나 변호사나 피해자 유족에게 편지를 쓴다든지 재심 청구서를 작성한다든지… 자기가 죽인 피해자의 명복을 빌며 하루 종일 경전을 필사하는 사람도 있고."

관심이 가는 일은 하나도 없었다.

"그러고 보니 넌 지금까지 한 번도 여기 책을 빌린 적이 없는 모양이더군."

일주일에 한 번씩 교도관과 사동 도우미가 구치소 도서관에 있는 책을 대차에 싣고 돌아다니며 희망자에게 책을 빌려주는데 나오야 말대로 지금까지 한 번도 이용해 본 적은 없었다.

"죄다 재미없어 보이는 책뿐이던데. 만화책은 없죠?"

"도서관 책 중에는 없지. 구입 신청을 하거나 다른 사람이 영치품으로 넣어 주는 경우라면 책 내용에 따라 통과될 수도 있어."

"아뇨, 됐어요. 어차피 내가 읽고 싶은 건 통과되지 않을 테니까."

"그 외에 재소자들이 하는 일이라면 소내 작업 정도려나."

"소내 작업이요?"

"쉽게 말해 이 안에서 하는 부업 같은 거다. 봉투에 풀을 붙이거나 상자를 접거나 일회용 나무젓가락을 포장하는 것 같은 일을 하고 돈을 받는 거지."

"흐응."

처음 듣는 이야기에 귀가 솔깃했다.

"얼마나 받는데요?"

"한 달 동안 매일 작업해서 5천 엔 정도?"

"하루가 아니라 한 달에 5천 엔이요? 말도 안 돼…."

"그렇게 생각할 수도 있겠지만 여기서는 돈이 없으면 편지지 한 장도 손에 넣을 수 없으니까. 가족이나 지인으로부터 지원이 있으면 좋겠지만 지원해 줄 사람이 없다면 소내 작업을 해서 직접 돈을 버는 수밖에 없지. 그리고 실제로 소내 작업을 해 본 사람 말에 따르면 하루 종일 집중해서 손을 움직이다 보면 잡생각이 안 들어서 좋다던데? 그렇게 심심하면 너도 한번 해 보는 게 어때?"

"사양할게요"라고 하자 나오야가 알았다고 대답하며 문을 닫았다.

탁자 쪽으로 돌아앉으려는데 "그러고 보니" 하고 나오야가 다시 문을 열었다.

"교정 상담에는 관심 없냐?"

"치아 교정이요?"

"그게 아니라 스님이나 목사님이나 신부님이랑 만나서 이야기를 나누는 거야."

"내가 그 사람들이랑 이야기를 하면 뭐가 좋은데요?"

"상담을 통해 죽기 전에 자신이 한 행동을 뉘우치고 회개할 수 있을지도 모르지."

나도 모르게 웃음을 터뜨리자 나오야가 눈썹을 찌푸렸다.

"전혀 관심 없네요. 그런 걸 할 바에는 하루 종일 나무젓가락 포장이나 하는 게 낫겠어요."

나오야는 한숨을 내쉬며 더는 아무 말도 하지 않고 문을 닫았다.

방바닥에 누워 있는데 "이시하라, 들어간다"라는 말과 함께 문
이 열렸다.

복도에 서 있는 나오야가 시야에 들어왔지만 몸을 일으킬 생각
은 없었다.

점심 식사 후 잠시 동안은 누워 있는 것이 허용된다. 그렇다고
는 해도 만약 마츠시타였다면 당장 일어나라고 호통을 쳤겠지만
나오야는 이쪽을 내려다보며 "면회다"라고 짧게 용건만 말했다.

면회를 올 사람은 변호사인 토쿠무라 정도밖에 없었다. 대체
무슨 일일까.

사형 판결이 확정되었으니 나한테는 이제 더이상 볼일이 없을
터였다. 볼일이 없기는 나 역시 마찬가지였다.

"변호사 접견이요?"

확인차 묻자 나오야가 "그래" 하고 고개를 끄덕였다.

"뭐 하러 왔대요?"

"나야 모르지. 어떻게 할래? 거절할까?"

귀찮으니 빨리 치워 버리고 싶다는 말투였다. 잠시 고민하다가
자리에서 일어났다.

"만날 거냐?"

나는 고개를 끄덕였다.

일부러 와 줬는데 그냥 돌려보내기가 미안하다거나 그런 건 아
니었다. 어차피 할 일도 없으니 말 상대나 삼을까 하는 마음에서
였다.

교도관들이 원하는 방향으로 움직여 주고 싶지 않다는 반항심

도 작용했다.

신발을 집어 들고 복도로 나왔다. 나오야가 내 뒤에 바짝 붙어서 따라왔다. 복도를 걸어가 면회실로 들어갔다.

아크릴판 너머에 앉아 있는 토쿠무라와 눈이 마주쳤다. 토쿠무라가 고개를 살짝 숙이며 인사했지만 무시하고 접이식 의자에 앉았다.

원래 교도관은 밖에서 기다리는데 나오야는 면회실 안으로 들어와 내 옆에 앉아서 노트를 펼친 후 펜을 손에 들었다.

"이시하라 료헤이는 확정자 처우로 바뀌었기 때문에 교도관의 동석 하에 대화 내용도 기록하게 됩니다. 면회 시간은 30분입니다."

나오야가 말하자 토쿠무라가 "알겠습니다" 하고 대답한 뒤 이쪽을 쳐다보았다.

"나와 줘서 고맙습니다. 대기실에서 기다리는 내내 안 만나 주면 어쩌나 걱정했습니다."

"심심해서 죽을 것 같았거든요. 나는 왜 보자고 한 건데요?"

"우선은… 이시하라 씨의 의사를 다시 한번 확인하고 싶어서요."

"내 의사라니요?"

무슨 말인지 알 수가 없었다.

"지난번 면회 때는 자포자기에 빠져서 항소하지 않기로 했지만 막상 사형수가 되고 보니 마음이 달라졌을 수도 있으니까요."

나도 모르게 피식 웃었다.

"만약 그렇다면 재심 청구를 권할 생각으로 왔습니다."

"재심 청구라는 걸 해서 사형 대신 무기징역 같은 걸로 바꾸겠다고요?"

그러자 토쿠무라는 나를 보며 고개를 저었다.

"솔직히 그건 어려울 겁니다. 이시하라 씨 같은 경우는 특히나."

"그럼 그런 쓸데없는 짓을 왜 하라는 건데요."

토쿠무라가 나오야 쪽을 흘깃 쳐다보더니 이쪽으로 몸을 숙이며 속삭이듯 말했다.

"법으로는 사형 판결이 확정된 후 6개월 안에 형을 집행하도록 되어 있습니다."

"흐응…."

처음 알았다. 앞으로 무려 반년이나 더 살아야 할지도 모른다니.

"다만 이 조문에는 재심을 청구하거나 특별 사면을 요청한 경우에는 결론이 나올 때까지 이 기간에 산입하지 않는다는 단서가 붙어 있습니다. 다시 말해 재심을 청구하는 동안은 형이 집행될 가능성이 낮아진다는 말이지요. 이시하라 씨가 조금이라도 더 오래 살기 위해서 취할 수 있는 마지막 수단입니다."

"그런 쓸데없는 말을 하려고 일부러 여기까지 온 거예요?"

토쿠무라가 허탈한 표정을 지었다. 상당히 낙심한 듯했다. 부모에게 장난감을 사 달라고 졸랐지만 단칼에 거절당한 아이 같은 얼굴이었다.

"미안하지만 나는 반대로 형 집행을 앞당겨 달라고 부탁하고 싶은데요. 난 하루라도 빨리 형이 집행되길 바라거든요."

"저는 이시하라 씨가 하루라도 더 오래 살기를 바랍니다."

토쿠무라가 왜 이렇게까지 말하는지 어리둥절했다.

"적어도 지금 같은 마음 상태로 죽지는 않았으면 좋겠어요."

"내가 어떤 마음으로 죽든 내 마음…."

"어제 하루카 씨를 만났습니다."

토쿠무라의 말에 말문이 막혔다.

"이시하라 씨의 누나인 하루카 씨 말입니다. 이시하라 씨의 변호를 담당한 사람이 누구인지 찾아봤다면서 저희 사무실로 직접 찾아오셨더군요."

잠시 머릿속이 새하얘져서 아무 생각도 할 수 없었다. 이윽고 속에서 무언가 부글부글 끓어 오르기 시작했다.

"뉴스를 보고 하루카 씨는 이루 말할 수 없을 정도로 큰 충격을 받았다고 합니다. 면회를 간다든지 재판을 방청할 엄두는 나지 않았지만 뉴스를 통해 자신이 모르던 이시하라 씨의 과거에 대해 알게 되었고, 또 이번에 사형이 선고되었다는 소식을 듣고 도저히 가만히 있을 수가 없어서 저를 찾아왔다고 했습니다."

"그래서요? 그거랑 재심 청구가 무슨 상관이 있는데요?"

목소리가 떨렸다.

"하루카 씨는 유일한 혈육인 이시하라 씨에게 자신이 무엇을 해 줘야 할지 고민하고 있었습니다."

"유일한 혈육?"

"어머니는 4년 전에 병으로 돌아가셨다고 합니다."

마음이 술렁였다.

"아버지와는 열 살 때 이후 만난 적도 없고 어디 사는지도 모르니 현재 하루카 씨에게는 이시하라 씨가 유일한 혈육인 셈입니다. 하루카 씨는 이시하라 씨가 과거에 할머니를 죽였다는 사실도 이번 뉴스를 보기 전까지 전혀 몰랐다고 합니다. 사건 당시 아직 미성년자였던 이시하라 씨의 정보는 공개되지 않았으니까요.

어머니는 알고 계셨을지도 모르지만 하루카 씨에게는 말할 수 없었겠지요."

가슴이 답답해져서 옆에 있는 나오야를 돌아보며 말했다.

"그만할게요."

펜으로 대화 내용을 받아 적던 나오야의 손이 멈췄다. 이쪽을 보며 갑자기 무슨 말이냐는 듯 고개를 갸웃거렸다.

"면회요."

"이만 끝내겠다고?"

나오야의 물음에 고개를 끄덕였다.

"잠깐만요. 아직 시간이 남았으니 조금만 더 이야기를⋯."

토쿠무라의 말을 무시하고 일어서자 나오야도 노트를 덮고 자리에서 일어났다.

"하루카 씨는 후회하고 있었습니다. 부모님의 이혼으로 서로 떨어져 살게 되었어도 이시하라 씨와는 어떻게든 계속 연락하고 지냈어야 했는데 그러지 못했다고⋯. 그랬다면 아버지가 이시하라 씨를 할머니 댁에 맡기고 사라져 버렸다는 사실도, 할머니가 이시하라 씨를 미워하고 구박한다는 사실도 알 수 있었을 거라고요."

문을 향해 걸어가는 내 등 뒤에서 토쿠무라가 계속해서 말했다.

"만약 알았다면 자기가 어떤 식으로든 이시하라 씨의 힘이 되어 주었을 거라고. 그럼 이시하라 씨가 이런 사건을 저지르지 않았을지도 모른다며 너무 후회스럽다고 했습니다."

고개를 돌려 토쿠무라를 노려보며 "닥쳐!" 하고 소리를 질렀다.

"하루카 씨는 이시하라 씨를 만나고 싶다고 했습니다. 확정자 처우로 바뀌어도 가족은 면회가 가능합니다. 끊어졌던 가족의 연을 다시 이을 수 있을지도 모릅니다. 그러기 위해서는 시간이 필요하니까… 그래서 이시하라 씨가 조금이라도 더 오래 살기를 바라는 겁니다."

내가 그 여자를 만날 리가 없잖아.

쯧 하고 혀를 차며 면회실 밖으로 나오자 뒤에서 나오야가 문을 닫았다.

6

치바역 개찰구를 빠져나온 호사카는 윗옷 주머니에서 스마트 폰을 꺼내 들었다. 화면에 표시된 인터넷 맛집 사이트를 들여다보며 역 앞 번화가 쪽으로 걸음을 옮겼다.

5분 정도 헤매다가 자신이 찾던 술집을 발견했다. 안으로 들어가자 "어서 옵쇼!" 하는 소리가 쩌렁쩌렁 울려 퍼지는 동시에 여자 점원이 나와서 호사카를 맞았다.

"한 분이신가요?"

"아니요, 니시자와라는 이름으로 예약이 되어 있을 겁니다."

점원이 계산대에 놓인 예약자 리스트를 확인하더니 호사카를 가게 안쪽으로 안내했다. 제일 안쪽 좌식 테이블에 앉아 있는 니시자와를 보고 "안녕하세요" 하고 인사를 건네자 니시자와가 이쪽을 돌아보더니 누구시냐는 듯 눈을 깜박였다.

"저 호사카입니다."

호사카가 말하자 니시자와가 화들짝 놀란 표정을 지었다.

"전혀 몰라보겠는데요. 딴사람인 줄 알았습니다."

입가를 덮고 있던 수염을 밀고, 안경 대신 콘택트렌즈를 꼈다.

"무슨 일 있으셨습니까?"

"아니요, 그냥 기분전환도 할 겸 바꾸어 봤습니다."

호사카는 신발을 벗고 올라가 니시자와의 맞은편에 앉았다. 일단 생맥주 두 잔과 간단한 안주 몇 개를 시켰다.

"여기까지 오시게 해서 죄송합니다. 집이 교도소 근처거든요."

니시자와가 고개를 꾸벅 숙이며 말했다.

"아닙니다. 저야말로 갑자기 연락드려서 죄송합니다. 바쁘신데 괜히 귀찮게 해 드린 건 아닌지 모르겠습니다."

이틀 전 니시자와에게 연락해 시간 날 때 한번 만나고 싶다고 했더니 오늘 저녁이 좋겠다고 해서 이렇게 보게 된 것이었다.

"안 그래도 저도 자리를 만들어야겠다고 생각하던 차였습니다. 5년이나 신세를 졌는데 송별회도 제대로 못 했으니까요."

점원이 가져온 안주를 앞에 놓고 생맥주로 건배를 했다. 맥주를 한 모금 마시고 테이블 위에 내려놓자 니시자와가 진지한 목소리로 말을 건네 왔다.

"많이 피곤해 보이시네요."

"그런가요?"

호사카가 되묻자 니시자와가 걱정스러운 표정으로 고개를 끄덕였다.

"예전에 비해 살도 많이 빠지신 것 같고, 안색도 안 좋으신데요. 교회 일이 바빠졌다고는 하셨지만 너무 무리하지는 마세요."

교도소 교정위원을 그만둘 때 한 거짓말을 곧이곧대로 믿고 걱정해 주는 니시자와를 보니 죄책감이 들었다.

사실 일이 바빠진 것은 아니었다. 오히려 정신이 다른 데 팔려서 교회 일은 건성으로 하고 있었다.

"무엇보다 잠은 제대로 주무셔야 합니다."

니시자와가 맥주잔을 들어 입으로 가져가며 말했다.

"명심하겠습니다."

마지막으로 유아의 무덤에 다녀온 이후 거의 매일 잠을 설치고 있었다.

마리아에게 이시하라의 교정 선교를 맡아서 복수하라는 이야기를 들었을 때는 무모하다는 생각밖에 들지 않았지만, 이윽고 어떻게 하면 가능할지 방법을 모색하게 되었다.

호사카가 5년 동안 치바 교도소의 교정위원이었던 것은 사실이지만 이시하라가 수용된 도쿄 구치소에는 아는 사람도 없었고, 현재 그곳에서 교정 선교를 맡고 있는 사람이 누구인지 역시 알 길이 없었다.

이리저리 머리를 굴리던 중에 떠오른 사람이 바로 치바 교도소에서 보안부장을 맡고 있는 니시자와였다.

언젠가 니시자와에게 치바 교도소에 오기 전 도쿄 구치소에 있었다는 이야기를 들은 적이 있었다.

"슬슬 본론으로 들어가 볼까요?"

그 말에 퍼뜩 정신을 차린 호사카는 맥주잔을 향하고 있던 시선을 들어 니시자와를 쳐다보았다.

"뭔가 할 말이 있어서 보자고 하신 거 아닙니까?"

니시자와가 부드럽게 미소를 지으며 물었다.

"아… 쿠라타 목사님은 잘 하고 계신가요?"

진짜 본론은 일단 놓아두고 대신 후임으로 추천한 목사의 이름을 꺼냈다.

"역시 그 얘기셨군요." 니시자와가 그럴 줄 알았다는 듯 고개를 끄덕이며 말했다.

"교정 상담을 진행하던 수용자 개개인에 대한 인수인계를 제대로 하지 못한 채 그만두게 되어서 계속 마음에 걸렸거든요."

"꽤나 특이한 분이시던데요. 수용자들 반응은 아주 좋습니다." 니시자와가 웃으며 대답했다.

쿠라타 목사는 조폭 출신이다. 어릴 때부터 소년원을 제집 드나들듯 했고, 조직폭력배가 된 후에도 각성제를 사용한 혐의로 수차례 체포된 전력이 있었다. 교도소 수감 중에 교정 상담을 받은 것이 계기가 되어 마음을 고쳐먹고 옥중에서 세례를 받았다. 출소 후 목사가 되어 '문신을 한 목사'로 언론에 소개된 적도 있는 별종이었다.

호사카가 쿠라타를 알게 된 것은 목사 모임에서였다. 호사카가 교정 선교를 하고 있다고 하자 자기도 그쪽에 관심이 많다면서 이것저것 물어 왔고, 이후 개인적으로도 연락을 주고받는 사이가 되었다.

유아 일로 교정 선교에 회의를 느끼게 되었을 때, 쿠라타가 자기도 교정위원이 되고 싶다고 말했던 것이 생각나 니시자와에게 자신의 후임으로 쿠라타를 소개하게 된 것이었다.

"그렇습니까. 그 말을 들으니 안심이 되네요. 쿠라타 목사님은 전부터 교정 선교를 통해 교도소에 있는 수용자들이 다시 일어설 수 있도록 돕고 싶다고 했으니 아마 열심히 하실 겁니다."

"네. 호사카 목사님이 그만두시게 된 것은 안타깝지만, 좋은 분을 소개해 주셔서 감사하게 생각하고 있습니다."

"수용자들 상태는 어떤가요?"

"크게 달라진 건 없습니다. 굳이 말하자면 나라의 상태가 조금 신경 쓰이기는 하지만요."

"나라 쇼헤이 말입니까?"

니시자와가 고개를 끄덕였다.

헤어진 여자친구를 죽이고 복역 중인 남자다.

"신경이 쓰인다는 건 무슨 뜻입니까?" 호사카가 니시자와 쪽으로 상체를 숙이며 물었다.

"최근 반년 정도 난폭한 언동이 잦아져서 몇 번인가 징벌방에 보내졌습니다."

반년 전이면 호사카가 교정위원을 그만둔 시점이었다.

"한때… 그러니까 호사카 목사님께 개인 상담을 받는 동안에는 과거의 잘못을 뉘우치고 착하게 살려고 노력하는 것 같았는데 말입니다."

상담에서 호사카는 나라에게 자신이 저지른 죄를 제대로 마주하기 위해서라도 우선 자신이 용서받은 존재라는 사실을 깨달아야 한다고 말했다.

마지막 상담 때 무슨 이야기를 했었는지 기억을 더듬어 보았다.

나라는 호사카에게 들은 내용을 실천하고 있다고 했다.

이전과는 달리 밝은 표정이었다.

하지만 호사카는 살인범인 나라에 대한 혐오감을 견디지 못하고 도망치듯 상담실을 빠져나왔다.

그것이 호사카가 나라를 본 마지막이었다.

"그런데… 구치소에서도 교정 상담을 하나요?"

끈질기게 들러붙는 죄책감을 애써 모른 척하며 호사카가 묻자 니시자와가 갑자기 화제가 바뀌어서 어리둥절하다는 듯 고개를 갸웃거렸다.

"예전에 도쿄 구치소에 계셨다고 하신 게 기억이 나서요."

"아아… 맞습니다. 전국의 모든 구치소에서 하는지는 모르겠지만 일단 도쿄 구치소에서는 합니다. 게다가…." 니시자와가 말끝을 흐렸다.

"형장이 있는 구치소입니까?"

호사카의 말에 니시자와가 굳은 표정으로 고개를 끄덕였다. 니시자와의 표정을 보니 그다지 이야기하고 싶은 주제는 아닌 것 같았지만 일단 꺼낸 이야기를 갑자기 끝낼 수도 없어서 말을 이었다.

"치바 교도소에서 교정 상담을 하던 시기에 사형수에 관한 TV 다큐멘터리 프로그램을 본 적이 있습니다. 교정위원에 관한 이야기는 나오지 않았지만 당시 제 상황과도 겹치는 부분이 있다 보니 많은 생각을 하게 되더군요. 교도소에서 하는 교정 상담보다 훨씬 부담이 클 것 같다는 생각이 들었습니다."

니시자와가 입을 열었다.

"종교가 없는 제가 이런 말을 하는 것도 이상하지만, 교도소에서 하는 교정 상담과 구치소에서 하는 교정 상담은 전혀 다른 것이라고 생각합니다."

"전혀 다르다고요?"

"네. 살아갈 희망을 갖게 하는 것과 죽음을 맞이할 각오를 하게 만드는 것. 똑같은 성서의 구절, 똑같은 불교의 가르침을 설파하더라도 그것을 듣는 상대방에게 바라는 바는 전혀 다르니까요."

"도쿄 구치소의 교정위원은 한 명이 아닌 거죠?"

"네, 종교와 종파별로 있습니다."

"개신교 목사도 있습니까?"

니시자와가 고개를 끄덕였다.

"와시오라는 목사님이 계셨습니다. 지금도 그분이 계속하고 계신지는 모르겠습니다만…"

와시오라는 이름을 머리에 새겨 넣었다.

"어떤 분이신가요?"

호사카가 묻자 니시자와가 "글쎄요…"라며 난감하다는 듯 머리를 긁적였다.

"뭐라고 설명하면 좋을지 모르겠습니다만… 기존에 제가 생각하던 목사님과는 분위기가 많이 다른 분이셨습니다. 호사카 목사님보다는 쿠라타 목사님에 더 가까운 느낌이랄까요. 큰 교회 소속은 아니고 도쿄 긴시초에 있는 술집을 낮 시간 동안 빌려서 동네 사람들을 모아 놓고 활동한다고 들었습니다."

"그리고 중간에 시간을 내서 구치소 수용자들을 상대로 교정 상담도 하신다는 말이군요."

"대단하신 분이지요. 저 같은 사람은 그저 존경스러울 따름입니다."

니시자와가 무거운 한숨을 내쉬며 고개를 떨구었다.

긴시초에 있는 교회의 와시오라는 목사.

이 정도 알아냈으면 충분했다.

호사카는 손에 든 스마트폰에서 시선을 들어 열차 안에 설치된 스크린을 쳐다보았다. 다음 역이 긴시초라는 것을 확인하고 다시 스마트폰 화면을 내려다보았다.

니시자와와 헤어진 후 지하철을 타고 스마트폰으로 인터넷에서 와시오에 대해 알아보았다. '와시오', '긴시초', '교회'라는 키워드로 검색하자 호사카가 찾는 교회 홈페이지가 나왔다.

와시오는 긴시초역에서 5분 거리에 있는 '루비'라는 술집을 빌려 '죄인의 문: 예수 그리스도 교회'를 만들고 그곳에서 전도 활동을 펼치고 있었다.

홈페이지에 올라온 와시오의 사진을 보니 나이는 호사카보다 열 살 정도 많아 보였다. 안경 너머로 빛나는 날카로운 눈매가 인상적이었다.

이윽고 긴시초역에 도착해 열차 문이 열렸지만 내릴지 말지 망설여졌다.

문이 닫힌다는 안내 방송에 떠밀리듯 자리에서 일어났다. 열차 안에 서 있는 사람들을 제치고 문 쪽으로 달려가 플랫폼에 내려섰다. 그대로 긴시초역 개찰구를 빠져나와 스마트폰 지도로 '루비'라는 술집을 검색했다.

자신이 무엇을 하려고 하는 건지도 알지 못한 채 충동적으로 움직이고 있었다.

유아의 한을 풀어주고 싶다는 절실한 욕구 때문인지, 아니면 그런 미련을 단칼에 끊어내 줄 현실을 바라는 것인지 스스로도 알 수가 없었다.

유아의 끔찍한 죽음을 몇 번이고 다시 떠올리며 온몸이 갈가리 찢기는 듯한 고통에 몸부림치다 보면 반드시 도쿄 구치소의 교정위원이 되어 이시하라에게 접근해 유아의 한을 풀어주고야 말겠다는 뜨거운 의지가 솟아올랐다. 그와 동시에 정말로 그렇게 되면 어떡하나 하는 두렵기도 했다.

자신이 하고자 하는 일은 신의 가르침에 어긋나는 행위다.

그건 알고 있지만 이성으로 제어할 수 있는 문제가 아니었다.

그렇다면 현실적으로 불가능하다는 벽에 부딪치는 수밖에 없었다.

와시오를 직접 만나 도쿄 구치소의 교정위원이 되고 싶다고 부탁해 보고, 그 자리에서 거절당하면 포기할 수 있지 않을까 싶었다.

호사카가 찾는 술집은 화려한 네온 간판들이 늘어선 골목 한 구석에 위치해 있었다. 낡은 상가 건물 1층에 걸린 '노래방 술집 루비'라는 보라색 간판에 불이 들어와 있었다.

문 옆에 간판의 10분의 1 정도 되는 크기의 나무판이 달려 있었다. '죄인의 문: 예수 그리스도 교회'라는 손글씨 아래 설치된 투명 선반에는 교회 전단지가 들어 있었다.

전단지를 한 장 꺼내어 살펴보았다. 교회에서 매달 간행하는 소식지였다.

전단지를 잘 접어서 윗옷 주머니에 넣고 한차례 숨을 크게 내쉰 다음 가게 문을 열었다.

"어서 오세요…"

나른한 여자 목소리가 호사카를 맞이했다. 호사카는 목소리가 들려온 쪽으로 고개를 돌렸다.

카운터 안에 서 있는 여자가 담배를 피우며 이쪽을 빤히 쳐다보고 있었다.

머리를 갈색으로 염색한 여자는 호사카와 비슷한 연배로 보였고, 나이에 어울리지 않는 화려한 무늬의 원피스를 입고 있었다.

"영업하나요?" 호사카가 물었다.

카운터석 몇 개과 4인용 테이블석 두 개가 전부인 작은 가게에는 손님이 한 명도 없었다.

"혼자 오셨나요?"

호사카가 고개를 끄덕이자 여자가 카운터석을 손으로 가리켰다. 의자에 앉아 일단 맥주를 주문했다. 여자가 맥주를 준비하는 동안 가게 안을 슬쩍 둘러보았지만 여기가 교회라고 알아볼 만한 물건은 보이지 않았다.

"누구 소개로 오셨나요?"

그 말에 호사카는 여자에게로 시선을 돌렸다.

"그런 건 아니고…"

여자가 호사카 앞에 맥주잔을 내려놓고 병에 든 맥주를 부어주었다.

"괜찮으시다면 같이 한 잔 드시죠."

호사카는 여자에게도 술을 권하며 맥주잔을 입으로 가져갔다.

여자는 고맙다고 하며 냉장고에서 캔에 든 하이볼을 꺼냈다. 캔을 따서 호사카가 들고 있는 맥주잔에 부딪쳐 건배했다.

"이 시간에는 와시오 목사님은 안 계신가요?"

호사카가 묻자 "목사님이랑 아는 사이세요?" 하고 여자의 목소리 톤이 높아졌다.

"아니요, 그런 건 아닙니다. 실은… 저는 메지로에 있는 교회에서 목사로 일하고 있는 호사카라고 합니다. 와시오 목사님 소문을 듣고 어떤 분인지 궁금해져서요. 혹시 여기 오면 만날 수 있을까 하고…"

"그러셨구나. 아까까지는 여기 있었는데 전화를 받고 내일 아침 일찍 일이 생겼다면서 돌아가셨어요. 전화해 볼까요?"

"아닙니다. 이미 들어가신 분을 다시 나오시게 할 수는 없지요. 제가 다시 찾아뵙도록 하겠습니다."

솔직히 말해서 와시오를 만나지 못해 다행이라고 생각했다.

처음 보는 상대와 갑자기 그런 이야기를 한다는 것은 허들이 너무 높았다.

그 전에 조금이라도 와시오가 어떤 사람인지 파악해 둘 필요가 있었다.

"교회인 줄 알고 찾아왔으면 많이 놀라셨겠네요."

여자의 말에 어떻게 대답해야 할지 몰라 어색한 미소로 얼버무렸다.

"이름이… 좀 특이하네요."

호사카의 말을 듣고 여자가 무슨 말이냐는 듯 고개를 갸웃거렸다.

"죄인의 문…이라는 이름 말입니다."

"아, 그거요? 와시오 목사님 말로는 마태 뭔가 하는 데서 힌트를 얻었대요. 저는 기독교인이 아니라서 잘은 모르겠지만…."

아마도 신약성서 마태복음 9장 13절에 나오는 구절을 말하는 것인 듯했다.

— 나는 의인을 부르러 온 것이 아니요 죄인을 부르러 왔노라 하시니라.

그런 믿음으로 죄지은 자를 상대하는 교정위원을 하는 것인지도 모르겠다는 생각이 들었다.

"교회가 처음 생긴 건 언제였나요?"

"15년 정도 되었다고 들었어요. 제가 이 가게를 이어받기 전 일이죠."

"원래 여기 주인은 누구셨는데요?"

"저희 작은어머니요. 당뇨병을 앓고 계셔서 가게를 계속하기 어렵다고 하시길래 5년 전에 제가 이어받았어요. 저도 원래 이런저런 물장사를 하고 있었거든요. 가게를 넘겨받는 조건 중 하나가 앞으로도 계속 낮에는 교회로 사용할 수 있도록 하라는 거였는데…."

여자가 표정을 찌푸리며 말끝을 흐렸다.

"왜 그러시죠?" 호사카가 물었다.

"음… 아무래도 같은 목사님한테 푸념을 늘어놓기도 좀 그래서요."

"와시오 목사님과는 딱히 아는 사이도 아니고, 여기서 들은 이야기를 전할 생각도 없습니다."

"작은어머니 말로는 숭고한 취지를 갖고 교회를 열었다고 했거든요. 실제로 제가 가게를 잇기 전까지는 신자도 많았다고 들었어요. 저는 교회에 대해 잘 모르지만 주일 예배는 보통 오전에 하잖아요?"

"네, 오전 10시나 10시 반부터 시작하는 곳이 많습니다. 저희 교회에서는 10시에 시작합니다."

"여기서는 오후 2시에 시작해요."

"특이하네요."

"이 일대에서 일하는 술집 여자들이 많이 올 수 있도록 그 시간으로 정했대요."

아무래도 밤늦게나 새벽까지 일하는 사람들이라면 오전 예배에 가는 것은 부담스러울 것이다.

"그런 사람들이 고민도 많고 도움을 필요로 하는 일도 더 많을 테니까 그렇게 하는 게 일리가 있다고는 생각하거든요."

사형 선고를 받을 정도로 중범죄를 저지른 인간을 교화하는 데 힘쓰는 것도 그렇고, 술집 여자들을 우선적으로 배려하는 것도 그렇고, 와시오는 호사카가 지금까지 만난 적이 없는 타입의 목사였다.

그러고 보니 니시자와도 와시오에 대해 '지금껏 자기가 생각해 온 목사와는 분위기가 많이 다르다'라고 평한 것이 기억났다.

"제가 보기에도 숭고한 뜻을 가진 목사님이신 것 같네요."

호사카의 말을 듣고 여자가 "예전에는 그랬을지도 모르지만…" 하고 쓴웃음을 지었다.

"지금은 다른가요?"

"지금은 목사라기보다 그냥 술 취한 아저씨예요. 주일 예배는 하고 있지만 그것 말고는 거의 매일 술만 마시는걸요. 교회 잡무는 전부 오래된 신자들한테 맡겨 버리고요. 저희 작은어머니도 그러세요. 그런 일을 시작하는 바람에 예전 모습은 온데간데없이 사라지고 빈 껍데기만 남았다고요."

빈 껍데기라는 말이 귓가에 맴돌았다.

"그런 일이라니요?"

호사카가 묻자 여자가 이쪽을 보며 한숨과 함께 내뱉었다.

"사형수를 상대하는 일이요."

7

　나오야는 철문 앞에서 걸음을 멈추고 철창문 너머로 안을 들여
다보았다. 미결수인 스기타가 철문 바로 앞에 무릎 꿇고 앉아 있
었다. 문을 열고 "번호" 하고 말하자 "1437번"이라고 대답했다.

　옆에 있던 교도관 쿠보가 점검표에 체크하는 것을 확인하고 철
문을 닫은 후 다음 방으로 향했다.

　25번 방 앞에 멈춰 서서 철창문 안을 들여다보았다. 무릎 꿇고
앉아 있는 키시모토를 확인하고 문을 열었다.

　"번호."

　"1120번."

　키시모토가 공손한 어조로 대답했다.

　키시모토는 확정 사형수이기 때문에 뭔가 이변이 없는지 방 안
을 꼼꼼히 살폈다. 딱히 이상한 점은 없었고 정리정돈도 잘 되어
있는 편이었다.

　문득 선반에 놓인 성서가 눈에 들어왔다. 나오야는 문을 닫으

려던 손을 멈추고 키시모토를 향해 물었다.

"세례는 어떻게 됐지?"

키시모토가 어리둥절한 표정으로 고개를 갸웃거렸다.

"지난번 교정 상담 때 세례를 받고 싶다고 하지 않았나."

조금 더 자세히 묻자 그제야 "아아…" 하고 무슨 말인지 알겠다는 표정을 지었다.

나오야는 그때 이후 이 건에 대해 상사에게 들은 바가 없었다.

"저도 들은 바가 없습니다. 아마도 와시오 목사님께서 구치소 측과 이야기하고 있지 않을까요?"

"그래? 빨리 세례를 받게 되면 좋겠군."

"감사합니다."

키시모토가 환하게 웃으며 고개를 끄덕이는 것을 보고 나오야는 문을 닫았다. 계속해서 복도를 걸으며 쿠보와 함께 점검 작업을 이어갔다.

32번 방 점검을 마치고 다음 방으로 향하는 발걸음이 무거워졌다.

D동 11층 33번 방에 이시하라 료헤이가 들어온 지 보름 정도가 지났지만, 여전히 이시하라와 얼굴을 마주하는 것은 불편했다.

이유는 알 수 없었다. 때때로 사람을 깔보는 듯한 언동이 눈에 띄기는 했지만, 딱히 반항적인 태도를 취하는 것도 아니고 교도관에게 무리한 부탁을 하는 것도 아니었다. 그런데도 이시하라와 시선을 마주하고 있으면 기분이 우울해지고 숨이 막혔다.

이시하라가 저지른 사건에 대한 혐오감 때문일까. 아니면 자기보다 나이도 어린데 머지않은 미래에 죽음을 맞게 될 인간에 대한 연민 때문인 걸까.

D동 11층을 담당하게 된 이후 서른 명 남짓한 사형수를 상대하고 있지만 이런 감정이 드는 상대는 이시하라뿐이었다.

33번 방 앞에서 걸음을 멈추고 철창문 안을 들여다보았다. 무릎 꿇고 앉아 있는 이시하라를 확인한 후 문을 열었다.

"번호."

"1370번." 이시하라가 대답했다.

방 안을 살펴보고 문을 닫으려고 하자 이시하라가 "잠깐만요" 하고 말을 걸어왔다.

"뭐지?"

"전에 말했던 종이 좀 주세요."

"종이?" 무엇을 말하는 것인지 감이 오지 않았다.

"물건 주문하는 종이요."

구입 신청 용지를 말하는 듯했다. 일전에 구입 신청 방법을 알려주면서 용지 세 장을 주고 갔지만 이시하라가 그것을 사용해 무언가를 주문한 것 같지는 않았다.

"전에 준 건?"

"필요 없다고 생각해서 버렸어요. 그런데 어제 이상한 꿈을 꿔서 그런지 단 게 먹고 싶어져서요."

단 음식이 먹고 싶어지는 이상한 꿈이 어떤 것인지 궁금했지만 어차피 대답해 주지 않을 것 같아서 물어보지 않기로 했다.

"알았다. 나중에 가져다주지."

나오야는 문을 닫고 쿠보와 함께 다음 방으로 향했다.

D동 11층 점검을 마치고 중앙통제실로 돌아가자 나오야와 교대할 교도관 몇 명이 마츠시타와 함께 모여 있었다.

"안녕하세요."

나오야가 인사를 건넸지만 다들 무표정한 얼굴로 아무 대답도 하지 않았다.

무슨 일이 있었던 걸까. 싸우기라도 한 건지 교도관들은 서로 시선을 피하며 굳은 표정으로 바닥만 쳐다보고 있었다.

그 자리의 무거운 분위기에 당황한 나오야는 쿠보를 돌아보았다. 쿠보도 뭔가 이상하다고 느꼈는지 시계를 보고 7시 반이 넘은 것을 확인하더니 "먼저 들어가 보겠습니다" 하고 서둘러 중앙통제실을 빠져나갔다.

나오야도 빨리 그 자리를 벗어나고 싶었지만 이시하라에게 부탁받은 것을 가져다주어야 했다. 반찬과 도시락 구입 신청 용지는 바로 찾았지만 음식물 구입 신청 용지는 다 떨어졌는지 보이지 않았다. 서무과에 가서 새로 받아와야 할 것 같았다.

"나오야 너도 오늘 근무는 끝났을 텐데."

불편한 심기가 묻어나는 말투에 나오야는 뒤를 돌아보았다. 마츠시타가 날카로운 시선으로 이쪽을 쳐다보고 있었다.

"아… 네. 33번 방 이시하라가 음식물 구입 신청 용지를 가져다 달라고 했는데 여기에는 없는 것 같아서 서무과에서 받아서 가져다준 다음 퇴근하겠습니다."

"내가 나중에 가져다줄 테니 너는 빨리 퇴근하도록 해."

"그리 번거로운 일도 아니니 제가…"

"빨리 가라고!"

마츠시타가 버럭 소리를 질렀다. 나오야는 깜짝 놀라 저도 모르게 상사인 마츠시타를 노려보고 말았다.

교대하는 사람 수고를 덜어 주려고 한 것인데 왜 호통을 들어야 하는지 이해가 가지 않았다.

"…큰소리 내서 미안하다. 지금 좀 신경이 날카로워져서…. 나머지는 이쪽에서 알아서 할 테니 그만 돌아가도록 해."

"알겠습니다…. 그럼 먼저 들어가 보겠습니다."

나오야는 애써 마음을 가라앉히며 중앙통제실을 빠져나왔다. 엘리베이터를 타고 탈의실로 향했다. 주야간 근무로 쌓인 피로에 조금 전 느낀 짜증이 더해져 컨디션이 엉망이었다. 뭔가 석연치 않은 기분으로 옷을 갈아입었다.

구치소 건물을 빠져나와 손목시계로 시간을 확인하며 빠른 걸음으로 관사로 향했다.

마츠시타의 부조리한 언동에는 화가 났지만 어쨌거나 일찍 퇴근한 덕분에 아이들이 학교 가기 전에 얼굴을 볼 수 있을 것 같았다.

딸인 아미는 초등학교 4학년이고, 아들인 켄야는 초등학교 2학년이다. 나오야는 자식을 끔찍이 아끼는 자상한 아버지였기에 눈에 넣어도 아프지 않은 아이들과 조금이라도 더 오래 함께 있고 싶었다. 하지만 주간 근무 때는 아이들이 자는 사이에 집을 나섰고, 주야간 근무를 마치고 돌아오면 아이들은 이미 등교한 후라 아침에 얼굴을 볼 수 있는 것은 휴일뿐이었다.

관사 엘리베이터에서 내려 복도를 걸어가는데 나오야네 집 현관문이 열렸다. 집에서 나온 아미와 켄야가 나오야를 보고 "아빠!" 하고 외치며 이쪽으로 달려왔다. 나오야는 그 자리에 쪼그리고 앉아 두 아이를 힘껏 껴안았다.

"아빠, 오늘은 집에 있지?"

켄야가 물었다. 나오야는 고개를 끄덕였다.

"그럼 학교 갔다 와서 나랑 축구하자. 누나는 너무 못해서 재미

없어."

"이게 건방지게. 축구 말고는 다 내가 더 잘하잖아."

"알았다 알았어. 학교 다녀오면 켄야가 잘하는 축구랑 아미가 잘하는 게임을 하자. 두 사람 다 아빠가 제대로 이겨줄 테니까 각오해."

직장에서 안 좋은 일이 있어도 아이들을 보면 다 잊을 수 있다.

아이들이 엘리베이터에 타는 것까지 지켜본 후 집으로 들어갔다. 아내인 유아가 현관에 나와 "어서 와. 오늘은 일찍 왔네" 하고 웃으며 맞아 주었다.

"응, 정시에 퇴근하고 뛰어왔어. 배고프다."

나오야는 그렇게 말하며 신발을 벗고 안으로 들어갔다.

"바로 밥 차릴게. 욕조에 물 받아 놨으니까 먼저 씻고 나올래?"

"그럴게."

나오야는 침실로 가서 가방을 내려놓은 다음 옷장에서 갈아입을 옷을 꺼내 들고 욕실로 향했다.

잠에서 깬 나오야는 손을 뻗어 협탁에 놓인 스마트폰을 집었다. 화면에 표시된 시각을 확인하니 오후 1시가 지나 있었다.

아침 7시 반부터 이튿날 같은 시간까지 일하는 주야간 근무를 마치고 돌아온 날은 보통 식사와 목욕을 하고 3시간 정도 눈을 붙이는데 오늘은 피곤했는지 평소보다 늦게 눈이 떠졌다.

아직 졸음이 완전히 가시지는 않았지만 여기서 더 자면 밤에 잠이 안 올 것이다.

나오야는 침대에서 일어나 스마트폰을 들고 침실을 나섰다. 거실에 아내의 모습은 보이지 않았다. 그러고 보니 오늘 학부모 모임이 있어서 외출했다가 3시쯤 돌아온다고 했던 기억이 났다. 아미와 켄야가 학교에서 돌아오는 것도 그쯤 될 것이다.

나오야는 소파에 앉아 스마트폰을 테이블에 내려놓고 리모컨을 집어서 TV를 켰다. 낮 시간대에 하는 교양 정보 프로그램에서 사이타마현에서 발생한 살인 사건에 대해 전하고 있었다.

정보 프로그램이나 뉴스를 보면 항상 느끼는 거지만 어떻게 이렇게 매일 같이 살인 사건이 일어날 수 있는지 신기할 따름이었다. 시청자들은 대부분 자기와는 상관없는 다른 세계 이야기라고 생각할지 모르지만 나오야는 도저히 그렇게 생각할 수 없었다.

TV에 나온 사건의 범인과 실제로 대면하게 되는 일이 적지 않기 때문이다.

잔인한 사건과 그로 인한 슬픔이나 고통은 나오야 바로 곁에 존재하고 있었다. 자신을 비롯한 주변 사람들은 그저 운이 좋아서 그런 비극에 말려들지 않았을 뿐이다.

그때 화면 상단에 '뉴스 속보'라는 자막이 떴다. 나오야는 이어서 흘러나오는 자막을 보고 흠칫 놀랐다.

【법무성은 15일, 키시모토 고로 사형수(52세, 도쿄 구치소)의 형을 동일 오전 중에 집행했다고 발표】

15일이면 오늘이다.

자막이 바뀌었다.

【키시모토 사형수는 2009년 치바현 이치카와시에 있는 회사원 자택에서 부부를 살해하고 강도살인죄로 사형이 확정된 상태였다】

오늘, 키시모토의 사형이 집행되었다.

사실을 인지함과 동시에 아침에 본 키시모토의 마지막 모습이 머릿속을 스치고 지나갔다.

빨리 세례를 받게 되면 좋겠다는 나오야의 말에 키시모토는 고맙다며 활짝 웃었다.

통상적으로 사형 집행은 오전 8시에서 9시 사이에 이루어진다고 한다.

나오야가 떠난 후 키시모토는 자신의 목숨이 얼마 남지 않았다는 사실을 모른 채 마지막 아침 식사를 했을 것이다. 그리고 그 직후에 자신을 데리러 온 교도관들에게 사형 집행 선고를 받고 형장으로 연행되었다는 말이었다.

키시모토의 마지막은 어땠을까.

교도관들이 안대를 씌우고, 등 뒤에서 수갑을 채우고, 목에 밧줄을 걸어서….

그 광경을 상상하다가 문득 오늘 아침 중앙통제실에서 본 동료 교도관들의 모습이 떠올랐다.

동료들의 굳은 표정과 서로 눈도 마주치지 않으려 하는 불편한 분위기.

— 큰소리 내서 미안하다. 지금 좀 신경이 날카로워져서….

마츠시타를 비롯해 그 자리에 있던 동료들은 모두 키시모토의 사형 집행을 담당한 것이 분명했다.

마츠시타가 나오야에게 빨리 퇴근하라고 호통을 친 것은 이제 곧 사형이 집행될 거라는 사실을 알지 못하게 하기 위해서가 아니었을까. 어차피 몇 시간 후면 알게 되겠지만 그래도 단 몇 시간만이라도 더 나오야가 평소처럼 지낼 수 있도록.

스스로가 취한 행동이 뒤늦게 후회되었다. 나오야는 마츠시타의 호통을 듣고 반항적인 눈빛으로 마츠시타를 노려보았다. 어쩌면 쯧 하고 혀를 찼을지도 모른다.

형 집행에 참여한 마츠시타와 동료들은 지금 어떤 기분일까.

아무리 일이라고는 해도 사람의 목숨을 빼앗는 일에 가담할 수밖에 없었던 동료들이 얼마나 괴로워하고 있을지 상상조차 할 수 없었다.

눈은 TV 화면을 향하고 있지만, 머릿속으로는 오늘 아침 집 앞 복도에서 만난 아미와 켄야를 떠올렸다.

직장에서 안 좋은 일이 있어도 아이들을 보면 다 잊을 수 있다. 그때 나오야는 그런 생각을 했다.

마츠시타에게도 아미와 동갑인 아들이 있다. 마츠시타도 나오야만큼이나 자식을 끔찍하게 아끼는 아버지였다.

마츠시타는 오늘 집에 돌아가서 아들의 얼굴을 보며 나오야와 같은 생각을 할 수 있을까. 아니, 그 전에 가족들의 얼굴을 제대로 쳐다볼 수나 있을까.

가슴이 찢어질 듯 아려 왔지만 나오야가 할 수 있는 일은 아무것도 없었다.

이윽고 속보 자막이 사라지고 TV 속 프로그램은 다시 밝은 화제로 돌아갔다. 하지만 심장의 두근거림은 잦아들지 않았다.

무엇을 해야 할지 알 수 없었지만 한 가지 확실한 것은 지금 자신의 모습을 가족들에게 보이고 싶지 않다는 것이었다.

아내와 아이들이 돌아왔을 때 아무렇지 않은 척 행동할 자신이 없었다. 아무 일도 없었던 것처럼 아이들과 함께 놀아주고 한 식탁에 앉아 웃음꽃을 피우는 것은 적어도 오늘은 불가능했다.

아이들은 어떨지 모르겠지만 아내는 나오야가 평소와 다르다는 걸 눈치챌 것이다. 도쿄 구치소에서 사형이 집행되었다는 뉴스를 보고 그것을 나오야의 수상한 거동과 연결 지어 생각하면 현재 남편이 확정 사형수를 담당하고 있다는 사실까지 알게 될지도 모른다.

자기 남편도 언젠가는 사형 집행에 참여하게 될 거라는 사실을.

나오야는 스마트폰을 집어 메신저 앱을 열었다.

【타니가 오랜만에 얼굴 좀 보자고 하는데 나갔다 와도 될까?】

유아도 알고 있는 친구 이름을 대며 있지도 않은 약속을 만들어서 문자를 보냈다. 잠시 후 유아에게서 【알았어. 몇 시쯤 올 것 같아?】라고 답장이 왔다.

【늦을 것 같으니까 저녁은 셋이서 먼저 먹어.】

문자를 보내고 나갈 준비를 하기 위해 소파에서 일어났다.

"다음 역은 기타센주입니다."

열차 내 안내 방송을 듣고 손목시계를 들여다보니 저녁 8시였다.

아내와 아이들이 저녁 식사를 마쳤을 시간이었다. 하지만 아직 아이들이 잘 시간은 아니니 밖에서 조금 더 시간을 죽이다가 돌아갈 생각이었다.

나오야가 유아에게 문자를 보내고 집을 나선 시각은 오후 2시경이었다. 시간 보낼 곳을 찾기 위해 지하철을 타고 유라쿠초로 향했다. 유라쿠초역에 도착한 후에는 여기저기 돌아다니기도 귀찮아서 바로 영화관으로 들어갔다.

영화 내용은 기억나지 않았다. 조금이라도 신경을 다른 쪽으로 돌리기 위해 스크린을 뚫어지게 쳐다봤지만 머릿속에서는 키시모토가 처형당하는 영상이 끊임없이 흘러나왔고, 형을 집행한 동료들의 심경을 생각하니 눈물이 났다.

영화관에서 나온 것은 오후 5시도 채 안 된 시간이었다. 집으로 돌아가기는 너무 이르니 술집에서 시간을 때울까 싶었지만, 술도 약한 자신이 이 시간부터 마셨다가는 밤이 되기 전에 곯아떨어질 것이 분명했다. 그래서 그때부터 목적도 없이 거리를 배회하다가 지쳐서 지하철을 탄 것이었다.

역에 도착해 문이 열리자 나오야는 열차에서 내렸다. 지하철 개찰구를 빠져나와 지상으로 올라온 다음 열차를 갈아타기 위해 JR 기타센주역 쪽으로 걸어가다가 문득 그 자리에 멈춰 섰다.

술을 좀 마시다가 집으로 돌아갈 생각이었지만 관사 근처 술집에는 구치소 직원들이 있을지도 모른다. 업무상 사형수와 직접 접할 일이 없더라도 구치소에서 일하는 사람이라면 오늘 뉴스를 보고 적잖이 충격을 받았을 것이다. 얼굴도 모르는 사람들끼리 옆테이블에서 나누는 이야기라 할지라도 사형 집행에 관한 이야기를 듣는 것은 피하고 싶었다.

나오야는 방향을 틀어서 역 앞 술집이 모여 있는 유흥가 쪽으로 걸음을 옮겼다. 가게들 앞에 걸린 메뉴판을 봐도 전혀 식욕이 당기지 않았다. 좀처럼 들어갈 곳을 정하지 못한 채 정처 없이 걷다가 저 앞 전봇대 아래에 쪼그리고 앉아 있는 남자 둘을 보고 걸음을 멈췄다.

일행을 챙기는 사내를 어디선가 본 듯한 느낌이 들어 자세히 살펴보니 구치소 교정위원인 와시오 목사였다.

와시오는 웅크리고 있는 남자의 등을 쓸어 주고 있었다.

나오야는 그쪽으로 다가가 "와시오 목사님?" 하고 말을 걸었다.

와시오는 처음에는 나오야가 누구인지 알아보지 못하는 듯했지만 얼마 지나지 않아 기억이 났는지 "아… 구치소에서 본…" 하고 중얼거리며 알은체를 했다. 그러고는 다시 고개를 돌려 전봇대 아래에서 토하고 있는 남자를 챙겼다.

일행이 술에 많이 취한 모양이었다.

"코이즈미 나오야 교도관입니다. 여기서 뭐 하십니까?"

나오야가 그 말을 한 순간, 와시오 옆에서 웩웩 구역질을 하던 남자가 "뭐? 나오야?" 하고 고개를 번쩍 쳐들었다.

남자와 눈이 마주친 나오야는 깜짝 놀랐다. 마츠시타였다.

마츠시타는 넋이 나간 듯 눈의 초점이 맞지 않고, 강추위 속에 버려진 사람처럼 얼굴은 새파랗게 질려 있었다.

"오오… 마침 잘… 왔다. 2차 가자…."

마츠시타가 자신의 토사물을 턱에 묻힌 채 혀가 꼬인 발음으로 말하며 손을 내밀었다.

"마츠시타 주임은 이만 돌아가는 게 좋을 것 같네만."

마츠시타는 귀가를 권하는 와시오의 손을 뿌리치고 비틀거리며 일어났다.

"아니면… 나처럼 형편없는 인간의 명령은 못 듣겠다는 거냐? 그럼 죽여. 나 같은 건 죽여 버리라고!"

마츠시타가 갑자기 큰 소리로 부르짖었다. 나오야는 당혹스러움을 감추지 못하고 옆에 있는 와시오를 돌아보았다. 연민에 찬 시선으로 마츠시타를 쳐다보던 와시오가 무거운 한숨을 내쉬었다.

"고생했네."

그 말을 듣고 나오야는 테이블 위에 엎드려 앓는 소리를 내고 있는 마츠시타에게서 시선을 들어 앞을 보았다. 술잔을 입으로 가져가는 와시오를 보며 고개를 저었다.

"아닙니다. 고생은…."

두 분이 하셨죠, 라는 말은 속으로 삼켰다.

와시오와 나오야를 끌고 술집에 들어온 마츠시타는 술을 연거푸 세 잔 마시고 자학적인 말을 늘어놓다가 건전지가 다 닳은 인형처럼 갑자기 잠이 들어 버렸다. 사형 집행에 관한 이야기는 한마디도 꺼내지 않았지만 완전히 딴사람처럼 변해 버린 모습을 보면 마츠시타가 오늘 얼마나 끔찍한 경험을 했는지 대충 짐작이 갔다.

"목사님이 계속 같이 계셨던 겁니까?"

나오야가 묻자 와시오가 "아니…" 하고 고개를 저었다.

"내가 가게에서 혼자 마시고 있는데 마츠시타 주임이 들어오더군. 6시 좀 지나서였나. 오늘은 아마 오전 중에 퇴근했을 테니까 그때까지 다른 가게에서 마시고 있었던 거겠지. 나랑 만났을 땐 이미 많이 취해 있었어."

퇴근을 한들 곧장 집으로 돌아갈 수 없었을 것이다. 아침에 출근한 남편이 점심때 돌아오면 가족들도 이상하게 여길 테니까. 그것도 근무지에서 사형이 집행되었다는 소식이 뉴스 속보로 전해지고 있는 와중에.

"마츠시타 주임님은… 어떤…."

끝까지 말을 맺을 수가 없었다.

"모두가 가장 꺼리는 역할을 맡았다네."

와시오가 그렇게 말하며 다시 술잔을 입으로 가져갔다.

아마도 아래쪽에서 대기하는 역할을 말하는 것이리라. 사형 집행 시 교도관 두 명은 지하에서 대기하고 있다가 사형수의 몸이 떨어져 내리면 한 명이 몸이 흔들리지 않도록 붙잡고, 다른 한 명이 꼬인 밧줄을 바로잡아 얼굴이 입회인 쪽으로 향하도록 정지시킨다.

사형 집행에 관여하게 된 사람들은 모두 괴롭겠지만 그중에서도 목이 매달린 직후의 사형수와 직접 접촉하며 심장이 멎어 가는 과정을 함께 느껴야 하는 일은 더욱 힘들 터였다.

나오야는 옆에서 자고 있는 마츠시타를 내려다보았다. 테이블에 엎드려 얼굴을 잔뜩 찌푸린 채 끙끙대는 마츠시타를 보면서 그가 지금 어떤 악몽을 꾸고 있을지 상상하는 것만으로도 기분이 우울해졌다.

"원래 그 역할은 다른 사람이 맡을 예정이었다더군."

그 말에 나오야는 시선을 들어 와시오를 쳐다보았다.

"그런데 그 사람이 도저히 못 하겠다면서 그 자리에서 교도관을 그만두겠다고 하는 바람에… 그래서 마츠시타 주임이 대신하게 되었다고 들었네."

"그랬군요…."

"자기도 그럴 걸 그랬다고… 아까 나랑 같이 술 마시는 내내 이 말만 계속 반복하더군."

즉석에서 사표를 낸 교도관이 누구인지는 모르겠지만 부양할 가족이 있는 마츠시타는 쉽게 그런 선택을 할 수 없었을 것이다.

"저… 한 가지 여쭤보고 싶은 것이 있습니다만…."

나오야가 말을 꺼내자 와시오가 "뭔가?" 하고 되물었다.

"키시모토 씨는 세례를 받았습니까?"

"아아… 집행 전에 받았네."

그 말을 들으니 조금이나마 위안이 되었다.

"키시모토 씨는 마지막까지 이성을 잃지 않고 지금까지 신세를 진 교도관들과 나에게 고맙다고 인사했네. 그리고 의연한 태도로 형을 받아들였다네."

"와시오 목사님 덕분에 키시모토 씨는 편안한 죽음을 맞이할 수 있었을…."

"내 덕분에?"

와시오가 나오야의 말을 가로막으며 코웃음을 치더니 술잔을 거칠게 내려놓았다.

"나는 그런 대단한 인간이 아니야. 기껏해야 사신의 앞잡이일 뿐이지."

와시오가 던진 말에 충격을 받았다.

"아니지, 내가 사신 그 자체일지도 모르겠군."

"그게 무슨…."

"키시모토 씨와 알고 지낸 건 6년쯤 되려나. 처음 만났을 때는 사형 선고를 받은 직후라 그런지 잔뜩 악에 받쳐 있었지. 잘못을 후회하고 반성하기는커녕 자기변호만 늘어놓고 사사건건 교도관에게 대들어서 그때마다 징벌방에 보내졌다고 들었네. 하지만 나와의 상담을 계기로 성서의 말씀을 진지하게 공부하게 되었고, 조금씩 자신이 저지른 죄를 마주하면서 피해자들에게 속죄하는 마음을 갖게 되었지."

와시오의 말을 들으며 생전 상담을 받던 키시모토의 모습을 떠올렸다.

상담실에 앉아 있던 남자는 두 사람의 목숨을 빼앗은 흉악범이 아니라 딸을 생각하는 자상한 아버지, 피해자를 위해 매일 기도

하는 온화한 남자였다.

와시오 덕분에 키시모토는 회개하고 인간으로서의 마음을 되찾은 것이다. 그런데 왜 와시오는 자신이 사신이라고 말하는 것일까.

"형사소송법 제479조 1항이 뭔지 아나?"

와시오의 갑작스러운 질문에 나오야는 바로 대답하지 못하고 우물거렸다.

"사형 선고를 받은 사람이 심신의 장애로 의사 능력이 없는 상태인 때에는 법무부장관의 명령으로 집행을 정지한다. 다시 말해 확정 사형수의 심신이 불안정한 상태라면 처형될 가능성이 낮아지고, 사형수가 진심으로 죄를 뉘우치고 자신이 저지른 죄에 대한 대가로 죽음을 받아들일 각오가 되었다고 판단되면 처형될 가능성이 높아진다는 말이지."

정신이 번쩍 들었다.

나오야 같은 교도관들 역시 확정 사형수를 대할 때는 그들이 심신의 안정을 유지할 수 있도록 하는 것을 최우선으로 삼고 있었다.

"그러니까 나는 사형수를 최대한 지체 없이 신속하게 형장으로 보내기 위해 존재하는 것이나 다름없다네."

만약 그렇다면 그것은 교도관에게도 똑같이 적용되는 말이 아닐까.

사신이라는 말이 나오야의 마음을 무겁게 짓눌렀다.

"도쿄 구치소 교정위원으로 일하는 10년 동안 나는 총 여섯 명의 형 집행에 입회했네. 꽤나 유능한 사신이라고 생각되지 않나?"

와시오가 농담처럼 건네는 말에 나오야는 아무 대답도 할 수 없었다.

와시오가 시선을 거두었다. 어두운 눈빛으로 마츠시타를 흘긋 쳐다보더니 다시 이쪽을 보며 "이 사람 집 주소는 알고 있나?" 하고 물었다.

"네…, 저랑 같은 관사에 살고 있습니다."

"그럼 뒤는 부탁하지."

와시오는 자리에서 일어나더니 주머니에서 꾸깃꾸깃한 1만 엔짜리 지폐 한 장을 꺼내 테이블에 내려놓고 출입구 쪽으로 향했다.

8

가게 앞에 도착하자 문 너머로 노랫소리가 들려왔다.

호사카는 문을 열고 안으로 들어갔다. 맨 먼저 눈에 들어온 것은 마이크를 손에 쥔 회사원이었다. 지난번에 왔을 때와 달리 테이블석 두 개는 만석이었고, 카운터석에도 남자 손님이 두 명 앉아 있었다.

가게 안을 둘러보았지만 교회 홈페이지에 나온 사진 속 남자는 보이지 않았다.

"어머, 목사님."

카운터 안쪽에서 여주인이 알은체를 했다.

"오늘은 손님이 많네요. 앉아도 될까요?"

"물론이죠."

빈자리에 앉아 맥주를 주문했다. 여주인 몫도 한 잔 사서 함께 건배했다.

"목사님이면 와시오 목사님 친구분이신가?"

옆에 앉은 남자 손님이 불쑥 말을 걸어왔다. 호사카는 "그런 건 아닙니다만…" 하고 말끝을 흐렸다.

"와시오 목사님 소문을 듣고 만나 보고 싶어서 찾아오셨대요." 여주인이 설명을 덧붙였다.

"흐음, 특이하신 분이네. 반면교사로 삼을 수야 있겠지만."

"본인도 그렇게 말하던데요."

"본인이라면… 와시오 목사님께 제 얘기를 하신 겁니까?" 호사카가 물었다.

"네."

"뭐라고 하시던가요?"

"그러니까 특이한 사람이라고요. 오늘도 와시오 목사님 만나러 오신 거예요?"

"만날 수 있으면 만나 보고 싶어서요."

"최근 일주일 정도 안 나오고 계신데. 아마 오늘도 안 오실 가능성이 높아요."

"바쁘신 걸까요?"

호사카가 묻자 여주인이 "아니, 그런 건 아니고요" 하며 손을 내저었다.

"얼마 전에 가게에서 피를 토하셨거든요."

"피라고요?" 흠칫 놀라 되물었다.

"네, 간경변증을 앓고 계시대요. 작은어머니한테 그 얘기를 했더니 와시오 목사님한테 술을 드리면 안 된다고 해서 그러기로 했더니 발길을 뚝 끊으셨어요. 어차피 다른 가게에서 드시고 있겠지만요."

"그러셨군요…."

호사카는 적당히 맞장구를 치면서 머릿속으로 앞으로 어떻게 할지 생각했다.

자기가 찾아왔다는 얘기는 와시오 본인에게도 전했다고 하니 연락처를 알려 달라고 해도 되지 않을까. 아니면 오늘은 일단 이 근처 술집들을 돌아볼까.

"여기 말고 자주 가시는 술집은….'

와시오의 단골 가게를 물어보려는데 문 열리는 소리가 났다. 여주인이 시선을 들어 문 쪽을 쳐다보았다.

"어머, 마침 때맞춰 나타나셨네요.'

그 말에 호사카도 고개를 돌렸다. 후줄근한 차림을 한 중년 남성이 가게 안으로 들어왔다. 홈페이지 사진 속 인물과는 분위기가 많이 달랐지만 저 사람이 와시오인 듯했다.

사진으로 봤을 때는 굳세고 예리한 인상이었는데 지금 눈앞에 있는 머리가 하얗게 센 남자는 전체적으로 비실비실해 보였다. 다만 안경 속 두 눈은 사진에서보다 더 날카롭게 빛나고 있었다.

"와시오 목사님, 이분이 전에 말한 그 목사님이세요.'

여주인의 소개를 받아 "호사카라고 합니다. 잘 부탁드립니다" 하고 인사를 건넸지만 와시오는 말없이 한쪽 손만 쓱 들어 보이더니 가게 안쪽 테이블로 가서 앉았다.

"와시오 목사님, 오늘도 술은 못 드려요.'

"알아. 놓고 간 물건을 가지러 온 것뿐이야.'

와시오는 그렇게 말하며 테이블석 옆에 있는 선반에서 무언가를 꺼내 들더니 바로 일어났다. 찬송가 반주를 틀 때 사용하는 찬양 반주기였다.

호사카의 뒤를 지나쳐 문밖으로 나가는 뒷모습을 쳐다보고 있으려니 와시오가 이쪽을 돌아보며 입을 열었다.

"같이 안 갈 건가? 여긴 너무 시끄러워서 대화하기 힘들 텐데."

자기에게 하는 말이라는 사실을 깨달은 호사카는 서둘러 지갑을 꺼내 맥주값을 계산하고 와시오를 따라 가게를 나섰다.

네온사인이 휘황찬란하게 빛나는 거리를 앞서서 걸어가던 와시오가 어느 술집 앞에서 걸음을 멈췄다. 미닫이문을 열고 가게 안으로 들어가는 것을 보고 호사카도 뒤를 따랐다.

테이블 세 개와 카운터석이 있는 작은 가게에는 절반 정도 손님이 차 있었다.

카운터 쪽으로 고개를 돌리자 안쪽에 서 있는 주인인 듯한 남자가 잔뜩 찌푸른 얼굴로 이쪽을 보고 있었다. 아무래도 와시오는 이 가게의 불청객인 모양이었다.

손님을 맞는 인사 한마디 없는데 와시오는 개의치 않고 빈 테이블에 가서 앉았다. 호사카가 맞은편에 앉는 것과 동시에 누군가 이쪽으로 다가오는 기척이 느껴졌다. 뒤를 돌아보니 조금 전까지 카운터 안쪽에 있던 중년 남자가 뒤에 와서 서 있었다.

"와시오 목사님, 저희 가게는 출입 금지라고 말씀드렸을 텐데요."

남자가 나무라는 어조로 말했다.

"주인장, 오늘은 보호자가 있으니 괜찮지 않겠나. 사케를 차게 해서 내와 주게. 안주는 적당히."

주인장이라고 불린 남자는 들으란 듯이 한숨을 내쉬며 호사카 쪽으로 시선을 돌렸다. "그쪽 분은요?" 하고 부루퉁한 말투로 묻길래 "같은 걸로 주십시오" 하고 대답했다.

주방으로 돌아가는 주인장을 보며 와시오가 아무렇지도 않게 웃으며 입을 열었다.

"창피한 이야기지만 여기서 마시다가 몇 번인가 만취한 적이 있거든. 뭐 여기서만 그런 것도 아니지만⋯ 이 주변은 이제 마실 수 있는 데가 별로 없어서 영 불편하다니까."

"그보다⋯ 술 드셔도 괜찮은 겁니까?"

호사카가 묻자 와시오가 "그게 무슨 말인가?" 하고 고개를 갸웃거렸다.

"간이 안 좋으시다고 들었습니다만."

"요시코가 말했나 보군. 아무튼 수다쟁이라니까."

술집 여주인 이름이 요시코인 듯했다.

"⋯예수 그리스도께서도 최후의 만찬 때 빵과 와인을 드시지 않았나. 나도 매일 같은 마음으로 술을 마시고 있네. 단지 그뿐이야."

뭐라고 대답하면 좋을지 알 수 없어서 호사카는 아무 말도 하지 않고 와시오를 가만히 쳐다보았다. 잠시 후 주인장이 술과 기본 안주를 내왔다.

와시오는 술잔을 집어서 건배도 하지 않고 단숨에 들이키더니 바로 다음 잔을 주문했다. 주인장은 한숨을 내쉬며 주방으로 돌아갔다.

"메지로에 있는 교회에서 목사를 하고 있다고 들었네만⋯"

호사카는 고개를 끄덕이며 옆자리에 놓아둔 가방에서 명함집을 꺼냈다.

"다시 제대로 인사드리겠습니다. 호사카라고 합니다."

와시오가 받은 명함을 유심히 들여다보더니 의아한 표정으로 이쪽을 쳐다보며 물었다.

"이렇게 번듯한 교회 목사님이 나한테 무슨 용건이 있는 건가?"

"와시오 목사님 소문을 듣고 꼭 한번 만나 뵙고 싶었습니다."

와시오가 추가로 주문한 술과 안주가 나왔다.

"내 소문? 긴시초 어느 술집에 불성실하기 짝이 없는 술주정뱅이 목사가 있다고 하던가?"

와시오가 웃으며 술잔을 집어 들었다.

"그런 게 아니라… 도쿄 구치소에서 교정 선교를 하고 계시다고 들었습니다."

호사카가 대답한 순간, 술잔을 입으로 가져가던 와시오의 손이 멈췄다. 안경 속 두 눈이 신중하게 빛났다.

"실은 저도 예전에 치바 교도소에서 교정 선교를 한 적이 있습니다."

"예전에 한 적이 있다는 건 지금은 그만두었다는 건가?" 술잔을 다시 내려놓으며 와시오가 물었다.

"네. 알고 지내는 목사 중에 교정 선교를 꼭 해 보고 싶다는 사람이 있어서 제 후임으로 그를 추천하고 저는 물러났습니다. 당시 저도 따로 생각하던 게 있었던지라 마침 잘됐다 싶기도 했고요."

"따로 생각하던 거?" 와시오가 고개를 갸웃거렸다.

"언젠가 도쿄 구치소에서 교정 선교를 해 보고 싶다고 줄곧 생각해 왔습니다."

치바 교도소 교도관인 니시자와에게 확인하면 방금 호사카가 말한 교정위원을 그만둔 이유가 거짓이라는 건 바로 알게 되겠지만 와시오가 니시자와에게 직접 연락할 일은 없을 것 같았다.

지금은 어떻게든 도쿄 구치소 교정위원이 될 수 있도록 와시오에게 매달리는 수밖에 없었다.

"언젠가 TV에서 사형수에 관한 TV 다큐멘터리 프로그램을 본 적이 있습니다. 그때부터 사형수를 상대로 교정 선교를 하고 싶다는 생각을 갖게 되었습니다. 무거운 죄를 짓고 죽기만을 기다리는 사형수의 마음을 조금이나마 구원할 수 있으면 좋겠다는 생각이 들더군요. 사형수가 자기 잘못을 깨닫고 진심으로 회개할 수 있도록 돕는 것이 앞으로 제가 해야 할 일이라고…."

"무거운 죄라…."

와시오가 혼잣말처럼 중얼거리며 술잔을 들어 한 모금 마셨다.

호사카는 와시오가 자신을 어떻게 생각하고 있을지 궁금했다.

자기처럼 사회적 약자를 구원하고자 하는 숭고한 뜻을 지닌 목사? 아니면 속에 뭔가 다른 꿍꿍이를 숨기고 있는 듯한 수상한 사람?

무표정한 얼굴로 이쪽을 쳐다보는 와시오에게서는 딱히 이렇다 할 감정이 느껴지지 않았다.

"가족들도 기독교인인가?"

갑작스러운 질문에 호사카는 "아닙니다" 하고 고개를 저었다.

"부모님은 두 분 다 신도(神道)이십니다. 저는 스물두 살 때 세례를 받았습니다."

"왜 기독교인이 된 건가?"

뻔한 질문이지만 바로 답할 수가 없었다.

유리아를 죽게 만든 자신의 죄를 용서받고 싶어서.

세례를 받은 이유를 알게 되면 와시오가 어떤 반응을 보일지 두려웠다.

대답을 하지 않고 가만히 있자 와시오가 술잔을 들고 반쯤 비웠다.

"아까 무거운 죄를 짓고 죽기만을 기다리는 사형수의 마음을 조금이나마 구원할 수 있으면 좋겠다고 했던가."

와시오가 테이블 위에서 깍지를 끼고 호사카 쪽으로 상체를 기울이며 말했다.

"네."

"자네가 지금까지 살면서 저지른 가장 무거운 죄는 뭔가?"

이쪽을 똑바로 쳐다보며 묻는 와시오를 보니 숨이 턱 막혔다.

거짓말이나 발뺌은 용서하지 않겠다는 매서운 의지가 느껴지는 눈빛이었다.

호사카는 와시오의 시선을 피하지 않고 받아내며 마음속으로 각오를 굳히고 한차례 숨을 내쉬었다.

"사귀던 상대를 죽게 만들었습니다."

그 말을 입 밖으로 내뱉은 순간, 가슴 한편에 묵직한 고통이 느껴졌다.

"죽게 만들었다니? 사고라도 당한 건가?"

"아니요. 스무 살 때 당시 사귀던 상대의 친언니를 좋아하게 되었습니다. 상대에게 그 사실을 고백하자 그녀는 저희 둘 앞에서 모습을 감추었고, 1년 후 자신이 살던 아파트에서 뛰어내려 자살했습니다. 제 아이를 남기고요."

"상대가 임신한 사실을 자네는 몰랐던 건가?"

"네, 전혀 몰랐습니다. 그 후 저는 심한 죄책감에 시달리며 자포자기에 빠졌습니다. 그러던 와중에 성서의 말씀을 접하게 되었고, 그 말씀이 의미하는 바를 더 자세히 알고 싶다는 생각에 집 근처 교회를 다니다가 세례를 받았습니다. 애인을 배신하고 죽게 만든 것이 제가 저지른 가장 큰 죄입니다."

말하기 전까지는 많이 망설였지만, 신기하게도 말을 하고 나니 마음이 조금 가벼워졌다.

이유가 무엇일까 생각하다가 눈앞에 있는 와시오의 표정이 달라졌다는 사실을 깨달았다.

와시오의 눈빛에서는 조금 전까지의 날카로움 대신 모든 고통과 괴로움을 너그럽게 감싸고 받아들이는 자비로움이 느껴졌다.

"그래서 아이는?"

살해당했다고 할 수는 없었다.

"사실을 숨긴 채 자네가 키우고 있나?"

호사카는 "아니요" 하고 고개를 저었다.

"아이는 친모의 언니, 그러니까 이모와 함께 살고 있습니다. 호적상으로는 친딸로 되어 있습니다."

"그런가…"

와시오가 나지막한 목소리로 중얼거리며 술잔을 집었다. 잔을 비우고 테이블에 내려놓더니 다시 이쪽을 쳐다보았다.

"미안하네만 그런 무거운 죄를 지은 사람에게 내 뒤를 맡길 수는 없네."

호사카는 어금니를 꽉 물었다. 역시 사실대로 말하는 게 아니었다.

"아니, 분명 자네 스스로도 견디지 못할 걸세."

무슨 뜻인지 이해가 가지 않았다.

"저…"

"만나서 즐거웠네."

와시오가 호사카의 말을 끊으며 자리에서 일어나더니 바지 주머니에서 1천 엔짜리 지폐 두 장을 꺼내 테이블 위에 내려놓았다.

"저… 제가 견디지 못할 거라는 건 무슨 뜻입니까?"

호사카가 묻자 출입구 쪽으로 향하려던 와시오가 걸음을 멈추고 이쪽을 돌아보았다.

"일부러 어둠을 가까이에서 들여다볼 필요는 없다는 말일세."

그렇게 말하고 가게에서 나가는 와시오의 뒷모습을 호사카는 멍하니 쳐다보았다.

이대로 포기할 수는 없었지만 지금 따라 나가서 와시오를 붙잡아도 설득할 자신이 없었다.

와시오의 모습이 시야에서 사라지자 호사카는 앞으로 어떻게 해야 할지를 생각하며 술잔을 집어 입에 털어 넣었다.

9

나오야는 33번 방 앞에서 걸음을 멈추고 철창문 안을 들여다보았다. 이시하라가 탁자 앞에 책상다리를 하고 앉아 있었다.

"이시하라, 들어간다."

철문을 열자 이시하라가 앉은 채로 이쪽을 쳐다보았다.

"편지다."

"편지?"

이시하라가 의아한 표정으로 고개를 갸웃거렸다.

방 안으로 한 걸음 들어가 이미 개봉한 봉투를 이시하라에게 내밀었다. 이시하라는 봉투 뒷면에 적힌 발신인 이름을 보더니 표정을 일그러뜨렸다.

타케이 하루카, 라고 적혀 있었다.

편지에 적힌 내용이라든지 일전에 접견을 왔던 변호사가 한 말로 미루어 보았을 때 보낸 사람은 이시하라의 누나인 듯했다. 이시하라와 성이 다른 것은 이혼 후 어머니 성으로 바꾸었거나 결혼 후 남편 성을 따랐기 때문일 것이다.

"답장을 보내고 싶으면 편지지와 봉투와 우표를 가져다줄 테니 신청하도록."

그 말만 하고 나가려고 하자 이시하라가 "잠깐만요" 하고 부르더니 봉투를 반으로 찢었다. 거기서 멈추지 않고 계속 찢어서 종이 쪼가리를 만들어 버렸다.

"이거 좀 버려 주세요."

이시하라가 갈가리 찢은 편지를 나오야에게 내밀었다.

"괜찮겠나?"

"네. 이 방 쓰레기통에 버리면 계속 눈에 들어와서 신경 쓰일 거 같으니까요."

나오야는 손을 뻗어 편지의 잔해를 받아들었다.

"그런데… 요새 마츠시타라는 교도관이 안 보이는데요. 무슨 일 있어요?"

마츠시타라는 이름을 듣고 움찔했지만 대답하지 않고 가만히 있었다.

"그 사람을 마지막으로 본 게… 여기서 사형이 집행되었다는 뉴스가 나온 바로 그날이었던 것 같은데…. 그날 아침에 새파랗게 질린 얼굴로 나한테 구입 신청 용지를 가져다줬거든요."

이시하라가 이쪽 반응을 살피듯 히죽히죽 웃으며 말했다.

사형이 집행되었다는 뉴스는 구치소 내에서도 볼 수 있다.

덕분에 사형수들이 수용된 이 층에서는 한동안 긴장된 분위기가 감돌았다.

"혹시 마츠시타 교도관님이 그 키시모토라는 사형수를 죽인 겁니까? 그래서 포상으로 장기 휴가라도 받은 건가요?"

이시하라가 실실 웃으며 물었다.

"입 다물어."

"에이, 너무 무섭게 그러지 마세요. 그냥 물어보는 거예요. 내가 어떤 식으로 죽게 될지 궁금하잖아요. 나오야 교도관님은 사형 집행에 입회한 적 있어요?"

"마지막으로 확인차 묻겠다. 이건 버려도 된다는 거지?"

나오야는 이시하라의 말에는 대답하지 않고 조각난 편지를 들어 보이며 물었다.

"네, 필요 없어요."

"알겠다."

"내가 죽을 땐 나오야 교도관님이 함께라면 좋겠네요. 어떤 얼굴로 날 죽일지 궁금하거든요."

즐거워서 못 견디겠다는 투로 말하는 이시하라를 무시한 채 방에서 나와 철문을 닫고 잠갔다.

중앙통제실로 돌아와 곧장 휴지통이 있는 쪽으로 향했다. 휴지통 위에서 손을 털려다가 마음이 바뀌어서 그대로 방향을 틀었다. 자기 자리로 돌아와서 책상 위에 종이 쪼가리들을 내려놓았다.

자기 앞에서는 아무렇지 않은 척했지만 원형을 알아볼 수 없을 정도로 잘게 찢긴 종이 조각을 보면 이시하라가 상당히 동요했음을 알 수 있었다.

나오야는 검열 과정에서 편지를 읽었기 때문에 거기 적힌 내용을 알고 있었다. 그래서 이시하라가 편지를 읽지 않고 찢어 버린 것이 못내 아쉬웠다.

이시하라가 아홉 살 때 부모님이 이혼하면서 이시하라는 아버지와, 누나는 어머니와 살게 되었다는 사실은 신상기록부를 통해 알고 있었지만, 누나와 남동생 사이에 어떤 불화가 있었는지는 알 길이 없었다.

하지만 그런 잔인한 살인 사건을 저지르고 사형수가 된 남동생에게 편지를 보내 '만나고 싶다, 형이 집행되기 전까지 자신의 죄를 진심으로 뉘우치고 반성하기 바란다, 착하고 순수했던 어릴 적 마음을 되찾기 바란다'라고 말하는 누나의 글에서는 진심이 느껴졌다.

아까 본인도 말했듯이 이시하라는 머지않아 형이 집행될 것이다.

그것이 올해가 될지, 5년 후가 될지, 10년 후가 될지는 알 수 없지만 재심 청구에도 관심을 보이지 않으니 상대적으로 시기는 앞당겨질 가능성이 높았다.

이시하라의 마지막을 함께할 생각은 전혀 없었고 그 순간을 상상하고 싶지도 않았지만, 이시하라가 조금이라도 인간다운 마음을 되찾은 상태에서 죽음을 맞이하기를 바랐다.

나오야는 책상 위에 흩어진 종이 조각을 내려다보며 짧게 한숨을 내쉰 다음 서랍을 열어서 스카치테이프를 찾았다.

"쿠도, 들어간다."

철창문 너머로 말한 뒤 철문을 열자 익숙한 멜로디가 들려왔다.

과거 나오야가 교도관이 되어 첫 연수를 받던 시기에 유행하던 노래가 교도소 내 라디오 방송에서 흘러나오고 있었다.

"상담 시간이다. 준비해."

나오야가 말하자 무릎 꿇고 앉아 있던 쿠도가 일어나서 신발을 신고 밖으로 나왔다.

철문을 닫고 동료인 쿠보와 함께 쿠도를 데리고 복도를 걸어갔다. 아까 들은 노래가 계속 귓가에 맴돌았다. 처음 교도관이 되었을 때의 기억이 자연스럽게 되살아났다.

그 무렵 나오야는 희망에 가득 차 있었다. 장녀인 아미가 태어나고, 유아와 결혼하고, 안정적인 직업을 갖게 되어 앞으로는 밝은 미래가 기다리고 있을 것이라고 믿어 의심치 않았다.

하지만 지금의 자신은… 사신의 앞잡이가 되어 사형수를 상담실로 데려가고 있다.

— 내가 죽을 땐 나오야 교도관님이 함께라면 좋겠네요. 어떤 얼굴로 날 죽일지 궁금하거든요.

얼마 전 이시하라와 나눈 대화가 떠올랐다. 그리고 마츠시타와 마지막으로 만났을 때의 기억이 되살아났다.

마츠시타는 키시모토의 사형이 집행된 다음 날부터 3주 가까이 출근하지 않고 있었다. 몸이 좋지 않다며 병가를 낸 상태였다.

기타센주에 있는 술집에서 만취한 마츠시타를 집에 데려다준 것이 마지막이었다.

그날 문을 열어 준 마츠시타의 아내는 남편의 상태를 보자마자 사태를 파악한 듯했다. 남편이 다니는 직장에서 사형이 집행되었다는 뉴스를 본 모양이었다.

눈앞에 있는 부부를 보고 있자니 왠지 참을 수 없이 가슴이 답답해져서 나오야는 서둘러 마츠시타를 넘겨주고 도망치듯 그 자리를 빠져나왔다.

같은 관사에 살고 있지만 벌써 3주째 모습이 보이지 않아 걱정이 되었다. 집에 찾아가 볼까도 생각했지만 마츠시타와 얼굴을 마주하기가 조심스러웠다.

지금 마츠시타는 어떤 심정일까.

나오야는 상담실 앞에 도착해 문을 노크했다. "네" 하고 대답하는 갈라진 목소리를 듣고 문을 열었다.

"쿠도 요시타카를 데려왔습니다."

정면의 테이블에 앉아 있는 와시오에게 인사한 다음 쿠보를 밖에 남겨둔 채 쿠도와 함께 안으로 들어갔다. 문을 닫고 문 옆에 놓인 의자에 앉았다.

"쿠도 씨, 오랜만이네요. 어서 오십시오."

쿠도가 다가가자 와시오는 자리에서 일어나 늘 하는 것처럼 두 팔을 벌려 상대를 꼭 껴안았다.

술집에서 만났을 때와는 달리 마치 딴사람처럼 평온한 얼굴을 하고 있지만 안색은 여전히 안 좋았다. 아니, 오히려 얼마 전 만났을 때보다 상태가 더 나빠진 것 같았다.

이윽고 두 사람은 포옹을 풀고 테이블에 마주 보고 앉았다.

"요즘은 좀 어떤가요?"

와시오가 온화한 말투로 말을 건네자 "아…" 하고 쿠도가 고개를 푹 숙였다.

"왜 그러시죠?" 와시오가 재차 물었다.

"요즘 잠을 잘 못 자서…"

"무슨 고민이라도 있습니까?"

쿠도는 고개를 숙인 채 대답을 망설였다.

"혹시… 얼마 전 그 뉴스 때문입니까?"

쿠도가 천천히 고개를 끄덕였다.

키시모토의 사형이 집행되었다는 뉴스를 말하는 듯했다.

"…키시모토라는 사형수의 형이 집행되었다는 소식을 듣고부터 마음이 영 어수선하달까…. 다음은 내 차례인가…, 만약 그렇다면 과연 언제일까 하고…."

쿠도는 친구네 일가족 세 명을 죽이고 사형 선고를 받았다. 형이 확정되고 벌써 몇 년이나 지났기 때문에 언제 형이 집행되어도 이상할 것이 없었다.

"비단 사형수뿐만 아니라 그 누구도 미래는 알 수 없습니다. 하루하루를…, 하… 하루…." 와시오가 한쪽 손으로 배를 누르며 표정을 일그러뜨렸다.

맞은편에 앉아 있던 쿠도도 이변을 눈치챘는지 "목사님, 왜 그러세요?" 하고 걱정스러운 표정으로 와시오를 살폈다.

와시오가 "아, 아니… 아무것도…" 하고 떨리는 목소리로 중얼거리다가 갑자기 다른 쪽 손으로 입을 틀어막으며 의자에서 굴러떨어졌다.

"와시오 목사님!"

머릿속이 새하얘졌다. 나오야는 의자에서 벌떡 일어나 와시오에게로 달려갔다. 입을 막은 손가락 사이로 붉은 액체가 흘러나오고 있었다. 상체를 숙여 와시오의 얼굴을 들여다보며 "괜찮으십니까?" 하고 물었다.

와시오는 고통스러운 표정으로 신음하며 괜찮다는 듯 힘없이 고개를 끄덕였다.

괜찮을 리가 없었다.

나오야는 몸을 일으켜 문 쪽으로 갔다. 문을 열고 밖으로 뛰어나가자 밖에서 대기하던 쿠보가 놀란 얼굴로 이쪽을 돌아보았다.

"목사님이 피를 토하면서 쓰러지셨습니다! 구급차를 부르고 의무실 당직 선생님을 모셔 와 주세요."

나오야는 자신의 말을 들은 쿠보가 헐레벌떡 달려가는 것을 확인한 후 다시 와시오에게로 돌아갔다.

출입문을 빠져나와 바깥 공기에 닿은 순간, 저도 모르게 한숨이 새어 나왔다.

오늘은 특히 더 피곤한 하루였다고 생각하며 나오야는 종종걸음으로 귀가를 서둘렀다.

상담실에서 쓰러진 와시오는 구급차를 타고 병원으로 이송되었다. 함께 구급차를 타고 간 상사가 연락해 온 바에 따르면 실려 간 병원에서 바로 입원하게 된 모양이었다.

상사는 와시오가 무슨 병인지까지는 듣지 못했다고 했지만 나오야가 보기에는 간이 안 좋은 게 아닌가 싶었다.

와시오는 술을 자주 마시는 것 같았고 늘 안색이 안 좋았다. 간경변이나 간암은 피를 토하는 일도 있다고 들었다.

— 도저히 마시지 않고는 견딜 수가 없어서 말이야.

그렇게 말하며 구치소 식당에서 몰래 술을 마시던 와시오의 모습이 떠올랐다.

몸이 망가질 정도로 술을 퍼마시지 않고는 견딜 수 없는 사형수 교화 활동을, 와시오는 왜 계속하는 것일까.

스스로도 사신의 앞잡이라고 생각하는 일을.

와시오는 도쿄 구치소 교정위원으로 일하는 10년 동안 총 여섯 명의 사형 집행에 입회했다고 했다.

나오야는 여섯 번이 아니라 단 한 번도 견디기 어려울 것 같았다. 그래도 나오야 같은 교도관들은 그것도 업무의 일환이니 그 일을 해야 하는 상황이 오면 할 수밖에 없다. 하지만 교정위원은 직업이 아니라 어디까지나 자원봉사다. 피할 방법은 얼마든지 있었다.

와시오가 어째서 이렇게 힘들고 고통스러운 일을 10년이나 계속하고 있는지 이해가 가지 않았다.

"어이, 나오야."

자신을 부르는 소리에 걸음을 멈추고 뒤를 돌아보았다. 양복 차림의 마츠시타가 이쪽을 향해 걸어오고 있었다. 걸어오는 방향을 보니 구치소에서 나오는 길인 것 같았다.

"오늘 출근하셨던 겁니까?"

나오야가 묻자 마츠시타가 고개를 끄덕였다. 두 사람은 나란히 서서 걷기 시작했다.

"너한테 고맙다는 말을 하려고 계속 생각은 하고 있었는데 기회가 없어서 못 했다. 늦었지만 그날 밤은 고마웠다."

그날 이야기가 나와서 나오야는 복잡한 심정으로 마츠시타를 쳐다보았다. 무슨 말을 하면 좋을지 알 수가 없었다.

"아닙니다…. 몸은 좀 어떠세요? 걱정했습니다만…."

"그날 이후 똑같아. 아마… 앞으로도 똑같겠지."

마츠시타를 계속 쳐다보고 있기가 힘들어서 시선을 돌렸다.

"방금 사직서를 내고 오는 길이야. 남은 연차를 소진하고 퇴사할 예정이라 더이상 직장에서 만날 일은 없을 거다. 인수인계도 제대로 하지 못하고 그만두게 되어서 미안하다."

"아닙니다…."

"다음 주에는 관사에서도 나갈 거다."

"어디로 가시는데요?"

"시마네현."

생각지도 못한 대답에 다시 시선을 돌려 마츠시타를 마주 보았다.

"아내 친정이야. 장인 장모가 거기서 농사를 짓고 있거든. 지금은 그냥 아무 생각도 하지 않고 흙투성이가 되어 밭일에만 집중하고 싶다."

마츠시타가 힘없이 웃으며 대답했다.

나오야가 생각하기에도 그게 좋을 것 같았다.

"와시오 목사님께도 민폐를 끼쳐서 사과드리고 싶은데 내가 그분 연락처를 몰라서 말이야. 혹시 다음에 만나게 되면 대신 좀 전해 줄래?"

"그게… 와시오 목사님을 다음에 언제 또 만날 수 있을지 모르겠습니다."

마츠시타가 무슨 소리냐는 듯 고개를 갸웃거렸다.

"오늘 상담 중에 피를 토하면서 쓰러지셔서… 구급차로 병원에 실려 가셨거든요. 그 자리에서 바로 입원하셨답니다."

"그래…?"

마츠시타의 표정이 어두워졌다. 천천히 걸음을 멈추고 고개를 돌려 눈앞에 솟은 거대한 건물을 올려다보았다.

나오야도 옆에서 자신이 일하는 직장을 바라보았다.

"넌 이 일 계속할 거냐?"

대답할 수가 없었다.

"계속할 거라면 너무 깊이 관여하지 마라."

의미를 알 수 없는 말에 의아한 눈빛으로 마츠시타를 쳐다보았다.

"나는 D동 11층에서 3년 동안 일하면서 어느샌가 사형수라는 존재를 나와 같은 인간으로 보고 있었어. 그 사람도…"

그 사람. 키시모토를 말하는 것이었다.

"물론 그 사람이 나와 같은 인간이라는 건 사실이야. 하지만… 인간이 인간을 죽인다는 건 정말이지 괴롭고 힘든 일이거든."

마츠시타는 한참 동안 가만히 서서 도쿄 구치소 건물을 바라보았다. 그러고는 이윽고 과거를 떨쳐 내듯 획 하고 고개를 돌리더니 앞을 보며 걸어가기 시작했다.

10

　호사카는 긴시초역에 내려서 역 앞 쇼핑몰에 들어갔다. 지하
식품 매장을 돌아보며 선물로 사 갈 만한 물건을 찾았다.

　와시오에 대해 알고 있는 사실은 술을 좋아한다는 것뿐이었다.
그렇다고 해서 병문안을 가는데 술을 들고 갈 수는 없는 노릇이
었다. 와시오가 단 것을 좋아하는지도 알 수 없었다. 꽃다발은 아
무래도 어울리지 않는 것 같았다. 결국 제일 무난한 과일 바구니
를 하나 골라서 포장해 달라고 했다.

　그저께 술집 루비의 여주인 요시코에게서 호사카네 교회로 전
화가 걸려 왔다. 일주일 전 병원에 입원한 와시오로부터 '호사카
에게 내가 병원에서 이야기 상대가 없어 심심해하고 있다고 전해
달라'는 부탁을 받고 연락한 거라고 했다.

　쇼핑몰에서 나와 택시를 탔다. 기본요금을 넘기기 전에 병원에
도착했다. 택시에서 내려 건물 안으로 들어갔다. 4층에서 엘리베
이터를 내려 간호사실에 들렀다.

"403호에 입원 중인 와시오 씨 병문안을 왔습니다."

간호사에게 면회 사실을 알리고 403호로 향했다. 문 옆에 붙은 이름표를 확인하니 와시오의 자리는 6인실의 창가 쪽 침대였다.

"실례합니다" 하고 작은 소리로 인사하며 병실 안으로 들어가 창가 쪽으로 걸어 들어갔다. 침대에 누워서 책을 읽고 있는 와시오의 모습이 눈에 들어왔다. 인기척을 느꼈는지 와시오가 손에 들고 있던 책에서 시선을 들어 이쪽을 쳐다보았다.

"오오… 왔나."

와시오는 읽던 책을 덮어서 협탁에 내려놓으며 말했다.

전에 만났을 때보다 얼굴이 좀 야위었지만 안색은 조금 좋아진 것 같았다.

"이거, 별거 아니지만 나중에 드세요."

호사카는 자신이 사 온 과일 바구니를 협탁에 올려놓았다.

"정말 별거 아니군. 술을 사 올 줄 알고 기대하고 있었는데."

"여기는 병원이니까요."

"음, 뭐 적당히 앉게."

호사카는 옆에 놓인 접이식 의자를 끌어와 앉았다. 와시오가 침대 옆에 달린 버튼을 눌러서 상체를 세웠다.

"요시코한테 들었네. 그 후로도 몇 번인가 찾아왔었다고?"

와시오의 물음에 호사카는 "네" 하고 고개를 끄덕였다.

술에 취한 마츠시타를 집에 데려다준 날, 헤어지기 직전에 와시오가 한 말이 마음에 걸려서 일주일에 두 번 정도 긴시초에 가서 루비와 근처 술집들을 돌아다니며 와시오를 찾았다.

단순히 이야기를 하고 싶은 거라면 요시코에게 와시오의 전화번호를 알려달라고 하는 방법도 있었지만, 직접 얼굴을 보고 말하지 않으면 대화를 거부당할 것 같았기 때문이다.

"자네도 정말이지 특이한 사람이군. 나한테 뭐 그리 집착할 구석이 있다고. 아니면 사실 자네가 집착하는 대상은 내가 아닌 건가."

호사카의 속을 들여다보는 듯한 말투에 가슴이 뜨끔했지만 시치미를 떼고 가만히 있었다.

"뭐 아무래도 상관없네. 나도 자네와 한 번 더 이야기를 나누고 싶었으니."

"일주일 전부터 입원하고 계시다고 들었습니다만, 상태는 좀 어떠십니까?"

"별거 아니네. 그냥 간암일 뿐이야."

와시오가 아무렇지 않게 웃으며 대답했다.

"전에 요시코 씨 말로는 간경변이라고…"

"병에 대해 밝힐 생각은 없었는데 가게에서 피를 토하는 바람에 말이야. 그렇다고 거기서 내가 간암이라 앞으로 반년밖에 못 산다는 말을 할 수는 없지 않나."

마지막 말에 충격을 받았다.

"앞으로 반년밖에 못 산다니… 그게 정말입니까?"

"의사 말에 따르면 그렇다는군. 슬슬 앞으로의 일들을 정리해야겠다 싶던 차에 자네가 내 앞에 나타난 거야. 이것도 인연이라면 인연이려나."

"저와 한 번 더 이야기를 나누고 싶으셨다는 건…"

호사카가 침대 쪽으로 당겨 앉으며 물었다.

"자네한테 한 가지 깜박하고 물어보지 못한 게 있어서 말이야."

"뭡니까?"

"자네는 과거와는 다른 삶의 방식을 선택함으로써 죄책감에서 벗어날 수 있었나?"

와시오가 진지한 눈빛으로 호사카를 응시했다. 도저히 아픈 사람이라고는 믿을 수 없을 정도로 굳세고 강인한 눈빛이었다.

"애인을 죽게 만든 죄는 용서받았다고 생각하나?"

와시오의 말과 눈빛이 호사카의 가슴을 날카롭게 파고들었다.

유리아를 죽게 만든 자신의 죄를 용서받고 싶다는 생각에 성서의 말씀을 공부하고 세례를 받고 목사가 되었다. 하지만 여전히 유리아를 생각하면 가슴이 찢어질 듯 아팠다.

"…아니요."

"세례를 받고 신의 자식이 되었는데도 말인가?"

와시오가 상대의 내면까지 들여다보는 듯한 날카로운 시선으로 물었다.

호사카는 묵묵히 고개를 끄덕였다.

"목사로서 사람들을 이끄는 위치에 있는데도?"

"…신에게는 용서받았다고 생각하지만 제가 저 자신을 아직 용서하지 못하고 있습니다."

"그런가…. 나와 같군."

와시오가 혼잣말처럼 내뱉는 말을 듣고 호사카는 고개를 갸웃거렸다.

"나는 죽음을 눈앞에 두고 있는데도 아직 자신의 죄를 용서하지 못하고 있다네."

와시오는 무슨 죄를 지은 걸까. 궁금했지만 와시오가 직접 얘기해 줄 때까지 기다리기로 했다.

와시오가 잠시 뜸을 들였다가 천천히 한쪽 손을 들어 입고 있는 환자복의 단추를 하나씩 풀기 시작했다. 단추를 다 풀자 가슴에서 어깨로 이어지는 커다란 문신이 드러났다.

문신을 보니 쿠라타 목사가 떠올랐다. 직접 본 적은 없지만 쿠라타 목사도 몸에 문신이 있다고 했다.

"…어렸을 적부터 동네에서 알아주는 양아치였고, 열여덟 살에 조직폭력배가 되어 서른다섯에 조직에서 파문당할 때까지 온갖 나쁜 짓은 다 하며 살았네."

"왜 쫓겨난 겁니까?" 호사카가 물었다.

"각성제에 손을 대서 경찰에 체포당했거든. 우리 조직에서 마약은 절대 금지였고."

"조직원이었을 때 지은 죄를 스스로 용서하지 못하시는 겁니까?"

"물론 조직에서도 나쁜 짓을 많이 하기는 했지. 하지만 그게 내 인생에서 가장 무거운 죄는 아니야. 적어도 나는 그렇게 생각하고 있네."

인생에서 가장 무거운 죄. 예전에 와시오에게 같은 질문을 받았을 때, 호사카는 유리아가 자살하는 계기를 만든 것이 자신의 가장 큰 죄라고 대답했다.

"지금까지 아무한테도 말한 적 없네만… 자네한테만 대답하게 하고 나는 입 꾹 닫고 저세상으로 갈 수도 없는 노릇 아니겠나."

와시오가 뭔가 중요한 이야기를 꺼내려고 하는 것을 보고 호사카는 자세를 고쳐 앉았다.

"조직에서 파문당했다고 해서 내가 다시 건실한 삶으로 돌아간 건 아니었네. 오히려 스스로를 옭아매는 것들이 다 사라진 셈이니 더 막 나가기 시작했지. 낮에는 도박을 하고, 밤이 되면 술집이 모여 있는 유흥가에 가서 사람들을 속이고 협박하고…. 그렇게 손에 넣은 돈으로 마약을 하다가 경찰에 붙잡혀서 교도소에 들어가기를 반복했지. 그러다가 마흔셋에 한 여자를 만난 것을 계기로 난생처음 내 인생을 되돌아보게 되었네."

"상대는 어떤 여자였습니까?"

"나보다 다섯 살 어린 후미노라고 하는 여자였네."

와시오는 그 이름을 입에 담기만 해도 가슴이 아픈지 입술을 꽉 깨물었다.

"후미노는 내가 자주 가는 술집에서 일하는 여자였어. 직원과 손님으로 만났지만 자연스럽게 마음이 가더군. 후미노는 몇 년 전 자신에게 폭력을 휘두르는 남편과 이혼한 후 중학생 딸과 둘이 살고 있었어. 딸 이름은 야스코였고. 밤에는 술집에서 일하고 낮에서는 마트 계산대 일과 건물 청소 일을 하면서 열심히 딸을 키우고 있었지. 딸을 어찌나 예뻐했는지 내가 가게에 가면 늘 자기 딸 이야기를 하면서 사진을 보여주곤 했어. 생활력 강하고 똑 부러지는 성격인 데다가 그때까지 내가 만난 여자들과는 전혀 다른 타입이라는 점이 신선하고 매력적으로 다가오더군. 내 어머니는 내가 초등학생 때 병약한 남편과 자식을 버리고 다른 남자와 바람이 나서 도망가 버렸어. 그리고 내가 사귄 상대는 모두 어딘가 그런 어머니를 떠올리게 하는 여자들뿐이었지. 나처럼 형편없는 남자와 사귀는 여자라고 하면 뻔하지 않겠나. 그래서 그런가, 어쩌면 후미노에게 이상적인 어머니상을 겹쳐 보고 있었던 건지도 모르지."

후미노라는 여자에 대해 이야기하는 와시오의 눈가에 깊은 주름이 잡혔다.

호사카가 처음 보는 온화한 눈매였다.

"…하루 종일 후미노 생각만 하면서도 그 마음을 밝힐 엄두조차 내지 못한 채 계속 손님으로 가게를 찾는 날들이 이어졌네. 후미노의 호감을 사고 싶어서 딸인 야스코가 좋아할 만한 책이나 인형 같은 걸 선물로 사다 주기도 하고 때로는 후미노의 고민을 들어주기도 하면서 좋은 사람인 척 행동했지. 그렇게 시간이 지나면서 후미노도 나를 좋아하는 게 아닐까 하고 느껴지는 순간들이 있었지만 거기서 더 관계를 진전시켜도 될지 망설여지더군."

"자신의 과거를 밝혀야 한다는 것 때문에요?"

와시오의 몸을 보면 그가 어떤 인생을 살아왔는지 알게 될 터였다.

"과거뿐만이 아니네. 당시 나는 가장 심했을 때만큼은 아닐지만 여전히 종종 마약을 하고 있었으니까. 그래서 우선 무슨 수를 써서라도 약부터 끊어야겠다고 생각했네. 그리고 태어나서 처음으로 제대로 된 일을 해야겠다고 마음먹고 죽을힘을 다해 노력해서 건설업계 쪽에 일자리를 구했지. 스스로에게 떳떳한 인간이 되면 후미노에게 내 과거를 밝히고 마음을 고백할 생각이었네. 그렇게 했는데도 거절당하면 어쩔 수 없다고 말이야. 어쨌거나 이게 내 구질구질한 인생을 바꿀 마지막 기회일 테니까…."

어딘가 먼 곳을 바라보는 듯한 와시오의 눈빛을 보니 이 이야기가 해피엔딩은 아니라는 사실을 짐작할 수 있었다.

"쉽지 않은 일이었어. 그때까지 한 번도 제대로 된 일을 해 본적이 없는 데다가 마약 때문에 너덜너덜해진 몸으로 건설 현장에서 육체노동을 한다는 건 상상 이상으로 고된 일이었네. 매일 같이 상사와 동료들에게 욕을 먹었고, 그때마다 상대를 두들겨 패고 당장 일을 그만둬 버릴까 고민했지. 약을 끊은 금단 증상도 점점 더 심해져서 견디기 힘들었고. 그래도 그럴 때마다 후미노의 얼굴을 떠올리고 사진으로 본 야스코를 떠올리면서 두 사람과 함께 사는 삶을 꿈꾸며 이를 악물고 버텼네. 반년 정도 약을 끊고 일에 매달리니 상사와 동료들도 조금씩 나를 인정해주더군. 앞으로 반년만 더 약을 끊고 일터에서 제대로 인정받게 되면 후미노에게 마음을 전해야겠다고 생각했네. 그런데…." 와시오가 갑자기 말을 끊더니 고개를 푹 숙였다.

고개를 숙이기 직전에 호사카가 본 와시오의 표정은 참담했다.

"말하기 힘들면 무리해서 말하지 않으셔도…."

"아니, 들어 주게…."

와시오가 고개를 들고 이쪽을 똑바로 쳐다보았다.

"…그러던 중에 후미노가 일하는 술집에 새 손님이 왔어. 나보다 조금 더 나이가 많은 남자였는데 소문에 따르면 수년 전에 이혼하고 지금은 혼자라고 하더군. 무슨 회계사무소 소장이라면서 늘 번듯하게 양복을 차려입고 가게에 와서는 후미노에 대한 호감을 감추려고도 하지 않았지. 후미노의 환심을 사기 위해 비싼 과자를 선물하고, 틈만 나면 후미노에게 데이트를 하자고 말했어. 후미노는 그럴 때마다 완곡하게 거절했지만 개의치 않고 계속 들이대는 남자를 보고 있으려니 짜증이 나면서 마음이 초조해지더군. 이대로라면 후미노를 빼앗길지도 모른다는 불안감, 그렇게 되기 전에 내 마음을 전해야 하는 것이 아닌가 하는 조바심, 하지만 만약 그랬다가 후미노를 영영 잃게 되면 어쩌나 하는 공포, 이런 것들이 엉망으로 뒤섞여 날뛰는 통에 도저히 감정을 제어할 수가 없었어. 지금 내가 고된 노동과 금단 현상을 필사적으로 참고 견디고 있는 게 무슨 의미가 있을까 싶더군. 그러자 지금까지 꾹꾹 억누르며 참아 왔던 욕망이 봇물 터지듯 터져 나와서…."

"다시 약에 손을 대신 겁니까?"

호사카가 묻자 와시오가 고개를 끄덕였다. 아까보다 표정이 한층 더 어두워졌다.

"그뿐만이 아니야. 나는 돌이킬 수 없는 큰 잘못을 저지르고 말았네."

와시오가 잔뜩 충혈된 눈으로 호사카를 쳐다보며 말했다.

"어느 날 나는 밤낮으로 일하느라 너무 피곤하다고 말하는 후미노에게 피로 회복제라면서 알약 한 알을 건넸어. 사실은 내가 즐겨 먹던 알약 타입의 각성제였지."

호사카의 입에서 저도 모르게 무거운 탄식이 새어 나왔다.

"그다음에 만났을 때는 후미노의 눈빛이 달라져 있더군. 몽롱한 눈빛으로 나를 붙잡고 전에 줬던 그 피로 회복제를 더 달라고 졸랐어. 자기가 먹은 약이 각성제인 줄은 꿈에도 몰랐을 거야. 나는 좀처럼 구하기 어려운 귀한 약이라고 생색을 내면서 후미노에게 약을 건넸어. 몇 번이고…."

와시오가 시선을 돌렸다. 잠시 창밖을 내다보다가 다시 호사카 쪽을 보며 입을 열었다.

"몇 달 뒤 후미노는 내 여자가 되어 있었어. 생활을 바로잡을 필요도 없이 욕망이 이끄는 대로 손쉽게 그녀를 얻은 거지. 약에 취한 후미노는 과거에 내가 조직폭력배였고 수많은 범죄를 저질러서 감옥에 간 적이 있다는 말을 들어도, 자기가 먹은 게 각성제였다는 사실을 알아도 아무런 관심을 보이지 않았어. 나와 만날 때는 늘 약에 취해 내 몸을 끝도 없이 탐할 뿐이었지. 나는 힘든 일을 그만두고 다시 무절제한 삶으로 돌아갔어. 후미노도 예전처럼 열심히 일하기는 힘들어졌지만 약을 얻기 위해서는 돈이 필요하니 손쉽게 많은 돈을 벌 수 있는 세계로 빠져들게 되었지."

몸 파는 일을 말하는 듯했다.

"변해 버린 후미노를 보니 그녀를 향한 집착도 사라져 버렸어. 내 손으로 그렇게 만들었으면서 사람이 참 양심도 없지…. 함께 있으면 내가 후미노에게 한 짓에 죄책감을 느끼게 되는 게 싫어서 자연스럽게 거리를 두게 되었어. 얼마 뒤 술집에서 다른 손님을 때려서 체포된 나는 각성제 복용 사실까지 들키는 바람에 징역 3년을 선고받고 교도소에 들어가게 되었네."

"그러고 나서는 후미노 씨를 만날 일이 없었던 겁니까?"

그 후 모녀가 어떻게 되었는지 신경이 쓰였다.

"복역 중에 후미노가 면회를 온다거나 편지를 보내오는 일은 한 번도 없었네. 교도소 안에서 규칙적인 생활을 하다 보니 몸에서 점차 약 기운이 빠져나가기 시작했고, 그제야 스스로가 얼마나 큰 잘못을 저질렀는지 깨달았지. 후미노와 후미노의 딸인 야스코를 생각하며 하루하루를 버텼어. 내가 저지른 잘못을 후회하고, 후미노가 무사히 약물 중독에서 벗어나 원래 생활로 돌아갔기만을 바랐지. 출소하자마자 바로 후미노가 살던 아파트를 찾아갔네. 하지만 두 모녀는 더이상 거기 살고 있지 않았어. 집주인이 누군지 수소문해서 모녀의 소식을 물으니 이렇게 대답하더군. 후미노는 1년 전에 딸을 죽이고 교도소에 들어갔다고…."

생각지도 못한 결말에 말문이 막혔다. 호사카는 가까스로 목소리를 쥐어짰다.

"어쩌다가 그런…"

"나도 어쩌다 그렇게 되었는지 궁금했지만 더는 묻지 못했네. 알아볼 생각도 하지 못했어. 후미노가 딸을 죽였다는 사실만으로 가슴이 찢어지는 것 같았으니까."

와시오는 후미노가 딸을 살해하게 된 원인이 각성제 때문이라고 생각하는 것 같았다.

"후미노가 죽인 게 아니야. 야스코를 죽인 사람은 나였어. 후미노의 마음을 망가뜨리고 야스코를 죽인…. 자네를 죄 많은 인간이라고 욕했지만 실은 내가 훨씬 더 죄 많은 인간이라네."

"그래서 종교에 귀의하게 된 겁니까?"

"맞네…. 죄책감에 몸부림치던 중에 우연히 역 앞에서 포교 활동을 하던 여자가 내게 말을 걸어온 것이 계기가 되어 교회에 나가게 되었지. 평소라면 그런 데서 걸음을 멈추거나 하지는 않았을 텐데…. 당시의 나는 무언가에 매달리지 않고는 도저히 버틸 수가 없었거든."

그 마음은 호사카도 알 것 같았다.

유리아가 자살한 후 호사카도 죄책감에 시달렸다.

"하지만 아무리 성서의 말씀을 공부하고 세례를 받아 기독교인이 되어도 내 마음은 구원받지 못했네. 머릿속에 새겨진 후미노와 야스코의 모습이 아무리 지우려 노력해도 지워지지 않았고, 두 사람의 인생을 망친 나 자신을 용서할 수가 없었지. 어떻게 하면 신께 용서받을 수 있을지, 스스로를 용서할 수 있을지 방법을 알 수가 없더군. 죽을 때까지 용서를 비는 수밖에 없겠다는 생각이 들었어. 후미노와 야스코에게 직접 용서를 빌 수는 없지만 다른 누군가의 마음을 내가 조금이라도 구원할 수 있다면 어쩌면 나도… 하고 말이야…."

와시오가 말꼬리를 흐리며 괴로운 표정으로 고개를 떨구었다.

"그렇게 용서를 비는 장소가 '죄인의 문'이었던 겁니까?"

호사카가 묻자 와시오가 천천히 고개를 끄덕였다.

와시오가 목사로 있는 교회에서는 오전 중에 예배를 올리는 다른 교회들과는 달리 오후 2시부터 예배를 시작하는데 그 이유는 새벽까지 술집에서 일하는 여자들이 예배에 참석할 수 있게 하기 위해서라고 했다. 어쩌면 와시오는 그렇게 함으로써 후미노와 비슷한 처지에 있는 여자들에게 조금이라도 도움이 되고 싶었던 것이 아닐까.

또 교회 홈페이지를 보면 감옥에 있는 범죄자의 사회 복귀와 약물 중독자의 재활을 돕는 데 힘을 기울이고 있다는 사실도 알 수 있었다.

하지만 낮 시간대에 교회로 사용하는 술집의 여주인인 요시코의 말에 따르면 현재는 주일 예배만 겨우 드리고 있을 뿐, 교회로서의 역할은 거의 하지 못하고 있다고 했다.

목사인 와시오가 사형수를 상대하느라 빈 껍데기가 되어 버렸기 때문에….

"왜 도쿄 구치소의 교정위원이 되신 겁니까?" 호사카가 물었다.

"10년 전 알고 지내던 목사님이 내게 제안하신 거였네. 내가 목사가 될 때 안수례를 해 주신 분이셨지. 원래 그분이 하시던 일이었는데 당신은 나이가 들어서 계속하기 힘드니 후임을 맡아 달라는 거였어."

"그분은 왜 와시오 목사님께 맡기신 걸까요?"

호사카가 묻자 와시오가 "글쎄…" 하고 고개를 갸웃거렸다.

"나도 확실하게 물어본 적은 없지만 죄지은 자를 상대하는 일을 맡기에는 청렴결백한 목사보다 때 묻은 목사가 더 적임이라고 생각하신 게 아닐까? 그분은 내 과거를 알고 계셨거든."

"그래서 맡기로 하신 건가요?"

"그 자리에서 바로 수락한 건 아니야." 와시오가 손을 내저었다. "제안을 받고 많이 망설였지. 도쿄 구치소에는 형장이 있고, 그렇다면 당연히 사형수도 상대하게 될 테니까. 아니, 그분 말씀에 따르면 구치소에서 상담을 받으러 오는 사람은 대부분 사형수라고 하더군. 그리고 사형이 집행될 때는 교정위원이 입회하게 되는데 이제 곧 처형당할 자를 위해 기도하는 것만큼 괴로운 일은 없다고, 그분은 내게 그렇게 말씀하셨다네."

와시오의 말을 들으며 호사카는 어떤 장면을 머릿속에 그려 보았다.

이제 곧 처형당할 이시하라 료헤이를 바라보는 자신의 모습을.

"오랜 고민 끝에 나는 이 일을 맡기로 했네. 하지만 사실 당시에는 사명감보다는 불순한 목적이 더 컸지."

"불순한 목적이라면…?"

"그때까지도 나는 자신이 저지른 죄를 용서하지 못하고 괴로워하고 있었거든. 후미노의 행복했던 삶을 파괴하고 딸을 죽이게 만든 사람은 나였으니까. 천하의 나쁜 놈이지만 그런 쓰레기 같은 나도 사형을 당할 만큼 큰 죄를 지은 인간, 그런 짐승만도 못한 인간을 상대하다 보면 마음이 좀 가벼워지지 않을까, 죄책감을 좀 덜 수 있지 않을까… 그런 약아빠진 생각을 한 거지."

호사카는 지금 눈앞에 있는 와시오의 초췌한 모습을 보며 그 생각이 완전히 빗나갔음을 알 수 있었다.

"내 앞에 나타난 사형수들은 모두 평범한 사람들이었네. 그들이 저지른 범죄는 짐승만도 못한 짓이었지만 그들은 틀림없이 나와 같은 인간이었어. 나와 똑같이 즐거운 일이 생기면 웃고, 교도소 밖에 있는 가족들 이야기가 나오면 눈물을 흘리고, 성서 공부를 열심히 한다고 칭찬하면 기뻐하며 눈을 빛냈지. 그런 모습을 접하다 보면 어느샌가 그들이 사형수라는 사실을 잊게 돼. 구치소 밖에서 그들을 떠올릴 때면 사형수가 아니라 어디까지나 한 사람의 인간, 한 사람의 친구로 인식하게 된단 말이지. 하지만 그러다 보면 어느 날 갑자기 구치소에서 이런 연락을 받게 되지. '내일 아침 일찍 와주셔야겠습니다' 하고 말이야. 이튿날 형장에 온 사형수를 보고 그때까지 잊고 있던 잔인한 현실을 깨닫게 되는 거야. 나는 마지막 기도를 올리고, 내 친구는 안대를 하고 수갑을 찬 채 교도관들의 손에 이끌려 집행실로 사라지지. 그 모습을 지켜보면서 내가 할 수 있는 일이라곤 기도밖에 없네…"

그 광경이 머릿속에 떠올랐는지 와시오의 몸이 부들부들 떨렸다.

"교정위원이 되어 처음으로 입회했던 형 집행이 끝나고 교도소 밖으로 나오니 주위가 깜깜하게 느껴지더군. 아직 오전 10시밖에 되지 않았고 흐린 날도 아니었는데 말이야. 내 영혼의 절반이 갈가리 찢겨 사라져 버린 듯한 어마어마한 상실감이 몰려 왔네. 두 번 다시… 두 번 다시 이런 일은 겪고 싶지 않다고 생각했지만 결국 그날 이후 지금까지 여섯 명의 친구를 내 손으로 보냈지."

"그만둘 생각은 안 해 보셨습니까?"

"첫 입회를 마치고 나니 이건 나에 대한 벌이 아닌가 싶더군. 내가 지금 이렇게 괴로운 것은 과거에 내가 저지른 죄의 대가라고 말이야. 그때부터는 아무리 힘들고 괴로워도 그게 다 후미노와 야스코에 대한 속죄라고 생각하게 되었네. 가끔은 나처럼 죄 많은 인간이 교정위원을 해도 되나 싶기도 했지. 나 같은 인간이 사형수의 마음을 구원한다는 게 가당키나 한 일이냐고. 애초에 나한테 그럴 자격이 있느냐고. 하지만… 나 같은 인간이라서 좋은 점도 있지 않을까 싶더군."

"그게 무슨 뜻이죠?"

"큰 죄를 지어 처형당하기만을 기다리는 자의 마음은 완전무결한 사람보다 자신이 저지른 잘못을 용서하지 못하고 괴로움에 발버둥치는 사람이 더 잘 이해할 수 있지 않겠나."

— 여자친구를 죽게 만든 죄는 용서받았다고 생각하나?

예전에 와시오가 호사카에게 왜 이런 질문을 했는지 이제야 알 것 같았다.

와시오가 호사카의 눈을 똑바로 들여다보며 물었다.

"지금까지 내가 한 이야기를 듣고도 사형수를 상대하는 교정위원이 되고 싶은가?"

호사카는 자기 마음의 소리를 듣기 위해 천천히 눈을 감았다. 머릿속에 유아의 모습이 떠올랐다.

"어둠을 들여다볼 각오는 되어 있는가?"

와시오의 목소리에 다시 천천히 눈을 떴다.

"어떤 어려움이 기다리고 있다 하더라도 제 마음은 변함없습니다."

두 사람은 한참 동안 말없이 서로를 바라보았다. 이윽고 와시오가 무거운 한숨을 내쉬며 입을 열었다.

"그런가…. 알겠네. 죽기 전에 내가 구치소 사람들과 이야기해보겠네."

"감사합니다." 호사카는 고개를 숙이며 고마움을 전했다.

"말을 너무 많이 해서 피곤하군. 좀 쉬어야겠어."

와시오가 버튼을 눌러 세웠던 침대를 다시 눕히고 눈을 감았다.

"그럼 저도 이만 돌아가 보겠습니다."

호사카는 접이식 의자에서 일어나 눈을 감은 와시오를 향해 한 번 더 고개를 숙인 뒤 병실을 나섰다.

건물 밖으로 나와 바깥 공기를 쐬어도 가슴을 무겁게 짓누르는 답답함은 가시지 않았다.

와시오에게 기억하고 싶지 않은 과거를 억지로 떠올리게 했다는 사실에 마음이 무거웠다.

유아의 한을 풀어주겠다는 자신의 욕심 때문에.

호사카는 한 차례 크게 숨을 내쉬고 천천히 발걸음을 옮기기 시작했다.

제3장

1

호사카는 엘리베이터에서 지팡이를 짚은 남자가 내리는 것을 보고 벤치에서 일어났다. 간호사의 부축을 받으며 이쪽으로 걸어 오는 와시오에게 다가갔다.

"좀 어떠십니까?"

호사카가 묻자 와시오가 "아침 식사가 맛이 없었던 것 말고는 아무 문제 없네"라며 농담처럼 대답했다. 옆에 있는 간호사는 못 마땅한 표정을 하고 있었다.

아무래도 외출할 수 있는 상태가 아닌데 의사를 졸라서 억지로 외출 허가를 받아 낸 모양이었다.

"일단 여기 앉아 계세요. 제가 택시를 잡은 후에 다시 모시러 오겠습니다."

호사카는 와시오를 접수창구 앞 의자에 앉힌 다음 돌아섰다. 그리고는 병원 입구에 설치된 전용 전화로 택시를 불렀다.

15분 정도 지나 병원 앞에 택시가 온 것을 확인하고 접수창구로 돌아갔다. 와시오는 의자에 앉아 TV를 보고 있었다.

와시오를 부축하며 천천히 병원 건물을 나섰다. 시간을 들여서 와시오를 택시에 태운 다음 호사카는 반대편으로 가서 앉았다.

"도쿄 구치소로 가 주세요."

호사카가 행선지를 밝히자 택시가 출발했다.

"정말로 괜찮으십니까?"

호사카는 와시오를 쳐다보며 물었다.

의자에서 일어나는 것도, 택시에 타는 것도 꽤나 힘겨워 보였다.

"언제 어떻게 될지 모르니까 조금 무리를 하더라도 할 수 있을 때 해 놔야지. 그렇지 않으면… 인수인계도 체대로 못 한 채 헤어지게 될 테니까."

보름 전 입원 중인 와시오한테서 전화가 왔다. 문병을 온 도쿄 구치소 보안부장에게 자신은 앞으로 살날이 얼마 남지 않았고, 호사카라는 목사가 교정위원이 되고 싶어 한다는 말을 했더니 그 쪽에서도 호사카에게 후임을 맡기고 싶다고 하는데 어떻게 하겠느냐는 것이었다.

호사카는 한 치의 망설임도 없이 바로 맡겠다고 대답했다. 그 후로는 일이 일사천리로 진행되어 오늘 인수인계를 겸해 구치소에서 와시오와 함께 첫 상담을 하게 된 것이었다.

호사카는 뭐라 대답할 말이 없어서 그대로 시선을 돌려 창밖을 내다보았다.

호사카의 심정을 반영하기라도 하듯 구름이 잔뜩 끼어 우중충한 날씨였다.

"…내가 처음 도쿄 구치소에 간 날도 이런 날씨였네."

그 말에 고개를 돌려 와시오를 쳐다보았다.

"10년도 더 된 일을 아직도 기억하십니까?"

"음… 어쩌면 사실은 화창한 날이었는데 내 눈에만 그렇게 보인 건지도 모르지. 지금부터 만나게 될 사람들을 생각하니 기분이 가라앉았고, 잔뜩 긴장하고 있었으니까."

호사카도 마찬가지였다. 오늘 만날 사람들 중에는 사형수도 있을 터였다. 좁은 독방에 갇혀서 죽음을 기다리는 것 말고는 아무 것도 할 수 없는 사람들에게 무슨 말을 하면 좋을지 알 수가 없었다. 게다가 어쩌면 그 안에 유아를 무참하게 살해한 이시하라가 포함되어 있을 가능성도 있었다.

손바닥이 축축하게 젖어 들었다. 다시 창밖으로 시선을 돌리니 TV에서 본 적이 있는 건물이 저 멀리 시야에 들어왔다. 거대한 도쿄 구치소 건물이 가까워질수록 심장이 세차게 뛰기 시작했다.

택시가 구치소 입구 앞에 멈췄다. 호사카는 요금을 지불하고 택시에서 내렸다. 반대쪽으로 가서 와시오가 내리는 것을 도운 다음 함께 건물 안으로 들어갔다. 병원에서와는 달리 와시오의 걸음걸이에서 힘이 느껴졌다. 호사카는 와시오를 뒤따라갔다.

복도에 서 있던 제복 차림의 교도관이 이쪽을 보더니 "수고가 많으십니다" 하고 말을 걸어왔다.

"자네도 수고가 많네. 이미 들어서 알고 있겠지만 이쪽이 내 후임 목사님이라네. 잘 좀 부탁하네."

호사카는 와시오의 소개를 받아 교도관과 인사를 나누었다.

"잘 부탁드립니다. 구치소 규정상 교정 선교에 필요한 물건 외에는 이곳에 맡기도록 되어 있습니다. 이쪽에 있는 서류도 작성해 주시기 바랍니다."

호사카는 고개를 끄덕이며 성서와 찬양 반주기를 꺼낸 다음 가방을 교도관에게 맡겼다. 서류에도 이름 등 필요한 사항을 적어 넣었다.

그러고 나서 교도관과 함께 엘리베이터를 타고 다른 층으로 이동했다. 교도관이 두 사람을 응접 테이블과 소파가 놓인 다섯 평 남짓한 방으로 안내했다. 제단 같은 것은 없으니 상담실은 아닌 듯했다.

와시오와 소파에 나란히 앉자 교도관이 "여기서 잠시만 기다려 주십시오"라고 말한 뒤 문을 닫고 나갔다.

"여기는 대기실 같은 겁니까?"

호사카가 묻자 와시오가 고개를 끄덕였다.

"저쪽에 차가 준비되어 있으니 한 잔 내주겠나."

호사카는 자리에서 일어나 와시오가 가리키는 쪽으로 향했다. 벽 쪽에 설치된 선반 위에 전기 포트와 찻잔과 티백 차가 놓여 있었다. 찻잔 두 개에 티백을 넣고 물을 부어 와시오에게 가져갔다.

차를 마시며 바싹 마른 목을 축이고 있으려니 이윽고 노크 소리와 함께 문이 열렸다. 양복을 입은 중년 남성이 방 안으로 들어오는 것을 보고 호사카는 찻잔을 테이블 위에 내려놓고 소파에서 일어났다.

"도쿄 구치소 보안부장인 탄바라고 합니다. 이번에 저희 교정위원을 맡아 주셔서 정말 감사합니다. 앞으로 잘 부탁드립니다."

"호사카입니다. 저야말로 잘 부탁드립니다."

호사카는 탄바와 명함을 교환한 후 마주 보고 앉았다.

"여기서 교정위원 일을 시작하시기에 앞서 몇 가지 말씀드릴 것이 있습니다. 호사카 목사님은 이전에도 교정위원을 하신 적이 있다고 들었습니다만⋯."

탄바가 몸을 바싹 당겨 앉으며 입을 열었다.

"네, 치바 교도소에서 5년 정도 교정위원으로 일했습니다."

"오오, 그것참 든든한데요."

탄바가 활짝 웃으며 말했다. 하지만 곧 표정이 진지해졌다.

"다만 교도소와는 다른 점도 많을 겁니다. 아시다시피 여기에는 교도소와는 달리 사형수가 수용되어 있으니까요."

호사카는 탄바를 마주 보며 고개를 끄덕였다.

"⋯덧붙여 말씀드리자면 상담을 요청하는 사람 대다수가 사형수라고 생각하셔도 될 겁니다. 상담 시에는 교도관이 동석하지만 그래도 상대방이 놓인 상황을 생각하면 무슨 일이 생겨도 이상하지 않습니다. 호사카 목사님 스스로도 그 사실을 명심하고 상담에 임해 주시기 바랍니다. 상대를 자극한다거나 심신의 안정을 해치는 언동은 절대 삼가 주시기 바랍니다."

"알겠습니다."

"또 이건 교도소에서도 마찬가지였겠지만 상담자에 관한 정보라든지 구치소의 내부 구조 및 직원 정보 등은 절대로 외부에 유출하시면 안 됩니다."

"비밀 유지 의무 말이군요."

"맞습니다. 수용자와 개인적으로 관계를 맺는 것 역시 금지됩니다. 수용자에게 부탁을 받더라도 절대로 들어주시면 안 됩니다. 예를 들어 교도관 몰래 편지를 보내 달라거나 누구한테 무엇을 전해 달라거나 하는 것 말입니다."

"잘 알고 있습니다. 저도 한 가지 여쭤봐도 될까요?"

"물론입니다."

"현재 상담을 받고 있는 사람은 몇 명입니까?"

"개신교 상담은 여섯 명이었던가요?"

탄바가 옆을 보며 확인하자 와시오가 고개를 끄덕였다.

"확정 사형수가 두 명이고, 그 외가 네 명입니다. 네 명 중 세 명은 1심 또는 2심에서 사형 판결을 받아서 항소 또는 상고 중이고요."

"나머지 한 명은요?"

"횡령 사건을 일으켜서 상고 중인 남자입니다. 원래 기독교인이라고 합니다."

"그렇습니까…."

사형수 중에 이시하라가 포함되어 있는지 알고 싶었지만 여기서 특정인의 이름을 꺼냈다가는 의심을 살 수도 있었다.

"확정 사형수 두 명은 형이 확정된 지 오래되었나요?"

호사카는 방향을 조금 틀어서 이렇게 물어보았다.

"한 명은 10년쯤 되었습니다. 다른 한 명은 4년 정도 되었고요."

둘 다 이시하라는 아니라는 말이었다.

"10년이라…."

사형이 확정되고 10년이나 좁은 독방에서 살아간다는 것은 어떤 심정일까. 호사카는 상상도 할 수 없었다.

도쿄 구치소의 교정위원을 맡기로 정해진 후 틈날 때마다 인터넷 등을 통해 사형 제도와 구치소에 관한 정보를 알아보았다. 형사소송법에 따르면 사형은 판결이 확정된 후 6개월 이내에 집행하도록 정해져 있지만, 최근 10년간의 사형 통계를 살펴보면 형확정에서부터 집행까지 걸린 기간은 평균 7~8년 정도라고 한다.

형이 확정된 지 10년이 지났다면 이제는 언제 형이 집행되어도 이상하지 않다는 말이었다.

"네. 그만큼 호사카 목사님의 상담이 중요해지겠지요."

한 치의 흔들림도 없는 결연한 눈빛을 보니 탄바도 비슷한 생각을 하고 있다는 것을 알 수 있었다.

"교도소에서는 수용자들이 기독교에 관심을 갖게 하기 위해 집단 상담을 실시하기도 하고 크리스마스 파티 같은 행사를 열기도 했는데 구치소에서는 어떤가요?"

그런 계기를 통해 이시하라에게 상담을 받게 할 수 있지 않을까 싶었다.

"예전에는 여기서도 집단 상담이라든지 영화 감상 같은 행사를 열었지만 현재는 모두 중단되었습니다."

"왜죠?" 호사카는 내심 크게 실망하며 이유를 물었다.

"아까도 말씀드렸듯이 사형수의 심신의 안정을 도모하기 위해서입니다. 특히 확정 사형수는 매일 상상을 초월하는 극한의 긴장 속에서 생활하고 있습니다. 사형수끼리, 또는 사형수와 다른 수용자가 한자리에 모이게 되면 뭔가 문제가 생길 수도 있으니까요."

흥 하고 코웃음 치는 소리가 들렸다. 호사카는 옆에 앉은 와시오를 쳐다보았다. 탄바를 쳐다보는 와시오의 눈빛에서 강한 반감이 느껴졌지만 어느 부분에 반응한 것인지는 알 수 없었다.

"확정 사형수가 만날 수 있는 사람은…."

탄바가 다시 입을 열었다.

"교도관, 교정위원, 식사나 책을 가져다주는 사동 도우미, 그리고 제한된 면회인 몇 명뿐입니다."

어떻게든 이시하라가 상담을 받으러 오게 하고 싶었지만 현재
로서는 이렇다 할 방법이 생각나지 않았다.

"상담은 월 1회 이루어지며 상담 시간은 25분입니다. 인원을 반
씩 나눠서 진행하기 때문에 호사카 목사님은 한 달에 두 번 구치
소로 와 주시면 됩니다."

"알겠습니다."

"또 아주 드물기는 하지만… 갑자기 전화를 드려서 다음 날 일
찍 와 달라고 하는 경우도 있습니다."

갑자기 실내 기온이 몇 도 떨어진 듯한 느낌이 들었다.

사형 집행.

구치소에서 교정 상담을 하는 교정위원이라면 언젠가는 겪게
될 일이었다.

그 장면을 상상하면 두려움이 앞섰지만 이제 와서 물릴 수도
없었다. 호사카는 말없이 고개를 끄덕였다.

"오늘은 인수인계를 겸해서 여섯 명 전원의 상담을 진행하고자
합니다. 한 번에 다 하면 와시오 목사님이 너무 피곤하실 테니 점
심시간을 끼고 앞뒤로 나눠서 진행할 예정인데 시간은 괜찮으십
니까?"

"저는 괜찮습니다."

호사카가 대답하면서 옆을 보자 와시오도 고개를 끄덕였다.

탄바가 양복 안주머니에서 종이를 꺼내 와시오에게 건넸다.

"쿠도, 아키야마, 아즈마, 미토, 야마베, 핫토리, 이 순서대로 진
행할 예정입니다. 10시부터 시작하도록 하겠습니다. 잘 부탁드립
니다."

호사카는 자리에서 일어나면서 시계를 확인했다. 9시 45분이었

다.

"상담이 다 끝나면 그때 다시 뵙고 앞으로의 스케줄을 정하도록 하지요."

탄바가 말했다. 호사카는 가볍게 목례를 하고 와시오와 함께 방을 나섰다.

"아까 왜 웃으신 겁니까?"

복도를 걸어가면서 묻자 와시오가 걸음을 멈췄다.

"어이가 없어서."

그러고는 다시 걸음을 옮기기 시작했다.

"어이가 없다니요?"

"저들은 사형수의 심신의 안정을 도모하기 위해서라는 말을 마치 전가의 보도처럼 사용하지. 그러기 위해서 외부와의 접촉을 최대한 차단하고 사형수가 우리 같은 종교인에게 매달리게 해서 생에 대한 집착을 빼앗는 거야."

와시오의 자조하는 듯한 말투가 신경 쓰였다.

와시오가 어느 방 앞에서 걸음을 멈추고 문을 열더니 호사카에게 안으로 들어가라고 손짓했다. 세 평 남짓한 방 한가운데 자리잡은 테이블을 사이에 두고 의자 두 개가 마주 보고 놓여 있었고, 안쪽에는 십자가가 걸린 제단이 설치되어 있었다.

문 바로 옆에 간이 의자가 두 개 놓여 있었다. 뒤따라 들어온 와시오가 그중 하나를 차지하고 앉았다.

"오늘 난 여기 앉아서 견학하도록 하지."

당연히 와시오가 상담을 진행하고 자신은 옆에서 그 모습을 지켜보다가 마지막에 인사 정도만 할 거라고 생각했던 호사카는 당황했다.

모두와는 초면이니 대화의 실마리가 될 만한 것이라도 알고 싶었다.

"저… 제일 먼저 상담하게 될 쿠도라는 분은 어떤…."

호사카의 말이 끝나기도 전에 와시오가 "확정 사형수라네" 하고 대답했다.

"어느 쪽입니까?"

"10년."

위가 쪼그라드는 것처럼 묵직한 통증이 느껴졌다.

"14년 전 빚 때문에 친구한테 돈을 빌리러 갔다가 말다툼 끝에 친구와 친구 부인, 그리고 아홉 살짜리 아들을 죽인 죄로 경찰에 체포되었네. 사형 판결이 확정되고 3년쯤 지났을 때부터 나한테 상담을 받기 시작했지."

갑자기 들려온 노크 소리에 호사카는 문 쪽으로 고개를 돌렸다.

와시오가 고개를 끄덕이는 것을 확인하고 "네" 하고 대답했다. 문이 열리고 젊은 교도관과 백발이 성성한 남자가 모습을 드러냈다.

세 명을 죽인 사형수라는 말에 거칠고 난폭한 이미지를 상상했지만, 눈앞에 있는 남자는 호사카보다 훨씬 작고 왜소한 체구에 성격도 소심해 보였다.

남자는 이쪽을 보며 고개를 갸웃거렸지만 교도관은 새 교정위원이 온다는 사실을 알고 있었는지 당황한 기색 없이 "쿠도 요시타카를 데려왔습니다" 하고 말하며 안으로 들어왔다.

교도관이 와시오 옆에 놓인 의자에 앉자 쿠도가 당혹스러운 표정으로 호사카와 문 옆에 있는 두 사람을 번갈아 쳐다보았다.

"쿠도 씨 맞으시죠? 처음 뵙겠습니다. 저는 호사카 목사입니다."

"아, 네…."

"쿠도 씨."

와시오가 부르자 쿠도가 그쪽으로 고개를 돌렸다.

"미안하지만 제가 더이상 상담을 맡지 못하게 되었습니다."

"네? 왜… 왜죠? 갑자기 왜…."

쿠도의 당황한 표정에서 7년 동안 두 사람이 함께한 세월이 느껴졌다.

"실은 제가 간암 말기라 앞으로 얼마 못 산다고 합니다."

교도관이 깜짝 놀라 옆에 앉은 쿠도를 돌아보았다. 암이라는 건 몰랐던 모양이었다.

젊은 교도관의 연민이 묻어나는 눈빛을 보니 와시오와 꽤 가까운 사이인 듯했다.

"그래서 오늘부터는 여기 있는 호사카 목사님이 저 대신 상담을 맡아 주시게 되었습니다. 여기 오기 전에도 교도소에서 교정위원으로 일하셨던 분이니 쿠도 씨한테도 큰 힘이 되어 주실 겁니다."

"아니, 그런…. 저는 와시오 목사님이 있어 주셨기에 여기까지… 여기까지…."

상당히 충격을 받았는지 쿠도의 몸이 부들부들 떨렸다.

"우리가 이렇게 만나는 건 오늘이 마지막이겠지만 제가 한발 먼저 가서 기다리고 있겠습니다. 쿠도 씨는 아직 여기서 배울 게 많이 남았으니 우리의 재회가 최대한 늦어지기를 기도하면서요."

두 사람은 한동안 말없이 서로를 쳐다보았다. 이윽고 와시오가 이쪽으로 시선을 돌리더니 "시간이 아까우니 슬슬 시작해 주시지요"라고 말했다.

쿠도는 아직 미련이 남은 듯했지만 마지못해 이쪽으로 몸을 틀었다. 호사카는 한 발 앞으로 내디디며 오른손을 내밀었다.

"저는 상담을 시작하기 전에 먼저 악수부터 합니다. 괜찮으시다면 응해 주시겠습니까?"

정중한 말투로 부탁하자 쿠도가 망설이는 듯한 표정으로 호사카의 손을 잡았다. 다른 쪽 손으로 쿠도의 손등을 살짝 감쌌다가 놓은 다음 맞은편 의자를 가리키며 앉으라고 권했다.

"첫 상담이라 저도 무슨 이야기를 해야 할지 모르겠네요. 쿠도 씨가 하고 싶은 말이 있으면 먼저 해 보시겠습니까?"

호사카가 말을 꺼내자 쿠도는 "제가 하고 싶은 말이요…?" 하고 난감한 표정으로 중얼거리며 고개를 푹 숙였다.

"아무거나 상관없습니다. 평소 와시오 목사님과 상담할 때는 주로 어떤 이야기를 하셨나요?"

"와시오 목사님과는…." 쿠도가 고개를 들고 망설이는 듯한 눈빛으로 이쪽을 쳐다보며 대답했다. "주로 어머니에 대한 이야기를 했습니다…."

"그럼 저한테도 쿠도 씨 어머니에 대해 말씀해 주시겠습니까?"

호사카는 쿠도를 똑바로 마주 보며 말했다.

호사카가 와시오를 부축하며 침대에 앉히자 와시오가 지쳤다는 듯 크게 한숨을 내쉬었다.

"많이 피곤하시죠? 오늘은 정말 감사했습니다."

호사카는 와시오의 상태를 조금 더 지켜보다가 돌아갈 생각으로 접이식 의자를 침대 옆으로 가져와 앉았다.

중간에 점심시간을 끼고 총 4시간 넘게 도쿄 구치소에 있었다. 택시로 이동한 시간까지 합치면 5시간 넘게 나가 있었던 셈이다. 말기 암 환자인 와시오에게는 쉽지 않은 일이었을 것이다.

"고맙다는 말은 내가 해야지. 덕분에 이제 좀 마음 놓고 쉴 수 있겠어…"

와시오는 그렇게 말하며 신발을 벗고 침대에 누웠다.

"상담하다가 문제가 생기면 또 찾아뵈도 될까요?"

호사카가 와시오를 쳐다보며 물었다.

"그럴 일은 없지 않을까."

"그런 말씀 마시고요. 물론 기본적으로 상담은 제가 하는 거지만 가끔은 그 사람들한테 와시오 목사님의 말씀이나 생각을 전해 주고 싶으니까요."

오늘 상담을 통해 그들이 와시오를 얼마나 필요로 하는지 알 수 있었다.

자신이 그들에게 그만큼의 신뢰를 얻기까지는 상당한 시간이 걸리리라는 사실도.

"자네는 자네 방식대로 하면 되네. 다만 내가 한 가지 말해 줄 수 있는 게 있다면 아무리 성서의 말씀을 잘 이해했다 하더라도 그걸로 그들을 구원할 수 있다고 생각하면 안 된다는 거야."

"그럼 그들의 마음을 구원하기 위해서는 어떻게 해야 합니까?"

호사카가 묻자 와시오가 "글쎄" 하고 고개를 가로저었다.

"그건 아무도 모르지. 이렇게 하면 당신의 마음은 구원받을 겁니다, 라는 답을 내놓을 수 있는 사람이 어디 있겠나. 우리가 할 수 있는 거라곤 그들이 안고 있는 숙제를 함께 고민해 주는 것뿐이야. 우리 존재는 결국 그 정도에 불과하네."

"와시오 목사님은 교정위원이 무력한 존재라고 생각하시는 겁니까?"

"그렇지는 않네. 그들에게는 우리가 필요해. 자기가 안고 있는 숙제를 함께 진지하게 고민해 주는 사람이 있으면 자기는 혼자가 아니라고 생각할 수 있을 테니까. 긴 시간 사회에서 격리된 채 좁은 독방에 홀로 갇혀 언제 찾아올지 모르는 죽음의 공포에 떨고 있는 상황이라 하더라도 말이야."

호사카는 와시오가 한 말을 곰곰이 되새겨 보았다.

"이제 그만 쉬어야겠네… 뒷일은 잘 부탁하네."

와시오는 그렇게 말하고 눈을 감았지만 호사카는 좀처럼 의자에서 일어나지 못하고 그대로 앉아 있었다.

아까 와시오가 말한 것처럼 이것이 마지막이 될지도 모른다는 예감이 들었기 때문이다.

와시오의 모습을 한참 동안 바라보다가 말없이 고개 숙여 인사한 다음 천천히 자리에서 일어났다.

병실에서 나와 엘리베이터 쪽으로 걸어가면서 아까 와시오가 한 말을 떠올렸다.

— 우리가 할 수 있는 거라곤 그들이 안고 있는 숙제를 함께 고민해 주는 것뿐이야.

오늘 제일 첫 순서였던 쿠도와의 상담에서 이미 함께 고민해야 할 숙제를 받은 기분이었다.

상담실에 마주 앉아 호사카가 이야기를 해 달라고 부탁하자 쿠도는 잠시 망설이더니 자신의 성장 과정과 유일한 가족인 어머니에 대해 이야기하기 시작했다.

아키타현에서 태어난 쿠도는 열아홉 살 때 상경할 때까지 어머니와 단둘이 살았다. 어릴 때 부모님이 이혼하고 어머니가 여자 혼자 힘으로 아들을 키운 것인데 경제적으로 쪼들리는 형편이다 보니 다달이 내는 학교 급식비도 밀리기 일쑤였다.

집이 가난하다는 이유로 학교에서도 구박을 받던 쿠도는 이윽고 동네 불량배들과 어울리며 경찰서를 제집 드나들듯 하게 되었다. 겨우 들어간 고등학교에서 문제를 일으켜 퇴학당한 후에는 일탈의 정도가 점점 더 심해져서 결국 열여덟 살 때 친구와 공모해 절도를 저지르다가 경찰에 체포되었다.

유치장에 면회를 온 어머니가 '왜 이런 짓을 저질렀느냐'라고 꾸짖자 순간적으로 욱한 쿠도는 가정환경 탓이라며 어머니를 원망하는 말을 내뱉었다. 아버지가 없다는 이유로, 집이 가난하다는 이유로 자신이 얼마나 힘들었는지 아느냐고. 그 말을 들은 어머니는 미안하다며 아들 앞에서 눈물을 쏟았다.

난생처음 어머니가 우는 모습을 본 쿠도는 큰 충격을 받고 그때까지의 자신을 돌아보게 되었다. 모든 것을 가난 탓으로 돌리고, 여자 혼자 힘으로 힘들게 자신을 키워준 어머니에게 감사하기는커녕 걱정과 고생만 끼친 것을 반성했다.

하루빨리 제 몫을 하는 어른이 되어 어머니에게 효도하고 싶었지만 지방에서는 좋은 일자리를 구하기가 어려웠고 또다시 나쁜 친구들의 꼬임에 넘어갈 위험도 있었기 때문에 열아홉 살 때 고향을 떠나 도쿄로 올라왔다. 하지만 중졸 학력으로는 도쿄에서도 할 수 있는 일이 거의 없었고, 어쩌다 일을 구해도 겨우 입에 풀칠만 하는 수준이라 어머니에게 용돈을 보내드린다는 것은 꿈도 꾸지 못했다.

성공을 꿈꾸며 얼마 없는 지금을 털어 사업을 시작했지만 몇 년 후 사업이 어려워지면서 질 나쁜 사채업자에게 돈을 빌려 썼다가 빚 독촉을 받게 되었다. 그리고 그 빚을 갚으려고 친구에게 돈을 빌리러 갔다가 일가족을 살해하게 된 것이다.

쿠도는 자신이 저지른 죄를 진심으로 뉘우치고 있는 것 같았다. 그리고 무고한 사람들의 목숨을 빼앗은 죄는 자기 목숨으로 갚는 수밖에 없다며 앞으로 다가올 사형 집행이라는 벌도 담담하게 받아들이고 있었다. 물론 처음부터 그랬던 것은 아니다. 오랜 기간 와시오와의 상담을 통해 자신의 과거와 지금까지 자신이 저지른 죄를 마주하며 반성과 성찰을 거듭한 끝에 이러한 심경에 도달하게 되었다고 했다.

쿠도는 자기가 죽는 것은 두렵지 않지만 어머니를 생각하면 가슴이 찢어질 것 같다고 했다. 올해 여든한 살인 쿠도의 어머니는 고령임에도 불구하고 한 달에 한 번씩 아키타에서 도쿄 구치소까지 면회를 왔다. 아들이 사람을 죽였으니 고향에서 지내기가 결코 편치는 않을 텐데 아들을 탓하는 말은 한마디도 하지 않고 그저 구치소에서 밥은 잘 먹는지, 아픈 데는 없는지만 걱정한다고 했다.

자신은 평생 단 한 번도 효도를 하지 못했다. 효도하고 싶다는 생각은 늘 갖고 있었지만 그 꿈을 이루지 못한 채 구치소 형장에서 죽을 운명이었다. 죽기 전에 한 번이라도 좋으니 어머니께 효도하고 싶은데 어떻게 하면 좋을까.

쿠도의 절실한 물음에 호사카는 대답하지 못했다. 교정위원인 자신이 제대로 된 답을 주지 못했다는 사실에 자괴감을 느꼈지만 아까 와시오가 한 말을 듣고 마음이 조금 편해졌다. 쿠도의 마음을 구원할 수 있을지 어떨지는 모르겠지만 적어도 함께 고민하는 것은 가능할 터였다.

엘리베이터가 1층에 도착했다. 호사카는 엘리베이터에서 내린 뒤 병원 출입구로 향하는 대신 접수창구 앞에 놓인 의자에 가서 앉았다.

와시오만큼은 아니겠지만 호사카도 많이 지친 상태였다.

가방에서 스마트폰을 꺼내 화면을 켜니 메시지가 와 있었다.

【어땠어?】

마리아에게서 온 메시지였다. 오늘 도쿄 구치소에 가서 인수인계를 할 거라는 이야기는 어제 미리 말해 두었다.

【구치소에서 상담을 마치고 지금은 병원으로 돌아왔어.】

메시지를 보내자 기다리고 있었다는 듯 바로 답신이 왔다.

【고생했어. 구치소 다녀온 이야기를 듣고 싶으니까 시간 괜찮으면 우리 집으로 오지 않을래?】

호사카는 【알았어. 지금 갈게.】 하고 답신을 보냈다.

벨을 누르자 마리아가 문을 열어 주었다.

호사카는 안으로 들어가 현관에서 신발을 벗었다. 방으로 들어가자 "어땠어?" 하고 마리아가 재촉하듯 물었다.

"먼저 유아한테 인사 좀 하고."

호사카는 마리아를 달래듯 말한 뒤 벽 쪽에 놓인 불단으로 향했다. 정좌를 하고 합장했다.

'오늘 네 한을 풀어주기 위한 첫발을 내디뎠단다…'

그렇다고 해서 앞으로 호사카와 마리아가 원하는 대로 일이 굴러갈지는 알 수 없었다. 운 좋게 이시하라의 상담을 담당하게 되더라도 유아의 한을 풀어주기까지는 많은 시간이 걸릴 것이다.

게다가 앞으로 사형수를 상대로 상담을 진행하고 그들의 죽음을 지켜보는 일을 과연 견딜 수 있을지도 자신이 없었다.

하지만… 어떻게든 해내고야 말겠다.

'그러니 유아 너도 그곳에서 힘을 보태 주렴.'

이쪽을 향해 미소 짓는 유아의 영정 사진을 보며 마음속으로 각오를 다진 후 손을 내리고 자리에서 일어났다. 뒤를 돌아보니 탁자 위에 차가 두 잔 준비되어 있었다.

생각보다 시간이 많이 지난 모양이었다.

탁자 앞에 앉아 있던 마리아가 애타는 표정으로 이쪽을 올려다보았다. 호사카가 맞은편에 가서 앉자 어서 말해 달라는 듯 몸을 이쪽으로 당겨 앉았다. 호사카는 바싹 마른 목을 축이기 위해 일단 차를 한 모금 마신 후 입을 열었다.

"개신교 상담을 받는 수용자는 여섯 명인데 그중에 이시하라는 없었어."

호사카의 말을 듣고 마리아가 "그래?" 하고 중얼거렸다.

어느 정도 예상은 하고 있었는지 크게 실망한 표정은 아니었다.

"다른 종파의 상담을 받고 있을 가능성은?"

마리아의 질문에 호사카는 알 수 없다며 고개를 저었다.

"구치소 직원한테는 이시하라에 대해 물어보지 못했어."

"왜?"

"갑자기 특정인의 이름을 대면서 물어보면 뭔가 목적이 있어서 교정위원이 된 게 아닌가 의심을 살 수도 있으니까."

"그건 그렇지만…" 마리아가 고개를 숙였다. "어떻게 하면 이시하라가 상담을 받으러 오게 할 수 있을까?"

"솔직히 말해서 쉽지는 않을 것 같아. 교도소에서는 집단 상담이나 크리스마스 파티 같은 행사를 열어서 개인 상담에 오도록 권할 수도 있고, 수용자끼리 대화를 나누다가 관심을 갖게 되어서 상담을 받으러 오는 경우도 있는데 구치소에서는 그런 행사를 하지 않는다고 하니까. 특히 확정 사형수는 다른 수용자들과 만날 기회가 전혀 없다니까 이시하라가 스스로 관심을 갖지 않는 한 상담을 받게 되는 일은 없을 거야."

"구치소 직원이 이시하라한테 상담을 권할 수는 없을까?"

호사카도 마리아를 만나러 오면서 같은 생각을 했다. 이시하라가 상담을 받게 하려면 그 방법밖에 없다고. 하지만….

"그런 부탁을 해도 될지 모르겠다." 호사카는 한숨을 내쉬며 말했다.

"뭘 고민하는 건데?"

"아까도 말했지만 한 개인을 콕 집어서 그런 부탁을 하면 뭔가 다른 목적이 있어서 사형수에게 접근하려고 하는 게 아닌가 하는 의심을 살 우려가 있어. 구치소 교도관들은 사형수 관리에 굉장히 신경을 많이 쓰는 것 같으니까."

"괜찮을 거야."

마리아가 자신 있게 단언했다. 호사카는 마리아가 무슨 근거로 이런 말을 하는지 알 수가 없어서 고개를 갸웃거렸다.

"설령 의심을 사서 조사를 받게 되더라도 호사카 너랑 이시하라는 아무 연결고리가 없잖아. 이시하라가 죽인 피해 여성의 아버지가 너라는 건 우리 둘밖에 모르는 사실이니까."

그건 맞는 말이다.

"그래도 정 불안하면 이시하라의 이름을 말하는 대신 20대 젊은 사형수들도 상담을 통해 구원받을 수 있도록 돕고 싶다, 뭐 이런 식으로 둘러대면 되지 않겠어?"

마리아 말대로 그런 식으로 접근하면 부자연스러움은 어느 정도 해소될 것이다.

어쨌거나 다음 단계로 나아가기 위해서는 이쪽에서 움직이는 수밖에 없었다.

2

"이시하라, 들어간다."

철창문 너머로 33번 방을 들여다보며 말하자 안에 있는 이시하라가 이쪽을 쳐다보았다.

나오야는 철문을 열고 방 안으로 들어갔다. 묵묵히 오른손을 내밀자 이시하라가 귀찮다는 얼굴로 나오야의 손에 들린 편지를 휙 빼앗아 들었다.

이시하라는 봉투에 적힌 보낸 사람 이름을 보고 피식 웃었다. 그대로 봉투째 찢어 버리려고 하길래 "이제 좀 그만하지"라고 말하자 이시하라가 동작을 멈추고 이쪽을 돌아보았다.

"나한테 버려 달라고 하는 게 이걸로 몇 번째인지는 아냐?"

이시하라는 대답하지 않았다.

"그것까지 포함하면 여덟 번째다. 읽을 생각이 없으면 이제 그만 보내라고라도 적어서 보내라. 누나가 불쌍하지도 않냐."

이시하라가 시선을 피했다. 언제나처럼 나오야의 말을 무시한 채 편지를 봉투째 찢어서 이쪽으로 내밀려다가 문득 움직임을 멈추더니 방향을 틀어 반대편에 있는 쓰레기통에 버렸다.

"이러면 됐죠?"

나오야는 이시하라를 쳐다보며 한 차례 한숨을 내쉬고는 방 밖으로 나왔다. 철문을 닫고 잠근 다음 중앙통제실로 향했다.

이번 편지는 수용실 쓰레기통에 버려서 복원이 불가능하겠지만 내용은 매번 똑같으니 딱히 문제 될 것은 없었다.

어쩌면 이시하라의 누나인 하루카도 자신이 보낸 편지를 남동생이 읽지 않고 버린다는 사실을 알고 있는 것 같기도 했다.

매번 편지에는 잔인한 방법으로 사람을 죽이고 사형수가 된 남동생을 만나고 싶다는 내용과 형이 집행되기 전에 잘못을 뉘우치고 속죄하기 바란다는 내용이 적혀 있었다.

하루카의 편지에 따르면 이혼 후 모녀는 상당히 힘들게 산 모양이었다. 병약한 어머니는 제대로 된 일자리를 구할 수 없어서 경제적으로 어려움을 겪었고, 두 사람 다 정신적으로 한계에 다다랐을 무렵 우연히 기독교의 가르침을 접하게 되었다. 이후 교회 관계자들의 도움을 받아 조금씩 정상적인 생활이 가능해지게 되었고, 그것을 계기로 모녀가 모두 세례를 받았다고 했다.

어머니는 이혼 당시 아들도 함께 데려갈 생각이었지만 아버지를 좋아하고 따르던 이시하라가 아버지와 함께 살겠다고 했기에 아들의 의사를 존중하기로 했다. 또 병약한 자신이 아이 둘을 다 키우는 것은 무리라고 판단해 눈물을 머금고 남편에게 맡긴 것이었다.

뉴스를 통해 동생이 젊은 여성 둘을 잔인하게 살해했다는 사실을 알게 되기 전까지 하루카는 이시하라가 행복하게 살고 있을 거라고 믿어 의심치 않았다.

좋아하는 아버지를 따라갔는데 얼마 지나지 않아 천덕꾸러기 신세가 되어 할머니 집에 맡겨지게 되었다는 것은 참으로 아이러니한 일이었다. 경제적으로 어려움을 겪더라도 어머니와 함께 살았다면 열여섯 살 때 할머니를 죽일 일도 없었을 것이고, 젊은 여성을 잔인하게 살해하는 짐승만도 못한 인간이 되는 일도 없었을지 모른다.

중앙통제실 의자에 앉아서 자신이 복원한 하루카의 편지를 읽고 있는데 누군가 말을 걸어왔다.

"슬슬 가 볼까?"

고개를 들자 눈앞에 동료 교도관인 쿠보가 서 있었다.

"뭐냐, 그건?" 쿠보가 나오야가 들고 있는 종이를 들여다보며 물었다.

"이시하라의 누나가 보내온 편지입니다. 매번 전해줄 때마다 봉투째 찢어서 저한테 버려 달라고 하네요."

"그래서 그걸로 퍼즐 맞추기 놀이를 하고 있는 거냐?"

나오야가 고개를 끄덕이자 쿠보가 어이없다는 표정으로 뭘 그렇게까지 하느냐며 혀를 찼다.

"그냥… 나중에 마음이 바뀌어서 읽고 싶어질지도 모르니까요."

"이시하라한테 그런 인간다운 감정이 싹틀 것 같지는 않다만."

나오야도 원래는 그렇게 생각했다. 지금도 절반 정도는 그렇게 생각하지만 나머지 절반은 이시하라가 바뀌기를 기대하고 있었다.

왜 이렇게 마음이 바뀌었는지 곰곰이 생각해 보았다.

예전에 와시오 목사한테 들은 이야기 때문인지도 모르겠다는 생각이 들었다. 구치소에 수용되어 있다가 사형이 집행된 키시모토에 대한 이야기였다.

두 사람의 목숨을 빼앗고 사형 선고를 받은 키시모토는 잘못을 후회하고 반성하기는커녕 매일같이 자기변호만 늘어놓고 사사건건 교도관에게 대들어서 그때마다 징벌방에 보내졌다고 했다. 하지만 와시오를 만나 상담을 받으면서 조금씩 변하게 되었다고.

하지만 이런 이야기까지 쿠보에게 할 필요는 없을 것 같았다.

"…그런데 가다니 어디를요?" 나오야가 물었다.

"10시부터 개신교 개인 상담이 있잖아."

나오야는 "아, 그러게요" 하고 의자에서 일어나 쿠보와 함께 중앙통제실을 나섰다.

"…음, 그런 방법도 있겠네요."

호사카 목사의 말을 들은 쿠도가 감탄한 투로 말했다.

"이게 반드시 정답이라고는 할 수 없습니다. 어머니께 효도하는 방법은 이것 말고도 많이 있을 겁니다. 저도 더 고민해 볼 테니 쿠도 씨도 한번 생각해 보세요."

"네, 그렇게 하겠습니다." 쿠도가 호사카를 마주 보며 힘껏 고개를 끄덕였다.

호사카가 와시오에게 교정위원 자리를 물려받은 지도 벌써 반년이 지났다. 처음 얼마간은 둘 사이에 어색함이 감돌았지만, 지금은 쿠도도 호사카를 믿고 의지하는 게 느껴졌다.

전임인 와시오 목사와는 전혀 다른 타입이지만 나오야가 보기에는 호사카도 와시오만큼이나 교정 선교에 진심인 것 같았다.

호사카가 시계를 보았다.

"시간이 다 되었네요. 다음 상담 때 이어서 다시 이야기해 보도록 하지요."

두 사람이 자리에서 일어나는 것을 보고 나오야도 의자에서 일어났다.

쿠도가 이쪽으로 걸어왔다. 나오야는 문손잡이를 향해 손을 뻗었다.

"나오야 교도관님, 잠시만요."

자신을 부르는 소리에 나오야는 고개를 돌려 호사카를 쳐다보았다.

"교도관님께 드릴 말씀이 있는데 오늘 중에 시간 좀 내주시겠습니까?"

"저한테요?"

목사가 교도관에게 할 말이라는 게 무엇인지 짐작이 가지 않았다.

"네. 어려우신가요?"

호사카의 진지한 표정을 보니 거절하기가 망설여졌다.

"알겠습니다. 1시부터 점심시간이니 위층에 있는 직원 식당에서 뵙는 걸로 할까요?"

"그렇게 하지요. 감사합니다."

호사카가 정중하게 고개를 숙였다. 나오야도 마주 서서 목례를 한 후 쿠도와 함께 상담실을 나섰다.

나오야는 직원 식당에 들어가서 주위를 둘러보았다. 창가 쪽 자리에 앉아서 밖을 내다보고 있는 호사카를 발견하고 그쪽으로 다가갔다. 유리창에 비친 나오야의 모습을 보았는지 호사카가 이쪽으로 고개를 돌렸다.

"기다리시게 해서 죄송합니다." 나오야는 호사카의 맞은편에 앉으며 말했다.

"아닙니다. 저야말로 소중한 점심시간을 이런 식으로 빼앗아서 죄송합니다."

"괜찮습니다."

"그나저나 경치가 좋네요."

호사카가 눈앞에 놓인 잔을 들어 바깥 풍경을 내다보며 커피를 한 모금 마셨다.

"이곳의 유일한 오아시스라고 할 수 있지요. 그런데… 제게 할 말이 있으시다고요?"

나오야가 묻자 호사카가 시선을 원위치로 돌렸다. 잔을 테이블에 내려놓고 진지한 표정으로 입을 열었다.

"얼마 전 와시오 목사님이 돌아가신 건 알고 계십니까?"

가슴에 묵직한 통증이 느껴졌다.

"아니요…."

"모르셨군요. 나오야 교도관님을 처음 만났을 때, 와시오 목사님과 친한 사이인 것 같다는 느낌을 받았습니다. 그래서 이 소식도 전해 드려야 할 것 같아서요…."

"이것 때문에 일부러 만나자고 하신 겁니까?"

호사카가 고개를 끄덕였다.

"원래는 아까 그 자리에서 말씀드리려고 했는데 쿠도 씨는 모르는 편이 나을 수도 있겠다 싶어서…."

자신의 형이 언제 집행될지 모르는 상황인 쿠도를 동요하게 만들 수도 있다는 생각에 호사카 나름대로 신경을 쓴 모양이었다.

"그렇게 친한 편은 아니었지만 와시오 목사님과는 몇 번인가 따로 이야기를 나눈 적이 있습니다. 갑자기 돌아가셨다는 말을 들으니 믿기지가 않네요."

호사카가 고개를 끄덕이며 양복 안주머니에서 종이를 꺼내더니 눈앞에 내려놓았다.

"와시오 목사님의 무덤이 있는 장소입니다."

"감사합니다. 조만간 시간 내서 가 보겠습니다."

나오야는 종이를 집어서 주머니에 넣었다.

"가르침을 받고자 했던 분이 돌아가셔서 저도 망연자실한 심정입니다. 구치소 교정위원으로서 해야 할 일에 대해 여쭤보고 싶은 것이 많았는데…."

"호사카 목사님이라면 분명 잘 해내실 겁니다. 제 담당 구역에서 기독교 상담을 신청한 사람은 쿠도 씨뿐이라서 다른 수용자들은 어떤지 모르겠지만 적어도 쿠도 씨는 호사카 목사님을 많이 믿고 따르는 것 같으니까요."

"쿠도 씨를 직접 담당하는 교도관님이 그렇게 말씀해 주시니 저도 조금 안심이 되네요. 현재 쿠도 씨를 포함해 총 여섯 분이 상담을 받고 있습니다만 다들 저보다 나이가 많은 사람들이다 보니 마음속으로는 나이도 어린 게 건방지다고 생각하는 게 아닐까 하고 좀 불안했거든요."

"그러셨군요."

"이 자리를 물려받을 때 와시오 목사님은 이렇게 말씀하셨습니다. 지금까지 상담해 온 수용자도 물론 중요하지만, 젊은 나이에 확정 사형수가 된 사람들에게말로 상담이 필요한 게 아닌가 싶다고요. 예를 들어 20대 사형수라면 그보다 나이가 많은 사형수에 비해 죽음의 공포가 더 크게 다가올 것이고, 불안과 자포자기에 빠져 정신적인 구원을 필요로 하고 있을 것 같다고 말입니다."

그러고 보니 이시하라의 사형이 확정된 직후에 와시오가 '교정 상담에 관심이 있다고 하면 데려오라'라고 했던 것이 생각났다.

"저 역시 같은 생각이기 때문에 가능하다면 와시오 목사님의 유지를 받들어 그렇게 하고 싶습니다만, 어떻게 하면 젊은 사형수들이 상담을 받으러 오게 할 수 있을지 방법을 몰라서 고민하고 있습니다."

"쉽지 않은 문제이긴 합니다. 제가 담당하는 구역에도 사형이 확정된 지 얼마 되지 않은 20대 남자 사형수가 있습니다만…."

호사카가 놀란 듯 눈을 크게 뜨며 상체를 이쪽으로 숙였다.

"죄명은 뭡니까?"

"젊은 여성 두 명을 살해했습니다."

"혹시 작년 도쿄에서 발생한 사건을 말씀하시는 겁니까?"

"네."

나오야가 고개를 끄덕이자 호사카가 눈앞에 놓인 잔을 내려다보며 입을 열었다.

"그 사건은 저도 똑똑히 기억하고 있습니다. 제 기억이 맞다면 당시 재판에서도 피해자에게 사죄하거나 반성하는 말 한마디 없이 오히려 비웃는 듯한 언동을 일삼았다고…."

"맞습니다."

호사카가 시선을 들어 이쪽을 쳐다보았다. 끔찍하고 잔인한 범죄에 관한 기억을 떠올려서인지 표정이 굳어 있었다.

"그자는 교화 상담을 받고 있습니까?" 호사카가 물었다.

"아니요…. 실제로 와시오 목사님도 한번 데려와 보라고 하셨고, 그래서 제가 권해 보긴 했습니다만 본인이 전혀 관심을 보이지 않아서요."

"한 번만 더 물어봐 주실 수 있을까요?"

호사카의 요청에 나오야는 선뜻 대답하지 못하고 머뭇거렸다.

"아마도 지금 그자의 마음은 매우 황폐해져 있을 겁니다. 저는 한 사람의 종교인으로서 그런 상태로 그가 죽음을 맞이하게 하고 싶지 않습니다."

이쪽을 쳐다보는 호사카의 날카로운 눈빛에서 교정위원으로서의 강한 열의가 느껴졌다.

나오야도 종교인은 아니지만 호사카의 의견에 동의했다. 이시하라가 조금이라도 인간다움을 되찾은 상태에서 죽음을 맞이하기를 바랐다. 이시하라의 누나인 하루카 역시 같은 마음일 것이다.

"지금 다시 물어본다 해도 대답은 같을 겁니다."

나오야의 대답을 듣고 실망했는지 호사카가 어깨를 축 늘어뜨렸다.

"그렇지만… 뭔가 상담을 받게 할 다른 방법이 없는지 찾아보겠습니다."

하루카의 편지가 하나의 계기가 되어 줄 수 있지 않을까 싶었다.

"잘 부탁드립니다."

호사카가 마치 자기 일처럼 진지한 표정으로 고개를 깊이 숙였다.

3

　스피커에서 흘러나오는 음악을 들으니 속에서 구역질이 치밀어 올랐다.

　이 음악이 왜 이렇게 신경에 거슬리는지 이유를 알 수가 없어서 가슴을 움켜잡고 좁은 수용실 안을 이리저리 서성이다가 퍼뜩 생각이 났다.

　그 여자들이 나를 버렸을 당시 TV와 길거리에서 자주 흘러나오던 가요였다.

　머릿속에 떠오르는 두 여자의 모습을 필사적으로 지우려 애썼다.

　스피커를 노려보던 시선을 돌려 쓰레기통을 쳐다보았다.

　너희 때문에 내가 이렇게 된 거다. 너희가 나를 버려서. 내가 그토록 두 사람을 필요로 했건만….

　편지에 무슨 말을 썼는지는 모르겠지만 이제 와서 그래 봤자 소용없다.

마음과는 달리 발이 멋대로 쓰레기통으로 향했다. 잠시 망설이다가 쓰레기통에서 종이 조각들을 꺼내어 탁자 위에 내려놓았다.

책상다리를 하고 앉아 탁자 위에 흩어진 종이 조각을 하나씩 이어 붙이기 시작했다.

조각 난 글자들이 하나의 문장으로 이어지는 것을 보니 가슴속 깊은 곳에서 강한 분노가 끓어올랐다.

헛소리 집어치워!

기껏 이어 붙인 종이 조각을 밀어내고 탁자를 집어서 변기 쪽으로 내던졌다.

그래도 분노는 가라앉지 않았다.

변기 쪽으로 가서 다시 탁자를 집어 들었다. 두 여자의 모습이 떠오르는 족족 닥치는 대로 휘둘렀다.

"이시하라, 무슨 짓이야!"

뒤에서 누가 호통을 쳤지만 개의치 않고 계속해서 탁자를 내리쳤다.

"당장 그만두지 못해!"

수용실 안으로 쳐들어온 교도관들이 내 팔다리를 붙잡고 방바닥 위에 쓰러뜨렸다. 두 팔을 등 뒤로 꺾어 수갑을 채우는 동안 목이 터져라 외쳤다.

"헛소리 집어치우라고!"

복도를 걸어오는 발소리가 문 앞에서 멈췄다.

"이시하라, 들어간다."

목소리가 들리고 문이 열렸다. 나오야가 방 안으로 들어와 이쪽을 쳐다보았다.

"퍼즐 맞추기를 하다가 갑자기 난동을 부렸다던데."

나오야의 말에 "그래서 뭐요?" 하고 부루퉁하게 대꾸했다.

"왜 그렇게 화가 난 건데?"

"뭐든 상관없잖아요." 짜증이 나서 시선을 돌렸다.

"누나 마음을 이해하고 나니 자신의 어리석음에 화가 난 거냐?"

"아니야!" 반사적으로 나오야를 노려보며 소리를 질렀다.

"뭐가 아니라는 거지?"

"그 여자가 편지에서 자꾸 거짓말을 늘어놓으니까."

"거짓말이라니?"

"우리 엄마와 누나는 나를 버렸어. 나를 그런 쓰레기 같은 놈한테 맡기고 자기들만 행복해지려고 한 거야. 그래 놓고 이제 와서 그런 말도 안 되는 거짓말을…."

"누나가 편지에 쓴 내용이 거짓말이라고 어떻게 단언하는 거지?"

나오야는 그렇게 말하며 손에 들고 있던 것을 방바닥 위에 내던졌다. 스카치테이프로 이어 붙인 편지였다.

"지금까지 네 앞으로 온 편지다. 내가 보기에는 누나가 거짓말을 하는 것 같지는 않던데."

"당신이 뭘 안다고 그래!"

"당시 넌 고작 아홉 살이었잖아. 평소 아버지를 좋아하고 따르던 너는 그런 아버지의 변화를 받아들이기가 힘들었고, 그래서 기억을 조작하게 된 것일 수도 있지. 어머니와 누나 탓으로 돌리는 방향으로 말이야."

그럴 리가 없다.

"누나한테 답장을 쓰든지 면회를 와 달라고 해서 서로 기억을 대조해 보면 해결될 문제 같다만."

이제 와서 누나를 만날 생각은 없다.

"두려운가?"

고개를 들어 나오야를 노려보았다.

"편지는 다 읽은 거냐?"

나오야의 물음에 "아니요…" 하고 대답했다.

"어디까지 읽었는데?"

"나를 만나고 싶다는 거랑, 죽기 전에 피해자들에게 속죄하는 마음을 가졌으면 한다는 거랑… 어머니는 나도 함께 데려가고 싶어 했지만 내가 아버지를 따라가겠다고 했다는 거짓말."

"그래? 그 뒤에 이어지는 내용을 보면 이혼 후 너희 어머니와 누나는 고생을 많이 했다더라. 편지에는 어머니가 중병에 걸리는 바람에 제대로 된 일자리를 구할 수가 없어서 경제적으로 어려움을 겪었고, 두 사람 다 정신적으로 한계에 다다랐을 때 우연히 기독교의 가르침을 접하게 되면서 인생이 바뀌었다고 적혀 있어."

"기독교?"

"그래. 가난에 허덕이던 너희 어머니와 누나한테 기독교의 가르침은 큰 의미로 다가왔겠지. 그 후 두 사람 모두 세례를 받아 기독교인이 되었다더라. 할 일이 없어서 심심하면 너도 한번 배워 볼래?"

"배우다니 뭘?"

"기독교의 가르침에 대해서. 우리 구치소에는 정기적으로 개신교 목사님이 오고 계시거든."

"웃기지 마. 내가 왜 그런…"

"너희 어머니와 누나의 인생을 바꾼 소중한 가르침이라잖아. 어쩌면 네 인생도 바뀔지도 모르지."

두 사람의 인생을 바꾼 소중한 가르침….

그 말을 들으니 조금 흥미가 생겼다.

물론 기독교의 가르침 같은 걸 배울 마음은 전혀 없다.

그저 두 사람이 소중히 하는 대상을 깔보고 무시하고 비웃어 주고 싶었다. 그것이 얼마나 무력하고 아무 의미도 없는 가르침인지 똑똑히 깨닫게 해 주고 싶었다.

어차피 달리 할 일도 없으니까.

4

구치소 복도를 걸어가자 복도에 서 있던 낯익은 교도관이 이쪽을 보고 "수고가 많으십니다" 하고 말을 걸어왔다.

호사카는 "오늘도 잘 부탁드립니다" 하고 인사한 후, 창구에 앉아 있는 교도관에게도 인사를 건네며 앞에 놓인 서류에 필요한 사항을 기입했다. 가방에서 성서와 찬양 반주기만 꺼낸 다음 가방을 맡기고 복도에 서 있던 교도관과 함께 엘리베이터로 향했다.

엘리베이터를 타고 이동하는 동안 지난번에 왔을 때 나오야에게 한 말이 생각나서 가슴이 욱신거렸다. 와시오가 이미 죽고 없다는 걸 기회 삼아 이시하라에 대해 알아보기 위해 고인이 생전에 하지도 않은 말을 멋대로 지어내 말했다.

대기실 앞에서 걸음을 멈추자 교도관이 문을 두드리며 "호사카 목사님께서 도착하셨습니다" 하고 전했다.

안에서 들어오라는 말을 듣고 교도관이 문을 열었다. 호사카가 방 안으로 들어가자 탄바가 소파에서 일어나며 "목사님, 오늘도 잘 부탁드립니다" 하고 말했다.

"저야말로 잘 부탁드립니다."

탄바가 호사카에게 소파에 앉으라고 권하며 벽 쪽에 설치된 선반으로 향했다. 차를 두 잔 타서 이쪽으로 돌아와 마주 보고 앉았다.

"오늘 상담할 사람은 미토, 야마베, 핫토리… 그리고 한 명 더, 오늘 처음 상담을 신청한 사람이 있습니다."

손에 든 찻잔을 내려다보고 있던 호사카는 그 말을 듣고 고개를 들어 탄바를 쳐다보며 물었다.

"이름은요?"

"이시하라라는 확정 사형수입니다. 나이는 스물여섯 살이고요."

심장이 철렁했다. 황급히 찻잔을 테이블에 내려놓았다.

역시나 무릎 위에 내린 손이 부들부들 떨리기 시작했다. 탄바가 눈치채기 전에 양손을 테이블 아래로 감췄다.

"이 남자에 대해서는 상담 전에 미리 설명을 좀 드려야 할 것 같아서요. 이시하라는 작년에 젊은 여성 두 명을 매우 잔인한 수법으로 살해한 죄로 사형 선고를 받았고, 항소하지 않아서 그대로 형이 확정되었습니다."

덤덤한 표정으로 탄바를 쳐다보았지만 목이 바싹 타들어갔다.

"왜… 이자에 대해서만 미리 설명을…?" 호사카가 목소리를 쥐어짜다시피 하며 물었다.

"하루라도 빨리 자기를 죽여 달라고 하는 놈입니다. 보름 전에도 수용실에서 큰 소란을 피웠고요. 아무튼 두려울 게 없는 놈이니 평소보다 더 상대를 자극하지 않도록 주의해 주셨으면 해서요."

"알겠습니다…."

"만약의 사태에 대비하기 위해 이시하라와 상담하실 때는 교도
관 두 명이 입회하고, 그중 한 명은 이시하라 등 뒤에 배치하도록
하겠습니다. 평소와 분위기가 달라서 좀 어색하실 수도 있겠지만
양해 부탁드립니다."

"이시하라… 씨는 몇 번째입니까?"

"제일 처음으로 할까 하는데 괜찮으실까요?"

호사카는 고개를 끄덕인 후 시계를 쳐다보았다. 상담 시간까지
는 아직 여유가 있었지만 "준비를 해야 하니 이만 가 보겠습니다"
라고 말하며 소파에서 일어났다. 문 쪽으로 걸어가는데 땅이 푹
푹 꺼지는 느낌이 들었다.

평소보다 긴 시간을 들여 상담실에 도착한 후 바로 의자에 앉
았다. 테이블 위에서 양손으로 깍지를 끼고 눈을 감았다. 머릿속
에 유아를 떠올리며 계속 기도했다.

방문을 두드리는 소리에 화들짝 놀라 눈을 떴다. 정면에 보이
는 문을 쳐다보았다. 양쪽 다리에 힘을 주며 자리에서 일어나 "들
어오세요" 하고 말했다.

자신의 목소리가 떨리지 않았다는 사실에 가슴을 쓸어내리는
것과 동시에 문이 열렸다. 교도관인 나오야와 쿠보가 위아래 회색
운동복 차림의 젊은 남자를 데리고 들어왔다.

기분 나쁜 미소를 띤 남자와 눈이 마주친 순간, 온몸의 피가 거
꾸로 솟는 듯한 느낌이 들었다. 머리가 핑 돌아서 저도 모르게 한
손으로 테이블을 짚었다.

"이시하라 료헤이를 데려왔습니다."

쿠보가 문을 닫고 바로 옆에 있는 의자에 앉았다. 나오야가 이

시하라를 데리고 이쪽으로 다가왔다.

이쪽을 똑바로 쳐다보는 이시하라에게서 아래쪽으로 시선을 돌리자 꽉 움켜쥔 두 손이 시야에 들어왔다.

유아의 목을 졸라 살해한 저주 받은 손.

그 장면이 주마등처럼 머리를 스치고 지나갔다.

정신 차려. 흥분하지 말고 진정해. 아무것도 생각하지 마. 머리와 마음을 완전히 비우는 거다.

"…이시하라 씨? 처음 뵙겠습니다. 저는 목사인 호사카라고 합니다."

시야 끄트머리에 이시하라의 등 뒤에 서 있는 나오야가 보였다. 나오야는 긴장한 표정으로 호사카를 쳐다보고 있었다.

나오야는 호사카가 상담을 시작하기 전에 반드시 상대방과 악수를 한다는 사실을 알고 있었다. 이번에만 건너뛴다면 이상하게 여길지도 모른다.

"…저는 매번 상담을 시작하기 전에 먼저 악수부터 합니다. 괜찮으시다면 응해 주시겠습니까?'"

호사카는 이시하라에게 한 발 다가서면서 오른손을 내밀었다. 이시하라는 아무런 반응을 보이지 않았다. 호사카가 내민 손을 물끄러미 쳐다보더니 고개를 들며 "싫은데요" 하고 비웃는 듯한 어조로 내뱉었다.

바로 뒤에 있던 나오야가 "이시하라! 무례하게 굴지 마!" 하고 주의를 주었다.

호사카는 나오야에게 괜찮다고 말한 다음 "그럼 일단 앉으시죠" 하고 이시하라에게 의자를 권했다.

이시하라의 손을 잡지 않고 넘어갔다는 사실에 내심 안도하며 이시하라와 마주 보고 앉았다.

유아를 죽인 남자가 바로 눈앞에 있다. 속죄나 반성의 기색은 조금도 찾아볼 수 없는 뻔뻔한 태도로. 가능하다면 유아와 같은 고통을 맛보게 해 주고 싶다.

가슴속에서 끓어오르는 충동을 필사적으로 억누르며 다음에 할 말을 생각했다.

"…상담을 받으러 오게 된 계기가 있습니까?" 일단 무난한 질문으로 시작했다.

"그냥 심심해서요. 여기서는 할 일이 없거든요."

"여기 들어온 지 얼마나 됐습니까?" 답은 알고 있지만 대화를 이어나가기 위해 물었다.

"작년 3월에 들어왔어요. 여기 생활에는 많이 익숙해졌지만 유일한 즐거움이었던 걸 못 하게 돼서 그게 불만이에요."

"유일한 즐거움이요?"

"네. 젊은 여자를 재미 삼아 괴롭히다가 죽이는 거요."

"이시하라!" 나오야가 버럭 소리를 질렀다.

여기서 상담을 중단하게 되면 모든 게 수포로 돌아간다. 호사카는 당장이라도 폭발할 것만 같은 분노를 억지로 가라앉히고 나오야를 향해 한쪽 손을 들어 보이며 "괜찮습니다"라고 말했다.

"…상담을 받는 것도 재미있을 것 같아서 오게 된 겁니까?"

"네, 뭐…. 아는 사람이 기독교의 가르침에 구원을 받았다나 뭐라나 그런 바보 같은 소리를 지껄이고 있다고 해서요."

"그분이 누군지는 모르겠지만 그건 결코 바보 같은 소리가 아닙니다. 인간은 기독교의 가르침을 통해 수많은 괴로움에서 해방될 수 있습니다. 적어도 저는 그렇게 생각합니다."

호사카의 말에 이시하라가 코웃음을 쳤다.

"기독교의 가르침을 배우면 나도 괴로움에서 해방될 수 있다고 요?"

"이시하라 씨는 무엇이 괴로운가요?"

"아까 말했잖아요. 이런 데 갇혀서 유일한 즐거움을 빼앗긴 상태라고. 기독교의 가르침으로 이런 나를 좀 구원해 봐요."

실실거리고 웃는 이시하라를 보고 있으려니 가슴속에서 무언가 격한 감정이 솟구쳐 올랐다.

지금까지 한 번도 느껴본 적 없는 살의였다.

역시 처음부터 무리였는지도 모른다.

유아를 죽인 이 남자를 상대하는 것은 십자가에 매달리는 것이나 다름없는 고행처럼 느껴졌다.

오야마역 개찰구를 빠져나온 호사카는 무거운 다리를 끌고 마리아네 집으로 향했다.

벌써 몇 시간째 가슴이 꽉 막힌 기분이었다. 정체를 알 수 없는 무언가가 속을 헤집고 다니는 것 같았다. 가슴속에 쌓인 기분 나쁜 것들을 토해 내려고 화장실에 들어가 변기 앞에 쪼그리고 앉아 봤지만 나오는 것은 소량의 위액뿐, 아무리 애를 써도 고통의 원흉을 제거하는 것은 불가능했다.

도쿄 구치소에서 여기까지 오는 길이 터무니없이 멀게 느껴졌다.

간신히 아파트에 도착해 공동 현관에서 인터폰을 눌렀다.

인터폰 너머에서 "네" 하고 대답하는 마리아의 목소리가 들렸지만 숨이 막혀서 말을 할 수가 없었다.

인터폰 화면을 통해 얼굴을 확인했는지 마리아가 문을 열어 줘서 안으로 들어갔다. 엘리베이터를 타고 5층으로 향했다.

사실 오늘 여기 올 생각은 없었다. 도쿄 구치소를 나설 때만 해도 온몸의 힘이 다 빠져나가 기진맥진한 상태였기에 마리아를 만나도 한마디도 하지 못할 것 같았다.

하지만 시간이 지나도 오늘 상담에서 만난 이시하라의 얼굴이 뇌리에 박힌 채 사라지지 않았다. 분노와 고통과 슬픔이 어지럽게 뒤섞인 상태로 괴로워하다가 이 감정을 어딘가에 쏟아내지 않으면 죽을 것만 같아서 지하철 안에서 마리아에게 지금 만나러 가겠다는 메시지를 보냈다. 그러고 나서 몇 차례 메시지를 주고받았지만 이시하라를 만났다는 이야기는 하지 않았다.

502호 앞에 도착해 벨을 누르자 마리아가 문을 열어 주었다.

"안색이 안 좋은데 괜찮아?"

마리아가 미간을 찌푸리며 걱정스러운 표정으로 물었다. 호사카는 말없이 신발을 벗고 집 안으로 들어갔다.

불단에 놓인 유아의 영정 사진이 시야에 들어온 순간, 위가 뒤집히는 듯한 느낌이 들었다. 반사적으로 들고 있던 가방을 방바닥에 내던지고 화장실로 뛰어들었다. 문을 닫고 변기 앞에 쓰러지듯 주저앉아 위액을 토해 냈다.

"괜찮아?"

밖에서 마리아가 물었지만 대답할 틈도 없이 변기를 붙잡고 연거푸 토했다. 이윽고 어느 정도 구역질이 가라앉자 심호흡을 하며 숨을 가다듬고 자리에서 일어나 물을 내린 다음 문을 열고 밖으로 나갔다.

걱정스러운 표정으로 쳐다보는 마리아를 그대로 지나쳐 부엌으로 갔다. 싱크대 수도꼭지를 틀어 주방 세제로 손을 씻고 손바닥에 물을 받아 얼굴에 끼얹었다. 주머니에서 손수건을 꺼내 얼굴과 손을 닦고 고개를 들자 가스레인지 옆에 놓인 위스키가 눈에 들어왔다.

"…이거 좀 마셔도 될까?"

호사카가 뒤를 돌아보며 묻자 마리아가 어두운 표정으로 "물을 마시는 게 낫지 않겠어?" 하고 대답했다.

뇌에 들러붙은 역겨운 기억을 조금이라도 마비시키고 싶었다.

"취하지 않고는 못 견디겠어. 오늘 이시하라의 상담을 하고 오는 길이야."

마리아가 놀란 듯 눈을 크게 떴다. 잠시 말없이 서로를 바라보다가 마리아가 이쪽으로 한 걸음 다가오며 "어떻게 마실래?" 하고 물었다.

"스트레이트로."

마리아가 부엌 선반에서 유리잔을 꺼냈다. 호사카는 떨리는 손으로 잔에 위스키를 따르는 마리아에게서 시선을 거두고 방으로 가서 탁자 앞에 자리를 잡고 앉았다.

잠시 후 마리아가 쟁반을 들고 돌아왔다. 물과 위스키가 담긴 잔을 탁자에 내려놓고 마주 보고 앉았다.

기다렸다는 듯 위스키 잔을 집어 들자 마리아가 "잠깐만" 하고 불렀다. 호사카는 잔을 입으로 가져가려던 움직임을 멈추고 마리아를 쳐다보았다.

"무사히 첫발을 내디뎠으니 건배하자." 마리아가 자신의 잔을 들어 보이며 말했다.

호사카는 전혀 그럴 기분이 아니었지만 마리아와 가볍게 잔을 부딪친 다음 위스키를 목에 흘려 넣었다.

목구멍이 타들어가는 것 같았다. 빈속에 강한 알코올이 들어가자 통증밖에 느껴지지 않았지만 개의치 않고 계속 마셨다.

"그래서… 어땠어?"

호사카는 술잔을 내려놓고 마리아를 쳐다보았다.

"글쎄… 뭐라고 대답해야 할지 모르겠다. 그저 끔찍한 시간이었다고밖에…."

"그래도 이시하라랑 뭔가 이야기를 나누었을 거 아냐."

"응… 재판에서 봤을 때랑 크게 다르지 않았어. 아니, 오히려… 내가 보기엔 더 심해진 것 같더라."

호사카는 오늘 상담 때 이시하라가 무슨 말을 했고 어떤 태도를 보였는지 마리아에게 자세히 말해 주었다.

이야기를 듣고 난 마리아가 굳은 표정으로 입을 열었다.

"쉽지 않을 것 같네…. 이시하라가 또 상담을 받으러 올까?"

"글쎄…. 교도관한테 이시하라가 다음 상담에도 올 수 있도록 신경 좀 써 달라고 부탁하긴 했지만 오늘 상담을 생각하면 아무래도 가능성은 희박하지 않을까…." 호사카는 고개를 가로저으며 대답했다.

마리아는 실망한 것 같았지만 호사카는 오히려 안도하고 있었다.

이시하라는 자기가 지은 죄를 뉘우치기는커녕 긴 세월 호사카를 지탱해 온 신앙을 비웃고 조롱했다. 호사카로서는 참기 힘든 시간이었다. 앞으로도 계속 상담을 이어나가다가 언젠가 이시하라 본인의 입을 통해 유아를 죽였을 당시의 이야기를 직접 듣게 될지도 모른다고 생각하면 온몸에 소름이 끼쳤다.

마리아가 고개를 돌려 불단 쪽을 쳐다보았다. 한참 동안 말없이 유아의 영정 사진을 응시하다가 다시 이쪽을 보며 말했다.

"…유아가 반드시 이시하라를 네 앞으로 데려와 줄 거야. 자기 한을 풀어 달라고. 이시하라를 제대로 벌해 달라고…"

호사카는 마리아가 하는 말을 들으며 유아의 영정 사진을 바라보았다. 바로 옆에 놓인 유리아의 영정 사진이 시야에 들어오자 가슴이 아프게 죄어들었다.

만약 마리아 말대로 이시하라의 상담을 계속하게 된다면 그것은 자신에게 내려진 벌이 아닐까.

유리아를 배신한 죄로 친딸을 죽인 남자를 눈앞에서 마주하는 고통을 견뎌야만 하는 것이 아닌가 싶었다.

5

"이시하라, 들어간다."

책상다리를 하고 앉은 상태로 고개를 돌리자 문이 열리고 나오 야가 들어왔다. 여전히 심기가 불편해 보이는 나오야의 얼굴을 보 니 웃음이 절로 나왔다.

나오야에게 된통 혼이 나기는 했지만 오늘은 퍽 유쾌한 하루였 다. 목사의 굳은 표정이 아직도 생생하게 기억났다.

"호사카 목사님이 다음 상담 때도 꼭 오라고 네게 전해 달라시 더라."

예상치 못한 말에 고개를 갸웃거렸다.

"그렇게 무례하게 굴었는데도 또 상담을 받으러 오라니 정말 너 그러운 분이시지 않냐. 네 아버지가 호사카 목사님 같은 사람이 었다면 네 인생도 달라졌을 텐데."

갑자기 아버지 이야기가 나와서 속이 뒤틀렸다.

"목사님은 네가 무슨 말을 하든 전부 다 귀 기울여 들을 생각이니 따로 주의를 줄 필요는 없다고 하셨지만 다음에 또 이렇게 선을 넘는 발언과 행동을 했다가는 가만두지 않을 거다."

"걱정 마세요. 그런 바보 같은 짓을 또 하러 갈 생각은 없으니까."

나오야가 한숨을 내쉬더니 밖으로 나가 문을 닫고 잠갔다.

잠시 후 벨이 울렸다. 자리에서 일어나 벽 쪽에 쌓아둔 이불 더미로 가서 이불을 바닥에 깔고 문 쪽을 향해 베개를 내려놓았다. 불이 꺼지기 전에 화장실에서 볼일을 보고 나와 이불을 덮고 누웠다.

"소등!"

어디선가 교도관의 목소리가 들려오더니 실내 조명이 야간 수면등으로 바뀌었다.

눈을 감고 언제나처럼 아무 소리도 들리지 않는 어둠의 세계로 향했다.

얼마 지나지 않아 이상함을 눈치챘다. 평소에는 눈을 감는 것과 동시에 깜깜한 어둠이 내리고 그러다 어느샌가 잠이 들었다.

그런데 지금은 눈꺼풀 뒤에 희미한 불빛 같은 게 어른거리며 어떤 장면이 떠오르려 하고 있었다.

무슨 장면인지 짐작도 가지 않았다. 귀신의 집을 헤매는 것처럼 겁이 나고 불안해서 나도 모르게 눈을 떴다. 천장에서 희미하게 빛나고 있는 야간 수면등이 보였다.

다시 눈을 감고 이번에는 눈꺼풀에 힘을 꽉 주었다. 하지만 여전히 내가 바라는 어둠은 찾아오지 않고 시야 중앙에 희미한 불빛이 어른거릴 뿐이었다. 뭔가 떠오를 것만 같아서 눈을 번쩍 떴다. 그대로 누운 채 수면등을 가만히 노려보았다.

저 불빛이 눈꺼풀을 통과해서 내 안의 어둠에 스며들어 정체를 알 수 없는 무언가를 내게 보여주려 하는 것인가.

평소에는 전혀 신경 쓰이지 않았는데 유독 오늘따라 눈을 감는 것이 망설여지고 좀처럼 잠이 오지 않았다. 불빛을 차단하기 위해 이불을 머리끝까지 뒤집어쓰고 싶었지만 그건 규칙으로 금지되어 있었다.

대체 왜 이렇게 초조하고 가슴이 두근거리는지 알 수가 없었다.

어쩌면 아까 나오야가 아버지에 대해 언급했기 때문인지도 모른다.

— 네 아버지가 호사카 목사님 같은 사람이었다면 네 인생도 달라졌을 텐데.

나오야가 한 말을 생각하니 어이가 없어서 웃음이 나왔다.

그 목사는 흔해 빠진 위선자일 뿐이다. 오늘 상담 마지막에도 신 앞에서는 모든 죄를 용서받을 수 있다느니 뭐라느니 알 수 없는 소리를 지껄여댔다.

내가 저지른 죄를 용서받을 수 있을 리가 없지 않은가. 내 손으로 네 사람의 목숨을 빼앗았다. 그런 나를 과연 누가 용서할 수 있단 말인가.

애초에 그 목사는 어머니와 누나가 믿는다는 기독교의 일원이 아니던가.

그런 놈이 하는 말 따위 믿을 수 없다.

목사도, 어머니도, 누나도 다 위선자다.

조금 전까지만 해도 앞으로 두 번 다시 상담을 받으러 갈 생각은 없었지만 마음이 바뀌었다. 잘만 하면 새로운 오락거리로 삼을 수 있을 것 같았다.

저들이 소중히 여기는 대상을 철저하게 짓밟아 주고 싶었다.

6

호사카는 교도관이 열어준 문을 통과해 안으로 들어갔다. 소파에 앉아 있던 탄바가 자리에서 일어나 호사카를 반갑게 맞아 주었다.

"오늘도 잘 부탁드립니다."

호사카는 탄바와 인사를 나누고 소파에 앉았다. 탄바가 차를 두 잔 준비해서 이쪽으로 돌아와 찻잔을 테이블에 내려놓고 호사카의 맞은편에 와서 앉았다. 언제나처럼 세상 돌아가는 이야기를 조금 나누다가 현재 호사카가 상담을 진행하고 있는 수용자들에 관한 이야기로 넘어갔다.

"…상담에 입회한 교도관들로부터 목사님이 정말 잘해 주고 계시다고 들었습니다. 감사합니다. 와시오 목사님이 그만두신다는 이야기를 들었을 때는 이제 어쩌나 싶었는데 후임으로 이렇게 좋은 분이 와 주셔서 정말 다행입니다."

"아닙니다. 아직 모르는 게 많다 보니 시행착오를 거듭하면서 저도 많이 배우고 있습니다."

"오늘 상담 말입니다만… 이시하라가 다시 상담을 받겠다고 합니다."

"아, 네…." 호사카는 동요를 감추며 고개를 끄덕였다. "저도 다시 만나기를 바라고 있었는데… 잘됐네요."

"오늘도 지난번과 똑같이 이시하라, 미토, 야마베, 핫토리, 이 순서로 부탁드립니다. 지난번에도 별문제는 없었던 것 같지만 만일의 상황에 대비해 이시하라의 상담 때는 교도관을 한 명 더 붙이도록 하겠습니다."

"알겠습니다."

호사카는 성서와 찬양 반주기를 들고 자리에서 일어났다. 탄바에게 인사를 하고 방을 나섰다.

상담실에 들어가자마자 바로 의자에 앉아서 양손으로 깍지를 끼고 눈을 감았다. 동요를 채 가라앉히기도 전에 누군가 문을 두드리는 소리가 들려와 눈을 떴다.

"네" 하고 대답하며 자리에서 일어나자 문이 열리고 교도관인 나오야와 쿠보가 이시하라를 데리고 들어왔다.

"이시하라 료헤이를 데려왔습니다."

쿠보가 문을 닫고 바로 옆에 있는 의자에 앉았다. 나오야가 이시하라를 데리고 이쪽으로 다가왔다.

이시하라와 눈이 마주치자 갑자기 체온이 몇 도 내려간 듯한 기분이 들었다. 눈빛에서 적의가 느껴졌다.

"…잘 오셨습니다. 기다리고 있었습니다."

호사카는 정신을 가다듬으며 이시하라에게 다가가 오른손을 내밀었다.

이시하라가 호사카의 오른손을 내려다보며 코웃음을 쳤다.

"오늘도 악수는 하기 싫은가요? 알겠습니다. 앉으시죠."

이시하라에게 의자를 권하고 맞은편에 앉았다. 나오야가 이시하라의 등 뒤로 가서 섰다.

"오늘은 무슨 이야기를 할까요?"

호사카가 테이블 위에서 깍지를 끼며 말했다.

"지난번에 이상한 말을 했잖아요."

"이상한 말이요?"

"신 앞에서는 어떠한 죄도 용서받을 수 있다고…."

그러고 보니 기억이 났다. 교화 상담에서 늘 하는 말이지만 이시하라에게 이 말을 할 때는 피를 토하는 심정이었다.

"그랬죠. 그 이야기를 더 해 볼까요?"

"아니요. 오늘은 제 얘기를 들어 주세요. 제가 왜 여기에 들어오게 되었는지."

마음이 술렁였다.

"죄를 고백하고 싶다…는 말입니까?"

호사카가 필사적으로 마음을 가라앉히며 묻자 이시하라가 피식 웃으며 입을 열었다.

"딱히 죄라고는 생각하지 않아요. 목사님은 하고 싶어도 못 하는 유쾌한 경험을 내가 들려주겠다는 겁니다."

호사카는 시야가 어두워지는 것을 느끼며 눈앞에 있는 이시하라를 말없이 쳐다보았다.

"처음 사람을 죽인 건 열여섯 살 때였지만 그 얘긴 건너뛸게요. 어차피 살날이 얼마 남지 않은 할망구였기 때문에 별로 재미도 없거든요. 상담 시간은 25분이라고 했죠?"

호사카가 고개를 끄덕였다.

"어느 날 편의점에 갔는데 웬 싸가지 없어 보이는 여자 하나가 눈에 들어왔어요. 이런 여자가 나한테 목숨을 구걸하면서 죽어 갈 때는 어떤 얼굴을 할지 궁금해지더라고요. 그래서 편의점에서 병맥주랑 박스 테이프를 산 다음 여자를 미행해서 그 여자가 사는 아파트로 따라 들어갔죠."

신이 나서 떠들어대는 이시하라를 보니 머릿속에 유아가 살해 당할 당시의 광경이 그려졌다. 속에서 구역질이 치밀어 올랐다.

"아무렇지 않은 얼굴로 여자랑 같이 엘리베이터를 타서 몇 층이냐고 물으니까 바보같이 6층이라고 솔직하게 대답하더라고요. 지금 자기 앞에 어떤 운명이 기다리고 있는 줄도 모르고. 아무튼 그래서 난 5층에서 내려서 계단을 통해 6층으로 올라갔어요. 문 앞에 서서 열쇠를 꺼내고 있는 여자한테 소리 없이 다가가 이걸 떨어뜨린 것 같다고 말을 걸었죠. 그러고는 이쪽을 돌아보는 여자의 얼굴을 향해 맥주병이 든 편의점 비닐봉지를 힘껏 휘둘러서 쓰러뜨린 다음 집 안으로 끌고 들어갔어요."

재판 방청 때 이미 들어서 알고 있는 내용이었지만 지금 눈앞에 앉아 있는 가해자 본인의 입을 통해 다시 들으니 온몸에 소름이 돋았다.

"여자는 코가 부러져서 피를 흘리고 있었어요. 울면서 죽이지만 말아 달라고 애원하더군요. 박스 테이프로 입을 막고 양쪽 손목과 발목도 다 묶은 다음 옷을 벗기고 여자의 눈을 똑바로 들여다보면서 천천히 목을 졸라서 죽였어요."

헛기침 소리에 퍼뜩 정신을 차리고 고개를 들었다. 주먹 쥔 손을 입가에 댄 나오야와 눈이 마주쳤다. 계속 듣고 있기가 힘들어서 이시하라에게 주의를 주기 위해 헛기침을 한 듯했다.

"나오야 교도관님, 저쪽에 가 계셔도 됩니다."

호사카가 말하자 나오야가 "네?" 하고 고개를 갸웃거렸다.

"죄송하지만 그렇게 너무 가까이 서 계시면 상담에 집중할 수가 없어서요."

"하지만…." 나오야가 곤혹스러운 표정으로 중얼거렸다.

호사카가 괜찮다며 거듭 부탁하자 나오야가 고개를 끄덕이더니 이시하라에게서 떨어져 문 앞에 있는 쿠보 옆으로 갔다.

호사카는 나오야가 자리를 잡은 것을 확인하고 시선을 제자리로 돌려 이시하라를 쳐다보며 입을 열었다.

"계속하시죠."

마음 같아서는 귀를 틀어막고 싶었지만 그럴 수 없었다. 이시하라는 유아의 마지막이 어땠는지를 알고 있는 유일한 사람이다. 당사자의 입을 통해 직접 들어야만 했다.

유아의 한을 풀어주려면 이 남자가 죽는 순간까지 함께할 필요가 있었다.

시간이 얼마나 걸릴지 알 수 없는 이 기나긴 고행을 견디기 위해서는 이시하라를 향한 증오를 더욱더 불태우는 수밖에 없었다. 그러기 위해서는 계속 이시하라와 이어져 있어야만 했다.

"…두 번째는 훨씬 더 재미있었어요."

호사카는 자신에게 남아 있는 정신력을 총동원해서 이시하라와 눈을 마주쳤다.

"뭐가 어떻게 더 재미있었다는 겁니까?" 목소리가 떨리지 않도록 주의하며 물었다.

"방금 말한 여자랑 똑같이 두 번째도 편의점에서 보고 따라갔거든요. 이번에는 가지고 있던 경찰봉으로 얼굴을 내리친 다음 집 안으로 끌고 들어갔는데 아니 글쎄 자기가 지금 임신 중이라는 거예요. 시뻘건 눈물을 줄줄 흘리면서 뱃속에 아기가 있으니 심한 짓은 하지 말아 달라고 애원하더라고요."

지금 가까스로 참고 있는 감정을 터뜨리면 자신의 시야도 새빨갛게 물들 것 같았다.

"그래서요?"

"얼굴을 몇 대 더 때리니까 기절했는지 조용해졌어요. 양쪽 손발을 박스 테이프로 묶고 입도 막았죠."

재판에서 이 이야기를 들었을 때는 도저히 참을 수가 없어서 자리를 박차고 뛰어나갔지만 지금은 그럴 수 없었다.

"하지만 역시 기절한 채로는 재미가 없으니까 다시 뺨을 때려서 깨웠어요. 그런 다음 여자의 눈을 들여다보면서 천천히 목을 졸라 죽였죠."

도저히 더는 이시하라와 시선을 마주하고 있을 수가 없어서 저도 모르게 눈을 돌렸다. 나오야와 쿠보가 굳은 표정으로 이쪽을 보고 있었다.

마음을 가다듬고 다시 이시하라 쪽을 보며 입을 열었다.

"그 사람들을 죽여서 경찰에 붙잡히면 어떻게 될지는 생각해 보지 않았습니까? 사형에 처해질 가능성도 있다는 걸 말입니다."

"당연히 생각해 봤죠."

"그런데 왜 그런 짓을 한 겁니까? 목숨이 아깝지 않습니까?"

"죽어도 상관없다고 생각했으니까요. 살아 있어 봤자 의미도 없고. 게다가 사람을 죽이면 나 같은 놈도 일약 유명인이 될 수 있잖아요. 딱히 유명해지고 싶었던 건 아니지만 그렇게 되면 주변 사람들한테 알려 줄 수 있으니까."

"알려 주다니요?"

"당신들 때문에 내가 이런 인간이 되었다는 걸요. 너희가 나를 버려서, 너희가 나를 바보 취급해서, 너희가 나를 비웃어서 내가 이런 살인마가 된 거라고."

그런 말도 안 되는 이유 때문에 유아는 이시하라에게 살해당한 것인가. 눈앞에 드러난 부조리한 현실에 현기증이 났다. 정신줄을 놓지 않기 위해 안간힘을 써야 했다.

"그 목적을 달성했으니 이제 더 살아야 할 이유 따윈 없어요. 언제 죽어도 상관없어요. 어차피 다들 하루빨리 내가 죽기만을 바라고 있을 테니까요. 피해자 유족, 세상 사람들, 그리고 여기 있는 사람들 모두."

이시하라가 뒤를 돌아보았다. 나오야와 쿠보를 향해 "맞죠?" 하고 물었지만 두 사람은 대답하지 않았다.

"지금 당신이 죽음을 바라고 있다는 건 알겠습니다."

호사카의 말에 이사하라가 다시 고개를 돌려 이쪽을 쳐다보았다.

"하지만 당신이 죽인 사람들은 자신의 죽음 따위 바라지 않았을 겁니다. 더 살고 싶다고 생각했을 겁니다. 그 사람들을 떠올리면 무슨 생각이 듭니까?"

"목사님 입장에서는 반성하고 있다든지 후회한다든지 하는 말을 듣고 싶겠지만 솔직히 아무 생각 없어요. 그냥 운이 나빴던 거죠. 머지않아 나도 그쪽으로 가게 될 테니 할 말이 있으면 그때 하라고 말해 주고 싶네요."

이 상태로 죽게 내버려 둘 수는 없었다. 이시하라에게 삶에 대한 희망을 심어 주지 못한다면 조만간 그가 사형에 처해지더라도 유아의 한은 풀리지 않을 것이다.

이시하라에게 살고 싶다는 마음이 들게 하려면 어떻게 해야 할까. 설령 그것이 목적을 달성하기 위한 기만에 불과하다 할지라도.

"그렇게 해서… 내가 이 손으로 사람 세 명에 뱃속 아기까지 네 명을 죽인 겁니다."

그 말에 시선을 들자 이시하라가 테이블 위에 내려놓은 자신의 양손을 내려다보고 있었다.

"이래도 신이 나를 용서했다느니 하는 말이 나와요?"

이시하라가 이쪽을 쳐다보며 비꼬듯 말했다.

"뭔가 잘못 생각하고 있는 것 같군요."

갑자기 무슨 말이냐는 듯 이시하라가 인상을 썼다. 호사카는 손을 뻗어서 이시하라의 양손을 꼭 감싸 쥐었다. 이시하라가 화들짝 놀라 몸을 뒤로 젖혔다.

"설령 세상 사람 모두가 그렇다 하더라도 저는 이시하라 씨가 죽기를 바라지 않습니다."

호사카는 움켜 쥔 두 손에 힘을 주어 이시하라를 자기 쪽으로 끌어당겼다. 서로의 숨결이 느껴질 정도로 얼굴을 가까이 가져다 대고 입을 열었다.

"적어도 이대로 죽지는 않았으면 합니다. 사람을 죽이는 것 말고는 살아 있는 의미가 없다고 생각하면서 죽지는 않았으면 좋겠습니다."

"뭐… 뭡니까, 대체…."

이시하라의 눈빛에서 당혹스러움이 느껴졌다.

"아마도 이시하라 씨가 살아서 이곳을 나가는 일은 없을 겁니다. 그다지 유쾌하지는 않을지도 모르지만… 죽기 전에 아주 잠깐이라도 좋으니 살아 있기를 잘했다고 생각되는 순간이 찾아오기를 바랍니다."

"놔 줘… 놓으라고!"

이시하라가 소리를 지르며 호사카의 손을 억지로 뿌리쳤다. 그대로 자리에서 일어나더니 뒤로 돌아 교도관들이 있는 쪽으로 걸어갔다.

"이시하라 씨."

호사카가 부르자 이시하라가 걸음을 멈췄다. 하지만 이쪽을 돌아보지는 않았다.

"다음에 또 뵙겠습니다. 신이 당신을 용서하기를 바라는 동시에 당신 스스로도 그렇게 느낄 수 있도록 제가 당신의 남은 인생을 끝까지 지켜보겠습니다."

나오야가 뭔가 할 말이 없냐는 듯 이시하라를 쳐다보았지만 이시하라는 아무 말도 하지 않았다.

나오야가 한숨을 내쉬며 호사카를 향해 "그럼 이시하라의 상담은 여기서 마치겠습니다"라고 말한 다음 문을 열고 쿠보와 함께 이시하라를 데리고 나갔다.

문이 닫히자 그때까지 억누르고 있던 감정이 한꺼번에 쏟아져 나왔다.

눈물이 솟구쳤다. 시야가 붉게 물들지는 않았지만 어두워서 아무것도 보이지 않았다.

7

"이시하라, 춥냐?"

갑자기 들려온 목소리에 옆에서 걷고 있던 나오야를 돌아보았다.

왜 이런 질문을 하는 것인지 영문을 알 수가 없어서 무시한 채 계속 복도를 걸어갔다.

33번 방 앞에 도착한 나오야가 문을 열고 들어가라고 손짓했다. 안으로 들어가자 등 뒤에서 끼익 하고 철문 닫히는 소리가 들렸다.

신발을 벗어서 선반에 넣으려다가 멈칫했다. 신발을 든 손이 부들부들 떨리고 있었다.

조금 전까지 있었던 상담실에서의 광경이 머릿속에 떠올랐다. 그와 동시에 손등을 감싸 쥔 목사의 양손에서 전해져 온 따스한 감촉이 되살아났다.

— 죽기 전에 아주 잠깐이라도 좋으니 살아 있기를 잘했다고

생각되는 순간이 찾아오기를 바랍니다.

웃기고 있네. 이제 와서 그런 말 해 봤자 아무 소용없다고.

이런 곳에서 앞으로 무슨 즐거운 일이 생기겠는가. 살아 있기를 잘했다고 생각되는 순간이 찾아오기를 바란다고? 그런 말은 내가 할망구를 죽이기 전에, 아니면 적어도 젊은 여자 둘을 죽이기 전에 했어야지.

목사가 말했듯이 내가 살아서 이곳을 나가는 일은 없을 것이다. 남은 인생은 그저 교도관의 감시 속에서 하염없이 죽음을 기다릴 뿐이다.

죽으면 어머니와는 다른 곳으로 가게 되겠지. 사람을 넷이나 죽였으니 어머니가 계신 곳으로 갈 수 없을 거라는 것 정도는 각오하고 있다. 나중에 누나가 죽더라도 누나 역시 내가 있는 곳으로 오지는 않을 것이다.

그러니 죽으면 나는 영영 혼자다.

그곳은 어떤 세상일까. 지금 내가 있는 1.5평짜리 좁아터진 방을 둘러보았다.

앞으로 죽을 때까지 내가 접할 세상은 교도소라는 이 좁은 세계뿐이다.

— 죽기 전에 아주 잠깐이라도 좋으니 살아 있기를 잘했다고 생각되는 순간이 찾아오기를 바랍니다.

목사가 한 말을 떠올리자 헛웃음이 나왔다.

살아 있기를 잘했다….

문득 양손을 내려다보았다.

마지막으로 누가 이 손을 잡아준 것이 언제였는지 기억도 나지 않았다.

그런 생각을 해서인지 갑자기 머릿속에 잡다한 기억들이 되살아났다.

엄마와 누나와 헤어진 후의 나날들이 빠르게 지나가고 마지막에 떠오른 것은 한 남자의 넓은 등이었다.

이건… 아버지 손에 이끌려 할머니 집으로 향하는 길이었다.

그 여자가 우리 집에 들어와 살기 시작하면서부터 아버지는 나를 짐스러운 존재로 여기는 것 같았다. 아버지는 잠깐만 할머니랑 지내고 있으면 곧 데리러 올 거라고 했지만 두 번 다시 돌아오지 않으리라는 것도 알고 있었다.

누군가의 손을 잡은 것은 그게 마지막이었다.

당시 나는 입으로 소리 내어 말하는 대신 맞잡은 손을 통해 아버지에게 애원했다. 나를 버리지 말아 달라고. 제발 이 손을 놓지 말아 달라고.

그때 잡았던 아버지의 손은 체온이 느껴지지 않을 정도로 차가웠던 것을 기억한다. 하지만 오늘 내 손을 잡은 목사의 손은 조금 축축했고 따스한 온기가 느껴졌다.

예전에도 비슷한 감촉을 느낀 적이 있다는 생각에 오래된 기억을 더듬어 보았다.

할머니 집으로 보내지기 전…, 그보다 더 전….

기억하고 싶지 않은 장면이 떠오를 것만 같아서 머리를 세차게 흔들고 오른손을 내려다보았다.

더이상 어머니와 누나의 체온을 느낄 일은 없다.

어머니와 누나뿐 아니라 앞으로 내가 목사 이외의 사람과 피부를 맞댈 일이 과연 있을지 의문스러웠다.

죽을 때까지 이 비좁은 독방에서만 지내게 될 나에게 그런 일은 생기지 않을 것이다.

애초에 사람을 넷이나 죽인 남자의 손을 잡고 싶은 사람이 어디 있겠는가.

아마 목사도 속으로는 이렇게 생각하고 있을 게 틀림없었다.

8

"…신의 가호가 여러분과 함께하기를 기도합니다. 이로써 오늘 예배를 마치겠습니다."

호사카는 말을 마친 후 단상에 놓인 CD 플레이어의 재생 버튼을 눌렀다. 파이프 오르간의 선율이 흘러나오자 신도들이 하나둘 자리에서 일어나 예배실을 빠져나가기 시작했다.

그 가운데 여성 신도 한 명이 사람들의 흐름을 거스르며 이쪽으로 다가왔다. 호사카와 비슷한 연배인 모리타였다.

"목사님, 오늘도 말씀 감사합니다." 모리타가 고개를 숙이며 인사했다.

"아닙니다. 저야말로 와 주셔서 감사합니다."

"저…." 모리타가 무언가 하고 싶은 말이 있는지 머뭇거렸다.

"왜 그러시죠?"

"…무슨 일 있으세요?"

"네?" 호사카는 고개를 갸웃거렸다.

"아, 아니 그게… 요즘 많이 피곤해 보이셔서요…."

"아닙니다, 괜찮습니다." 호사카는 대답을 얼버무렸다.

"정말이세요? 구치소에서 하는 교화 상담 때문에 뭔가 고민이 있으신 게 아닌가 하고 다들 걱정하고 있어요."

교회 집사 중 한 명인 모리타는 어딘지 모르게 평소와 달라 보이는 호사카의 상태가 신경 쓰이는 듯했다.

"아무래도 특수한 상황에 놓인 사람을 대하는 일이니까요."

사형수를 말하는 것 같았다.

스스로도 교회 일을 건성으로 하고 있다는 자각은 있었다. 오늘 예배 중에도 머릿속은 온통 내일 진행할 상담 생각뿐이었다. 순서상 내일 상담자 명단에는 이시하라도 포함될 예정이다. 실제로 올지 안 올지는 알 수 없지만, 만약 상담을 받으러 온다면 어떤 방법으로 이시하라의 마음을 열게 할 수 있을지 고민이 되었다.

이시하라를 삶에 집착하게 만들어서 유아의 한을 풀어주기 위해.

"걱정해 주셔서 감사합니다. 하지만 정말로 괜찮습니다. 여기 계신 분들과 달리 그분들이 특수한 상황에 놓여 있는 것은 사실이지만 신의 말씀을 전하는 제 역할은 달라질 게 없으니까요."

말을 하면서도 죄책감에 가슴이 죄어들었다.

"그 말씀을 들으니 안심이 되네요. 그분들도 호사카 목사님 덕분에 마음의 평온을 얻게 될 거예요. 저희처럼요."

웃으며 말하는 모리타의 얼굴을 마주 볼 수가 없어서 저도 모르게 시선을 피했다.

나는 신의 가르침을 어기고, 내 주위에 있는 소중한 사람들을 속이고 있다.

　이런 사람이 목사 자리에 있어서는 안 된다. 그건 스스로가 누구보다 잘 알고 있었다. 하지만 목사가 아니면 교정위원이 될 수 없다.

　상대의 눈을 똑바로 쳐다보지 못한 채 모리타와 인사를 나누고 헤어졌다.

　예배실에 홀로 남겨진 호사카는 주머니에서 핸드폰을 꺼내 전원을 켰다. 핸드폰 배경화면으로 설정해 둔 유아의 사진을 가만히 내려다보았다.

　지금 하고 있는 일은 잘못되지 않았다. 유아, 그렇지?

　설령 신께 용서받지 못한다 하더라도 아빠는 너의 한을 풀어주고 싶구나.

　가만히 앉아서 문을 응시하고 있으려니 이윽고 노크 소리가 들렸다.

　호사카가 "네" 하고 대답하자 문이 열리고 나오야와 쿠보가 이시하라를 데리고 들어왔다.

　"이시하라 료헤이를 데려왔습니다."

　쿠보가 문 옆에 있는 의자에 앉고, 이시하라와 나오야가 이쪽으로 걸어왔다.

　호사카는 자리에서 일어나서 이시하라에게 가까이 다가가 오른손을 내밀었다. 이시하라는 호사카의 손을 물끄러미 쳐다보았지만 악수할 생각은 없어 보였다. 이사하라에게 의자에 앉으라고 권한 다음 호사카도 맞은편에 가서 앉았다.

　"나오야 교도관님, 오늘도 지난번처럼 뒤쪽에 물러나 계셔도 될니다."

호사카는 나오야가 문 쪽으로 돌아가서 쿠보 옆에 나란히 앉는 것을 확인한 후, 이시하라를 보며 입을 열었다.

"이렇게 다시 만나니 반갑네요. 지난번에 제가 한 말이 신경에 거슬려서 이제 안 오면 어쩌나 걱정했습니다."

"착각하지 마세요. 신께 용서받으려고 온 건 아니니까. 그냥 너무 심심해서 이것 말고는 할 게 없으니까 온 거예요."

"압니다. 심심풀이 상대라고 해도 아무튼 와 줘서 고맙습니다. 오늘은 무슨 얘기를 할까요?"

"여기서 상담 받는 사람이 몇 명이나 돼요?"

"이시하라 씨를 포함해서 총 일곱 명입니다."

"사형수는요?"

"거의 다 사형수입니다. 그런 게 왜 궁금하죠?"

"어… 나 같은 사형수들은 매일 이 안에서 뭘 하며 시간을 보내는지 궁금해서요. 여기서는 할 일이 아무것도 없는데 기분 전환이 될 만한 게 뭐가 있나 싶어서…."

기분 전환을 하고 싶다는 건 뭔가 불안이나 고민이 있다는 걸까. 있다면 어떤 고민인 걸까.

"많은 분들이 소내 작업을 하는 것 같던데요."

"나무젓가락 포장 같은 거요? 그런 건 관심 없어요."

"그런가요. 그것 말고는… 아, 그러고 보니 제 상담자 중에 최근 들어 그림을 그리기 시작한 사람이 있습니다."

이시하라 바로 앞 순서에 상담을 진행한 쿠도를 떠올리며 대답했다.

"그림이요?"

"네. 그림은 아주 어릴 때 말고는 그려 본 적이 없다더군요."

"그런데 왜 갑자기?"

"그분은 밖에 계신 어머니께 효도할 방법을 찾고 있었습니다. 죽기 전에 뭐라도 좋으니 어머니를 기쁘게 해 드리고 싶다면서요."

"그 사람도 사형수예요?"

호사카는 고개를 끄덕였다.

"할 수 있는 일의 범위가 제한되다 보니 저도 함께 방법을 고민해 보았습니다. 초등학생 때 사생대회에서 상을 받아서 어머니께 칭찬을 들은 적이 있다길래 그렇다면 그림을 그려서 어머니께 선물하면 어떻겠냐고 제안했더니 자기가 그린 그림을 드려 봤자 좋아하지 않으실 것 같다고 하더군요. 그래도 일단 노력은 해 보겠다면서 매일 그림 연습을 하고 있는 모양입니다."

"난 그림에는 관심 없는데."

"꼭 그림일 필요는 없습니다. 예를 들어 어릴 때 잘했던 거라든지 좋아한 거라든지…."

이시하라는 고개를 푹 숙인 채 아무 말도 하지 않았다.

"그건 그렇고… 뭔가 안 좋은 일이라도 있었습니까?"

이시하라가 놀란 듯 고개를 번쩍 들었다. 눈빛에서 동요가 느껴졌다.

역시 지난번 상담 후 뭔가 심경의 변화가 있었던 듯했다.

"왜요?" 이시하라가 물었다.

"아니요, 그냥… 지난번이랑 분위기가 좀 달라진 것 같아서요. 무슨 일인지 말씀해 주시겠습니까? 제가 해결할 수 있을지는 모르겠지만 누군가에게 털어놓는 것만으로도 마음이 조금 가벼워질 수도 있으니까요."

"어… 됐어요." 이시하라가 시선을 피했다.

"제게 상담을 받는 분들은 이시하라 씨 말고는 모두 저보다 나이가 많습니다. 그래서 그런지 이시하라 씨를 보면 다른 사람들보다 더 챙겨 주고 싶은 마음이 드는 것 같습니다. 뭔가 고민이 있으면 아버지한테 고민 상담한다 생각하고 편하게 말씀해 주세요."

마음속으로 유아에게 사과하며 피를 토하는 심정으로 말을 건넸다.

"목사님은… 자식이 있어요?"

이시하라가 이쪽을 똑바로 쳐다보며 물었다.

있었다. 네게 살해당한 딸이.

"아니요, 없습니다. 결혼도 안 했고요."

"그렇군요…. 나 같은 자식이 없어서 다행이네요."

"부모 마음은 모르겠지만 없는 게 나은 인간은 없습니다. 이시하라 씨가 제 자식이어도 그런 생각은 안 했을 겁니다."

이쪽을 쳐다보는 이시하라의 시선에 숨이 막히고 속이 뒤틀렸다.

이시하라와 이어진 끈을 놓치지 않기 위해 가슴속에서 소용돌이치는 죄의식을 필사적으로 억눌렀다.

"시간이 다 되었습니다."

나오야의 목소리에 이시하라와 마주 보고 있던 시선을 거두었다. 의자에서 일어나 "다음에도 기다리고 있겠습니다" 하고 말하며 이시하라를 향해 오른손을 내밀었다.

이시하라가 잠시 주저하는 기색을 보이더니 천천히 오른손을 들어 호사카의 손을 잡았다.

심장이 얼어붙을 것만 같은 섬뜩한 감촉에 소름이 돋았다.

제4장

1

"정말로 멋진 작품입니다. 어머님이 보시면 좋아하시겠는데요."

호사카가 테이블에 놓인 종이에서 시선을 들며 말하자 쿠도가 "그런가요?" 하고 쑥스러운 듯 머리를 긁적였다.

"그리면 그릴수록 실력이 느는 게 보이네요. 프로가 그렸다고 해도 믿겠는걸요. 제 방에도 걸어 두고 싶을 정도입니다."

"그렇게 말씀해 주셔서 감사합니다…. 괜찮으시다면 호사카 선생님께도 한 장 선물하고 싶습니다."

"정말입니까?"

"물론입니다. 다만 아무래도 예전에 그려 둔 것보다는 최근에 그린 것이 나으니 선생님께는 새로 한 장 그려드리겠습니다. 이건 어머니 드릴 거라서요. 선생님 건 아마 다음 상담 때 드릴 수 있을 겁니다."

"주신다면 감사히 받겠지만 너무 서두르지 않아도 됩니다. 소내 작업까지 하다 보면 시간이 부족할 수도 있으니까요."

"서두르지 않으면… 드리지 못하게 될 수도 있으니까요…"

그렇게 대답하는 쿠도의 뺨이 부르르 떨렸다. 순간적으로 무거운 공기가 주위를 감쌌지만 호사카는 아무렇지 않은 척 "다음에는 무엇을 그릴지 생각해 두셨나요?" 하고 물었다.

"성 비투스 대성당을 그려 볼까 합니다."

"성 비투스 대성당이라면 저도 좋아하는 곳입니다. 아쉽게도 아직 가 본 적은 없지만요. 조만간 성당 사진을 넣어드리도록 하겠습니다."

나오야는 두 사람의 대화를 들으며 시계를 확인했다. 슬슬 끝내야 할 시간이었다.

한참 즐겁게 대화를 나누는 와중에 끼어드는 게 미안했지만 규정이니 어쩔 수 없었다. "시간 다 됐습니다"라고 말하자 호사카와 쿠도가 인사를 하며 자리에서 일어났다. 쿠도가 테이블에 놓인 종이를 둥글게 말아서 손에 들고 이쪽으로 걸어왔다.

쿠도와 함께 상담실을 나와 복도에서 기다리던 쿠보와 셋이서 복도를 걸어가기 시작했다.

"호사카 목사님은 빈말로라도 칭찬을 참 잘하시는 것 같습니다."

쿠도의 말에 나오야는 옆을 돌아보았다. 손에 든 종이를 내려다보는 쿠도의 표정을 보니 칭찬을 들은 것이 싫지는 않은 모양이었다.

"빈말은 아닐 거다."

쿠도의 그림은 아까 상담실로 데려오는 길에 나오야도 보았다. 그림을 전혀 모르는 나오야가 보기에도 감탄이 절로 나오는 정밀한 풍경화였다.

쿠도는 1년 전부터 연필로 그림을 그리기 시작했는데 주위 사람들이 깜짝 놀랄 정도로 실력이 빠르게 늘었다.

그림을 그리게 된 계기는 단순했다. 호사카와 상담을 하면서 쿠도는 자신이 초등학생 때 사생대회에서 상을 받아 어머니께 칭찬받은 적이 있는데 그게 굉장히 기뻤다는 이야기를 했다.

그 말을 들은 호사카가 다시 그림을 그려 보면 어떻겠냐고 권하자 쿠도는 처음에는 주저하는 기색을 보였지만 얼마 지나지 않아 종이 등 작업에 필요한 도구를 구입해서 그림을 그리기 시작했다. 요즘은 자유시간 내내 거의 그림만 그렸다.

"내 방에도 걸어 두고 싶을 정도니까."

나오야가 말하자 쿠도가 활짝 웃었다.

"괜찮으시다면 교도관님께도 한 장 그려드리겠습니다. 목사님 것을 먼저 그려드린 후에요."

"기대되는걸."

쿠도를 수용실에 데려다 놓은 다음 쿠보와 함께 21번 방으로 향했다.

철창문 너머로 들여다보니 이시하라는 탁자에 앉아 나무젓가락 포장 작업을 하고 있었다.

"이시하라, 들어간다."

나오야가 말을 건네자 이시하라가 손에 들고 있던 나무젓가락을 탁자에 내려놓고 이쪽을 향해 돌아 앉았다.

철문을 열고 "상담 시간이다. 나와"라고 말하자 이시하라가 자리에서 일어났다. 선반에서 성서를 꺼낸 다음 이쪽으로 와서 신발을 신고 밖으로 나왔다.

철문을 닫고 이시하라를 가운데 세운 다음 복도를 걸어갔다. 상담실에 도착해서 문을 두드리자 호사카가 "네" 하고 대답했다. 쿠보는 밖에서 대기하기로 하고, 나오야는 문을 열고 이시하라와 함께 안으로 들어갔다.

"이시하라 료헤이를 데려왔습니다."

이시하라가 호사카 쪽으로 다가가 악수를 한 다음 마주 보고 앉았다.

나오야는 문 옆에 놓인 접이식 의자에 앉았다. 평온한 분위기 속에서 이야기를 나누는 두 사람을 보니 감회가 새로웠다.

이시하라가 D동으로 옮겨온 지 1년 반이 지났다. 그 사이 도주 및 자살 방지 등의 목적으로 방이 세 번 바뀌었고, 이시하라의 언동이나 생활 태도도 크게 바뀌었다.

나오야는 그게 다 교정위원인 호사카 덕분이라고 생각했다.

이시하라의 태도가 변했다고 느낀 것은 두 번째 상담을 마친 후였다. 상담을 끝내고 나올 때는 분위기가 안 좋았지만, 그 후 이시하라가 방에 있을 때 자기 손을 물끄러미 내려다보며 생각에 잠긴 듯한 모습을 몇 번인가 목격했다.

그리고 세 번째 상담 때는 호사카를 신뢰하기 시작했는지 줄곧 거부하던 악수에도 응했다. 그 후로도 이시하라는 계속해서 상담을 받았고, 다섯 번째 상담 때 호사카가 이시하라에게 성서를 선물했다. 처음 얼마간은 선반에 꽂아두기만 했지만 지금은 때때로 성서를 넘겨 보며 노트에 무언가를 적기도 했다.

반년 전부터는 호사카와 편지도 주고받기 시작했다. 성서를 읽다가 궁금한 점이 생기거나 평소에 생활하다가 말하고 싶은 것이 생기면 뭐든 좋으니 편지를 보내 달라고 호사카가 이시하라에게 제안한 것이었다.

본인은 달리 할 일이 없어서 쓰는 거라고 했지만 나오야가 보기에는 지금까지 아무한테도 속을 내보이지 않았던 이시하라가 호사카에게는 조금씩 마음을 허락하기 시작한 것이 아닌가 싶었다.

호사카에게 편지를 보내기 위해서는 편지지와 우표가 필요했고, 이시하라는 그것들을 살 돈을 모으기 위해 소내 작업을 하기 시작했다.

한 달에 고작 5천 엔밖에 되지 않는 돈을 벌기 위해 일을 한다는 건 말이 안 된다며 코웃음을 쳤던 이시하라가 열심히 일하는 모습을 보면 기분이 묘했다.

변화가 있었던 것은 이시하라뿐만이 아니었다. 나오야도 올봄에 주임으로 승진했다.

그러고 보니 마츠시타는 지금쯤 어떻게 지내고 있을까.

주임이었던 선배 교도관을 떠올리니 마음이 무거워졌다.

점심 식사를 마치고 스마트폰을 확인하니 아내인 유아에게서 메시지가 와 있었다.

【모레 수요일 쉬는 날이지?】

오늘은 아침 7시 반부터 내일 아침 7시 반까지 일하는 주야간 근무이기 때문에 내일 퇴근 후에는 모레까지 비번이었다.

【응. 왜?】

메시지를 보내자 바로 답신이 왔다.

【그날 초등학교 개교기념일이거든. 아이들이 오랜만에 디즈니랜드 가고 싶다는데 어때?】

교도관은 평일과 주말을 구분하지 않고 주간 근무와 주야간 근무가 불규칙하게 돌아가는 데다가 근무 시간표가 계속 바뀌기 때문에 아이들과 쉬는 날을 맞추기가 쉽지 않다. 그러다 보니 벌써 반년 가까이 온 가족이 다 함께 외출한 적이 없었기 때문에 나오야가 생각하기에도 좋은 기회다 싶었다.

알았다는 답장을 보내고 문득 인기척이 느껴져서 고개를 들자 관리부장인 카가가 서 있었다.

"잠깐 앉아도 되겠나?"

카가의 물음에 나오야는 고개를 끄덕였다. 카가가 맞은편에 앉으면서 "아내와 이야기하고 있었던 건가?" 하고 어색한 미소를 지으며 물었다.

"네."

"그러고 보니 자네는 아이가 둘이라고 했지? 지금 몇 살인가?"

"위에 여자아이가 열한 살이고, 아래 남자아이가 아홉 살입니다."

"셋째 계획은?"

갑작스러운 질문에 내심 당황하며 "현재로서는 없습니다만…" 이라고 대답했다.

"가족 중에 중환자가 있나?"

"아니요, 없습니다만. 저… 갑자기 왜 이런 질문을…"

"아니 뭐 별거 아니네. 지나가는데 우연히 자네가 보이길래 오랜만에 이야기나 좀 나눌까 했지. 오늘은 주야간 근무던가?"

"네…."

"이번 승진으로 책임이 늘어서 힘들겠지만 자네한테는 기대가 크니 열심히 해 주게."

카가는 나오야에게 격려의 말을 건네고는 그대로 자리에서 일어나 돌아가 버렸다.

　대체 뭐였을까….

　평소와 다른 태도와 생뚱맞은 질문들이 영 찜찜하고 당혹스러
웠다. 멀어져가는 카가의 뒷모습을 물끄러미 쳐다보고 있으려니
뭔가 안 좋은 예감이 들었다.

　설마… 사형 집행?

2

초인종을 누르자 문이 열리고 마리아가 얼굴을 내밀었다. 호사카와 눈이 마주치자 눈썹을 찌푸렸다.

호사카는 현관에서 신발을 벗고 들어가 방으로 향했다. 탁자 위에 두 사람 몫의 요리가 놓여 있었다.

"어차피 집에서는 제대로 된 요리 따위 안 해 먹을 거 아냐."

그 말에 고개를 돌려 마리아를 보며 대답했다.

"모처럼 만들어 줬는데 미안하지만 식욕이 없네. 술 있으면 줄래?"

"그런 식으로 건강 안 챙기고 막살다가는 와시오 목사님처럼 병이 날 거야. 그러다가 교정위원을 못 하게 되면 어쩌려고 그래?"

"교정위원을 계속하기 위해서 이러는 거야."

이시하라의 상담을 시작하고 1년이 지났다. 상담은 한 달에 한 번, 매번 30분 정도 진행되니 실제로 이시하라를 상대한 시간은 다 합해서 6시간 정도인 셈이다. 하지만 이시하라를 처음 만난

날 이후, 밥을 먹을 때도 잠을 잘 때도 머릿속은 온통 이시하라 생각뿐이었다.

서신 교환은 이시하라의 심경의 변화를 알아보기 위해 호사카가 제안한 것이었다. 하지만 이시하라에게서 편지가 오면 뭐라고 답장을 보내야 할지 고민이 되었고, 본심과는 동떨어진 따뜻한 말을 적어 보내고는 유아에 대한 죄책감에 몸부림쳤다. 하루가 멀다 하고 유아가 이시하라에게 살해당하는 꿈을 꿨고, 그 때문에 자다가도 몇 번씩 깼다.

마리아는 결코 이해하지 못할 것이다.

딸을 죽인 남자를 계속 상대해야 하는 고통을.

호사카는 가방에서 봉투를 꺼내 마리아에게 건넨 뒤 부엌으로 갔다. 유리잔을 집어서 옆에 놓인 위스키를 따른 다음 자리로 돌아왔다. 마리아의 맞은편에 책상다리를 하고 앉아서 잔을 입으로 가져갔다. 마리아가 봉투에서 편지지를 꺼내 읽기 시작했다.

이시하라와 상담을 하거나 이시하라에게서 편지가 오면 바로 마리아네 집을 찾았다. 오야마까지 오는 게 번거롭기는 했지만 호사카가 사는 목사관은 교회 바로 옆에 있어서 누가 보고 있을지 모르기 때문에 여자를 집에 들이기는 조심스러웠다.

눈앞에 놓인 요리를 보니 20년도 더 된 기억이 되살아났다.

호사카의 자취방에 놀러 온 마리아가 딱 한 번 요리를 만들어 준 적이 있었다. 아마도 명란 파스타였을 것이다.

유리아를 배신했다는 죄책감에 시달리면서도 두 사람은 잠시나마 연인이 된 기분을 맛보고 있었다. 유리아가 그런 식으로 죽지 않았다면 호사카의 인생에서 몇 번이고 다시 경험할 수 있었을지도 모르는 평범한 시간이었다.

마리아가 호사카를 위해 요리했다는 사실은 그때나 지금이나 다를 게 없었지만 두 사람의 감정은 예전과 같지 않았다.

지금 두 사람을 이어주는 연결고리는 연애 감정이 아니라 이시하라를 향한 복수심이었다.

마리아가 호사카에게 직접 만든 요리를 대접하는 것은 건강을 챙겨서 이시하라에게 무사히 복수할 수 있도록 하기 위함이었다. 마리아 입장에서는 숫돌로 칼을 가는 것이나 다를 바 없는 행위였다.

마리아가 편지를 다 읽었는지 탁자 위에 내려놓으며 고개를 들었다.

"내용은 지난번이랑 달라진 게 없네."

호사카는 마리아를 마주 보며 고개를 끄덕였다.

이시하라의 편지에는 구치소에서의 단조로운 생활상이 적혀 있을 뿐, 사건을 일으키게 된 경위라든지 피해자들에 대한 심경을 털어놓는 일은 없었다. 상담과 서신을 통해 1년 가까이 소통해 왔지만 이시하라의 내면을 들여다보는 것은 불가능했다.

"이시하라는 조금이라도 변했을까?"

호사카가 무슨 소리냐는 듯 고개를 갸웃거렸다.

"재판 때는 자기를 빨리 사형에 처해 달라고 했잖아. 지금은 그때와는 달리 조금이라도 살고 싶다고… 삶에 대한 희망을 갖게 되었을까?"

이시하라에게 삶을 갈망하게 만든 다음 죽기 직전에 절망의 나락으로 떨어뜨리는 것이 두 사람의 계획이었다.

호사카는 "글쎄…" 하고 고개를 저었다. "교도관 말에 따르면 상담을 시작하기 전에 비하면 생활 태도가 완전히 달라졌다고 하더라. 나와 편지를 주고받기 위해 이제껏 전혀 관심을 보이지 않던 소내 작업도 하게 되었다고 하고. 다만 그렇다고 해서 이시하라가 삶에 대한 희망을 갖게 되었다고 볼 수는 없지 않을까? 죽기 전까지 무료함을 달래는 수단 정도로 생각하는 걸 수도 있으니까.”

“그러게….” 마리아가 고개를 떨구었다.

“한 달에 30분씩 상담해서 상대방의 속마음까지 알아내기는 어려워. 과연 이시하라가 조금이라도 더 살고 싶다고 생각하고 있을지….”

마리아가 고개를 들며 “다음 상담은 언제야?” 하고 물었다.

“다다음주 월요일. 왜?”

“그때 이시하라한테 자신의 죽음에 대해 물어보면 어떨까?”

“응?”

“당신은 언제 죽을지 알 수 없다, 어쩌면 당장 내일 아침에라도 형이 집행될지 모른다, 이런 말을 넌지시 건네 보는 거야. 만약 그 말을 듣고 이시하라가 두려움을 내비친다면 살기를 바라고 있다는 말이 되겠지.”

“사형수의 심신의 안정을 저해하는 언동은 금지되어 있어. 또 쓸데없이 공포심을 자극했다가 이시하라가 앞으로 상담을 거부하기라도 하면 어쩌려고.”

호사카가 이시하라의 내면을 적극적으로 파고들지 못하는 이유가 바로 이 때문이었다.

이시하라 본인이 원하지 않는 이상 사건에 관한 이야기나 사형 이야기를 꺼내기는 어려웠다.

“앞으로 어떻게 하면 좋을지 나도 생각해 볼게. 아무튼 호사카

넌 건강부터 좀 챙겨."

"알았어. 할 일이 남아 있으니까 이만 갈게."

호사카는 잔에 남은 술을 비우고 자리에서 일어났다. 마리아에게서 편지를 돌려받은 다음 현관으로 향했다.

아파트를 나와 역으로 걸어가는데 주머니 안에서 진동음이 울렸다. 도쿄 구치소 보안부장인 탄바에게서 온 전화였다.

호사카는 이 시간에 무슨 일인가 하고 의아해하며 전화를 받았다.

"호사카 목사님, 도쿄 구치소 탄바입니다. 늦은 시간에 연락 드려 죄송합니다."

"아니요, 괜찮습니다. 무슨 일이십니까?" 호사카가 물었다.

"내일 아침에 구치소로 좀 와 주실 수 있을까요?"

등줄기에 식은땀이 흘렀다.

"혹시… 형 집행입니까?"

"아… 그건… 죄송하지만 지금은 내일 아침에 구치소로 와 주십사 하는 것 외에는 말씀드릴 수가…."

탄바가 애매모호한 말투로 말끝을 흐렸다.

아마도 사형 집행일 것이다.

대체 누구의….

자신이 담당하고 있는 확정 사형수 세 명의 얼굴이 차례대로 떠올랐다.

"내일 아침 7시까지 제가 댁으로 찾아뵙겠습니다. 아무쪼록 잘 부탁드립니다."

탄바가 감정이 느껴지지 않는 목소리로 할 말을 마친 후 전화를 끊었다.

손안에서 빛나는 스마트폰 화면을 들여다보고 있으려니 오전 5시 58분에서 59분으로 숫자가 바뀌었다. 슬슬 나갈 준비를 해야 했다.

호사카는 침대에서 힘겹게 몸을 일으켜 방의 불을 켰다. 갑자기 환한 빛이 시야를 가득 메우니 현기증이 일면서 머리가 핑 돌았다. 그 순간 손에 쥐고 있던 스마트폰에서 경쾌한 멜로디가 터져 나와 화들짝 놀라서 알람을 껐다.

오전 6시와 6시 20분에 두 차례 알람을 맞춰 놓았지만 의미 없는 짓이었다. 결국 간밤에는 한숨도 자지 못했다.

1층으로 내려와 욕실에서 뜨거운 물로 샤워를 했지만 여전히 의식은 몽롱한 상태였다. 수건으로 물기를 닦은 몸과 입에서는 술 냄새가 났다.

자꾸만 솟아오르는 구역질을 간신히 참으며 이를 닦고, 구치소 상담을 갈 때 늘 입는 양복을 입었다. 서둘러 준비했다고 생각했건만 시계를 보니 벌써 6시 50분이었다.

입에서 나는 술 냄새가 신경 쓰였지만 커피를 마실 시간은 없었다. 게다가 아까부터 계속 속이 메슥거려서 무언가 입에 넣는 순간 그대로 토할 가능성이 높았다.

호사카는 성서와 찬양 반주기를 넣은 가방을 들고 목사관을 나섰다. 밖에서 잠시 기다리자 택시 한 대가 눈앞에 멈춰 섰다.

뒷좌석 문이 열리고 안쪽에 앉은 탄바가 "안녕하세요" 하고 굳은 표정으로 고개를 숙였다. 호사카도 인사를 건네며 탄바 옆자리에 올라탔다. 문이 닫히고 택시가 출발했다.

탄바를 만나면 제일 먼저 오늘 형이 집행되는 사람이 누구인지 물어볼 생각이었지만 택시 기사 앞에서 그런 이야기를 꺼낼 수는 없는 노릇이었다.

차 안에는 무거운 침묵이 감돌았다. 탄바가 불쑥 "어젯밤에는 술을 많이 드셨나요?" 하고 물었다.

"아, 네…. 죄송합니다."

"아닙니다. 저도 그러고 싶었거든요. 다만 저희는 아무리 마시고 싶어도 오늘 오후까지는 참아야 하니까요. 이거라도 좀 드시죠." 탄바가 캔커피를 내밀었다.

"고맙습니다."

그러고는 대화가 끊겼다. 호사카는 캔커피를 손에 쥔 채 창밖으로 흘러가는 아침 풍경을 바라보았다.

오늘 사형이 집행되는 거라면 상대는 누구일까.

다시금 자신이 담당하고 있는 확정 사형수들의 얼굴이 차례로 떠올랐다.

이시하라….

마지막으로 떠오른 남자의 얼굴이 언제까지고 뇌리에 남아 사라지지 않았다.

지금부터 누군가에게 사형 집행이 집행되는 거라면 그 상대는 이시하라이기를 바랐다. 그렇다면 이 고통도 오늘로 끝날 테니까.

하지만 머릿속으로 이시하라와 마지막으로 얼굴을 마주하는 순간을 그려 보아도 그다음은 상상이 되지 않았다. 이제부터 죽으러 가는 이시하라에게 무슨 말을 해야 유아의 한을 풀어줄 수 있을까. 아무리 생각해 봐도 알 수가 없었다.

이윽고 도쿄 구치소 건물이 시야에 들어오자 탄바가 운전사에게 "정문이 아니라 뒷문 쪽으로 가 주세요"라고 하며 가는 길을 일러 주기 시작했다.

"여기서 내려 주세요."

교도관 두 명이 서 있는 문 앞까지 와서 탄바가 말하자 택시가 그 자리에 멈춰 섰다.

호사카는 차에서 내려 탄바와 함께 건물 안으로 들어갔다. 가방에서 성서와 찬양 반주기를 꺼낸 다음 창구에 가방을 맡겼다. 엘리베이터를 타고 올라가 복도를 걸어가던 탄바가 소장실이라는 문패가 붙어 있는 문 앞에서 걸음을 멈췄다.

"호사카 목사님께서 도착하셨습니다."

탄바가 그렇게 말한 다음 문을 열고 호사카에게 안으로 들어가라고 손짓했다.

방 안으로 들어가자 소파에 마주 보고 앉아 있던 남자 네 명이 일제히 자리에서 일어났다. 모두 처음 보는 얼굴이었지만 옷차림이나 나이로 미루어 보아 도쿄 구치소 간부들인 듯했다.

"이렇게 아침 일찍 오시게 해서 죄송합니다. 소장인 와카바야시입니다."

가장 나이가 많아 보이는 백발이 성성한 남자가 옆에 있는 사람들을 차례로 소개했다. 도쿄 구치소 총무부장, 검사, 검찰 사무관이라고 했다.

"오늘 쿠도 요시타카의 형을 집행할 예정입니다. 마지막 기도를 부탁드립니다."

소장의 말에 눈앞이 캄캄해졌다.

어제 전화를 받은 후부터 지금까지 모든 가능성을 검토해 보았다. 제일 먼저 머릿속에 떠오른 사람은 자신이 담당하고 있는 사형수 중 형이 확정된 지 가장 오래된 쿠도였지만, 필사적으로 그 생각을 떨쳐내려고 했다.

왜 쿠도가 죽어야만 하는가. 15년 전 그가 세 사람의 목숨을 빼앗은 것은 사실이다. 하지만 지금은 신의 말씀에 귀를 기울이고 자신의 죄를 진심으로 뉘우치며 좁은 감방 안에서 피해자의 명복을 빌고 있지 않은가. 그런 사람을 죽이는 것이 무슨 의미가 있단 말인가.

하지만 곧 그렇게 생각한 자신이 한없이 부끄러워졌다. 자신은 쿠도에게 직접적인 원한이 없기 때문에 이런 생각을 할 수 있는 것이다.

쿠도가 죽인 피해자와 유족들은 하루라도 빨리 쿠도의 형이 집행되기만을 바랄 것이다. 호사카와 마리아가 이시하라의 형이 집행되기를 바라는 것처럼. 게다가 자신은 이시하라를 단순히 사형에 처하는 것에서 그치지 않고 그보다 더한 고통을 주기 위해 이자리에 있는 것이 아니던가.

"같은 층에 대기실을 마련해 두었으니 그쪽에서 기다리시면 됩니다."

소장의 말에 고개를 들었다.

소장이 탄바에게 눈짓을 하자 탄바가 "이쪽으로 오십시오" 하고 호사카를 밖으로 데리고 나갔다.

소장실 맞은편에 있는 방으로 들어간 호사카는 쓰러지듯 소파에 주저앉아 머리를 감싸 쥐었다. 눈을 감고 지금까지 쿠도와 나누었던 대화를 떠올렸다.

죽음을 눈앞에 둔 쿠도에게 무슨 말을 해야 할까.

대체 무엇을 할 수 있단 말인가. 사형장으로 걸어 들어가는 쿠도가 느낄 공포와 고통을 조금이라도 덜어 주기 위해 할 수 있는 일은 무엇일까.

모르겠다. 아무리 생각해도 어떻게 하면 좋을지 알 수가 없었다.

노크 소리에 정신을 차리고 고개를 들었다. 탄바가 문을 열고 안으로 들어왔다.

"호사카 목사님, 가시죠."

호사카는 무거운 한숨을 내쉬며 성서와 찬양 반주기를 들고 일어났다. 방문 앞에 아까 본 네 명이 서 있었다.

"이쪽입니다."

탄바가 앞장서 걷기 시작하고 호사카가 그 뒤를 따랐다. 소장을 비롯한 나머지 일행이 뒤따라왔다.

복도를 걸어가면서 문을 몇 차례 통과했다. 각각의 문 옆에 서 있는 교도관들의 긴장된 표정을 보니 잠시 후면 쿠도도 이 길을 통과하리라는 사실을 짐작할 수 있었다.

그 장면을 상상하니 가슴이 미어졌다.

탄바의 뒷모습을 바라보며 좁은 계단을 걸어 올라갔다. 계단을 다 올라간 곳에 문이 있었다. 탄바가 문을 열고 호사카에게 먼저 들어가라고 손짓했다. 호사카가 안으로 들어가자 방 안에 있던 교도관 네 명이 일제히 이쪽을 향해 경례했다.

그중 한 명과 눈이 마주쳤다. 나오야였다. 핏기가 가신 얼굴은 백지장처럼 창백했고, 꽉 깨문 입술이 부들부들 떨렸다.

소장과 총무부장과 검사와 검찰 사무관이 차례로 들어오고 마지막으로 탄바가 들어와 문을 닫자 교도관들이 경례한 손을 내렸다.

세 평 남짓한 방 한가운데에 테이블과 의자 여섯 개가 놓여 있었다. 테이블 위에는 다양한 종류의 과자가 담긴 접시가 놓여 있고, 뒤쪽 벽에 십자가 제단이 설치되어 있었다. 반대쪽 벽은 주름식 커튼으로 가려져 있었다.

커튼 너머에 무엇이 있을지 상상하니 심장 박동이 빨라졌다.

"앉으시죠."

탄바가 의자를 가리켰다. 호사카는 십자가 앞에서 간단히 기도를 올리고 자리에 앉았다.

방 안을 가득 채운 무거운 침묵에 숨이 막혔다.

호사카뿐만이 아니었다. 이 방에 있는 사람 모두가 창백한 얼굴로 숨을 죽이고 있었다.

계단을 걸어 올라오는 발소리가 들렸다. 모두가 일제히 문 쪽을 쳐다보았다. 모두의 표정이 한층 더 딱딱해졌다.

문이 열리고 양옆과 등 뒤를 세 명의 교도관에게 둘러싸인 채 쿠도가 들어왔다.

쿠도와 눈이 마주친 순간, 심장이 갈가리 찢기는 것만 같았다.

어제 상담실에서 만났을 때와는 완전히 딴사람 같았다. 얼굴과 눈빛에서는 생기가 느껴지지 않았고, 교도관이 붙잡고 있지 않으면 제대로 서 있을 수 없을 정도로 다리가 휘청거렸다.

시선을 피하고 싶은 충동에 휩싸였지만, 이를 악물고 쿠도를 마주 보았다.

수갑을 풀고 호사카의 맞은편에 앉혀진 쿠도는 고개를 숙인 채 온몸을 부들부들 떨었다.

"2330번, 쿠도 요시타카 본인 맞습니까?"

쿠도는 탄바의 질문에도 제대로 대답하지 못했다.

상담 때는 자신에게 주어진 사형이라는 벌을 담담하게 받아들이고 있는 것 같아 보였지만, 막상 죽음이 눈앞에 닥치면 그런 각오도 무의미해지는 건지도 모른다.

"대단히 유감입니다만 집행 명령이 내려왔습니다. 지금부터 형을 집행하도록 하겠습니다."

호사카가 할 수 있는 일은 기도뿐이었다.

"마지막으로 뭔가 먹지 않겠나? 담배도 있네."

탄바의 말에 쿠도가 살짝 고개를 들었다. 떨리는 손을 뻗어 접시에 놓인 만주를 집으려다가 이내 단념한 듯 천천히 손을 내려놓았다.

"안 먹을 건가?"

쿠도는 아무 반응도 보이지 않았다. 탄바가 이쪽을 보며 "그럼 부탁드립니다"라고 말했다.

호사카는 성서를 들고 자리에서 일어났다.

"자리에서 일어나 주십시오"라고 말했지만 쿠도는 꼼짝도 하지 않았다. 테이블 위의 한 점을 응시하며 떼쓰는 아이처럼 고개를 좌우로 흔들었다.

"그대로 있어도 됩니다. 그럼 성서의 한 구절을…."

호사카가 입을 여는 것과 동시에 쿠도가 "주… 죽고 싶지 않아!"라고 외치며 양손으로 테이블을 탕 내리치더니 벌떡 일어섰다.

"진정해!" 곧바로 교도관 몇 명이 쿠도에게 달려들었다. 하지만 쿠도는 교도관들의 손을 뿌리치며 문 쪽으로 도망치려고 했다. 다른 교도관들도 합세해서 쿠도를 막아섰다.

"네놈들이 무슨 권리로 나를 죽이는 건데! 나를 보고 살인자라고 욕하면서 네놈들도 마찬가지잖아!"

괴성을 지르며 미친 듯이 날뛰는 쿠도를 교도관 네 명이 달려들어 제압했다. 몸싸움을 벌이는 과정에서 누군가 테이블에 부딪히는 바람에 접시에 담겨 있던 과자가 바닥에 쏟아졌다.

그 모습을 옆에서 보고 있던 소장이 "집행하라!"라고 지시를 내리자 교도관 중 한 명이 쿠도의 눈에 안대를 씌웠다. 동시에 다른 교도관 두 명이 쿠도의 오른팔과 왼팔을 각각 붙잡고 등 뒤에서 수갑을 채웠다.

"웃기지 마! 죽고 싶지 않아…. 나는 아직 할 일이 남아 있다고!" 유일하게 자유롭게 움직이는 다리를 버둥거리며 쿠도가 고래고래 소리를 질렀다.

소장의 안내를 받으며 검사와 검찰 사무관이 방에서 나갔다. 나오야가 커튼을 걷자 안쪽에 있는 집행실이 모습을 드러냈다.

"살려 주세요…. 제발 부탁이니… 사… 살려…."

양쪽 발목이 끈으로 고정되어 교도관들에게 거의 들리다시피 한 채 집행실로 끌려가는 쿠도를 바라보며 호사카는 그 자리에 얼어붙은 듯 서 있을 수밖에 없었다.

온 힘을 다해 기도를 올렸지만 쿠도의 절규에 가려 목소리가 제대로 나오고 있는지도 알 수 없었다.

"살려 줘… 살려 주세요…. 제발 부탁입니다…."

"입 다물어! 혀를 깨물면 너만 더 힘들어진다."

나오야가 제지했지만 쿠도는 울부짖으며 필사적으로 목숨을 구걸했다.

나오야와 또 한 명의 교도관이 이를 악물고 쿠도를 발판 위에 세운 뒤 쿠도의 목에 하얀 밧줄을 걸었다.

"목사님… 살려 주세요…. 저는… 저는 아직 죽고 싶지 않아요…. 이대로는 구원받을 수 없다고요….”

교도관들이 쿠도에게서 한 발 뒤로 물러섬과 동시에 땅이 흔들리는 듯한 굉음이 울리더니 쿠도의 모습이 시야에서 사라졌다.

지금까지 한 번도 들어 본 적 없는 기묘한 소리에 심장이 쪼그라들었다. 끼익 끼익 귀에 거슬리는 소리를 내며 허공에서 흔들리는 하얀 밧줄이 망막에 선명하게 새겨졌다.

노크 소리에 호사카는 문 쪽을 돌아보았다. “네” 하고 대답하자 문이 열리고 탄바가 안으로 들어왔다.

“조금 전 탕관(湯灌, 관에 넣기 전에 시체를 목욕시키는 일 – 옮긴이 주)과 입관을 마침으로써 집행 절차가 모두 종료되었습니다. 오늘은 정말 고생 많으셨습니다.”

고개를 숙이며 인사를 건네는 탄바에게 호사카는 “아닙니다…” 하고 힘없이 중얼거렸다.

“문까지 배웅해 드리겠습니다. 그전에 한 가지 사과드리고 싶습니다.”

호사카는 탄바를 보며 무슨 일인가 하고 고개를 갸웃거렸다.

“원래는 교정위원이 퇴실한 후에 형을 집행하게 되어 있습니다만 오늘은 워낙 상황이 급박하게 돌아가다 보니… 보이지 말았어야 할 장면을 보이고 말았습니다.”

문제의 장면은 아직도 호사카의 뇌리에 깊이 박혀 있었다.

“정말 죄송합니다.”

“아닙니다…. 저야말로 죄송합니다.”

호사카가 말하자 이번에는 탄바가 무슨 소리냐는 듯 고개를 갸웃거렸다.

"아무 도움이 되지 못해서…."

"그런 말씀 마십시오. 상담 때 입회한 교도관들에게 전해 듣기로는 쿠도가 호사카 목사님을 많이 의지하고 따랐다던데요. 비록 형 집행 직전에 이성을 잃고 소란을 피우기는 했지만 마지막 순간에 목사님이 함께해 주셔서 다행이라고 생각했을 겁니다."

과연 그럴까.

— 목사님… 살려 주세요…. 저는… 저는 아직 죽고 싶지 않아요…. 이대로는 구원받을 수 없다고요….

쿠도가 마지막으로 한 말이 귓가에 맴돌았다.

"상담실에서 쿠도 씨는 항상 저를 호사카 선생님이라고 불렀습니다. 하지만 마지막에는 목사님이라고 부르더군요."

"죽음의 공포 때문에 호칭 따위 생각할 겨를도 없었을 겁니다."

그럴지도 모른다. 하지만….

지금까지 1년 반 동안 자신은 쿠도를 한 사람의 인간이자 친구로 대했다고 생각했는데 과연 쿠도에게 자신은 어떤 존재였을지 궁금해졌다.

적어도 자신을 구원해 줄 존재라고는 여기지 않았던 게 아닐까.

"쿠도 씨를 마지막으로 한 번만 더 만날 수 없을까요?"

호사카가 묻자 탄바가 의아한 표정을 지었다.

"결국 저는 쿠도 씨한테 아무것도 해 주지 못했으니까요. 그러니… 최소한 마지막 가는 길에 제대로 기도라도 해 주고 싶습니다."

"시신을 직접 보여 드릴 수는 없지만 관 앞에서 기도하는 건 가능합니다."

"부탁드립니다."

호사카는 탄바와 함께 방을 나서 복도를 걸어갔다. 엘리베이터를 타고 다시 긴 복도를 걸어가서 영안실이라는 문패가 달린 방으로 들어갔다.

호사카는 방 한가운데 놓인 관 앞에 서서 눈을 감고 마지막 기도를 올렸다.

눈을 뜨고 뒤를 돌아보자 탄바도 진중한 표정으로 관을 쳐다보고 있었다.

"쿠도 씨의 시신은 이제 어떻게 되는 겁니까?" 호사카가 물었다.

"조금 전 유족에게 연락했습니다. 쿠도 씨가 잘 떠났다고요. 곧 시신을 인수하러 오신답니다."

유족이라면 아마도 쿠도의 어머니일 것이다.

"그렇군요⋯. 수용실에 남아 있는 물건은 유족이 가져가게 됩니까?"

"유족이 원한다면요."

쿠도가 그린 그림이 무사히 어머니에게 전달될 수 있도록 마음속으로 기도했다.

"유족분께 말씀 좀 전해 주시겠습니까?"

"무슨?"

"쿠도 씨는 마지막까지 어떻게 하면 어머니께 효도할 수 있을지 그 생각만 했다고요."

"알겠습니다." 탄바가 고개를 끄덕였다.

3

깜깜한 어둠 속에서 다양한 형태를 한 푸르스름한 유령들이 허공을 날아다녔다.

그중 하나가 자신이 아는 남자의 얼굴과 겹쳐진 순간, 나오야는 저도 모르게 잡고 있던 아들 켄야의 손을 꽉 움켜쥐었다. 옆자리에 앉은 켄야는 놀이기구 주변에 출몰하는 유령을 보고 좋아서 깍깍 소리를 지르고 있었다.

나오야와 켄야를 태운 놀이기구는 이리저리 회전하면서 기이한 용모를 지닌 유령이라든지 거울에 비친 자기 모습 등을 보여주며 어둠을 뚫고 계속 나아갔다.

지금은 눈에 보이는 모든 것이 어제 처음 발을 들였던 형장을 떠올리게 했다. 주위를 떠다니는 괴이한 물체는 형장에서 처형된 쿠도를 비롯한 사형수들의 영혼처럼 느껴졌다.

이 놀이기구에 탄 것을 후회하며 불쾌한 감정을 필사적으로 억누르고 있으려니 멀리서 희미하게 출구의 불빛이 보였다.

나오야는 직원의 안내에 따라 켄야의 손을 잡고 놀이기구에서 내렸다. 뒤 칸에서 유아와 아미가 내리기를 기다렸다가 넷이서 함께 출구로 향했다. 아이들은 흥분이 가시지 않는지 신이 나서 떠들어댔다.

헌티드 맨션을 벗어나 밖으로 나온 순간, 시야에 강한 자극이 느껴져서 나오야는 저도 모르게 미간을 찌푸렸다.

갑자기 햇빛에 노출되었기 때문이라는 건 알고 있었지만 어째서인지 시야에 들어오는 하늘도, 주위를 둘러싼 색색의 건물이나 놀이기구도 모두 빛이 바래 보였다.

나오야의 세계는 어제 아침 이후 완전히 달라져 버렸다. 그것은 꿈의 나라 디즈니랜드에 와서도 마찬가지였다.

"아빠, 다음은 곰돌이 푸의 허니 헌트를 타러 가자."

아미가 나오야의 손을 잡아끌며 재촉했다.

"곰돌이 푸의 허니 헌트는 어린애들이나 타는 거잖아. 나는 스페이스 마운틴을 타고 싶어." 켄야가 말했다.

"바보 같긴. 스페이스 마운틴은 투모로우랜드에 있는 거잖아. 투모로우랜드는 여기서 멀리 떨어져 있단 말이야. 가까이 있는 놀이기구부터 차례대로 타는 게 디즈니랜드를 제대로 즐기는 철칙이라고. 게다가 어린애나 타는 거라고 무시하지만 넌 아직 애잖아."

아미가 켄야를 보며 단호한 말투로 말하더니 자기가 타고 싶은 놀이기구가 있는 쪽으로 가려고 했다.

"아미, 잠깐 기다리렴."

유아가 아이들에게 기다리라고 한 다음 걱정스러운 표정으로 나오야를 보며 물었다.

"당신, 괜찮아? 피곤해 보이는데."

그냥 피곤한 정도가 아니었지만 나오야는 대답을 얼버무리며 손목시계를 들여다보았다. 이제 곧 12시였다.

"점심 먹을 시간이네. 슬슬 붐비기 시작할 테니까 나는 좀 쉬면서 식당에 자리를 맡아 둘게."

"그래 줄래? 그럼 나는 애들 데리고 곰돌이 푸의 허니 헌트를 타고 올게."

"저기는 어때?"

바로 옆에 보이는 레스토랑을 가리키며 문자 유아가 고개를 끄덕여 보이고는 아이들을 데리고 멀어져 갔다.

나오야는 신이 나서 다음 놀이기구를 타러 가는 아이들의 뒷모습을 잠시 바라보다가 레스토랑으로 들어갔다. 우롱차를 주문한 뒤 4인 테이블에 자리를 잡고 앉았다. 아무 맛도 느껴지지 않는 우롱차를 한 모금 마시고 무거운 한숨을 내쉬었다.

역시 유아는 어제 무슨 일이 있었는지 눈치챈 듯했다.

평소에는 주야간 근무를 마치면 오전 7시 반에 집합 후 해산하는데 어제는 '지금부터 호명하는 사람은 대기소에서 대기할 것'이라는 명령이 내려왔다. 대기소에 모인 교도관들은 대체 무슨 일인가 하고 어리둥절한 표정이었지만, 그저께 점심때 관리부장인 카가를 만나 이야기를 나눈 나오야는 지금부터 무슨 일이 일어날지 대충 짐작이 갔다. 마음이 무거워졌다.

이윽고 관리부장실로 불려 올라간 나오야에게 카가는 형 집행 담당을 맡으라고 지시했다. 나오야가 맡게 된 임무는 집행 명령이 내려진 쿠도의 얼굴에 안대를 씌우고 목에 밧줄을 고정하는 일이었다.

그 후 형장에 모인 동료들과 함께 몇 번인가 리허설을 하고 쿠도가 오기를 기다렸다. 그리고….

쿠도의 형 집행을 마치고 도쿄 구치소를 나선 나오야는 언제나처럼 자택이 있는 관사 앞에 도착했지만 도저히 그 상태로는 집에 돌아갈 수가 없었다. 아내와 얼굴을 마주치는 것이 두려웠다.

결국 발걸음을 돌려 역으로 걸어가서 전철을 타고 기타센주로 갔다. 유아의 핸드폰에는 일 끝나고 상사와 술 마시러 간다는 뻔한 거짓 메시지를 보내고, PC방에 가서 맥주를 마시며 어떻게든 머리에서 끔찍한 기억을 떨쳐 버리려 애썼다. 하지만 소용없었다. 아무리 머릿속을 비우려 해도 죽고 싶지 않다며 날뛰는 쿠도의 모습이 눈앞에 맴돌았고, 귓가에는 한 맺힌 절규가 메아리쳤다. 끝이 보이지 않는 늪으로 빠져 들어가는 것만 같았다.

— 기껏해야 사신의 앞잡이일 뿐이야.

언젠가 와시오가 한 말이 떠올라 나는 그렇지 않다고 마음속으로 반복해서 되뇌었다.

나는 사신의 앞잡이 따위가 아니다.

이 나라의 치안을 지키기 위해 필요한 일을 하고 있을 뿐이다.

쿠도는 사람을 셋이나 죽인 흉악범이다. 사형에 처해지는 게 당연하다. 게다가 피해자 중 한 명은 우리 아이들과 비슷한 또래였다. 만약 아미나 켄야가 누군가에게 살해당한다면 분명 그 상대를 죽이고 싶을 것이다. 그런 피해자 유족들의 바람을 교도관인 자신이 대신 이루어 주었을 뿐이다.

하지만 아무리 마음속으로 자신의 행동을 정당화해도 결국 마지막에 맞닥뜨리는 것은 쿠도의 죽음에 가담했다는, 결코 변하지 않는 현실이었다.

나오야가 밧줄을 목에 건 직후 집행실 발판이 열리고, 쿠도의 모습이 눈앞에서 사라졌다.

남은 것은 허공에서 끼익거리며 흔들리는 밧줄뿐이었다.

계속 보고 있을 수가 없어서 시선을 돌리자 옆에 있던 호사카와 눈이 마주쳤다.

창백한 얼굴로 입술을 부들부들 떨며 이쪽을 쳐다보던 호사카의 얼굴을 떠올리니 다시금 걱정이 되었다.

원래는 교정위원이 퇴실한 후에 형을 집행하게 되어 있지만 어제는 쿠도가 난동을 피우는 바람에 호사카가 남아 있는 상태에서 서둘러 목에 밧줄을 걸고 발판을 열었다.

호사카도 나오야와 마찬가지로 사형이 집행되는 순간을 목격한 것이다.

이 일이 직업인 나오야조차 이렇게 괴로워하고 있는데 신을 섬기는 목사라면 느끼는 고통도 더 크지 않을까. 호사카의 심정이 어떨지 생각하니 가슴이 아팠다.

결국 어제 나오야가 집으로 돌아간 것은 자정이 다 되어서였다. 평소라면 당연히 이상하다고 생각했을 텐데 현관문을 열어준 유아는 "고생했어"라고만 하고 아무것도 묻지 않았다. 자신을 보는 아내의 시선에서 안쓰러움이 느껴졌다.

그날 나오야가 일하는 구치소에서 사형이 집행되었다는 사실은 뉴스를 통해 보도되었을 것이다.

문득 인기척이 느껴져서 고개를 들었다. 유아가 맞은편 자리에 와서 앉았다.

"애들은?"

나오야가 묻자 유아가 레스토랑에서 조금 떨어진 곳에 있는 기넘품샵을 가리키며 "저기서 선물 고르고 있어" 하고 대답했다.

나는 어제 사람을 죽였다….

유아를 똑바로 마주 보기가 힘들어서 "그래?" 하고 아무렇지 않은 척하며 고개를 돌려 주위를 둘러보았다. 즐거운 표정으로 손에 손을 잡고 지나가는 아이와 부모, 커플들의 모습을 멍하니 쳐다보았다.

"다들 즐거워 보이네. 놀러 온 사람들도 그렇고, 여기 직원들도 그렇고."

유아의 말에 "그러게" 하고 대답했다.

"있잖아… 우리 관사에서 나갈까?"

나오야는 깜짝 놀라 유아를 쳐다보았다.

"일이라면 다른 곳을 알아봐도 되니까. 이제 애들도 많이 커서 나도 다시 일할 수 있고…."

유아가 눈물이 그렁그렁한 눈으로 울먹이며 말했다.

"지금까지 나랑 아이들을 지켜 줘서 고마워. 나도 애들도 당신을 진심으로 존경해."

가슴이 울컥했다. 지금까지 참아 왔던 감정이 봇물처럼 터져 나와 눈앞이 흐릿해졌다.

그러고 싶다. 이런 경험은 두 번 다시 하고 싶지 않다.

"배고파!"

"점심 먹고 투모로우랜드 가자."

이쪽으로 다가오는 발소리와 아이들 목소리에 나오야는 황급히 소매로 눈물을 닦았다.

4

현관문이 열리고 눈이 마주친 순간, 마리아가 흠칫 놀라며 한 발 뒤로 물러섰다.

"오늘 온 편지야. 이것만 주고 갈게."

호사카는 아파트 복도에 선 채 이시하라가 보내온 편지를 마리아에게 건네고 돌아섰다. 엘리베이터 쪽으로 걸어가려는데 마리아가 "잠깐만" 하고 손을 붙잡았다.

"왜?" 마리아를 쳐다보며 물었다.

"저녁 먹고 가."

"식욕이 없어."

"최근에 거울 본 적 있어?"

거울이라면 오늘 아침에도 봤다. 볼이 쑥 들어가고 눈이 퀭해서 해골 같은 몰골이었다.

"아무튼 일단 들어와."

마리아가 손을 잡아끌어서 어쩔 수 없이 현관에서 신발을 벗고 집 안으로 들어갔다. 방에 들어선 순간 불단이 눈에 들어와서 반사적으로 시선을 다른 쪽으로 돌렸다.

"소화가 잘 되는 우동이라도 끓여 올게. 앉아서 기다려."

마리아가 하는 말을 들으며 탁자 앞에 자리를 잡고 앉았다. 머리가 어지러워서 탁자에 팔꿈치를 괴고 손으로 이마를 짚었다.

그날 이후 열흘 가까이 잠을 거의 못 자고 있었다.

눈을 감으면 자동적으로 한 남자의 얼굴이 떠올랐다. 온몸으로 저항하며 목숨을 구걸하다가 순식간에 눈앞에서 사라져 버린 쿠도의 얼굴이었다.

호사카는 쿠도의 목에 밧줄을 걸지도 않았고, 발판을 여는 버튼을 누르지도 않았다. 하지만 살려 달라고 애원하는 쿠도에게 아무것도 해 주지 못한 채 그냥 내버려 둘 수밖에 없었다.

살인에 가담한 거나 다름없다는 죄의식 때문에 쿠도의 환영을 보게 되는 것이리라.

그리고 쿠도의 등 뒤에서 누군가 이쪽을 쳐다보고 있었다. 과거에 호사카가 죽인 또 한 사람, 유리아였다.

호사카, 호사카….

유리아의 환영이 호사카를 부르고 있었지만 뭐라고 하는지 들리지 않았다.

하지만 무슨 말을 하고 있을지는 대충 짐작이 갔다.

분명 죄 많은 사람이라고 비난하고 있을 것이다.

유리아를 배신하고 죽게 만든 죄를 용서받고 싶어서 신의 말씀에 매달려 목사가 되었지만, 눈앞에서 목숨을 구걸하는 쿠도를 구원하지 못한 채 또다시 죽게 만들었다.

맞는 말이다. 자신은 무력하고 죄 많은 인간이었다.

무언가를 내려놓는 소리에 눈을 뜨자 탁자 위에 우동 그릇과 젓가락과 물컵이 놓여 있었다.

"남겨도 되니까 조금이라도 먹어. 먹지 않으면 안 돌려보낼 거야."

마리아의 말에 호사카는 하는 수 없이 젓가락을 들었다. 우동 면을 한 가닥씩 건져 입으로 가져가자 마리아가 맞은편에 앉아서 봉투에서 꺼낸 편지를 읽기 시작했다.

"요즘 잠을 못 잔다고 적혀 있는데… 무슨 일 있는 걸까?"

그 말에 호사카는 젓가락질을 멈추고 마리아를 향해 입을 열었다.

"열흘 전에 도쿄 구치소에서 사형이 집행되었거든. 아마 그것 때문이 아닐까 싶은데…"

이쪽을 쳐다보는 마리아의 얼굴에서 핏기가 가셨다.

"혹시 그 자리에 입회했던 거야?"

호사카가 그렇다고 하자 마리아가 그제야 이해가 간다는 듯 고개를 끄덕였다.

"사형수를 위해 마지막 기도를 올릴 예정이었는데… 하지 못했어. 사형수가 공포에 질려서 난동을 피우는 바람에 교도관들이 그를 붙잡고 억지로 안대와 수갑을 채운 다음 목에 밧줄을 걸어서 바로 형을 집행했거든. 나는 그 모습을 가만히 보고 있을 수밖에 없었어…"

"그래서 잠도 못 자고… 식욕도 없는 거야?"

마리아가 안쓰러운 표정으로 물었다. 호사카는 말없이 고개를 끄덕였다.

예전에 와시오는 처음 형 집행에 입회한 후에 자기 영혼의 절반이 갈가리 찢겨 사라져 버린 듯한 어마어마한 상실감이 몰려왔다고 이야기한 적이 있었다. 그것이 어떤 느낌인지 지금이라면 알 것도 같았다.

이어서 그것이 자신이 저지른 죄에 대한 벌이라고 생각한다던 말을 기억해 내고 퍼뜩 고개를 돌려 불단을 쳐다보았다.

지금 이 고통도 유리아에 대한 속죄에 해당하는 걸까.

와시오는 나오야에게 아무리 힘들고 괴로워도 사형수의 교화 상담을 계속하는 것이 자신이 불행하게 만든 사람들에 대한 속죄라고 생각한다고 말했다.

"이시하라의 형이 집행될 때까지… 나는 앞으로 이런 광경을 몇 번이나 더 보게 될까."

"그만두고 싶어?"

그 말에 유리아의 영정 사진에서 시선을 돌려 마리아를 쳐다보았다.

"모르겠어…. 그냥… 내가 하고 있는 일이 정말 의미가 있는 건가 싶어서…."

"무슨 뜻이야?"

"그 사형수는 15년 전 친구네 일가족 세 명을 죽이고 사형 선고를 받은 사람이었어. 수감 중에 와시오 목사님과의 상담을 통해 회개하고 세례를 받아 기독교인이 되었지. 내가 인수인계를 받은 시점에 이미 그는 자신이 저지른 죄를 인정하고, 머지않은 미래에 자신이 사형에 처해지리라는 사실을 담담하게 받아들이고 있는 것 같아 보였어. 하지만 막상 형을 집행하게 되자 죽음의 공포를 이기지 못하고 미쳐 날뛰었지."

"그게…."

"사형이라는 게 원래 그런 거 아닐까…. 설령 그전까지는 죽음이 두렵지 않다고 호언장담했더라도 막상 형을 집행하는 순간이 되면 생각지도 못했던 공포가 밀려오는 거지. 그리고 그건 이시하라도 마찬가지가 아닐까 싶더라고…. 재판에서는 죽는 것 따위 두렵지 않다고 떠들어 댔지만, 막상 형장에 끌려가면 그 역시 유아와 또 한 명의 피해자가 맛본 공포와 고통을 느끼며 죽어가게 되지 않을까? 그 이상의 고통과 절망을 안겨 주는 게 대체 무슨 의미가 있을까… 하고 말이야."

"…나는 유아의 죽음과 사형수의 형 집행이 동일한 수준의 고통일 거라고는 생각하지 않아. 사형수는 형이 집행되기 전에 가족에게 유서를 남기거나 원하는 음식을 먹을 수 있는 시간이 주어진다는 내용을 예전에 어느 책에서 본 적이 있어. 유아가 죽을 때는 그런 자비 따위 존재하지 않았어. 평온한 죽음을 맞이할 수 있도록 기도해 주는 사람도 없었고."

"그러게."

호사카는 다시 고개를 돌려 불단에 놓인 엄마와 딸의 사진을 응시했다.

유리아에게 속죄하기 위해 내가 해야만 하는 일은 무엇일까.

괴로움에 몸부림치며 사형수의 상담을 계속하는 것인가. 죽음의 순간에 이시하라를 절망의 구렁텅이에 빠트림으로써 유아의 한을 풀어주는 것인가.

알 수 없었다.

눈앞에 걸어가던 교도관이 걸음을 멈추고 문을 노크했다.

"네" 하는 대답이 들리자 교도관이 문을 열고 안으로 들어가라고 손짓했다.

호사카가 방 안으로 들어가는 것과 동시에 소파에 앉아 있던 탄바가 자리에서 일어났다. 자기 쪽으로 다가오는 호사카를 보고 탄바가 움찔하는 게 느껴졌다.

"지난번 일에 대해서는 다시 한번 사과드립니다." 탄바가 자세를 가다듬으며 고개를 숙였다.

"아닙니다."

호사카가 소파에 앉자 언제나처럼 탄바가 벽 쪽으로 가서 차를 준비했다. 가져온 찻잔을 호사카 앞에 내려놓고 맞은편에 가서 앉은 다음 조심스러운 표정으로 이쪽을 살폈다.

"충격이 크셨으리라 생각합니다. 아직 몸 상태가 안 좋으신 것 같은데 무리하지 말고 오늘 상담은 취소하시는 게 어떻겠습니까?"

지금 남들 눈에는 호사카가 중환자처럼 보일지도 모른다.

여기 오기 전 화장실에 들렀을 때 거울을 보니 뺨이 쑥 들어가고 눈 밑에는 짙은 다크서클이 자리잡고 있었다. 안색도 좋지 않았다.

"괜찮습니다."

호사카의 말을 듣고도 탄바의 얼굴에는 여전히 우려하는 기색이 역력했다.

어쩌면 스스로 느끼지 못할 뿐 몸에서 아직 술 냄새가 나는 게 아닌가 싶었다.

"술 냄새가 신경 쓰이십니까? 오늘 아침에 일어나서부터는 마시지 않았습니다만."

"아니요, 그런 게 아니라…. 호사카 목사님이 괜찮으시다면 예정대로 진행하겠습니다. 오늘 상담을 신청한 수용자는 이시하라, 미토, 야마베, 핫토리입니다. 지난번 형 집행으로 인해 동요하고 있는 사람도 있을 테니 그 부분은 주의해 주시기 바랍니다."

"알겠습니다."

호사카는 차를 한 모금 마신 후 성서와 찬양 반주기를 들고 자리에서 일어났다. 방에서 나와 상담실로 향했다.

상담실에 자리를 잡고 앉아서 양복 안주머니에서 봉투를 꺼내 이시하라의 편지를 다시 한번 훑어보았다.

노크 소리에 고개를 들었다. 편지를 다시 안주머니에 넣은 다음 "네" 하고 대답하며 자리에서 일어났다.

문이 열리고 나오야가 이시하라를 데리고 들어왔다.

"이시하라 료헤이를 데려왔습니다."

나오야와 눈이 마주치자 그날의 광경이 되살아났다.

집행실 발판이 열리고 절규와 함께 쿠도의 모습이 눈앞에서 사라진 후, 새파랗게 질린 얼굴로 멍하니 서 있는 나오야와 시선을 교환했다.

그때부터 보름 정도밖에 지나지 않았는데 나오야의 얼굴은 완전히 딴사람처럼 야위었고 혈색도 안 좋았다. 나오야도 호사카를 보며 비슷한 생각을 했는지 한동안 서로의 얼굴에서 눈을 떼지 못했다.

나오야가 먼저 시선을 거두며 문을 닫고 옆에 놓인 의자에 앉았다.

호사카는 이쪽으로 걸어오는 이시하라를 보고 "안녕하세요" 하고 인사를 건네며 손을 내밀었다. 망설이는 듯한 표정으로 이쪽을 쳐다보던 이시하라가 쭈뼛거리며 호사카의 손을 잡았다가 놓은 다음 맞은편에 앉았다.

"편지에 답장을 하지 못해서 죄송합니다."

호사카가 말하자 이시하라가 고개를 살짝 끄덕였다.

"요즘 잠을 잘 못 잔다고 적혀 있던데요."

테이블 위에서 깍지를 끼고 상체를 앞으로 숙이며 말을 꺼내자 이시하라가 뭐라고 대답하면 좋을지 모르겠다는 듯 시선을 피했다.

호사카나 나오야만큼은 아니지만 이시하라의 눈 밑에도 다크서클이 보였다.

"잠을 잘 못 자게 된 건 언제부터입니까?" 호사카가 물었다.

"보름쯤 전부터요…."

쿠도의 형 집행에 영향을 받은 것일까. 하지만 재판에서 이시하라가 보인 태도라든지 탄바에게 들은 이야기를 생각하면 그런 성격 같아 보이지는 않았다.

"잠이 안 오는 이유가 무엇인지 짐작 가는 게 있을까요?"

호사카가 묻자 이시하라가 이쪽을 쳐다보며 되물었다.

"호사카 목사님은 이유가 뭔 것 같으세요?"

"보름 전에 이곳에서 사형이 집행되었다고 들었습니다. 그것 때문에 잠을 못 자게 된 걸까요?"

"그럴지도 모르겠네요…."

"네?"

"죽는 건 두렵지 않다고 생각했어요. 지난번에 라디오를 통해 여기서 사형이 집행되었다는 뉴스를 들었을 때도 아무렇지도 않았고요. 오히려 나도 빨리 형이 집행되면 좋겠다 싶었죠. 그런데…."

이시하라가 거기까지 말하고는 입을 다물고 고개를 숙였다.

"그런데… 지금은 두렵습니까?"

"잠이 안 온다는 건 그렇다는 거겠죠? 두렵다는 감정이 어떤 건지 정확히는 모르겠지만…."

"지난번과 달리 이시하라 씨 안에서 뭔가 변화가 있었다는 걸 까요?"

"내 안에서 뭔가 달라진 게 있는지 그런 건 잘 모르겠어요." 이시하라가 고개를 가로저었다. "그때랑 달라진 건 상담을 받기 시작했다는 것뿐인데…."

"성서의 말씀을 접하면서 이시하라 씨의 심경에 변화가 생기기 시작한 건지도 모르겠네요."

"모르겠어요…. 솔직히 성서 구절을 설명해 줘도 잘 이해도 안 되고. 아무튼… 어젯밤은 정말 한숨도 못 잤어요. 이대로 아침이 돼서 교도관이 나를 데리러 오면 어쩌나 싶어서…."

"사형이 집행되면… 하고 말인가요?"

이시하라가 고개를 끄덕였다.

"최소한 내일 아침에는 오지 말아 달라고 진심으로 신께 빌었어요. 지금까지 그런 거 한 번도 해 본 적 없었는데…. 아침 식사를 받았지만 도저히 먹을 수가 없어서 그냥 계속 기도만 했어요."

이시하라는 두렵다는 감정이 어떤 건지 잘 모르겠다고 했지만 누가 봐도 그것은 뒤늦게 깨달은 죽음에 대한 공포심이었다.

"10시가 넘어도 아무도 안 오길래 그제야 안심하고 난생처음 신께 감사했어요."

"내일 아침까지는 살아 있을 수 있다는 사실에 말입니까?"

이시하라는 앞으로 매일 그런 식으로 신께 기도하게 되는 걸까.

자신에게 내려진 형이 집행되는 그 순간까지.

"아무튼 오늘 호사카 목사님을 만날 수 있다는 사실에요."

그 말을 듣고 심장이 요동쳤다.

조금이라도 더 오래 살고 싶어서가 아니라 호사카를 만나고 싶어서 신께 기도했다는 말인가.

정말로 그런 생각을 했을 리가 없다고 의심하며 이시하라의 눈을 똑바로 들여다보았다.

짙은 다크서클이 드리운 두 눈에서 죽음에 대한 공포는 느껴지지 않았다. 오히려 생기가 느껴질 정도였다. 아까 화장실 거울을 통해 본 자신의 탁한 눈동자와는 전혀 달랐다.

"호사카 목사님을 만나면 물어보고 싶은 게 있었거든요."

"뭡니까?"

"얼마 전 형이 집행된 쿠도라는 사람도 목사님한테 상담을 받고 있었나요?"

호사카는 뭐라고 해야 할지 몰라 대답을 얼버무렸다.

"맞죠? 아까 목사님 얼굴을 보고 확신했어요. 형을 집행할 때 목사님도 그 자리에 계셨던 거죠?"

"왜 그런 질문을?" 호사카가 의아해하며 물었다.

"사형이 집행되는 과정을 알고 싶어서요."

호사카는 이시하라의 예상치 못한 대답에 당황해하며 문 옆에 앉아 있는 나오야를 쳐다보았다.

사형수의 심신의 안정을 저해하는 언동은 금지되어 있다.

호사카가 대답하지 않자 이시하라도 고개를 돌려 나오야를 쳐다보며 이렇게 덧붙였다.

"사형수의 심신의 안정을 해치는 언동은 하면 안 된다고 하던

데 내 입장에서는 그걸 모르는 상태로 있는 게 오히려 더 심신이 불안정하다고요. 머지않은 미래에 내가 어떤 최후를 맞이하게 될지 전혀 모른다는 게요."

그 말을 들은 나오야도 당황한 표정으로 호사카를 쳐다보았다. 잠시 고민하는 기색을 보이더니 "괜찮을 것 같습니다" 하고 고개를 끄덕여 보였다. 이시하라가 다시 자세를 고쳐 앉았다.

"…아마도 아침 9시경에 교도관 몇 명이 지금 이시하라 씨가 수용되어 있는 감방으로 와서 함께 형장으로 이동하게 될 겁니다. 방 안으로 들어가면 테이블과 의자가 놓여 있고, 이시하라 씨가 여전히 제게 상담을 받고 있는 상태라면 벽 앞에는 십자가 제단이 설치되어 있을 겁니다."

호사카가 담담한 말투로 설명을 시작하자 이시하라는 진지한 표정으로 귀를 기울였다.

"형장에 도착하면 수갑을 풀고 의자에 앉아서 구치소 간부에게 지금부터 형을 집행한다는 선고를 받게 됩니다. 눈앞에 보이는 테이블에는 과자가 놓여 있어서 그중 먹고 싶은 것을 골라 먹을 수도 있고, 담배를 피울 수도 있습니다. 누군가에게 남길 말이 있다면 유서를 쓸 시간도 주어집니다. 그런 일들이 다 끝나면 마지막 기도를 올리고 형이 집행됩니다…."

"구체적으로 어떻게 집행된다는 건데요?"

"…등 뒤에서 수갑을 채우고 안대를 씌운 후 옆방으로 이동하게 됩니다. 양쪽 발목을 끈으로 묶고 목에 밧줄을 건 다음 이시하라 씨가 딛고 서 있는 발판이 열리고, 그리고…." 더는 말을 이을 수가 없었다.

"아래로 추락한 저는 그대로 목이 매달려 죽게 된다는 거군요."

이시하라의 말에 호사카는 묵묵히 고개를 끄덕였다.

"심플하네요…. 그 쿠도라는 사람은 무슨 과자를 먹었어요?"

이시하라는 자신의 마지막 순간에 대해 들은 사람답지 않게 덤덤한 얼굴로 이쪽을 쳐다보며 물었다. 호사카는 말없이 고개를 가로저었다.

"왜요? 아깝게. 유서는 썼어요? 담배는요?"

"아니요… 그는 아무것도 하지 않았습니다. 죽음에 대한 공포로 거의 패닉 상태였거든요. 마지막 기도도 제대로 올리지 못했습니다. 그게 너무 마음에 걸리네요…."

그 광경이 다시 떠올라서 호사카는 저도 모르게 고개를 떨구었다.

"나 때는 괜찮을 거예요."

이시하라의 목소리에 고개를 들었다.

"난 얌전히 있을 거니까요. 저세상으로 가기 전에 마지막으로 목사님 기도를 들을 수 있다고 생각하니 마음이 좀 놓이네요."

그런 순간이 정말로 찾아올까.

그때가 되면 나는 이자에게 무슨 말을 하게 될까.

이제부터 죽으러 가는 사람에게 더 큰 절망을 안겨 줄 말?

아니다….

내가 해야만 하는 일은 이 남자가 살아 있는 동안 조금이라도 자신이 저지른 죄를 뉘우치게 만드는 것이 아닐까.

그것이야말로 유리아를 향한 진정한 속죄라고 할 수 있지 않을까.

"시간 다 됐습니다."

나오야의 말을 듣고 호사카는 자리에서 일어났다. 이시하라도 의자에서 일어나 문 쪽으로 향했다.

　이시하라를 배웅하기 위해 한 걸음 내디딘 순간, 배에 날카로운
통증이 느껴졌다.

5

문손잡이를 향해 손을 뻗는데 등 뒤에서 신음 소리가 들렸다. 나오야는 깜짝 놀라 뒤를 돌아보았다.

이쪽을 향해 걸어오는 이시하라 뒤에서 호사카가 바닥에 엎드려 배를 감싸쥐고 있었다.

"호사카 목사님?"

나오야의 목소리가 심상치 않다고 느꼈는지 이시하라가 뒤를 돌아보았다. 고통스러운 표정으로 신음하는 호사카를 멍하니 쳐다보는 이시하라를 그 자리에 내버려 둔 채 나오야는 호사카 곁으로 달려갔다.

"호사카 목사님, 왜 그러세요? 괜찮으십니까?"

호사카의 얼굴을 들여다보며 물었지만 호사카는 얼굴을 잔뜩 찡그린 채 끙끙대기만 할 뿐 대답을 하지 못했다. 이윽고 무릎을 꿇은 자세를 유지하는 것조차 힘겨운지 앞으로 털썩 쓰러지더니 데굴데굴 구르기 시작했다.

나오야는 서둘러 몸을 일으킨 다음 복도로 달려나갔다. 밖에서 대기하고 있던 쿠보가 의아한 표정으로 이쪽을 돌아보았다.

"호사카 목사님이 쓰러지셨습니다. 구급차를 부르고 의무실 당직 선생님을 모셔 와 주세요."

나오야가 말하자 쿠보가 놀랐다기보다는 '또냐?' 하는 표정을 지었다.

"그리고 죄송하지만 대기실에서 제 겉옷과 스마트폰을 가져다 주시겠습니까?"

나오야는 주머니에서 사물함 열쇠를 꺼내 쿠보에게 건네며 부탁했다.

병원까지 따라갈 생각인데 제복 차림으로 가면 남들 보기에 좋지 않을 것 같았다.

"알았다."

쿠보가 엘리베이터 쪽으로 뛰어가는 것을 확인한 뒤 상담실로 돌아가 호사카의 상태를 살폈다.

"괜찮으세요?" 하고 몇 번을 불러도 호사카는 몸을 둥글게 만 상태로 몸부림칠 뿐이었다. 이시하라가 불안한 표정으로 이쪽을 내려다보며 그 자리에 못 박힌 듯 서 있었다.

이시하라의 그런 표정은 처음 보았다.

문이 열리고 흰색 가운을 입은 의사와 동료 교도관 두 명이 들어왔다. 의사가 이쪽으로 달려와 호사카에게 증상을 물었지만 "아파요… 너무 아픕니다…" 하는 대답밖에 돌아오지 않았다.

"구급차를 불렀는데 1층까지 내려갈 수 있으시겠어요?"

의사가 묻자 호사카가 얼굴을 찡그리며 힘없이 고개를 가로저었다.

의사가 고개를 들며 "구급대원을 상담실까지 데려와 주세요"라고 말하자 교도관 한 명이 고개를 끄덕인 후 밖으로 달려나갔다.

조마조마한 마음으로 호사카를 지켜보고 있으려니 조금 전 달려나간 교도관이 구급대원 두 명을 데리고 돌아왔다. 구급대원을 도와 호사카를 들것에 눕혔다.

"제가 병원까지 동행할 테니 이시하라를 부탁합니다."

나오야는 동료 교도관에게 말한 후 들것을 옮기는 구급대원들과 함께 상담실을 나섰다. 엘리베이터를 타고 1층으로 내려갔다. 복도 중간에서 쿠보와 마주쳤다. 나오야가 출근할 때 입고 온 점퍼와 검은색 가죽 가방을 손에 들고 있었다.

"서무과에 들러서 호사카 목사님이 맡긴 가방도 받아 왔다. 스마트폰이랑 사물함 열쇠는 겉옷 주머니에 넣어 놨고. 탄바 부장님께는 내가 말해 놓을 테니 상황이 정리되면 연락해."

쿠보에게 알았다고 대답한 뒤 구급대원들과 함께 출구로 향했다. 도쿄 구치소 건물을 빠져나온 구급대원들이 눈앞에 서 있는 구급차에 들것을 실었다.

나오야가 제복 위에 점퍼를 걸치고 들것 옆에 올라타자 문이 닫히고 구급차가 출발했다.

구급차 사이렌 소리가 요란하게 울리는 가운데 들것 위에서 몸을 둥글게 말고 고통스러워하는 호사카에게 아무것도 해 줄 수 없다는 사실이 안타까웠다.

고통에 일그러진 호사카의 얼굴을 들여다보고 있으려니 전임 교정위원이었던 와시오의 모습이 겹쳐 보였다.

호사카의 변화에 대해서는 얼마 전부터 나오야도 느끼고 있었다.

도쿄 구치소에서 교화 상담을 시작했을 당시에는 예의 바르고 열정에 넘치는 인물이라고 생각했다. 물론 이후에도 성실하고 예의 바른 태도는 변함이 없었지만 겉모습에 서서히 변화가 나타나기 시작했다. 예전에 비해 뺨이 쑥 들어가고 혈색도 안 좋아졌을 뿐 아니라 때로는 술 냄새를 풍길 때도 있었다.

— 기껏해야 사신의 앞잡이일 뿐이야.

다시금 와시오가 한 말이 떠올랐다.

수용자를 관리하는 것이 직업인 나오야 같은 교도관들조차 확정 사형수를 상대한다는 것은 엄청난 스트레스다. 일반인인 교정위원이 확정 사형수와 지속적으로 만남을 거듭하는 과정에서 받는 스트레스는 훨씬 더 클 터였다.

결정타가 된 것은 아마도 쿠도의 형 집행일 것이다.

오늘 이시하라를 데리고 상담실에 들어섰을 때, 나오야는 생기라고는 전혀 느껴지지 않은 유령 같은 얼굴을 한 호사카를 보고 내심 경악을 금치 못했다.

구급차가 멈추고 뒷문이 열렸다. 구급대원들이 들것을 내리자 대기하고 있던 의료진이 곧바로 받아서 병원 안으로 끌고 들어갔다.

뒤를 따라가려고 하는데 간호사 한 명이 "접수창구 앞에서 기다려 주세요"라며 앞을 가로막았다. 처치실이라고 적힌 방 안으로 들것이 실려 들어가는 것을 확인하고 접수창구 쪽으로 향했다.

접수창구 앞 의자에 자리를 잡고 앉은 나오야는 들고 있던 호사카의 가방을 무릎 위에 올려놓고 한숨을 내쉬었다.

와시오처럼 목숨이 위태로운 병이 아니기만을 바랐다.

초조함을 달래며 1시간 넘게 기다렸지만 의사도 간호사도 모습을 보이지 않았다.

그때 갑자기 진동이 느껴져서 흠칫하며 무릎 위에 놓인 가방을 내려다보았다. 매너 모드로 설정해 둔 호사카의 핸드폰에 누가 전화를 걸어온 듯했다.

나오야는 호사카에게 가족이 있는지 알지 못했다. 만약 이것이 가족에게서 걸려온 전화라면 빨리 받아서 이 사태를 알릴 필요가 있었다.

허락도 없이 남의 물건에 손을 대는 것이 마음에 걸렸지만 긴급 사태라는 점을 감안해 눈 딱 감고 가방을 열었다. 안에 든 핸드폰을 꺼내 병원 출구 쪽으로 걸어가면서 화면을 확인했다. '마리아'라는 사람에게서 온 전화였다.

성은 없고 이름뿐인 걸 보니 아내나 딸이 아닐까 싶었다. 적어도 호사카와 가까운 사이인 것은 분명하다고 판단해 병원을 나서자마자 통화 버튼을 누르고 핸드폰을 귀에 가져다 댔다.

"나야…. 지금 통화 괜찮아?"

갑자기 여자 목소리가 들려와서 조금 당황했지만 서둘러 입을 열었다.

"안녕하세요. 저는 코이즈미 나오야라고 합니다. 평소 호사카 목사님께서 저희 업무에 많은 도움을 주고 계십니다. 그런데 실은 조금 전 호사카 목사님께서 쓰러지셔서 구급차로 병원에 실려 오셨거든요…."

나오야가 빠르게 설명하자 귓가에서 헉하고 숨을 들이마시는 소리가 들렸다.

"그… 그래서요? 지금은 어떤 상태인 거죠?" 여자가 다급한 어조로 물었다.

"1시간쯤 전에 처치실로 들어갔는데 아직 어떤 상황인지는 잘 모르겠습니다. 호사카 목사님께 걸려온 전화를 제가 멋대로 받아도 되나 싶었지만 가족분이시면 지금 상황을 빨리 알려야 할 것 같아서…."

"가족은 아닙니다."

"혹시 가족분 연락처를 아시나요?" 나오야가 물었다.

"부모님이 계시다고 들었지만 연락처는 몰라요…. 호사카와는 친한 사이이니 제가 지금 병원으로 갈게요. 어느 병원인가요?"

"가츠시카구에 있는 고스게 중앙병원입니다."

"저는 키타가와 마리아라고 합니다. 지금 바로 갈 테니 기다려주세요."

나오야는 전화를 끊고 스마트폰을 가방에 넣은 다음 다시 병원 건물 안으로 들어갔다.

접수창구 앞 의자에 앉아 기다리고 있으려니 아까 호사카를 데리고 간 남자 의사가 복도를 걸어오는 것이 보였다. 자리에서 일어나자 의사도 나오야를 알아보았는지 이쪽으로 다가왔다.

"호사카 소스케 씨 일행분 맞으십니까?"

의사의 물음에 나오야는 고개를 끄덕이며 "환자 상태는 어떤가요?" 하고 물었다.

"생명에는 지장이 없습니다. 하지만 바로 입원하셔야 합니다."

생명에는 지장이 없다는 말에 일단 안심했다.

"무슨 병입니까?" 나오야가 물었다.

"그건 가족이 아니면 말씀드릴 수 없습니다." 의사가 고개를 가로저었다.

"환자와 만나는 건 가능한가요? 전할 물건이 있습니다만."

나오야가 가방을 들어 보이자 의사가 고개를 끄덕이며 "302호 입니다"라고 대답한 후 자리를 떠났다.

나오야는 엘리베이터를 타고 3층으로 향했다. 간호사실에 들러 방문 사실을 밝히고 병실로 들어갔다. 4인실 창가 쪽 침대로 다가가자 링거를 맞고 있던 호사카가 이쪽으로 고개를 돌렸다.

"목사님 가방입니다. 가방 안에 들어 있던 핸드폰으로 키타가와 마리아라는 분한테서 전화가 와서 가족분일지도 모른다는 생각에 제가 전화를 받았습니다. 죄송합니다."

나오야는 고개를 숙이며 사과한 다음 침대 옆 선반에 가방을 내려놓았다.

"아닙니다…. 괜히 번거롭게 해드렸네요."

아까보다는 상태가 좋아진 듯했지만 여전히 통증이 심한지 인상을 쓰고 있었다.

"바로 돌아가셔야 하는 게 아니면 잠깐 앉으시죠."

호사카의 말에 나오야는 옆에 있던 접이식 의자를 가져와 앉았다.

"몸은 좀 어떠십니까?" 나오야가 물었다.

"아까보다는 많이 괜찮아졌습니다만 솔직히 아직 좀 아픕니다. 급성 췌장염이라고 하네요."

"급성 췌장염…."

처음 듣는 병명이었다.

"과음하면 생기는 병이라고 합니다. 상담 중에 이런 일이 생겨서 부끄러울 따름입니다."

"입원 기간은 어느 정도 될 거라던가요?"

"의사 말로는 2주에서 3주 정도 예상한다고 합니다. 다음번 상담은 예정대로 진행할 수 있을지 어떨지 잘 모르겠다고 탄바 부장님께…"

호사카가 말을 맺기도 전에 나오야가 "목사님…" 하고 끼어들었다.

"교정위원을 그만둘 생각은 없으십니까? 아니, 저는 그만두시는 게 좋다고 생각합니다."

호사카가 기운 없는 눈초리로 이쪽을 쳐다보았다.

"아직 아무한테도 말하지 않았지만 저는 조만간 지금 하는 일을 그만둘 생각입니다. 그날 그 자리에 함께 있었던 사람으로서 저는 목사님께서 지금 어떤 심정일지 누구보다 잘 알고 있다고 생각합니다."

주위의 이목을 고려해서 형 집행이라는 말은 사용하지 않았지만 호사카는 알아들었을 것이다.

호사카가 나오야를 마주 보며 한숨을 내쉬더니 "그만둘 생각은 없습니다"라고 말했다.

"목사님께서 수용자 교화 상담에 투철한 사명감을 갖고 계시다는 건 저도 압니다. 하지만 그로 인해 몸이 망가진다면 본말전도 아닙니까. 목사님이 구원해야 할 대상은 감옥 안에 있는 수용자들뿐만이 아닐 텐데요."

호사카는 말없이 이쪽을 응시할 뿐이었다.

"목사님의 그런 모습을 보고 있기가 힘듭니다…. 제가 이 일을 그만두고 목사님과 만날 일이 없어지더라도 계속 이렇게 괴로워하고 계실 거라고 생각하면 마음이 아플 것 같습니다."

문득 호사카가 시선을 돌렸다. 호사카의 시선을 따라 고개를 돌리자 병실 입구에 서 있는 여자가 눈에 들어왔다. 호사카와 비숫한 연배로 보이는 미모의 여성이었다.

아까 통화한 키타가와 마리아인 것 같다는 생각에 나오야는 의자에서 일어나 여자를 맞이했다.

"코이즈미 나오야 씨 되시나요? 키타가와 마리아입니다. 아까는 감사했습니다."

"아닙니다…."

눈앞에 서 있는 여자를 보며 나오야는 묘한 기분에 휩싸였다. 강한 의지가 느껴지는 여자의 눈매에서 어디서 본 듯한 느낌이 느껴졌다.

"괜찮아?" 여자가 침대 쪽을 돌아보며 물었다.

"별일 아니야. 다만 당분간 입원해서 치료를 받아야 한다고 하니 잠옷이랑 속옷을 좀 사다 줄 수 있을까?"

나오야는 두 사람이 어떤 관계인지 내심 궁금해하며 "잠깐 통화 좀 하고 오겠습니다" 하고 양해를 구한 뒤 병실을 나섰다.

"네…, 2주에서 3주 정도 입원하게 되어서 다음번 상담을 예정대로 진행할 수 있을지 없을지 잘 모르겠다고 전해 달라고 하셨습니다."

나오야가 핸드폰에 대고 말하자 "그래, 알았다. 아무튼 큰일이 아니라니 다행이군" 하고 탄바가 대답했다.

"목사님께 인사 드리고 복귀하겠습니다."

보고를 마친 나오야는 전화를 끊고 다시 병원으로 들어가 엘리베이터를 타고 3층으로 향했다. 302호실에 들어가자 호사카의 침대 주변에 커튼이 쳐져 있었다.

나오야가 전화를 하고 오는 사이에 마리아는 돌아가고 호사카는 잠이 든 것일까.

호사카가 자고 있는지만 확인하고 돌아가야겠다고 생각하며 침대로 다가갔다.

"…교정위원은 그만두는 게 어때?"

갑자기 커튼 너머로 마리아의 낮은 목소리가 들려와서 나오야는 그 자리에 멈춰 섰다.

"애초에 처음 말을 꺼낸 건 나였고, 유아의 한을 풀어주고 싶다는 마음도 변함없지만… 하지만…."

유아.

나오야의 아내와 같은 이름이었다.

유아의 한을 풀어주고 싶다…라니.

대체 무슨 뜻일까.

"…하지만 호사카 너까지 잃고 싶지는 않아. 이시하라와 상담하는 것 때문에 네가 망가져 가는 모습을 보는 건…."

나오야는 닫힌 커튼을 뚫어지게 응시했다. 심장이 세차게 뛰었다.

이시하라?

설마 확정 사형수 이시하라 료헤이를 말하는 걸까.

호사카가 담당하는 상담자 중 이시하라라는 이름은 한 명뿐이었다.

"…계속할 거야. 이시하라의 형이 집행될 때까지…."

호사카의 목소리를 들으며 나오야는 지금 커튼 너머에서 두 사람이 나누는 대화가 무슨 뜻인지 생각해 보았다. 불현듯 무언가 뇌리를 스치고 지나갔다.

나오야는 숨을 죽인 채 발소리가 나지 않도록 주의하며 병실을 빠져나왔다. 엘리베이터 쪽으로 걸어가며 주머니에서 스마트폰을 꺼내 가장 가까운 도서관이 어디인지 검색했다.

엘리베이터를 타고 1층으로 내려가서 병원 입구에 설치된 전용 전화로 택시를 불러 도서관으로 향했다.

택시에서 내려 도서관 건물로 들어가 과거 신문을 모아둔 코너로 가서 재작년 신문 3개월 치를 꺼내 들고 열람실 의자에 앉았다.

이시하라의 1심 판결이 선고된 정확한 날짜는 기억나지 않았다.

초조함을 억누르며 빠르게 페이지를 넘기자 이윽고 '사형도 부족하다, 피해자 모친의 피맺힌 절규'라는 헤드라인이 눈에 들어왔다. 과거에도 본 적이 있는 기사였다. 본문에 함께 실린 여성의 사진을 자세히 들여다보았다.

사진 아래에 '피해자 중 한 명인 키타가와 유아 씨(25세)의 모친, 키타가와 마리아 씨'라는 설명이 달려 있었다.

이시하라에게 살해당한 피해자의 모친과 호사카가 아는 사이라는 사실을 확인하고 나니 가슴이 답답해졌다.

호사카는 왜 도쿄 구치소의 교정위원이 된 것일까.

왜 나오야에게 이시하라가 상담을 받으러 오게 해 달라고 부탁한 것일까.

유아의 한을 풀어주고 싶다….

사진 속 여성의 분노에 찬 시선을 들여다보고 있으려니 조금 전 병실에서 들은 말이 머릿속에 떠올랐다.

호사카는 대체 무엇을 할 생각인 걸까.

6

오늘 할당된 소내 작업을 모두 마치고 어깨를 돌리며 자리에서 일어났다. 문 옆에 나무젓가락이 든 종이봉투 두 개를 내려놓고 벨을 눌렀다.

"작업 완료했습니다"라고 말한 뒤 문 앞에 무릎을 꿇고 앉았다. 잠시 후 복도를 걸어오는 발소리가 들리더니 문 앞에서 멈췄다. 철창살 너머로 교도관의 얼굴이 보였다.

나오야 교도관이었다. 마침 잘됐다 싶었다.

"이시하라, 들어간다" 하는 말과 함께 자물쇠 여는 소리가 들리고 문이 열리더니 나오야가 한 발 안으로 들어왔다.

평소보다 표정이 딱딱해 보였다.

"수고했다." 나오야가 종이봉투 두 개를 양손에 나눠 들고 방에서 나가려고 했다.

"저기…"

조심스럽게 부르자 나오야가 발걸음을 멈추고 이쪽을 돌아보았다.

"호사카 목사님은 괜찮으세요?"

오늘 상담에서 호사카가 쓰러진 후 계속 신경이 쓰였다. 순찰을 도는 교도관에게도 물어봤지만 다들 모른다고만 했다.

"생명에는 지장이 없다고 한다. 당분간은 입원 치료를 받으셔야 할 것 같지만." 나오야가 굳은 표정으로 말했다.

"상담은 계속할 수 있는 거예요?"

제일 궁금했던 것을 묻자 나오야가 한숨을 내쉬며 "계속하지 못할 수도 있겠지" 하고 대답했다.

가슴에 묵직한 통증이 느껴졌다.

두 번 다시 호사카를 만나지 못할지도 모른다.

"…걱정할 필요 없어. 호사카 목사님이 그만두시더라도 금방 다른 목사님이 오실 테니까. 너는 지금까지처럼 소내 작업 열심히 하면서 성서 공부를 하면 돼."

그런 게 아니다. 그런 게 아니란 말이다.

"이제 곧 소등 시간이다. 지난번 상담 때 잠을 잘 못 잔다고 했었지? 오늘 밤은 잘 자기 바란다."

나오야가 그렇게 말하고는 밖으로 나가서 문을 닫았다. 자물쇠 채우는 소리가 들리고 발소리가 조금씩 멀어져갔다.

한동안 그대로 무릎을 꿇은 채 앉아 있었지만 벨이 울려서 어쩔 수 없이 자리에서 일어났다. 벽 앞에 쌓아둔 이불 더미로 가서 잘 준비를 시작했다.

이불을 덮고 눕자 "소등!" 하고 외치는 교도관의 목소리와 함께 실내 조명이 야간 수면등으로 바뀌었다.

쥐 죽은 듯 고요한 어둠 속에서 쿵쿵 심장 뛰는 소리가 귓가에 울렸다.

호사카는 당분간 입원 치료를 받을 예정이다.

만약 내일 아침에 형이 집행된다면 두 번 다시 호사카를 만나지 못한 채 죽게 될 것이다.

내일 형이 집행되지 않더라도 호사카가 이대로 교정위원을 그만둔다면 더는 만나지 못할 것이다.

마지막으로 호사카의 목소리를 듣지 못한 채 죽게 된다는 말이다.

죽으면 어떻게 되는 걸까.

아무리 생각해도 알 수 없었다.

다만 한 가지 확실한 것은 죽으면 누나인 하루카도, 호사카도, 더는 만날 수 없다는 것이었다.

7

침대에 누워 멍하니 창밖을 내다보고 있으려니 이쪽으로 다가오는 발소리가 들렸다.

"안녕하세요" 하고 인사를 건네는 남자의 목소리에 호사카는 반대쪽으로 고개를 돌렸다. 침대 옆에 나오야가 서 있었다.

"몸은 좀 어떠세요?"

나오야의 물음에 호사카는 "많이 좋아졌습니다" 하고 대충 얼버무렸다.

병원에 실려 온 지 사흘이 지났다. 입원 중이라 술을 못 마셔서 그런지 머리가 가벼웠다. 다만 식사는 물론 물도 마시면 안 될 뿐 아니라 수면제도 복용할 수 없어서 여전히 잠 못 드는 나날이 이어지고 있었다.

"이걸 전해 드리러 왔습니다."

나오야가 가방에서 성서와 찬양 반주기를 꺼내 침대 옆 선반에 내려놓았다.

상담 도중 쓰러져서 병원에 실려 왔기 때문에 지금까지 교도소에서 보관하고 있었던 모양이었다.

"감사합니다." 호사카가 고개를 숙이며 감사의 뜻을 전했다.

"그리고… 호사카 목사님께 드릴 말씀이 있습니다만." 나오야가 병실을 둘러보며 이렇게 덧붙였다. "가능하면 단둘이 이야기할 수 있는 곳에서."

나오야의 의미심장한 눈빛을 보니 뭔가 안 좋은 예감이 들었다.

하지만 무슨 이야기인지 전혀 짐작이 가지 않았다.

탄바의 지시로 교정위원직에서 해임한다는 소식이라도 전하러 온 걸까. 술 냄새나 풍기는 목사에게 교정위원을 맡길 수는 없다고.

"저쪽에 휴게실이 있던데 이동 가능하신가요?"

나오야의 말에 호사카는 내심 불안해하며 "네…" 하고 고개를 끄덕였다.

링거를 꽂고 있기는 하지만 혼자서 화장실도 갈 수 있었다.

호사카는 천천히 몸을 일으킨 다음 침대에서 내려가 슬리퍼를 신었다. 링거대를 붙잡고 나오야와 함께 병실을 나섰다.

휴게실에는 아무도 없었다. 창문 앞에 놓인 테이블에 나오야와 마주 보고 앉았다.

잠시 숨 막히는 침묵이 이어졌다.

"그래서… 할 말이라는 게 뭡니까?"

호사카가 물었지만 나오야는 이쪽을 쳐다보기만 할 뿐 아무 말도 하지 않았다.

"탄바 부장님께서 더이상 제게 교정위원을 맡길 수 없다고 하시던가요?"

나오야가 호사카의 질문에는 대답하지 않은 채 겉옷 안주머니에서 작게 접은 종이를 꺼내 눈앞에 내려놓았다.

"이걸 좀 봐 주시겠습니까."

호사카는 종이를 집어 펼쳤다. 순간, 심장이 쿵 내려앉았다. 종이는 신문 기사를 복사한 것이었다.

'사형도 부족하다, 피해자 모친의 피맺힌 절규'라는 제목의 기사와 함께 마리아의 사진이 실려 있었다.

"탄바 부장님께 보고하기 전에 이게 어떻게 된 일인지 호사카 목사님께 직접 듣고 싶어서 찾아왔습니다."

딱딱하게 굳은 목소리였다. 나오야와 눈을 마주칠 수가 없었다.

"…엿들을 생각은 없었습니다만 그날 병실로 돌아왔을 때 커튼 너머로 키타가와 마리아 씨와 목사님이 나누는 이야기가 들려왔습니다."

호사카는 신문 기사를 내려다보며 입술을 깨물었다.

경솔했다. 당시에는 나오야가 구치소로 돌아갔다고 생각해서 안심하고 마리아와 이야기를 나눈 것이었지만, 듣고 보니 나오야가 병실을 나서기 전 잠깐 통화 좀 하고 오겠다고 말한 기억이 났다.

"뭐라고 말 좀 해 보십시오!"

절박한 목소리에 호사카는 마음을 정하고 나오야를 똑바로 마주 보았다.

"나오야 교도관님이 들으신 대로입니다. 저는 피해자의 한을 풀어주고 싶어서 이시하라를 만나기 위해 도쿄 구치소의 교정위원이 되었습니다."

나오야가 허탈한 표정으로 무거운 한숨을 내쉬었다.

"그런 목적으로 상담을 하고 계셨다니…. 저는 그것도 모르고 목사님이 스트레스를 받지는 않으실까 괜한 걱정을 했네요."

실제로 나오야는 누구보다도 호사카를 걱정해 주었고, 교정위원을 그만두는 게 좋지 않겠느냐고 권하기까지 했다.

"피해자의 한을 풀어주기 위해 이시하라를 어떻게 할 생각이셨습니까? 설마 교도관의 눈을 피해 이시하라를…."

"신체적인 위해를 가할 생각은 없었습니다."

호사카가 나오야의 말을 중간에 끊으며 단호한 말투로 말하자 나오야가 의심스러운 눈초리로 이쪽을 쳐다보며 고개를 갸웃거렸다.

"우리의 목표는 이시하라를 절망에 빠트리는 것이었습니다."

"절망에 빠트린다고요?"

"재판에서 증언하는 이시하라를 보았을 때, 자신이 저지른 죄를 전혀 반성하지 않을 뿐 아니라 사형에 처해지는 것조차 두려워하지 않는다는 인상을 받았습니다. 사형이 확정되더라도 그걸로 이시하라가 죗값을 치렀다고 보기는 어렵습니다. 지금 상태에서 이시하라에게 피해자가 맛본 공포와 절망에 상응하는 고통을 느끼게 하는 것은 불가능할 테니까요. 그래서 우선은 상담을 통해 이시하라에게 살아갈 희망을 안겨 주고자…."

"살아갈 희망… 말입니까." 나오야가 미간을 찌푸린 채 중얼거렸다.

"네…. 이시하라에게 살고 싶다는 생각을 심어 주고 아직 죽고 싶지 않다고 생각하게 만든 다음, 형장에서 마지막 기도를 드릴 때 저주를 퍼붓고 지옥으로 보내 버리자고… 그것이야말로 진정한 벌이라고 할 수 있지 않을까 생각했습니다."

"믿을 수가 없네요…." 나오야가 고개를 절레절레 저었다. "목사님 생각을 도저히 이해할 수가 없습니다. 이시하라의 형 집행은 언제가 될지 모릅니다. 몇 년, 아니 어쩌면 몇십 년 동안 집행되지 않을 수도 있습니다."

"네, 사형이 확정된 후 실제로 집행되기까지 평균 7년에서 8년 정도 걸린다는 사실은 알고 있습니다. 그 정도는 각오하고 교정위원이 된 겁니다."

"정말이지… 믿을 수가 없네요…. 와시오 목사님이 들으면 뭐라고 하실지." 나오야가 비꼬는 투로 말했다.

"많이 실망하시겠지요."

"예전에… 와시오 목사님이 제게 이런 말을 하신 적이 있습니다. 자기는 기껏해야 사신의 앞잡이일 뿐이라고요."

나오야의 말을 들은 순간, 가슴에 묵직한 통증이 느껴졌다.

사신의 앞잡이.

이유야 어찌 됐든 그럴지도 모르겠다는 생각이 들었다.

"저는 그 말에 동의할 수 없었습니다. 교정위원인 와시오 목사님이 사신의 앞잡이라면 실제로 사형을 집행하는 교도관도 그렇다는 말이 되니까요. 다만… 쿠도 씨의 형이 집행되는 과정을 지켜보며 역시 나도 사신의 앞잡이구나 하는 사실을 통감했습니다. 아직도 그때 본 광경이 매일같이 머릿속에 떠올라 괴로워서 미칠 것 같습니다. 호사카 목사님도 크게 다르지 않으실 텐데요. 출구가 보이지 않는 고통과 죄책감 때문에 병원에 실려 올 정도로 술을 퍼마실 수밖에 없었던 것 아닙니까?"

나오야의 말이 맞았다. 지금도 형 집행 당시에 들었던 쿠도의 절규가 머릿속을 맴돌았다.

"그런 이유로 교정위원이 되신 거라면 호사카 목사님은 사신의 앞잡이보다 더한… 사신 그 자체라고 생각합니다. 몇 년, 몇십 년을 구치소 교정위원으로 일하면서 때로는 사형이 집행되는 자리에 입회해 자기 자신의 몸과 마음이 너덜너덜해져 가는 것을 감수하겠다니…. 키타가와 마리아 씨와 무슨 사이이신지는 모르겠지만 대체 왜 목사님이 그렇게까지 해야 하는 겁니까?"

"제 딸이 그걸 원한다고 생각했기 때문입니다."

호사카의 말을 듣고 나오야가 놀란 듯 눈을 크게 떴다.

"딸…이요?"

"호적상으로는 남이지만 피해자인 키타가와 유아는 제 친딸입니다. 그렇기 때문에…." 호사카는 끝까지 말을 맺지 못하고 고개를 떨구었다.

"아버지로서 이시하라에게 복수하고 싶다는 겁니까?"

나오야가 물었다. 호사카는 천천히 고개를 들고 입을 열었다.

"복수하고 싶다…가 아니라 복수하고 싶었습니다."

"네? 그게 무슨…."

"지난번 상담 때까지는 딸아이의 한을 풀어주고 싶다는 생각뿐이었습니다. 하지만… 그날, 제 안에서 뭔가 변화가 일어났습니다. 정확히 설명하기는 어렵습니다만… 이시하라가 저를 다시 만나고 싶어서 난생처음 신께 살려 달라고 빌었다는 말을 듣고… 가능하다면 그를 용서하고 싶다고 생각하게 되었습니다. 딸을 죽인 남자를… 말입니다. 그렇지 않으면 저는 죽어서도 구원받지 못할 것 같다는 생각이 들더군요…."

줄곧 죄의식과 무력감에 시달려 왔다.

과거 연인이었던 유리아를 배신해 죽게 만들었고, 교정위원으로서 아무것도 하지 못한 채 쿠도가 죽어가는 모습을 그저 바라보기만 했다. 이런 자신에게 과연 살아 있을 만한 가치가 있는지 확신할 수 없었고, 지독한 자기혐오에 빠졌다.

하지만 그때 이시하라가 하는 말을 듣고 이것이 자신에게 주어진 사명이 아닐까 하는 생각이 들었다.

머지않아 죽게 될 이시하라의 마음을 구원하는 것.

그러기 위해서는 우선 자신이 먼저 피해자 유족으로서 이시하라를 용서해야 하지 않을까 싶었다.

"이시하라가 저지른 죄와는 성격이 많이 다르지만… 저 역시 20년 넘게 무거운 죄의식을 안고 살아왔습니다. 그 죄를 용서받고 싶어서 성서를 공부하기 시작했고, 이윽고 목사가 되고 교정위원이 되었습니다. 교도소와 구치소를 방문해서 죄를 저지른 수용자들에게 신 앞에서는 누구나 용서받을 수 있다고 말해 왔습니다. 앞으로도 상담을 계속하게 된다면 역시 같은 말을 할 겁니다. 하지만 이시하라 같은 경우는 신께 용서받는 것만으로는 부족하다는 생각이 들었습니다. 제가, 그리고 유아의 모친이 이시하라가 죽기 전에 그를 용서해야 한다고 생각합니다. 그래서 그때까지는 교정위원을 계속하고 싶습니다. 지금까지처럼 이시하라를 만날 기회를 주셨으면 합니다."

"이 일은 위에 보고하지 말고 저만 알고 있으라는 말씀이십니까?"

호사카는 고개를 끄덕이며 "그렇게 해 주시면 감사하겠습니다"라고 대답했다.

"정말로 이시하라를 용서할 수 있으시겠습니까?"

나오야의 질문에 바로 답할 수 없었다.

"어떻게 하면 이시하라를 용서할 수 있게 되는 겁니까?" 나오야가 재차 물었다.

"솔직히 저도 잘 모르겠습니다…. 지금까지 이시하라의 내면에 가 닿았다고 느껴지는 순간은 거의 없었습니다. 가능하다면 앞으로의 상담을 통해 이시하라를 용서할 계기를 찾고자 합니다. 도와주십시오." 호사카는 그렇게 말하며 고개를 숙였다.

"생각할 시간을 좀 주시겠습니까?"

그 말을 듣고 고개를 들자 나오야가 시선을 피하며 입을 열었다.

"너무 기대는 하지 마십시오. 호사카 목사님이 하신 말씀을 전부 다 믿는 건 아니니까요."

그럴 만도 하다는 생각에 호사카는 묵묵히 고개를 끄덕였다.

"게다가 피해자의 부모가 가해자인 사형수가 수용된 교도소의 교정위원이라는 사실을 알고도 보고하지 않았다는 사실이 밝혀지면 징계 처분은 피하기 어려울 겁니다. 아무리 이 일을 그만둘 생각이라고는 해도 제게는 부양해야 할 가족이 있습니다." 나오야가 냉담한 어조로 말했다.

"알겠습니다. 한번 생각해 봐 주시는 것만으로도 감사합니다."

"그럼 오늘은 이만 실례하겠습니다."

나오야는 호사카와 눈을 마주치지 않은 채 자리에서 일어나 엘리베이터 쪽으로 걸어갔다.

8

　중앙통제실에서 여러 개의 모니터를 살펴보고 있는 와중에 화면 하나가 21번 방으로 바뀌었다. 이시하라는 탁자에 앉아서 편지를 쓰고 있는 듯했다.

　나오야는 그 모습을 지켜보며 어제 병원에서 호사카와 나눈 대화를 떠올렸다.

　신문 기사를 보고 어느 정도 예상은 했지만 호사카가 자기 입으로 직접 밝힌 교정위원이 된 이유는 가히 충격적이었다.

　나오야도 아이를 가진 부모로서 호사카의 심정을 이해하지 못하는 바는 아니었다. 하지만 역시 호사카의 행동은 상식적인 수준을 넘어섰다고 여겨졌다.

　만약 아미나 켄야가 누군가에게 살해당한다면 그 인간을 깊이 증오할 것이다. 눈앞에 있다면 당연히 죽이고 싶을 것이고, 어쩌면 정말로 죽여 버릴지도 모른다. 직접 죽이지는 않더라도 재판을 방청하러 가서 피고인석에 있는 범인을 노려보며 욕을 퍼부을 것이다.

하지만 사형이 확정되면 그걸로 끝이다. 마음속으로는 그가 괴로움에 몸부림치며 죽어가기를 바라겠지만, 죽기 직전에 더 큰 절망을 안겨 주기 위해 증오의 대상을 계속 만나려는 생각 따위는 하지 않을 것이다.

보통은 누구라도 그런 바보 같은 짓은 하지 않을 것이다.

한 달에 한 번, 고작 30분이라고는 해도 사형이 집행될 때까지 몇 년이고 계속해서 자기 아이를 죽인 상대와 이야기를 나눠야 한다는 것은 어마어마한 고통일 테니까.

실제로 두 번째 상담 때 이시하라는 키타가와 유아를 살해했을 당시의 상황을 호사카에게 자세히 설명하며 대단히 유쾌한 경험이었다고 말했다.

나오야였다면 그 말을 들은 순간 정신이 돌아 버렸을지도 모른다.

하지만 호사카는 상담을 계속하기 위해 자신의 감정을 봉인한 채 이시하라를 상대했던 것이다.

지금까지는 상대가 확정 사형수라는 사실에 부담을 느끼고 스트레스를 받는 것인 줄만 알았는데 실은 그게 아니라 자기 딸을 죽인 남자를 계속해서 상대하는 일이 호사카의 몸과 마음을 좀먹어 들어가고 있었던 것이다. 아무리 딸의 한을 풀어주기 위해서라고는 해도 아무나 할 수 있는 일이 아니었다.

호사카는 정말로 이시하라를 용서할 생각인 걸까.

호사카를 믿고 싶은 마음도 있었지만, 자신이 피해자 유족이라는 사실을 들켜서 일단 나오야를 회유하기 위해 그런 말을 한 것이 아닐까 싶기도 했다.

만에 하나라도 구치소 안에서 확정 사형수가 죽거나 다치는 사건이 일어난다면 전대미문의 불상사가 될 것이다. 게다가 가해자가 교정위원이라는 사실이 알려지면 그때는 도쿄 구치소만의 문제로 끝나지는 않을 것이다.

무엇보다 호사카에게 그런 일을 시키고 싶지 않았다. 호사카가 말하는 무거운 죄라는 게 뭔지는 모르겠지만 만약 이시하라에게 복수한다면 지금보다 더 큰 죄의식에 괴로워하게 될 터였다. 그런 모습은 보고 싶지 않았다.

호사카에게는 미안하지만 역시….

"나오야 교도관, 잠깐 시간 괜찮은가?"

갑자기 들려온 목소리에 나오야는 고개를 들었다. 눈앞에 탄바가 서 있는 것을 보고 화들짝 놀라 의자에 앉은 채 뒤로 물러났다.

"아, 네…. 무슨 일이십니까?"

나오야는 마음의 동요를 감추며 의자에서 일어섰다.

"어제 호사카 목사님이 놓고 가신 짐을 가져다드렸다면서? 목사님 상태는 좀 어떠신가?"

"아, 네… 뭐…." 뭐라고 대답해야 할지 몰라 대답을 망설였다.

"지난번 형 집행 때문에 많이 충격을 받으신 것 같던데 교정위원을 그만두고 싶다는 말씀은 안 하시던가?"

"아니요, 딱히 그런 말씀은… 없었습니다."

"그래? 호사카 목사님은 상담에도 성심성의껏 임해 주시고 수용자들도 목사님을 믿고 따르니 가능하면 계속해 주셨으면 좋겠는데 말이야. 다음에 오시면 나도 말씀드리겠지만 그 전에 혹시라도 자네가 호사카 목사님과 연락할 일이 있거든 잘 좀 말씀드려 주게."

"네, 알겠습니다…" 나오야는 슬쩍 시선을 피하며 대답했다.

탄바가 그대로 뒤로 돌아 방에서 나가려고 하는 것을 보고 나오야는 "저기…" 하고 붙잡았다.

"응? 뭔가?"

탄바에게 말을 할지 말지 잠시 고민했다.

"…아닙니다. 목사님께서 여러모로 번거롭게 해 드려 죄송하다고 탄바 부장님께 전해 달라고 하셨습니다…."

어물어물 말꼬리를 흐리는 나오야에게 탄바는 알겠다고 대답하고 중앙통제실을 빠져나갔다.

결국 말하지 못했다.

나오야는 한숨을 내쉬며 의자에 앉았다. 다시 모니터를 쳐다보고 있는데 벨이 울렸다. 21번 방이었다. 확인 버튼을 누르고 중앙통제실에서 나와 21번 방으로 향했다.

철창문 너머로 안을 확인하고 철문을 열었다. 방 안에서 무릎을 꿇고 앉아 있는 이시하라에게 다가가자 "호사카 목사님께 드릴 편지를 썼으니 부쳐 주세요"라며 봉투를 내밀었다.

"2~3주는 입원해야 한다고 했으니 바로 읽지는 못하실 거다."

나오야가 말하자 이시하라가 "알아요" 하고 대답했다.

"부치기 전에 한번 읽어 봐 주시겠어요? 요 며칠… 무슨 말을 해야 하나 계속 고민했는데… 자신이 없어서요."

나오야는 이시하라에게 고개를 끄덕여 보인 다음 봉투에서 편지지를 꺼내 들었다.

멍하니 TV 화면을 쳐다보고 있는데 유아가 거실로 나와 아이

들을 불렀다.

"너희 언제까지 게임만 하고 있을 거야? 이제 자야지."

"지금 중요한 부분이니까 조금만 더 할게요."

나오야를 사이에 두고 양 옆에 앉아서 게임을 하던 아미와 켄
야는 게임 컨트롤러를 손에서 놓을 생각이 없어 보였다.

"안 돼. 게임은 9시까지만 하기로 했잖아."

유아가 단호한 말투로 타이르며 게임기 전원을 끄자 아미와 켄
야가 과장되게 한숨을 내쉬며 소파에서 일어났다.

"자러 가기 전에 양치 제대로 하고."

아이들은 건성으로 대답하며 게임 컨트롤러를 TV 선반에 넣고
거실에서 나갔다.

아이들의 모습이 사라지자 유아가 옆에 와서 앉으며 "오늘 아
빠한테 전화가 왔어"라며 말을 꺼냈다.

"장인어른이 무슨 일로?"

"가게에 일손이 부족하대."

유아네 부모님은 히로시마에서 음식점을 하고 있다.

"그래⋯?"

"당신만 괜찮다면 히로시마에 내려와서 가게를 도와주지 않겠
냐고 물어보시더라. 엄마 아빠도 나이가 있으시니까 슬슬 가게를
물려 주고 쉬고 싶으신가 봐."

"생각 좀 해 볼게."

나오야가 대답하자 유아는 의외라는 표정을 지었다. 그 자리에
서 바로 받아들일 거라고 생각한 모양이었다.

"우리 부모님이랑 같이 일하는 게 불편할 것 같아서 그래?"

"아니, 그런 게 아니라⋯."

장인과 장모 모두 성격이 좋은 분들이니 즐겁게 일할 수 있을 것이다.

"매출 규모를 들어 보니 생활 수준은 지금이랑 크게 달라지지 않을 것 같아. 물론 아이들은 전학을 가야 할 테니까 그건 좀 미안하지만. 하지만 어차피 당신이 지금 하는 일도 전근이 잦은 편이고 아이들은 외가를 좋아하니까 히로시마에 내려가서 사는 것도 좋지 않을까 싶어."

어쩌면 장인 쪽에서 말을 꺼낸 것이 아니라 일 때문에 괴로워하는 남편을 보기 힘든 나머지 유아가 먼저 부탁했을 수도 있겠다 싶었다.

"좋겠다…."

유아와 함께 일하는 모습을 머릿속으로 그려 보며 저도 모르게 중얼거렸다.

사람의 죽음을 다루는 일이 아니라 가게를 찾아오는 손님들에게 맛있다는 말을 듣기 위해 열심히 음식을 만드는 평화로운 일상이라니 생각만 해도 마음이 따뜻해졌다.

두 번 다시 사형 집행에 관여하고 싶지 않았다. 확정 사형수를 상대해야 하는 나날이 참을 수 없이 괴로웠다. 하지만….

이시하라의 편지를 읽고 나니 마음이 흔들렸다.

호사카에게 상담을 계속해 달라고 부탁하는 내용의 편지였다. 그 나이대 남자가 썼다고 보기에는 많이 어설픈 문장이었지만, 글에서 진심이 느껴졌다.

나오야는 두 사람이 원하는 대로 해 줄 생각이었다.

하지만 호사카가 피해자의 부모라는 사실을 묵인하고 혼자만 알고 있을 생각이라면 자신에게는 이 두 사람이 앞으로 어떻게 될지 끝까지 지켜봐야 할 책임이 있지 않나 싶었다.

그것이 자신에게 주어진 최소한의 의무라고 생각했다.

그리고.

만약 언젠가 호사카가 이시하라를 용서하게 된다면 나오야도 그 순간을 함께하고 싶었다.

나오야는 유아를 향해 손을 뻗었다. 여러모로 신경 써 줘서 고맙다는 마음을 담아 아내의 머리를 부드럽게 쓰다듬었다.

"뭐야, 갑자기." 유아가 어색해하며 웃었다.

"나… 당분간은 교도관을 계속해 볼 생각이야. 앞으로도 잘 부탁해."

302호실에 들어가 창가 쪽 침대로 다가갔지만 호사카의 모습은 보이지 않았다.

진찰을 받으러 갔나 하고 생각하며 그대로 병실에서 돌아 나왔다. 기다리는 동안 시간을 보낼 장소를 찾아 휴게실로 가자 일주일 전 대화를 나누었던 바로 그 자리에 호사카가 앉아 있었다. 혼자서 창밖을 내다보고 있었다.

"안녕하세요."

나오야가 인사를 건네자 호사카가 이쪽으로 고개를 돌렸다. 그러고는 자기 쪽으로 걸어오는 나오야를 가만히 쳐다보았다.

"살이 더 빠지셨네요."

나오야는 그렇게 말하며 호사카 맞은편에 앉았다.

"벌써 열흘 가까이 링거만 맞고 있으니까요."

급성 췌장염을 치료하기 위해서는 식음을 전폐해서 췌장을 쉬게 해 주고 수액을 충분히 공급할 필요가 있다고 했다.

지난번에 만났을 때보다 뺨이 더 홀쭉해졌지만 안색은 나쁘지 않았다. 오히려 어딘지 모르게 후련해 보였다.

정체를 숨기고 교정위원으로 활동하는 것 때문에 많은 갈등과 고민이 있었을 텐데 일주일 전에 나오야에게 그 사실을 전부 털어놓음으로써 어느 정도 해방된 기분을 맛보고 있는 것이 아닐까 싶었다.

"일단은… 호사카 목사님이 원하시는 대로 해 드리겠습니다."

호사카는 순간 멈칫하더니 고맙다며 고개를 숙였다.

"다만 저도 목사님을 완전히 신뢰할 수는 없으니 조금이라도 이상하다는 느낌이 들면 바로 위에 보고하겠습니다. 그래도 괜찮으시겠습니까?"

"네, 알겠습니다."

"이시하라를 용서하는 데 도움이 될지는 모르겠지만 현시점에서 제가 알고 있는 사실을 말씀드리자면, 이시하라에게는 한 살 위인 누나가 있습니다. 이름은 타케이 하루카라고 합니다."

"타케이 하루카… 씨."

"어머니 쪽 성인지 결혼해서 남편 성으로 바꾼 건지는 모르겠습니다만… 이시하라가 아홉 살 때 부모님이 이혼해서 이시하라는 아버지와, 누나는 어머니와 살게 되었다고 합니다."

호사카는 자기도 알고 있다면서 고개를 끄덕였다.

아마도 이시하라의 과거에 대해서는 재판 때 들었을 것이다.

"구치소에 있는 이시하라에게는 정기적으로 누나한테서 편지가 옵니다. 편지에 따르면 부모님의 이혼 이후 두 사람은 한 번도 만난 적이 없고, 이번 사건이 보도되기 전까지 누나는 이시하라가 과거 할머니를 죽였다는 사실도 모르고 있었다고 합니다."

"이시하라와 하루카 씨가 편지를 주고받고 있다는 겁니까?"

호사카의 질문에 나오야는 "이시하라는 한 번도 답장을 보낸 적이 없습니다"라며 고개를 가로저었다.

"이시하라는 어머니와 누나가 자기를 버렸다고 원망하고 있습니다. 하루카 씨의 편지에는 그렇지 않다고 적혀 있지만 이시하라는 누나가 거짓말을 하고 있다고 생각하는 것 같습니다."

"제가 하루카 씨를 만나서 이야기를 해 봐도 이시하라가 마음을 열게 만들기는 어려울 것 같다는 말이군요…."

호사카가 생각에 잠긴 표정으로 허공을 응시했다.

"꼭 그렇다고 볼 수만은 없을 것 같습니다. 애초에 이시하라가 상담을 받게 된 것도 누나의 편지 때문인 것 같거든요."

호사카가 그게 무슨 소리냐는 듯 고개를 갸웃거렸다.

"이시하라의 누나는 기독교인입니다. 돌아가신 어머니도 기독교인이었다고 합니다. 누나의 편지에는 부모님이 이혼한 후 경제적으로도 정신적으로도 많이 힘들었는데 그때 기독교를 접하게 되면서 큰 도움을 받았고, 그로 인해 인생이 바뀌었다고 적혀 있었습니다. 이시하라는 저한테 그 이야기를 듣고 교화 상담을 받아 보겠다고 한 겁니다. 사실 처음에는 기독교가 궁금하다기보다는 기독교를 증오하는 마음이 더 커 보였습니다만… 그것 역시 기독교를 믿는 누나를 향한 감정의 발로였겠지요. 그게 좋은 방향인지 나쁜 방향인지는 모르겠지만 이시하라는 누나에게 집착하고 있는 것이 아닌가 싶습니다."

나오야는 안주머니에서 메모지를 꺼내 테이블에 내려놓았다. 호사카가 그것을 집어서 들여다보았다.

이시하라의 신상기록부에 기재된 하루카의 주소를 옮겨 적어서 가지고 나온 것이었다.

하루카는 현재 나가노현 고모로시에 살고 있었다.

"그리고 하나 더 있습니다."

나오야는 이시하라에게 받은 편지를 꺼냈다.

"제가 할 수 있는 일은 일단 여기까지입니다. 부디 사신이 되지는 말아 주십시오."

호사카가 고개를 끄덕이는 것을 확인한 후 나오야는 천천히 자리에서 일어나 엘리베이터 쪽으로 걸어갔다.

9

호사카는 열차 내 안내 방송을 듣고 자리에서 일어났다. 통로를 지나 문 쪽으로 가서 오늘 이야기할 내용을 머릿속으로 다시 한번 정리해 보며 기차가 역에 도착하기를 기다렸다.

이시하라의 누나인 타케이 하루카를 만나러 가는 길이었다. 하루카에게 무슨 질문을 해야 할지, 이시하라에게 어떤 말을 전해 주어야 이시하라의 마음을 열 수 있을지 끊임없이 고민했다.

나오야에게 하루카에 관한 이야기를 듣고 바로 만나 보고 싶었지만 입원 기간은 아직 열흘 정도 더 남아 있었고, 하루카에게 편지를 보낸 것은 퇴원하기 일주일 전이었다.

편지에서 자신은 도쿄 구치소에서 이시하라의 교화 상담을 담당하고 있는 목사라고 신분을 밝힌 다음 이시하라의 가족인 하루카와 만나서 이야기를 나눠 보고 싶다는 내용과 함께 연락처를 적어 보냈다. 그로부터 며칠 후 호사카의 핸드폰으로 전화가 왔다.

하지만 상대가 일면식도 없는 모르는 남자라서 경계하는 것인지, 아니면 남동생이 사형수라는 사실이 마음에 걸려서인지 수화기 너머의 하루카는 좀처럼 입을 열려고 하지 않았다.

이대로는 안 되겠다는 생각에 직접 만나서 이야기하자고 제안하자 하루카는 잠시 망설이는 기색을 보였지만 결국 알겠다고 대답했다.

장소는 하루카가 살고 있는 나가노현 고모로시에서 가까운 가루이자와로 정했다.

가루이자와역에 도착해 기차에서 내리자 차가운 바람이 뺨을 어루만졌다. 고속 열차로 1시간이면 오는 거리인데도 기온은 확실히 도쿄보다 낮았다.

에스컬레이터를 타고 올라와서 개찰구를 빠져나온 다음 주위를 둘러보았다. 열차가 도착하는 시간은 미리 연락해 두었고, 여기서 만나기로 한 상태였다.

근처 벤치에 앉아 있던 여자가 자리에서 일어나 이쪽으로 다가왔다.

"저, 실례지만… 혹시 호사카 목사님이신가요?"

여자가 머뭇거리며 물었다. 호사카는 내심 당황하며 고개를 끄덕였다.

개찰구를 빠져나왔을 때 호사카도 여자를 보기는 했지만 하루카는 이시하라보다 한 살 위라고 들었기 때문에 이 사람은 아닐 거라고 생각했던 것이다. 희끗희끗한 머리와 수수한 옷차림을 보면 그보다 훨씬 더 나이가 많아 보였다.

"아, 네. 타케이 하루카 씨 되십니까? 처음 뵙겠습니다. 호사카입니다."

간단히 인사를 나눈 다음 함께 출구로 향했다. 조용한 분위기에서 이야기를 나눌 수 있는 장소를 찾아 역 주변을 돌아다니다가 적당해 보이는 카페에 들어갔다. 점원이 있는 계산대나 다른 테이블에서 가장 멀리 떨어진 구석 자리를 골라 하루카와 마주보고 앉았다.

하루카는 호사카와 시선이 마주치는 것을 꺼리듯 내내 고개를 숙이고 있었다. 주문한 커피가 나왔지만 잔에는 손도 대지 않은 채 바닥만 내려다볼 뿐이었다.

"오늘은 쉬는 날이신가요?"

호사카는 커피를 한 모금 마신 다음 일단 가벼운 질문을 던져보았다.

만나는 날짜를 오늘로 정한 사람은 하루카였다.

"네…." 하루카가 고개를 숙인 채 작은 목소리로 대답했다.

"무슨 일을 하시나요? 아, 혹시 말하기 불편하시면 대답 안 하셔도 됩니다만…."

이시하라와는 상관없는 이야기였지만 본론으로 들어가기 전에 조금이라도 하루카의 긴장을 풀어줄 필요가 있어 보였다.

"요양보호사로 일하고 있습니다. 고모로에 있는 요양 시설에서…."

"그러시군요. 고생이 많으시겠네요."

"목사님에 비하면 고생이랄 것까지는…." 하루카가 고개를 가로저었다.

"아닙니다. 요양보호사는 정말로 힘들지만 중요한 일이라고 생각합니다."

"감사합니다…."

대화가 이어지자 하루카가 조금씩 고개를 들기 시작했다. 불안정한 시선이기는 하지만 호사카와 눈도 마주쳤다.

"오늘 만남에 대해 한 가지 부탁드릴 것이 있습니다. 편지에서도 살짝 언급했습니다만, 제가 편지를 보내서 이렇게 만나게 되었다는 사실이라든지 오늘 나누는 이야기의 내용에 대해서는 아무한테도 말하지 않아 주셨으면 합니다."

"알겠습니다. 그런데 왜 그래야 하는 건가요?"

"구치소에서 일하는 교도관이나 저 같은 교정위원이 수용자의 가족이나 관계자에게 편지를 보내거나 직접 만나는 행위는 금지되어 있습니다. 구치소 측에서 이번 일에 대해 알게 되면 아마도 저는 해임당할 겁니다."

"호사카 목사님은… 그러니까…." 하루카가 재빨리 주위를 둘러보고 아무도 듣고 있지 않다는 걸 확인한 다음 다시 입을 열었다. "이시하라 말고 다른 사형수도 담당하고 계신가요?"

"네, 몇 명 있습니다."

"그 사람들 가족과도 이런 식으로 연락을 취하시나요?"

"아니요." 호사카는 고개를 저었다.

"그럼 왜 이시하라의 누나인 저한테만 연락을 하신 거죠? 도쿄에서 가루이자와가 그렇게 가깝지도 않은데 개인적으로 시간과 돈을 들여가면서까지…."

하루카 입장에서 그런 의문을 갖는 것은 당연했지만, 마땅히 대답할 말이 없었다.

피해자의 아버지로서 이시하라를 용서할 계기를 찾고 싶어서 누나를 만나게 되었다고 이야기할 수는 없는 노릇이었다.

"솔직히 저도 잘 모르겠습니다."

호사카가 겨우 쥐어짜낸 대답을 듣고 하루카가 고개를 갸웃거렸다.

"다만… 교정위원으로서 이런 말을 하는 것은 바람직하지 않지만… 제게 있어서 이시하라는 좀 특별합니다."

"특별하다고요?" 하루카는 여전히 이해가 가지 않는다는 표정이었다.

"네…. 저는 1년 반 전에 도쿄 구치소 교정위원이 되었습니다. 그전에도 교도소에서 교정위원으로 일한 경험은 있지만 사형수를 담당하게 된 것은 이번이 처음이었습니다. 아까 말씀드렸듯이 제가 담당하는 사형수는 이시하라 외에도 몇 명 있지만 그들은 모두 전임자에게 물려받은 사람들이었습니다. 전임자의 노력 덕분인지 그 사람들은 자기가 저지른 죄를 진심으로 뉘우치고 후회하고 있었습니다. 다들 나이도 저보다 많고 얌전한 편이라 상담을 하면서 고민되는 부분은 거의 없었습니다. 그러다가 1년 전 이시하라의 상담을 맡게 되면서부터 고민하는 일이 많아졌습니다."

"왜죠?" 하루카가 물었다.

"일단 20대라는 젊은 나이에 사형을 선고받은 이시하라를 상대한다는 것 자체가 저에게는 큰 고통입니다. 사형이 확정되었다는 건 언제 형이 집행될지 모른다는 말이니까요."

가족으로서는 받아들이기 쉽지 않은 현실이겠지만 호사카는 솔직하게 털어놓았다.

"네, 그건 저도 알고 있어요. 오늘 형이 집행된다 하더라도 이상할 게 없다는 걸요. 퇴근하고 집에 가면 뉴스에서 이시하라의 형이 집행되었다는 소식을 듣게 되는 게 아닐까… 매일 마음을 졸이면서 살고 있어요. 뉴스를 보고 오늘도 형이 집행되지 않았다

는 사실을 확인하면 마음이 놓이는 동시에 피해자와 유족분들께
너무 죄송해서…. 목사님 눈에는 이런 제가 남동생이 사형당하는
걸 마음 한구석에서는 용인하고 있는 못된 누나 같아 보이시겠
죠."

질문처럼 들리기도 했지만 호사카는 묵묵히 하루카를 쳐다보
기만 했다.

"하지만… 그럴 수밖에 없잖아요. 그런 짓을 저질렀으니까. 이시
하라가 일으킨 사건에 대해 보도하는 뉴스를 보고 온몸에 소름
이 돋았어요. 내 몸에도 같은 피가 흐른다고 생각하면 미쳐 버릴
것만 같았죠. 솔직히 지금도 그 아이가 그런 짓을 저질렀다는 게
믿기지가 않아요. 뉴스에서 이시하라를 봐도 저 사람이 내 기억
속 남동생과 동일인물이라는 생각이 안 들어요. 그냥 동명이인이
아닌가 싶기도 하고…. 하지만 아니잖아요. 혼자서 아무리 부정해
봤자 제 동생이 그런 짓을 저질렀다는 건 변하지 않는 사실이잖
아요…."

"어렸을 때 이시하라는 어떤 아이였습니까?"

호사카가 묻자 하루카가 기억을 더듬듯 허공을 응시하다가 이
윽고 이쪽을 보며 입을 열었다.

"지금 모습만 알고 있는 사람들은 믿기 어렵겠지만… 어릴 때
는 정말 착한 아이였어요. 공부도 운동도 그렇게 잘하는 편은 아
니었고, 성격이 조용하고 얌전해서 학교에서도 눈에 띄는 타입은
아니었어요. 다만 동물을 좋아해서 반에서 사육 당번을 정할 때
자기가 손을 들어 자원했다고 하더라고요. 평소 스스로 나서서
뭘 하겠다고 하는 일이 거의 없는 아이라 그 이야기를 듣고 조금
놀랐던 기억이 나네요."

그때 일이 떠올랐는지 하루카의 표정이 살짝 누그러졌다.

"그리고… 외로움을 많이 타는 아이였어요. 저는 제 방을 갖고 싶었지만 이시하라는 제가 없으면 잠을 잘 수 없다고 해서 어쩔 수 없이 계속 한방에서 공부하고 잠도 함께 잤어요. 제가 여름 캠프에 참가하느라 집을 비우면 밤새 울기만 해서 엄마가 저 대신 같이 자 줬다고 하더라고요. 초등학교 3학년씩이나 돼서 창피하지도 않은지…."

하루카의 이야기 속에 나오는 이시하라가 호사카가 알고 있는 이시하라와 동일 인물이라는 사실이 믿기지 않았다.

"그러고 보니 언젠가 신문인가 잡지에서 읽었는데… 구치소에서는 독방을 사용한다면서요? 1.5평 남짓한 좁은 방에 화장실도 붙어 있어서 일주일에 몇 번 목욕하는 시간이랑 매일 몇십 분씩 운동하는 시간을 제외하면 계속 그 안에서만 지낸다고…."

호사카는 고개를 끄덕이며 대답했다.

"그래서 독방에서 나오는 시간을 조금이라도 늘리고 싶어서 교화 상담을 신청하는 사람도 있다고 합니다."

"그렇군요…. 그 아이는 지금 어떤 심정일까요. 잠은 제대로 자고 있는 건지…. 그런 곳에서 혼자… 게다가 내일 당장 형이 집행될지도 모르는 상태에서…."

하루카가 괴로운 듯 입가를 일그러뜨리며 고개를 떨구었다.

"내일이 아니더라도 언젠가는 형이 집행될 겁니다. 다만 저는 이시하라와 이야기를 나누면서 이 사람을 이대로 죽게 내버려 두어서는 안 된다고 생각했습니다."

호사카의 말을 듣고 하루카가 고개를 들었다.

"살아 있는 동안 조금이라도 인간다운 마음을 되찾을 수 있도록 도와주고 싶습니다."

호사카는 하루카를 똑바로 마주 보며 말했다.

"상담을 받고 있는 지금도 재판 때와 달라진 게 없다는 말씀이
신가요? 자기가 잔인하게 살해한 여성들에게 전혀 미안해하지 않
는다고요?"

"사람의 마음은 눈으로 확인할 수 없으니 실제로 이시하라가
어떤 마음인지는 모르겠지만 적어도 반성이나 속죄에 대해 자기
입으로 언급한 적은 한 번도 없습니다. 그뿐만 아니라 삶에 대한
집착도 전혀 느껴지지 않습니다."

"재판에서도 자기를 빨리 사형에 처해 달라고 말했다고 들었어
요. 변호사님한테도 자기는 빨리 죽고 싶으니까 항소하지 않겠다
고 했다고…."

"제가 형 집행을 늦추는 것은 불가능하지만 형이 집행되기 전
까지 이시하라에게 삶의 즐거움이라든지 의미 같은 것을 조금이
라도 느끼게 해 주고 싶습니다. 삶의 소중함을 깨닫게 되면 자기
가 빼앗은 생명의 무게에 대해서도 다시 한번 생각해 보게 되지
않을까 싶어서요. 어쩌면 피해자와 유족들에게 용서를 구하고 싶
어질 수도 있고요. 하지만 어떻게 하면 이시하라에게 삶의 의미
를 깨닫게 할 수 있을지 모르겠더군요. 그래서 지푸라기라도 잡는
심정으로 누님인 하루카 씨에게 연락을 취하게 된 겁니다."

"목사님이 이시하라를 그렇게까지 생각해 주시는 건 가족으로
서 정말 감사하게 생각합니다. 하지만 제 얘기는 별로 참고가 되
지 않을 것 같은데요. 저는 그 아이에 대해 아무것도 몰라요. 부
모님이 이혼하고 따로 떨어져 살게 되면서부터 연락이 완전히 끊
겨 버렸으니까요…. 사형 판결이 내려진 후 구치소에 여러 번 편지

를 보냈어요. 한 번만이라도 좋으니 동생을 만나고 싶어서요. 하지만 끝끝내 답장은 오지 않았어요. 지금 그 아이에게 저는 모르는 사람이나 마찬가지일걸요. 아마 제가 보낸 편지는 읽지도 않고 그냥 버렸을 거예요."

"아닙니다."

호사카가 단호한 말투로 부정하자 하루카가 의아한 표정을 지었다.

"이시하라가 교화 상담을 받게 된 것은 하루카 씨가 보낸 편지 때문일 가능성이 높습니다."

"그 아이가 제 편지를 읽었다고요?"

"하루카 씨가 보낸 편지를 전부 다 읽었는지는 모르겠습니다. 다만 편지를 통해 하루카 씨와 어머니가 기독교인이 되었다는 사실을 알게 된 이시하라가 기독교에 관심을 갖게 되어 상담을 신청한 거라는 말을 교도관에게 들은 적이 있습니다. 담당 교도관의 말에 따르면 이시하라는 어머니와 누나가 자신을 버렸다고 생각하는 것 같습니다. 그래서 두 분을 원망하고 있다고 하더군요. 자신을 버린 두 사람이 믿는 신앙이 어떤 것인지 궁금하기는 하지만 누나의 편지에 직접 답장을 보내기는 싫다는 말이겠지요."

"엄마는 이시하라를 버린 적이 없어요. 부모님이 이혼하면서 엄마랑 아빠 중 어느 쪽을 따라가겠냐고 물었을 때 이시하라가 아빠랑 살겠다고 한 거예요."

"그 얘기를 편지에도 쓰셨나요?"

"네⋯. 어릴 때 일이라 어쩌면 엄마한테 버림받았다고 생각할 수도 있겠다 싶어서 그게 아니라는 걸 알려주고 싶었어요. 다만 그때 그렇게 헤어진 결과 그 아이가 할머니를 죽이고 이번 사건도 일으키게 된 거라면… 저와 엄마한테도 책임이 있는 게 아닌 가 하는 생각이 들어요."

호사카는 무슨 말인가 하고 고개를 갸웃거렸다.

"그 무렵 이시하라는 아버지를 잘 따랐지만 저는 아니었거든요. 아버지는 술과 여자를 좋아했고, 엄마가 그걸 가지고 뭐라고 하면 손찌검을 했어요. 두 분은 그래서 이혼하게 된 거예요."

"이시하라는 아버지의 그런 면을 몰랐던 겁니까?"

"네. 아버지는 제가 보는 앞에서 엄마를 때린 적은 있지만 그 아이 앞에서 그런 적은 없거든요. 이혼하게 되었을 때도 엄마는 굳이 부모의 안 좋은 면을 알게 할 필요가 없다면서 이시하라에게는 진짜 이유를 말해 주지 않았고, 저한테도 아버지에 대해 안 좋은 말은 하지 말라고 했어요. 하지만 지금은 후회하고 있어요. 그때 아버지가 어떤 인간인지 제대로 말해줬더라면…."

"이시하라도 아버지가 아니라 어머니를 선택했을 테니까요?"

어두운 표정으로 고개를 끄덕이는 하루카를 보니 가슴이 욱신거렸다.

이시하라가 아무 망설임 없이 그런 잔인한 짓을 저지르게 된 직접적인 원인이 무엇인지는 알 수 없다. 하지만 만약 이시하라가 유년기에 다른 선택을 했더라면 유아를 비롯한 네 사람이 목숨을 잃는 일은 일어나지 않았을지도 모른다고 생각하면 참을 수 없이 안타까웠다.

"아마도요…. 엄마도 사실은 저와 남동생을 둘 다 데려가고 싶었을 거예요. 하지만 전업주부인 자신이 혼자서 아이 둘을 키울 수 있을지, 괜히 아이들에게 고생만 시키는 게 아닐지 걱정이 되기도 했겠죠. 아버지를 따라가겠다는 이시하라를 적극적으로 말리지 못한 데에는 그런 이유도 있었을 거예요. 게다가 루카도 있었으니까…."

"루카요?"

"당시 집에서 기르던 강아지 이름이 루카였어요. 2년 전 이시하라가 주워 와서 굉장히 예뻐하며 키웠는데 이혼할 때 엄마가 루카까지 데려갈 수는 없다고 했거든요. 그야 그랬겠죠. 당시 엄마로서는 혼자서 아이 둘을 키우기도 버거운데 거기다 개까지 기른다는 건 생각조차 할 수 없었을 거예요."

"아버지를 따라가면 개를 기를 수 있었던 걸까요?"

"네. 아마 그게 이시하라가 아버지를 따라가기로 마음먹은 이유였을 거예요."

"그 얘기도 편지에 쓰셨나요?"

호사카가 묻자 하루카가 "아니요" 하고 고개를 저었다.

"저도 잊어버리고 있다가 방금 얘기하면서 생각난 거예요. 남동생과 떨어져 살게 된 건 슬펐지만, 솔직히 엄마를 따라오지 않은 게 그 아이한테는 잘된 일이라고 생각했어요."

"어머니께서 걱정했던 대로 생활이 어려웠기 때문인가요?"

"네…. 이혼 후 엄마는 바로 일을 시작했지만 얼마 지나지 않아 병에 걸려서 일을 그만두게 되었거든요. 치료를 받았지만 완치된 건 아니라서 다시 제대로 된 일을 구하기는 어려웠고, 그러다 보니 집세나 관리비는 물론 제 급식비까지 제때 내지 못할 정도였어요. 경제적으로 너무 힘드니까 정신적으로도 버티기가 힘들었는지 '살아 있어도 괴롭기만 한데 그냥 같이 죽을까?' 하고 엄마가 제게 동반 자살을 암시하는 말을 한 적도 있어요. 그런 상황이다 보니 저도 엄마도 이시하라가 어떻게 살고 있을지까지 생각할 여유가 없었어요. 그냥 우리보다는 잘 살고 있겠거니 했죠."

재판에서 밝혀진 바에 따르면 이시하라의 아버지는 아내와 이혼하고 1년 후 다른 여자와 함께 살기 위해 이시하라를 할머니 집에 맡겼다. 6년 후 이시하라는 할머니를 야구 방망이로 때려죽였고, 그로부터 8년 후 이번에는 유아와 또 한 명의 여성을 잔인한 수법으로 살해했다.

"이혼하고 4년 정도는 계속 그렇게 어렵게 살았어요. 그런데 어느 날 길가에서 어떤 기독교인이 엄마한테 말을 걸더래요. 그분들께 도움을 받아서 생활이 조금씩 나아지기 시작했어요. 교회 관계자를 통해 월세가 싼 집을 소개받고 식량이랑 생필품도 지원받은 덕분에 더이상 엄마가 무리하게 일하지 않아도 어떻게든 먹고 살 수 있게 된 거죠. 그 후 엄마와 저는 세례를 받고 기독교인이 되었어요. 이시하라가 열여섯 살 때 할머니를 죽였다는 건 이번 사건이 일어나고 나서야 알았어요. 그 무렵 저는 낮에는 일하고 밤에는 야간제 고등학교에 다니느라 눈코 뜰 새 없이 바빴거든요. 하지만 만약 제가 그때 조금만 더 신경을 써서 이시하라가 어떻게 지내고 있는지 알아봤더라면…. 엄마 말로는 이혼하고 얼마 지나지 않아 아버지와는 연락이 끊겼다고 했지만 어떻게든 찾아내서 만나러 갔더라면…"

"어머니도 할머니 일은 모르셨던 걸까요?"

"아마 모르셨을 거예요. 아셨다면 소년 교도소에 면회를 갔을 것이고, 그러면서 제게 그 사실을 숨기기는 힘들었을 테니까요. 물론 이시하라가 소년 교도소에서 출소한 후에는 저희랑 같이 살았을 거고요. 게다가 어머니는 임종 때 평온한 얼굴을 하고 계셨어요. 물론 돌아가시기 직전까지 이시하라를 보지 못해 아쉬워하기는 했지만 적어도 뭔가 무거운 마음의 짐을 안고 있는 사람 같아 보이지는 않았어요. 만약 이시하라가 할머니를 죽였다는 사실을 알고 있었다면 돌아가시기 전에 저한테 그 아이를 잘 부탁한다는 말을 남기셨을 거예요."

"어머니는 언제 돌아가셨습니까?"

호사카가 묻자 하루카가 "6년 전에요" 하고 대답했다.

이시하라가 소년 교도소에서 나오기 전이다.

"암이 재발하는 바람에…. 제가 일을 시작한 지 4년쯤 됐을 때라 직장에서도 조금씩 중요한 업무를 맡게 되고 그에 따라 급여도 좀 올라가서 이제부터 엄마한테 효도할 수 있겠다, 그렇게 생각하고 있었는데…. 제대로 효도 한 번 못 하고 보내드린 게 너무 죄송해요. 다만…."

하루카가 말끝을 흐리며 고개를 숙였다.

"다만, 뭡니까?"

호사카가 묻자 하루카가 다시 고개를 들었다. 젖은 눈으로 이쪽을 보며 입을 열었다.

"다만… 지금 생각하면 엄마한테는 그게 오히려 나았을 수도 있겠다는 생각도 들어요."

부모 입장에서는 자기 아들이 네 사람의 목숨을 빼앗았다는 사실을 받아들이기 힘들었을 것이다.

"엄마가 돌아가셨을 때 이시하라에게도 알려주고 싶었지만 아버지와는 연락이 닿지 않고 어디 사는지도 몰라서 연락할 방도가 없었어요. 할머니 댁에도 지금까지 한 번도 가 본 적이 없어서…. 그래 봤자 결국 다 변명에 불과하지만요. 그때 어떻게든 이시하라를 찾아내서 연락을 취했더라면 아무 죄 없는 젊은 여성이 둘이나 살해당하는 걸 막을 수 있었을지도 모르는데…."

하루카가 면목이 없다는 듯 고개를 떨구었다.

눈물이 나는지 고개를 숙인 채 소매로 눈가를 닦았다.

"그렇게 자신을 탓하지 마세요. 이시하라가 어떤 상황에 놓여 있는지 하루카 씨는 전혀 몰랐지 않습니까."

하루카는 입술을 깨물며 울음을 삼키더니 혼잣말처럼 중얼거렸다.

"그 아이를 만나고 싶어요…. 아니… 만나야만 해요…."

"이시하라를 만나서 무슨 이야기를 할 생각입니까?"

호사카가 묻자 하루카는 "모르겠어요…" 하고 힘없이 고개를 가로저었다.

"다만… 제 동생은 세상 사람 모두가 증오하는 대상이 되어버렸어요. 사형이 집행되더라도 진심으로 슬퍼하는 사람은 아무도 없을 거예요. 그 아이도 분명 그렇게 생각하고 있겠죠. 적어도… 그렇지는 않다고… 그 아이의 죽음을 슬퍼하는 사람이 이 세상에 한 사람은 있다는 사실을 알려주고 싶어요…. 제대로 전해질지는 모르겠지만…."

테이블 위에 엎드려 흐느껴 우는 하루카를 내려다보며 호사카는 어떻게든 두 사람을 만나게 해 주고 싶다고 생각했다.

하루카를 위해서, 이시하라를 위해서, 그리고 이시하라를 용서할 수 있게 되기를 바라는 자기 자신을 위해서.

하지만 어떻게 하면 이시하라가 누나를 만나줄지, 아무리 생각해도 좋은 방법이 떠오르지 않았다.

10

"이시하라, 들어간다."

목소리를 듣고 작업하던 손을 멈췄다. 탁자 앞에서 문 앞으로 이동해 무릎을 꿇고 앉자 문이 열리고 나오야가 한 걸음 안으로 들어왔다.

"상담이다. 준비해."

나오야의 말에 가슴이 두근거렸다.

조만간 호사카의 상담이 재개될 거라는 말은 들었지만 정말로 다시 상담을 할 수 있을지 반신반의하고 있었다.

자리에서 일어나 선반에서 성서를 꺼낸 다음 신발을 신고 방을 나섰다. 복도에는 교도관인 쿠보가 기다리고 있었다. 셋이서 나란히 복도를 걸어갔다.

엘리베이터를 타고 이동해서 상담실 앞에 도착하자 나오야가 문을 노크했다. "네" 하는 소리를 듣고 문을 연 나오야가 안으로 들어가라고 손짓했다.

테이블 쪽으로 걸어가자 호사카가 미소를 지으며 자리에서 일어나 이쪽으로 다가왔다.

두 달 전 만났을 때에 비해 살이 많이 빠진 것 같아서 걱정이 되었다. 하지만 안색은 전보다 좋아 보였다.

언제나처럼 호사카가 오른손을 내밀어서 악수를 했다. 오른손을 부드럽게 감싸는 따스한 감촉이 반갑게 느껴졌다.

"앉으시죠."

호사카가 권하는 대로 테이블을 사이에 두고 마주 보고 앉았다.

"몸은 이제 괜찮으세요?"

"네, 괜찮습니다. 걱정하게 해서 미안합니다."

"어디가 안 좋았던 건데요?"

교도관들에게도 물어봤지만 아무도 구체적인 병명은 가르쳐 주지 않았다. 어쩌면 암일 수도 있겠다는 생각에 내내 불안했다.

"급성 췌장염이었습니다. 술을 많이 마시면 걸리는 병이라고 하더군요. 3주 가까이 입원하는 동안 아무것도 먹을 수가 없어서 고생했지만 덕분에 많이 괜찮아졌습니다. 이시하라 씨가 보내 준 편지도 잘 받았습니다."

호사카가 겉옷 안주머니에서 편지 봉투를 꺼내 테이블 위에 내려놓으며 말했다.

자신이 쓴 서툰 글씨를 보니 새삼 부끄러워졌다.

"고맙습니다. 편지를 받고 정말 기뻤습니다."

호사카의 진심 어린 인사가 어색하고 낯간지러워서 저도 모르게 시선을 피했다.

"이전 상담 때 밤에 잠을 잘 못 잔다고 했었는데 지금은 어떻습니까?"

그 말에 다시 시선을 돌려 호사카를 쳐다보며 대답했다.

"여전히 잘 못 자요."

"그렇습니까…. 지난번에 '저세상으로 가기 전에 마지막으로 목사님 기도를 들을 수 있다고 생각하니 마음이 좀 놓인다'라고 했는데… 왜 그렇게 생각한 겁니까?"

호사카가 테이블 위에서 깍지를 끼고 이쪽을 쳐다보았다.

갑작스러운 질문에 뭐라고 대답해야 할지 알 수 없어 당황했다.

"왜냐니… 그야 죽으면 홀로 남겨질 테니까…."

"그 전에 저와 함께 있으면 마음이 놓일 것 같던가요?"

"네. 죽을 때 나를 싫어하는 사람이랑 같이 있고 싶지는 않잖아요."

"왜 제가 이시하라 씨를 싫어하지 않는다고 생각합니까?"

"그야… 목사님이 그랬잖아요. 죽기 전에 아주 잠깐이라도 좋으니 살아 있기를 잘했다고 생각되는 순간이 찾아오기를 바란다고. 사람을 넷이나 죽인 나한테 그런 말을 해 준 사람은 지금까지 아무도 없었어요. 목사님 말고는 다들 내가 고통스럽게 살다가 고통스럽게 죽어 가길 바랄걸요."

"정말 그럴까요?"

호사카가 동의할 수 없다는 듯 고개를 갸우뚱했다.

"이시하라 씨가 직접 듣지는 못했어도 저처럼 생각하는 사람이 한 명 더 있습니다."

"그게 누군데요?"

"타케이 하루카 씨… 이시하라 씨의 누나입니다."

그 이름을 들은 순간, 심장이 덜컹했다.

호사카가 어떻게 하루카를 알고 있는 것일까.

호사카의 입에서 그 가증스러운 이름을 듣고 싶지 않았다. 분노에 찬 시선으로 정면을 노려보았다.

"하루카 씨도 분명 저와 같은 생각일 겁니다."

호사카에게 하루카에 대해 알려준 사람이 누구일지 생각해 보았다.

문 옆에 놓인 접이식 의자에 앉은 나오야를 쏘아보았다. 틀림없이 이놈일 것이다.

"누나를 만나고 싶지 않습니까?"

그 말에 흠칫 놀라 고개를 돌려 호사카를 쳐다보았다.

"만나고 싶을 리가 없잖아요."

"왜죠? 단 한 명뿐인 가족 아닙니까."

"단 한 명뿐인 가족이고 자시고 간에 만나고 싶지 않은 건 만나고 싶지 않은 거예요. 만나면 어차피 설교나 원망만 늘어놓겠죠."

호사카가 이쪽을 물끄러미 응시했다.

내가 아니라 더 뒤쪽을 보는 것 같아서 고개를 돌리니 둘이서 뭔가 신호라도 주고받았는지 나오야가 호사카를 향해 고개를 끄덕여 보였다.

"실은… 어제 하루카 씨를 만났습니다."

호사카의 말에 깜짝 놀라 앞을 쳐다보았다.

"수용자 가족을 개인적으로 만나는 일은 규정상 금지되어 있습니다. 제가 이시하라 씨의 누나를 만났다는 사실이 구치소 측에 알려지면 교정위원을 그만둬야 할 겁니다."

나오야에게 하루카에 대한 이야기를 듣고 호사카가 직접 만나러 갔다는 건가.

"그러니까… 다른 사람들한테는 말하지 말라고요?"

호사카가 고개를 끄덕였다.

"저와 상담을 계속하고 싶다면 말입니다. 하루카 씨는 이시하라 씨를 만나고 싶어 했습니다. 그래서 몇 번이나 편지를 보냈는데 답장이 없다고 슬퍼하더군요."

"그런 편지 따위 쳐다보기도 싫어서 받자마자 찢어서 쓰레기통에 버렸어요. 하긴 내가 아무리 그래 봤자 여기에는 오지랖 넓은 사람이 하나 있어서 매번 그걸 다시 테이프로 붙여서 가져다주지만요."

"편지는 읽어 봤습니까? 무슨 생각이 들던가요?"

"생각이고 자시고… 처음부터 끝까지 변명만 늘어놔서 뭐라고 언급할 가치도 없어요. 나를 만나고 싶다는 것도 사실은 자기가 느끼는 죄책감을 조금이라도 덜고 싶어서겠죠."

"죄책감이요?" 호사카가 고개를 갸웃거렸다.

"네. 자기랑 엄마 때문에 내가 이렇게 됐잖아요. 사람을 넷이나 죽인 사형수가…."

"그게 왜 누나랑 어머니 때문입니까?"

"날 버렸으니까요. 두 사람은 아버지가 얼마나 형편없는 인간인지 알면서 나를 아버지한테 제물로 바치고 도망쳐 버린 거라고요."

"하루카 씨 말에 따르면 부모님이 이혼하면서 누구랑 함께 살겠냐고 물었을 때 이시하라 씨 본인이 아버지를 따라가겠다고 했다던데요."

머리에 피가 확 쏠렸다.

"그럴 리가 없잖아요! 그 여자가 목사님한테도 그런 거짓말을
했어요?"

"정말로 하루카 씨가 한 말이 거짓말일까요? 당시 이시하라 씨
는 많이 어렸으니 기억이 잘못되었을 가능성도 있지 않습니까."

언젠가 나오야가 지적했던 부분을 호사카가 똑같이 지적하자
머릿속이 혼란스러웠다.

하지만 그런 건 절대로 인정할 수 없다.

TV 뉴스든 뭐든 좋으니 인간 말종이 되어 버린 내 모습을 엄마
와 누나에게 보여 주고 후회하게 만들고 싶었다. 만약 두 사람에
게 버림받았다는 게 나 혼자만의 착각이었다면 나는 대체 뭘 위
해서 사람을 넷이나 죽이고 이런 곳에서 죽음을 기다리고 있단
말인가.

"하루카 씨한테 듣기로는 당시 이시하라 씨 어머니는 두 아이
다 데려가고 싶어 했답니다. 하지만 이제껏 전업주부로만 살아온
자신은 경제력이 없어서 아이들에게 고생만 시킬 것이 뻔하니 아
버지를 따라가겠다는 이시하라 씨를 붙잡지 못했을 거라고요. 기
억 안 납니까?"

이쪽을 빤히 쳐다보는 호사카의 시선에 압도되어 어릴 적 기억
을 떠올려 보려고 했다. 하지만 몇몇 단편적인 장면이 두서없이
떠오를 뿐이었다.

갑자기 머리가 아파 와서 머리카락을 움켜쥐었다. 테이블을 내
려다보며 앓는 소리를 냈다.

"하루카 씨한테 루카에 대해서도 들었습니다."

호사카의 목소리에 고개를 들었다. 무슨 말인가 싶어 고개를
갸웃거렸다.

"이시하라 씨네 집에서 기르던 강아지 말입니다. 부모님이 이혼하기 2년 전에 이시하라 씨가 길에서 주워 와서 기르기 시작했다고 하던데요."

머릿속에 폭우가 쏟아지던 날의 광경이 떠올랐다. 동시에 상자 속에서 비에 젖어 떨고 있는 왜소한 강아지의 모습도 떠올랐다.

"루카…."

완전히 잊고 있었다.

"루카를 기억합니까?"

호사카의 물음에 고개를 끄덕였다.

"이시하라 씨는 루카와 함께 있고 싶어서 개를 기를 수 없다고 한 어머니가 아니라 개를 길러도 된다고 한 아버지를 따라가기로 한 것 아닙니까? 하루카 씨는 그렇게 말하던데요."

루카와 함께 지낸 날들의 기억이 되살아났다.

루카는 잡종이었지만 사람 말을 잘 따르는 영리한 암컷이었다. 나는 루카를 많이 아끼고 사랑했다.

그 시절 내게는 누구보다도 소중한 존재였는데 어떻게 이렇게 까마득하게 잊고 있었을까.

"이시하라 씨는 공부도 운동도 그렇게 잘하는 편은 아니었고, 성격이 조용하고 얌전해서 학교에서도 눈에 띄는 타입은 아니었지만, 반에서 사육 당번을 정할 때 직접 손을 들어 자원할 정도로 동물을 좋아하는 착한 아이였다고 들었습니다. 굉장히 외로움을 많이 타는 편이었다고도 하더군요."

"외로움을 많이 타는…." 호사카를 마주 보며 저도 모르게 중얼거렸다.

"네. 누나 없이는 못 잔다고 이시하라 씨가 하도 고집을 피워서 계속 한방에서 잤다고 하던데요. 누나가 여름 캠프에 갔을 때는 밤새 울기만 해서 누나 대신 어머니가 같이 자 줬다고요."

기억을 더듬어 보았지만 밤잠을 이루지 못하고 우는 자신을 달래느라 어머니가 함께 자 준 기억은 나지 않았다.

대신 강아지에게 왜 루카라는 이름을 붙였는지는 기억이 났다.

집에 있을 때는 한시도 하루카와 떨어지고 싶지 않았지만 그건 현실적으로 불가능했다. 학교가 끝난 후에도 하루카는 밖에서 친구들과 노느라 집을 비우는 일이 많았다. 그래서 하루카의 이름을 딴 강아지와 놀면서 누나가 없는 외로움을 달래려고 했던 것이다. 그러다 보니 어느샌가 나와 잘 놀아주지 않는 하루카보다 나를 잘 따르는 루카를 더 좋아하게 되었다.

"그 후 루카는 어떻게 되었나요? 할머니네 집에서 살게 되었을 때 데려갔습니까?"

호사카의 질문을 받고 다시금 기억을 더듬어 보았다.

차가운 무언가에 닿은 듯한 느낌이 들어서 무릎 위에 놓인 오른손을 내려다보았다.

아버지를 따라 할머니네 집에 갔을 때였다.

오른손에서 왼손으로 시선을 옮기며 찬찬히 기억을 되짚어 보니 당시 나는 목줄을 잡고 있지 않았다는 사실이 기억났다. 그리고 루카를 집에 남겨둔 채 아버지 손에 이끌려 기차를 타고 몇 시간을 이동해서 전혀 모르는 동네에 도착해 다시 한참을 걸었던 일도.

할머니에게 나를 맡기면서 아버지는 다음에 올 때 루카를 데려오겠다고 했지만 아무리 기다려도 아버지는 오지 않았다.

루카는 아버지와 그 여자와 함께 살고 있을 거라고 생각했다.

나는 개보다도 선택받지 못한 존재라는 생각에 괴로웠다.

나를 버린 아버지가 루카는 버리지 않았다고 생각해서 루카를 질투한 나머지 나도 모르게 루카의 존재를 기억에서 지워 버린 것인지도 모른다.

하지만 지금 생각하면 아마 아버지는 루카도 어딘가에 갖다 버렸을 것이다.

엄마와 누나와 따로 떨어져 살기 전까지는 아버지는 좋은 사람이라고 믿어 의심치 않았지만….

"…나도 루카도 운이 없었던 거죠. 그런 놈을 따라가는 바람에."

그 말을 내뱉은 순간, 슬픈 눈빛으로 이쪽을 쳐다보는 어머니의 모습이 머릿속에 떠올랐다.

왜 그런 얼굴을 하고 있는 걸까. 언제 적 기억인 걸까.

그래… 맞다…. 내가 루카를 품에 안고 아버지와 함께 살겠다고 말했을 때였다.

그런가. 두 사람에게 버림받았다고 생각한 건 모두 내 착각이었던 건가.

하지만 내가 네 사람을 죽였다는 사실은 변하지 않는다. 그리고 내가 머지않은 미래에 이 세상에서 사라질 거라는 사실도.

스스로의 어리석음에 실소가 나왔지만 내 귀에 들리는 소리는 웃음이라기보다는 한숨에 가까웠다.

"하루카 씨는 이시하라 씨를 만나고 싶다고…, 아니 만나야만 한다고 했습니다."

그 말에 퍼뜩 정신이 들었다. 고개를 들어 호사카를 쳐다보았다.

"만나서 뭘 어쩌겠다고요. 만난다고 해서 예전으로 돌아갈 수 있는 것도 아닌데. 눈앞에 앉아 있는 사람은 동물을 좋아하는 착한 남동생이 아니라 사람을 넷이나 죽인 사형수라고요."

"저는 그렇기 때문에 더 만나야 한다고 생각합니다."

처음 듣는 호사카의 단호한 말투에 나도 모르게 움찔했다.

"설령 만나서 안 좋은 말을 듣게 되더라도 이시하라 씨는 누나를 만나야 합니다. 지금 여기 있는 사람들은 저를 포함해 그 누구도 과거에 이시하라가 어떤 아이였는지 알지 못합니다. 하루카 씨는 이시하라 씨의 단 하나뿐인 가족으로서 이곳에서 죽음을 기다리는 일밖에 할 수 없는 남동생에게 중요한 사실을 전하고 싶다고 했습니다."

"…중요한 사실이라는 게 뭔데요?"

"그걸 제 입으로는 말할 수 없습니다. 이시하라 씨도 하루카 씨한테 전할 말이 있지 않습니까?"

누나한테 전하고 싶은 말…. 내가 살아 있는 동안….

모르겠다.

"이대로… 두 번 다시 누나를 만날 수 없게 되어도 정말로 괜찮겠습니까?"

어느 쪽으로도 대답할 수가 없어서 그냥 고개를 숙였다.

"저는 크게 후회하는 일이 하나 있습니다."

호사카의 목소리가 들렸지만 고개를 들지 않고 계속 테이블을 내려다보며 하루카를 만날지 말지 고민했다.

"전해야 할 말이 있었는데… 그 상대가 죽는 바람에 결국 전하지 못했습니다…."

목소리가 떨리는 것처럼 느껴져서 고개를 들었다. 시야에 들어온 호사카를 보고 흠칫 놀랐다.

이쪽을 쳐다보는 호사카의 눈이 빨갰다.

"누구한테 뭘 전하고 싶었는데요?" 당황해서 우물쭈물하며 물었다.

"그건 비밀입니다…. 다만 이시하라 씨도, 하루카 씨도 저 같은 후회는 하지 않기를 바랍니다."

호사카가 양복 주머니에서 손수건을 꺼내 눈가를 닦았다.

"시간 다 됐습니다."

호사카의 상태가 신경 쓰였지만 나오야의 말에 자리에서 일어났다. 상담실을 나와 복도에서 기다리던 쿠보와 나오야와 함께 엘리베이터로 향했다.

21번 방 앞에 도착하자 나오야가 철문을 열고 안으로 들어가라고 손짓했다.

나오야가 쿠보에게 "저는 이시하라에게 할 얘기가 있으니 먼저 가시죠"라고 말하더니 수용실 안으로 따라 들어왔다.

"오늘 상담은 어땠나?" 나오야가 물었다.

"교도관이 멋대로 개인 정보를 알려 주고 그래도 되는 거예요? 내가 위에 찌르면 교도관님도 무사하지는 못할 텐데요."

협박조로 을러댔지만 나오야는 아무렇지도 않은 표정으로 "그러게" 하고 대답했다.

"설령 내가 여기서 잘리더라도 그렇게 하는 게 옳다고 생각했기 때문에 호사카 목사님께 네 누님에 대해 알려드린 거다."

"왜 나 같은 걸 위해서 그렇게까지 하는 건데요?"

"널 바꾸고 싶으니까."

"나를 바꾼다고요?"

"그래. 넌 아무 잘못도 없는 사람을 넷이나 죽였어. 그런 네가 피해자와 유족들에게 조금이라도 용서받을 수 있는 인간이 되었으면 좋겠거든."

"그런 건 절대 불가능해요."

"그럴까…? 뭐 아무튼 누나한테 편지 쓰면 말해라. 바로 확인하고 부쳐 줄 테니까."

나오야는 그렇게 말하고는 방에서 나가더니 문을 닫고 잠궜다.

발걸음 소리가 멀어지는 것을 확인한 후 방 안에 있는 선반으로 다가가 선반 안쪽에 박아 두었던 종이 다발을 꺼냈다. 지금까지 하루카가 보내온 편지였다.

거기 적힌 글씨를 보면서 지금 하루카가 어떤 모습일지 상상해 보았다.

만나고 싶은 마음이 전혀 없는 것은 아니다.

편지 다발을 쥔 손이 부들부들 떨렸다.

하지만… 무섭다….

나는 사람을 넷이나 죽였다. 그중 두 명은 하루카와 비슷한 나이대의 여자였다.

만약 만난다면 하루카는 나를 어떤 눈으로 쳐다볼까.

11

나오야는 문득 걸음을 멈추고 뒤를 돌아보았다. 조금 전까지 자신이 근무하던 도쿄 구치소를 올려다보았다.

과연 이시하라는 하루카를 만날 것인가….

사흘 전 일을 마치고 집으로 돌아가는 길에 이 부근에서 호사카를 만났다.

할 얘기가 있는데 연락처를 몰라서 몇 시간째 이 자리에서 나오야가 나오기를 기다리고 있었다고 했다.

근처에 있는 공원으로 자리를 옮겨서 호사카가 하루카를 만나고 온 이야기를 들었다.

하루카는 이시하라를 만나고 싶어 한다고 했다. 호사카는 자기 생각에도 누나와의 만남이 이시하라에게 좋은 자극이 될 것 같다면서 그와 관련해 나오야에게 특별히 부탁하고 싶은 것이 있다고 했다.

호사카가 이시하라에게 하루카를 만나 보라고 권하기 위해서는 자신이 하루카를 만나고 왔다는 이야기를 할 수밖에 없었다.

여기서 문제가 되는 것이 호사카가 어떻게 하루카의 존재와 연락처를 알게 되었는가 하는 점이었다.

호사카에게 그런 정보를 알려 주었을 가능성이 가장 높은 사람은 교도관이었다. 그중에서도 나오야는 이미 몇 번이나 이시하라에게 누나의 편지에 답장을 보내라고 권한 적이 있으니 이시하라는 가장 먼저 나오야를 의심할 것이다. 호사카는 만약 이시하라가 구치소 내 다른 사람에게 이 이야기를 하면 나오야가 처벌받게 되지 않겠냐며 걱정했다.

물론 외부인인 호사카에게 수용자에 관한 정보를 알려 주었다는 사실이 알려지면 문제가 될 것이다. 이 정도 일로 바로 해고를 당하지는 않겠지만 어쩌면 강등이나 감봉 등의 처분을 받을 수도 있다. 하지만 나오야는 자신을 걱정하는 호사카에게 그런 건 신경 쓰지 않아도 되니 이시하라에게 하루카를 만나고 왔다는 사실을 밝히고, 하루카가 이시하라를 만나고 싶어 한다는 사실을 전해 달라고 했다.

이시하라는 호사카를 의지하고 있다. 그러니 호사카가 교정위원을 그만두게 만드는 일은 하지 않을 것이라는 확신도 있었다.

나오야는 오늘 상담이 이시하라가 마음을 여는 결정적인 계기가 되지 않을까 기대하고 있었다.

눈물까지 보이며 하루카를 만나 달라고 애원하던 호사카의 모습을 떠올리니 문득 궁금해졌다. 호사카가 말한 크게 후회되는 일이라는 건 대체 뭘까.

전하고 싶었는데 그 상대가 죽는 바람에 결국 전하지 못했다는 말은 대체 무엇일까.

호사카의 주변 인물 중 고인이라고 했을 때 가장 먼저 생각나는 사람은 이시하라에게 살해당한 피해자인 키타가와 유아였다.

호적상으로는 남이지만 호사카는 유아가 자신의 친딸이라고 했다. 호적상 가족이 아니라면 어쩌면 호사카는 유아에게 자신이 친아버지라는 말을 하지 않았던 것이 아닐까.

유아는 호사카가 아버지라는 사실을 모른 채 살해당했다. 호사카는 자기 딸을 죽인 이시하라를 상대로 상담을 진행하고 있다.

나오야의 생각이 틀리지 않았다면 피해자 부모로서 쉽지 않은 일일 터였다.

오늘 상담 때 호사카가 보인 눈물의 의미를 알 것도 같았다.

저 멀리 관사 앞에 아내인 유아가 서 있었다. 나오야는 발걸음을 재촉해 아내에게 다가갔다.

"베란다에 널어둔 빨래를 걷는데 당신 모습이 보이길래."

"그래서 일부러 여기까지 마중 나온 거야?" 나오야는 신기해하며 물었다.

지금까지 이런 적은 한 번도 없었다.

"당신한테 할 말이 있는데 아미랑 켄야한테는 아직 비밀로 하고 싶어서."

그러고 보니 아이들이 집에 있을 시간이기는 했다. 대체 무슨 이야기이길래 아이들한테는 비밀이라는 건지 신경이 쓰였다.

"무슨 얘긴데?"

"좀 걸을까?" 나오야의 질문에는 대답하지 않고 유아가 걷기 시작했다.

이직에 관한 이야기일까. 신경은 쓰이지만 아무튼 일단은 아내를 따라가는 수밖에 없었다.

관사 주변을 반 바퀴 정도 돌았지만 유아는 좀처럼 말을 꺼낼 기미가 보이지 않았다. 참다못해 나오야가 "그래서…" 하고 입을 연 순간 "오늘 산부인과 다녀왔어"라고 말하는 유아의 목소리가 겹쳐졌다. 나오야는 깜짝 놀라 그 자리에 멈춰 섰다.

"어… 그럼… 그게 그러니까…."

나오야가 당황해서 횡설수설하자 유아가 정면에 서서 고개를 끄덕였다.

"임신 11주차래."

유아의 말을 듣고 11주 전의 기억을 되짚어 보았다.

쿠도의 형이 집행된 다음 날, 온 가족이 디즈니랜드에 놀러 갔다. 나오야는 전날의 끔찍한 기억 때문에 제대로 즐길 수 없었지만 유아가 곁에 있어 준 덕분에 어느 정도 마음을 추스를 수 있었다.

하루 종일 신나게 논 아이들은 집에 돌아오자마자 곯아떨어졌고, 아이들이 잠든 후에 나오야는 유아를 안았다.

자신을 괴롭히던 가슴 속 응어리가 유아의 품 안에서 천천히 정화되어 가는 듯한 느낌을 받았다.

"낳아도 될까?"

그 말에 퍼뜩 정신을 차리고 유아의 눈을 똑바로 응시했다.

"물론이지."

나오야는 힘주어 대답한 다음 유아의 손을 꼭 잡고 걸음을 내디뎠다.

12

바로 앞에서 발소리가 멈췄다.

"이시하라, 들어간다."

목소리가 들려와서 작업하던 손을 멈췄다. 탁자 앞에서 문 앞으로 이동해 무릎을 꿇고 앉았다.

문이 열리고 나오야가 한 발 안으로 들어왔다.

"면회다. 나와."

그 말을 들은 순간 몸이 딱딱하게 굳었다.

"뭐 해? 빨리 준비해."

나오야가 이쪽을 내려다보며 말했지만 다리에 힘이 들어가지 않았다.

"나가노에서 여기까지 힘들여 만나러 온 사람을 설마 안 만나고 돌려보낼 생각이냐? 네가 만나고 싶다고 편지를 보낸 거잖아."

만나고 싶다고는 안 했다. 만나 주겠다고 썼다.

항의의 뜻을 담아 노려보았지만 나오야는 전혀 개의치 않는다는 듯 히죽히죽 웃기만 했다.

지난번 상담에서 호사카가 하루카를 만나고 왔다는 이야기를 들고도 하루카를 만나지 않겠다는 생각에는 변함이 없었다. 하지만 그로부터 며칠이 지나자 죽기 전에 한 번 정도는 얼굴을 봐도 좋겠다는 생각이 들었고, 고민 끝에 편지를 썼다.

하지만 막상 하루카를 만난다고 생각하자 마음이 무거웠다.

무릎을 꿇은 채 가만히 있으니 나오야가 묻지도 않고 선반에서 신발을 꺼내 눈앞에 내려놓았다.

"뒷사람들 기다리니까 빨리 나와!"

나오야가 호통을 쳐서 어쩔 수 없이 일어났다. 신발을 신고 밖으로 나왔다. 뒤에서 따라오는 나오야에게 쫓기듯 복도를 걸어가는데 심장 박동이 조금씩 빨라졌다.

나오야가 면회실 문을 열고 안으로 들어가라고 손짓했다. 안으로 들어서자 아크릴판 너머에 앉아 있는 여자가 시야에 들어와서 흠칫 몸을 떨었다.

왜 어머니가 여기 있는 거지?

저도 모르게 뒤를 돌아보았지만 나오야가 "앉아"라고 해서 다시 아크릴판 쪽으로 고개를 돌렸다.

고개를 숙인 채 앉아 있는 여자를 자세히 살펴보니 기억 속 어머니와 많이 닮기는 했지만 다른 사람이었다. 그제야 안심하고 맞은편에 놓인 접이식 의자에 앉았다.

눈앞에 있는 이 여자가 하루카라는 말일 텐데 기억 속 누나와는 닮은 부분이 전혀 없었다.

오히려 어머니와 더 비슷했다.

기억 속 어머니와 다른 점은 머리가 전체적으로 희끗희끗하다는 것이었다.

하루카는 나보다 한 살 위인데 누가 봐도 그 나이로는 안 보였다. 머리가 하얗게 센 것이 나 때문에 그렇게 된 것인지, 아니면 원래 그런 것인지 신경이 쓰였다.

나오야가 면회실 안으로 들어와 내 옆에 자리를 잡고 앉더니 노트를 펼쳤다.

"면회 시간은 15분입니다."

나오야가 말하자 눈앞에 있는 여자가 "네, 알겠습니다" 하고 작은 목소리로 대답하더니 시선을 들어 이쪽을 쳐다보았다.

"…밤에 잠은 잘 자고 있니?"

순간 전기가 흐르는 듯한 충격이 온몸을 관통했다. 곧이어 머릿속에 잡다한 기억들이 물밀 듯이 밀려들었다.

목소리가 희미하게 떨리고 눈가도 젖어 있지만 눈앞에 앉은 여자가 내가 아는 누나가 틀림없다는 확신이 들자 심장의 두근거림이 온몸으로 퍼져 나갔다.

반사적으로 무릎을 꽉 붙잡고 고개를 숙였다. 부들부들 떨리는 양손을 내려다보았다.

"구치소에서는 1.5평 정도 되는 방에서 혼자 지낸다며? 식사도 용변도 잠도 다 방 안에서 해결한다던데… 넌 혼자 자는 걸 싫어했으니까… 걱정이 돼서…."

"…혼자 있는 건 익숙해. 그 자식이랑 함께 살기 시작하고부터는 혼자 지내는 시간이 대부분이었으니까."

"그 자식이라면… 아버지?"

하루카의 물음에 고개를 끄덕였다.

"나랑 있는 것보다 여자랑 같이 있는 게 더 즐거웠겠지. 저녁

사 먹으라고 돈을 쥐어 주고 나가서 집에는 며칠에 한 번 들어올까 말까 했으니까. 그래도 그때는 루카가 있으니까 괜찮았어. 그러다가 1년도 채 지나지 않아서 할망구한테 맡겨졌지. 금방 데리러 오겠다고 했지만 아무리 기다려도 그 인간은 오지 않았어. 루카도 어디 갖다 버리기라도 했는지 두 번 다시 볼 수 없었고, 할망구는 나를 천덕꾸러기 취급했고, 좁아 터진 창고 같은 방에서 숨죽인 채 지내야 했어. 매일 빵이나 인스턴트 라면으로 끼니를 때웠고, 거실에는 TV가 있었지만 내가 방에서 나가면 할망구가 싫어하니까 TV는 볼 생각도 하지 못하고 화장실에 가고 싶어도 최대한 참았어. 전학 간 학교에서는 마음이 맞는 사람도 없었고, 다들 집에서 나랑 어울리지 말라는 말이라도 들었는지 아무도 나와 친구가 되려고 하지 않았어."

지금까지 계속 속에 쌓아 두기만 해서인지 일단 입을 열자 하고 싶은 말이 꼬리에 꼬리를 물고 나와서 멈출 수가 없었다.

하루카가 인상을 쓰며 입술을 깨물었다.

"거기에 비하면 여기 생활은 천국이나 다름없어. 달라고 재촉하지 않아도 때가 되면 아침, 점심, 저녁 세 끼가 꼬박꼬박 나오니까. 할망구 집에서 먹던 것보다 훨씬 더 제대로 된 식사를 할 수 있을 뿐 아니라 화장실도 내가 가고 싶을 때 얼마든지 갈 수 있지. 유일한 단점은 심심해서 시간이 잘 안 간다는 것 정도랄까?"

"매일 뭐 하면서 지내?"

"딱히 정해진 일과 같은 건 없어. 아침에 일어나면 밥을 먹고, 다 먹으면 소내 작업을 하고…."

"소내 작업?"

"일회용 나무젓가락을 포장하거나 봉투에 풀을 붙이거나 상자를 접거나 하는 일이야. 일당 2백 엔짜리 아르바이트 같은 거지. 나머지 시간에는 성서를 읽기도 하고 이것저것…."

"나도 기독교에 많은 도움을 받았어. 편지에도 적었지만 너랑 떨어져 살게 된 후 엄마랑 나도 많이 힘들었거든. 엄마는 일을 시작했지만 그 직후에 암이 발견되는 바람에 일을 그만둬야 했고… 먹고살 길이 막막해서 이렇게 살 바에는 차라리 죽는 게 낫겠다 싶을 때 기독교를 만나게 된 거야. 성서의 가르침과 교회 사람들의 지원 덕분에 어떻게든 생활을 해 나갈 수 있게 되었지. 그러다가 15년 전에 엄마도 나도 세례를 받았어. 너도 언젠가…."

"말도 안 되는 소리 하지 마."

말을 자르듯 퉁명스럽게 내뱉자 하루카가 입을 다물었다.

"두 사람은 기독교에 구원받았다고 생각할지 모르겠지만 나는 그런 걸로 구원받을 수 있다고는 생각하지 않아. 성서를 읽는 건 그것 말고는 할 일이 아무것도 없으니까 심심풀이로 읽는 것뿐이야."

"세례를 받고 안 받고는 내가 상관할 문제가 아니지만… 너는 이 안에서 할 일… 아니, 해야만 하는 일이 있지 않아?"

하루카의 강한 눈빛에 움찔했다.

"내가 해야만 하는 일이라는 게 뭔데."

"네가 죽인 피해자들과 유족들에게 진심으로 사과하고 용서를 구하는 것 말이야."

나를 꾸짖는 듯한 하루카의 시선을 마주하니 편지를 보내 만나겠다고 한 것이 후회되었다.

"받아줄지는 모르겠지만… 피해자 유족에게 편지를 쓰면 어떨까? 물론 그런 걸로 용서받을 수는 없겠지만… 정말 이대로 괜찮겠어? 피해자와 유족들을 제대로 마주하지 않고 이대로 생을…"

하루카가 말을 하다 말고 아차 하는 표정으로 입을 다물었다.

자기가 하는 말이 내게 살날이 얼마 남지 않았다는 사실을 상기시킨다는 걸 깨달은 듯했다.

하루카 말이 아니더라도 그 사실은 누구보다 내가 가장 잘 알고 있다.

"딱히 그 여자들한테 미안하다고는 생각하지 않아. 어쨌거나 사람을 죽이는 건 나쁜 일이니까 벌을 받아도 어쩔 수 없다고는 생각하지만. 그러니까 여기서 얌전히 죽어 주겠다고. 그럼 됐잖아."

하루카의 시선이 불안하게 흔들렸다.

계속 눈을 마주 보고 있기가 거북해서 고개를 돌려 옆에 있는 나오야에게 "15분 지나지 않았어요?"라고 말했지만 나오야는 면회를 마칠 생각이 없어 보였다.

그냥 무시하고 자리에서 일어나려는데 희미하게 목소리가 들렸다. 하루카 쪽으로 시선을 돌렸다가 흠칫 놀랐다.

하루카가 소리 없이 눈물을 흘리고 있었다.

"뭐라고?"

하루카의 목소리가 들렸지만 뭐라고 하는지 잘 들리지 않았다.

"미안해…."

하루카가 울먹이며 말했다.

왜 나한테 사과하는 건지 알 수가 없어서 하루카를 멀뚱히 쳐다보았다.

"미안해…. 이 말 하려고 온 거야. 나도 엄마도 네가 아버지랑 살면서 그런 일을 겪었을 거라고는 상상도 못 했어. 엄마 말로

는 이혼 후 아버지랑 연락이 끊겨서 어디 사는지도 알 수가 없었
대…. 그리고 당장 하루하루 먹고살기 바빠서 너까지 신경 쓸 여
유가 없었다고…. 하지만 이런 건 다 변명에 불과하겠지. 그때 어
떻게든 너를 찾아내서 만나러 갔더라면… 그럼 이런 일은…."

하루카가 아크릴판에 매달려 울면서 말했다.

아크릴판에 가져다 댄 하루카의 손을 쳐다보았다. 오른손이 멋
대로 그쪽으로 향하려고 해서 황급히 다른 쪽 손으로 붙잡았다.

아크릴판에 손을 가져다 댄다 한들 두 번 다시 누나의 체온을
느낄 수 없다는 사실은 알고 있다. 내가 있는 곳은 그런 세계인
것이다.

"…이제 더이상 찾아오지 마."

하루카가 오열하며 고개를 세차게 흔들었다.

"미안해… 이시하라… 미안…."

하루카가 목멘 소리로 말하며 새빨개진 눈으로 아크릴판 앞에
놓인 내 손을 내려다보았다.

나와 손바닥을 맞대고 싶어 한다는 것을 알 수 있었다.

머뭇거리며 오른손을 들어 아크릴판 너머에 있는 하루카의 손
바닥과 맞대자 예상했던 대로 서늘한 감촉이 느껴졌다.

"나는 이렇게 내가 하고 싶은 말을 네게 전할 수 있어…. 네가
살아 있으니까."

하루카가 그렇게 말한 순간, 아크릴판에 닿은 손바닥에 희미한
온기가 전해진 듯한 느낌이 들었다.

"…하지만 죽은 사람은 아무 말도 할 수 없어. 누군가에게 하고
싶었던 말도 전할 수 없고, 누군가가 전하고자 했던 말도 더이상
그 사람에게는 가 닿지 않아. 네가 한 짓은 그런 거야. 그러니…

적어도 살아 있는 동안 네가 무엇을 해야 할지 잘 생각해 봤으면
해."

아크릴판 너머로 맞댄 손을 쳐다보며 잠자코 하루카가 하는 말
을 들었다.

13

방 안에서 "네" 하고 대답하는 소리를 확인한 후 곁에 있던 교
도관이 문을 열었다.

방에 들어가자 탄바가 소파에서 일어나며 "오늘도 잘 부탁드립
니다"라고 인사를 건넸다. 호사카는 평소와 다름없는 탄바의 모
습에 안도하며 소파 쪽으로 다가갔다.

걱정했던 것과 달리 이시하라는 호사카가 구치소 규칙을 어기
고 하루카를 만나러 간 일을 아무한테도 말하지 않은 모양이었
다.

지난번 상담은 호사카에게도 도박이나 다름없었다.

이시하라가 싫다고 하는데 억지로 누나를 만나라고 강요하면
더이상 상담을 받지 않겠다고 할 수도 있고, 호사카가 규칙을 어
겼다는 사실을 다른 교도관에게 말할 가능성도 있었기 때문이
다.

자신은 이 일로 인해 교정위원직을 내놓게 되더라도 어쩔 수 없

다고 각오하고 있었지만 딱 하나 마음에 걸리는 것은 무리한 부탁을 들어준 나오야에게까지 피해가 갈지도 모른다는 점이었다.

호사카는 탄바의 맞은편에 앉아 탄바가 내온 차를 마셨다.

"실은 오늘 상담을 받을 예정이었던 아키야마가 몸이 안 좋다고 해서…."

탄바의 말에 호사카는 "어디가 많이 안 좋은 겁니까?" 하고 물었다.

"단순한 복통인 것 같으니 걱정 안 하셔도 됩니다. 다만 일부러 시간 내서 여기까지 와 주셨는데 한 명만 상담하고 돌아가시라고 하기도 죄송해서요. 마침 이시하라가 가능한 한 빨리 다음 상담을 받기를 원한다고 하니 목사님만 괜찮으시다면 오늘 이시하라의 상담도 부탁드려도 될까요?"

상담을 거부할지도 모른다고 우려하고 있었기 때문에 호사카로서는 마다할 이유가 없었다.

"얼마 전에 이시하라의 누나가 면회를 왔거든요."

탄바의 말에 심장 박동이 빨라졌다.

"누나가요? 이시하라한테 누나가 있는 줄은 몰랐네요."

호사카는 시치미를 떼며 대답했다.

"아홉 살 때 부모님이 이혼하면서 서로 떨어져 살게 되었는데 그 후로는 한 번도 만난 적이 없답니다. 이시하라가 여기 들어오고 나서부터 누나가 계속 편지를 보내왔는데 이시하라는 한 번도 답장을 하지 않았습니다. 그러다가 갑자기 무슨 심경의 변화가 있었는지 누나를 만나겠다고 하지 뭡니까. 이번 만남이 계기가 되어 이시하라가 마음의 안정을 찾게 되면 좋을 텐데 말입니다."

탄바는 도쿄 구치소 간부로서 언젠가 다가올 형 집행에 대비해 이시하라가 심신의 안정을 유지해 나가기를 누구보다 바라고 있는 듯했다.

"아마 오늘 상담에서는 누나를 만난 이야기도 하지 않을까 싶습니다. 그럼 잘 부탁드립니다." 탄바가 고개를 숙이며 말했다.

"잘 알겠습니다."

호사카는 성서와 찬양 반주기를 들고 자리에서 일어났다. 밖으로 나와 상담실로 향했다.

이시하라와 하루카의 만남은 어떤 분위기였을까.

호사카는 그것이 두 사람의 처음이자 마지막 만남이 되지 않기를 바라며 상담실로 들어갔다.

테이블에 앉아서 잠시 기다리자 문을 노크하는 소리가 들렸다. "네" 하고 대답하며 자리에서 일어나자 문이 열리고 나오야가 이시하라를 데리고 들어왔다.

"이시하라 료헤이를 데려왔습니다."

나오야가 그렇게 말한 후 문을 닫고 옆에 있는 의자에 앉았다.

호사카는 언제나처럼 이시하라와 악수를 나눈 다음 서로 마주 보고 앉았다.

"지난번 상담 때는 마지막에 부끄러운 모습을 보이고 말았네요."

호사카가 말하자 이시하라가 뭐라고 대답해야 좋을지 모르겠다는 듯 고개를 숙였다.

"누나를 만났다고요?"

이시하라가 고개를 숙인 채 끄덕였다.

"만나 보니 어떻던가요?"

"그냥… 너무 늙어서 깜짝 놀랐어요. 나 때문에 그렇게 된 건지도 모르겠지만."

"또 만나고 싶습니까?"

"글쎄요…. 누나는 또 오겠다고 했어요…. 내가 거부해도 자기는 몇 번이고 계속 찾아올 거라고…. 솔직히 만날지 안 만날지는 그 상황이 되어 보지 않으면 모를 것 같아요."

"아직도 어머니와 누나한테 버림받았다고 생각해서 두 사람을 원망하고 있습니까?"

이시하라가 고개를 가로저었다.

"지난번 상담 때 목사님이랑 이야기하면서 내가 잘못 생각하고 있었다는 걸 깨달았어요. 그 자식을 따라간 건 어디까지나 내 선택이었다는 사실을 기억해 낸 거죠. 그래서 나도 루카도 운이 없었다고 말한 거예요."

"그렇다면 누나와의 면회를 거부할 이유가 없지 않습니까?"

"누나를 만나고부터 지금까지 생각해 본 적도 없던 것들을 생각하게 돼서… 머릿속이 너무 복잡해졌어요. "

"머릿속이 복잡해졌다고요?" 무슨 뜻인지 잘 이해가 가지 않았다.

"네…. 그날 이후 밤마다 자꾸 이상한 꿈을 꿔요. 그것 때문에 한밤중에 몇 번을 깼는지 몰라요. 전보다 더 잠을 못 자고 있다고요."

"대체 무슨 꿈이길래 그럽니까?"

이시하라가 천천히 고개를 들더니 입을 열었다.

"내가 죽인 여자가 꿈에 나와요."

호사카는 저도 모르게 숨을 들이마셨다.

"…여자 둘이 꿈에 나온다는 겁니까?" 목이 바짝바짝 타들어갔다.

"아니요···. 이유는 모르겠는데 처음에 죽인 여자는 안 나오고 다른 한 명··· 임신 중이었던 여자만 나와요."

유아다.

자기 딸이 나오는 꿈이 어떤 내용이었는지 알고 싶었지만 동시에 알고 싶지 않기도 했다. 듣기가 두려웠다.

그렇다고 해서 지금 이 자리에서 귀를 막을 수는 없는 노릇이었다. 대신 시선은 이시하라를 피해 허공을 맴돌았다.

"꿈이라고는 해도 실제로 있었던 일이지만요."

그 말에 움찔해서 이시하라를 똑바로 쳐다보았다.

"경찰에 체포되었을 때도 재판 때도··· 그리고 예전에 상담하면서 사건 당시 상황을 설명했을 때도 별거 아니라고 생각해서 얘기하지 않은 게 하나 있어요···. 그런데 누나를 만난 후 그 장면이 계속 머릿속에 맴돌아요. 꿈에도 나와서 자다가도 벌떡 일어나게 되고요."

지금까지 자신도 마리아도 알지 못했던 유아의 마지막 모습···.

문득 이시하라 등 뒤에 있는 나오야와 눈이 마주쳤다. 나오야가 이쪽을 쳐다보며 고개를 살짝 가로저었다.

더 듣지 말라는 뜻인 것 같았다.

"어떤 장면인지 말해 주시겠습니까?"

호사카는 깍지를 끼고 상체를 앞으로 숙이며 물었다.

"그 여자를 죽였을 때 상황은 전에 목사님한테도 말한 적이 있잖아요."

"네···."

건조하게 갈라진 목소리가 마치 다른 사람의 목소리 같았다.

"양쪽 손목이랑 발목을 다 묶고 여자의 목을 조르려다가 문득 이런 생각이 들더라고요. 이 여자는 죽기 직전에 무슨 말을 할까, 하고."

속이 뒤틀리는 듯한 고통을 참으며 이시하라를 응시했다.

"여자가 비명을 지를 위험은 있었지만 결국 호기심을 참지 못하고 여자의 입을 막고 있던 박스 테이프를 떼어낸 다음 천천히 목을 조르기 시작했어요. 그러자 여자가 이렇게 말했어요. '아빠, 살려 줘'라고."

아빠, 살려 줘….

이시하라의 입에서 나온 말이 무슨 뜻인지 이해가 가지 않았다.

어째서 약혼자인 키모토도 아니고 자신을 키워준 마리아도 아니고 아빠를 찾았단 말인가.

자신의 친엄마가 유리아라는 건 마리아에게 들어서 알고 있었겠지만 친아빠가 누구인지는 듣지 못했을 텐데.

— 저랑 같이 손잡고 입장해 주시겠어요?

생전 유아가 했던 말과, 그 말을 했을 때 유아의 표정이 불현듯 뇌리를 스치고 지나갔다.

설마….

"아빠, 살려 줘…. 아저씨… 아빠… 나랑 이 아이 좀 살려 줘… 하고."

피가 거꾸로 솟는 것 같았다.

언젠가 마리아가 말했던 것처럼 유아는 호사카가 친아빠라는 사실을 눈치채고 있었던 것이다. 그리고 죽기 직전에 자신에게 도움을 요청했다는 말이었다.

구역질이 치밀어 올라 저도 모르게 시선을 돌렸다. 걱정스러운 표정으로 이쪽을 쳐다보는 나오야와 눈이 마주쳤다.

"그래서…?" 이시하라의 눈을 쳐다볼 수가 없었다.

"아빠도 아저씨도 구하러 오지 않을 거라고, 넌 죽어서도 나처럼 혼자일 거라고 말해 줬어요. 그리고 다시 박스 테이프로 입을 막고 목을 졸랐어요…."

시야가 깜깜해지고 이시하라의 목소리가 멀리서 들려오는 것 같았다.

"누나의 면회 이후 어째서인지 그때 일이 자꾸 떠올라서… 대체 왜 이러는 걸까 하고…. 저기요… 목사님… 제 얘기 듣고 계세요? 괜찮으세요? 또 어디가 안 좋으신 거 아니에요?"

이시하라의 목소리가 물속에서 듣는 것처럼 웅웅거리고, 사방에 안개가 낀 것처럼 시야가 뿌옇게 흐려졌다.

더는 견딜 수가 없었다.

"죄송합니다…. 아직 완전히 다 나은 게 아니었나 봅니다. 오늘 상담은 이만 끝내도 될까요?"

자신의 목소리마저도 어딘가 멀리서 들려오는 것 같았다.

"호사카 목사님, 괜찮으십니까? 구급차를 부를까요?"

"그 정도는 아닙니다…. 조금 쉬면 괜찮아질 겁니다…."

지금 당장 눈앞에서 사라져 주기를 바라며 억지로 목소리를 쥐어짰다.

"이시하라, 가자."

나오야의 목소리가 들리고, 이어서 문 닫히는 소리가 들렸다.

호사카는 고개를 들고 몇 차례 심호흡을 했다. 조금씩 시야가 선명해졌다. 시야가 흐려졌다고 느낀 것은 눈물 때문이었던 듯했다.

그때 누군가 밖에서 문을 두드렸다. 호사카는 시선을 들어 문 쪽을 쳐다보았다.

지금은 아무도 만나고 싶지 않아서 일부러 대답을 하지 않았는 데도 "실례합니다" 하고 목소리가 들리더니 문이 열렸다. 나오야 가 안으로 들어와 문을 닫고 이쪽으로 다가왔다.

"괜찮으십니까?"

나오야가 물었다. 호사카는 묵묵히 고개를 끄덕였다.

"제가 보기에는 아무래도… 목사님이 이시하라의 상담을 계속 하기는 어려울 것 같은데요."

실제로 이시하라가 하는 말을 듣는 것은 호사카에게 참을 수 없는 고통이었다. 하지만 지금 여기서 그 사실을 인정할 수는 없 었다.

"왜 그렇게 생각하십니까?" 호사카는 나오야에게 물었다.

"왜냐니요…. 아까 같은 이야기를 들으면 당연히….'"

"이시하라가 한 짓은 이미 다 알고 있습니다. 이제 와서 한 번 더 듣는다고 해서 달라질 것도 없지요. 아까는 정말로 갑자기 현 기증이 나서 좀 어지러웠을 뿐입니다. 나중에 이시하라에게 제가 미안해하더라고 전해 주시겠습니까? 나머지는 다음 상담 때 마저 이야기하자고요."

나오야는 아무 말도 하지 않고 호사카의 얼굴을 빤히 들여다보 았다.

호사카가 하는 말을 믿지 않는 눈치였다.

"누나와의 면회를 통해 이제 겨우 이시하라의 마음을 열 단서 를 찾았는데 여기서 그만둘 수는 없습니다. 상담은 계속할 겁니다."

형이 집행될 때까지는 무슨 수를 써서라도 이시하라 곁에 있어
야만 했다.

유아를 절망에 빠트리고 무참히 살해한 그 남자를 용서한다는
것은 역시 처음부터 불가능한 일이었다.

14

나오야는 쿠보와 함께 21번 방 앞에서 걸음을 멈추고 철창살 너머로 방 안을 들여다보았다. 이시하라가 선반에 놓인 화분에 컵으로 물을 주고 있었다.

"이시하라, 들어간다."

나오야가 말하자 이시하라가 동작을 멈추고 이쪽을 돌아보았다. 손에 들고 있던 컵을 탁자에 내려놓고 철문 앞에 와서 무릎을 꿇고 앉았다.

문을 열고 들어가서 "상담이다. 준비해"라고 말하자 이시하라가 자리에서 일어나 다시 선반 앞으로 가더니 화분 옆에 꽂혀 있는 책들 사이에서 성서를 꺼내 들었다.

"예쁜 꽃이 피었군."

나오야가 말을 건네자 이시하라가 이쪽으로 고개를 돌렸다. 확실하지는 않지만 희미하게 미소를 지은 듯했다.

방에서 나와 문을 잠근 다음 나오야와 쿠보가 이시하라 양옆에 서서 셋이서 나란히 복도를 걸어갔다. 나오야는 곁눈질로 이시하라의 옆모습을 힐끗 쳐다보았다. 새삼 감회가 새로웠다.

이시하라를 처음 만났을 때가 생각났다.

이시하라가 B동 9층에서 D동 11층으로 방을 옮길 때 동행한 것이 두 사람의 첫 대면이었다. 첫 만남 때 나오야는 이시하라에게서 거칠고 뻔뻔하다는 인상을 받았고 이후에도 그러한 첫인상이 바뀔만한 일은 일어나지 않았지만, 지금은 누가 봐도 순하고 얌전한 모범수 같아 보였다.

이시하라가 바뀌게 된 가장 큰 계기는 역시 누나와의 면회일 것이다.

누나와 면회를 하고 2주쯤 지났을 때, 이시하라가 나오야에게 부탁하고 싶은 것이 있다며 말을 걸어왔다.

지금 자기가 지내는 독방에서 살아 있는 생명체를 기르고 싶다는 것이었다. 살아 있는 것이라면 햄스터든 거북이든 아무거나 상관없다고 했지만 구치소에서 동물을 키우는 행위는 금지되어 있었다. 하지만 크기가 작은 식물 정도는 키울 수 있기 때문에 관련 규정을 설명해 주고 영치금으로 화분을 살 수 있도록 도와주었다.

이윽고 상담실 앞에 도착해서 나오야가 문을 두드렸다. "네" 하고 안에서 대답하는 소리를 확인한 다음 쿠보를 복도에 남겨둔 채 이시하라와 함께 상담실 안으로 들어갔다.

"이시하라 료헤이를 데려왔습니다."

나오야는 호사카에게 말한 뒤 문을 닫고 옆에 있는 의자에 앉았다.

"어서 오세요."

호사카가 미소를 지으며 자리에서 일어나 이시하라를 맞이했다. 두 사람은 언제나처럼 악수를 한 다음 마주 보고 앉았다. 이쪽을 등지고 앉은 이시하라의 표정은 보이지 않았지만 호사카와 이야기를 나누는 목소리는 즐거워 보였다.

나오야는 호사카의 표정을 넌지시 살폈다. 호사카는 평소와 다름없이 부드러운 미소를 띤 채 이시하라의 말을 귀 기울여 듣고 적절한 조언을 해 주고 있었다.

표면적으로는 어디까지나 본분에 충실한 목사 같아 보였다. 하지만 사정을 알고 있는 나오야로서는 호사카의 본심은 무엇인지 생각하지 않을 수 없었다.

이시하라가 이제껏 아무한테도 말하지 않았던 유아의 마지막 모습을 호사카에게 이야기한 후 계속 마음에 걸렸다.

이시하라에게 그 이야기를 들었을 때, 호사카와 눈이 마주친 나오야는 뭐라 설명하기 어려운 강한 불안감에 휩싸였다. 마치 마음이 완전히 부서져 버린 듯한 공허한 눈빛을 하고 있었기 때문이다.

그날, 예정보다 일찍 상담을 마친 후 호사카는 나오야에게 잠시 몸 상태가 안 좋았을 뿐이라고 했지만 그 말을 곧이곧대로 믿을 수는 없었다. 친부로서 딸이 죽기 전에 아버지를 찾았다는 말을 들었으니 그 마음이 어땠겠는가.

호사카는 피해자의 아버지로서 이시하라를 용서하고 싶다고 했지만, 이번 일로 인해 역시 형이 집행되는 순간에 딸의 한을 풀어주고야 말겠다는 원래 목적을 달성하는 쪽으로 마음이 바뀌었다고 해도 전혀 이상할 것이 없었다.

호사카는 여전히 이시하라를 용서하고 싶다는 마음을 가지고 있는 걸까. 아니면….

그날 이후에도 몇 번인가 상담이 이루어졌지만 두 사람이 나누는 대화는 대부분 정기적으로 면회를 오게 된 하루카에 관한 것이거나 성서의 내용에 관한 것이었고, 이시하라가 죽인 피해자에 대해 언급하는 일은 없었다.

이시하라를 용서하기 위해서는 그가 죽인 피해자들에 관한 이야기를 하지 않을 수 없다. 하지만 나오야가 보기에 호사카는 의식적으로 그 이야기를 피하고 있는 것 같았다.

시계를 보니 10시 반이었다.

"시간 다 됐습니다."

나오야가 말하자 호사카와 이시하라가 자리에서 일어났다. 이시하라가 호사카에게 인사를 하고 이쪽으로 걸어왔다. 문을 열고 이시하라와 함께 상담실을 빠져나왔다.

오늘 상담에서도 호사카가 피해자에 대한 이야기를 꺼내지 않았다는 사실에 막연한 불안감을 느끼며 나오야는 상담실 문을 닫았다.

나오야는 직원 식당에서 점심 식사를 마치고 엘리베이터로 향했다. 중앙통제실로 돌아가기 전에 스마트폰을 놓고 가기 위해 탈의실이 있는 층에서 내렸다.

복도를 걸어가는데 바지 주머니 속에서 진동음이 울렸다. 스마트폰을 꺼내 확인하니 아내에게서 메시지가 와 있었다. 첨부된 초음파 사진을 보니 가슴이 두근거렸다. 사진을 확대해서 자세히 보고 싶었지만 탈의실에는 다른 직원들도 있으니 뭔가 좀 부끄러웠다.

마침 옆에 남자 화장실이 있어서 빈칸을 찾아 들어갔다. 바지를 입은 채 변기에 앉아 초음파 사진을 열심히 들여다보았다.

벌써 31주차이다 보니 눈, 코, 입이 또렷하게 보였다. 마치 웃고 있는 듯한 태아의 표정을 보니 저도 모르게 슬며시 미소가 지어졌다.

그때 문 열리는 소리가 들렸다. 누군가 화장실 안으로 들어와서 소변기를 사용하는 것 같았다. 나오야는 계속해서 스마트폰 화면을 들여다보았다.

"…마음이 무겁네요."

"어쩔 수 없지. 이것도 일이니까."

"이번주 토요일에 레스토랑을 예약해 뒀거든요. 두세 달 후까지 예약이 꽉 차 있는 유명한 곳에 여자친구를 데려갈 예정인데 제대로 먹을 수나 있을지…."

남자 둘이 대화하는 소리가 들려왔다.

"아마 힘들걸. 나도 경험은 없지만 선배 말에 따르면 형 집행에 입회하고 한 달 정도는 아예 고기를 입에 대지도 못했다더라."

나오야는 그 말을 듣고 화들짝 놀라 고개를 들었다.

"게다가 상대가 저보다도 훨씬 어리던데요. 나중에 꿈에 나올 것 같아서 무서워요."

"형 집행에 입회한다는 게 기분 좋은 일은 아니지만 그것 때문에 양심의 가책을 느낄 필요는 없어. 상대는 젊은 여성을 둘씩이나 죽인 흉악범이니까."

무의식중에 벌떡 일어나 문을 열고 밖으로 나갔다. 소변기 앞에 서 있던 남자 둘이 동시에 이쪽을 돌아보았다.

두 사람 다 화장실 안에 다른 사람이 있을 거라고는 생각도 못했는지 당황한 기색이 역력했다. 그중 한 명의 옷깃에 달린 배지가 눈에 들어왔다. 가을의 찬 서리와 여름의 햇볕을 상징하는 검사 배지였다.

나오야는 애써 마음의 동요를 억누르며 화장실을 나와 탈의실로 가려다가 아무래도 신경이 쓰여서 그대로 발길을 돌려 엘리베이터 쪽으로 향했다.

보안부장실 앞에 도착해서 잠시 망설이다가 문을 두드렸다.

방 안에서 "네" 하고 대답하는 소리가 들렸다. 나오야는 문을 열고 "실례합니다" 하고 말하며 안으로 들어갔다.

정면으로 보이는 책상에 앉아 있던 탄바가 "무슨 일인가?" 하고 물었다.

나오야는 문을 닫고 탄바에게 다가갔다. 책상 앞에 멈춰 섰지만 입이 떨어지지 않았다. 이런 이야기를 해도 될지 망설여졌다.

"왜 그러지? 수용자가 무슨 문제라도 일으켰나?"

"조만간 형이 집행될 예정입니까?"

망설임을 버리고 질문을 던지자 탄바가 미간을 찌푸리며 "왜 그런 걸 묻는 건가?" 하고 되물었다.

"조금 전에 검사가 지나가면서 하는 말을 우연히 들었습니다만…."

나오야의 대답을 들은 탄바가 검사의 경솔함을 탓하듯 혀를 차며 한숨을 내쉬었다.

"사실입니까? 정말로 조만간 형이 집행되는 겁니까?" 나오야가 재차 물었다.

"자네는 입회자 명단에 들어있지 않으니 안심하게."

형 집행은 사실이라는 말이었다.

"다른 직원들한테는 절대로 말하지 말고."

나오야는 거듭 당부하는 탄바에게 고개를 끄덕여 보였다.

"상대는 누구입니까?"

"이시하라 료헤이의 사형 집행 지휘서가 내려왔다."

아까 들은 대화를 통해 어느 정도 예상하고 있었지만 실제로 이름을 들으니 가슴에 묵직한 통증이 느껴졌다.

"언제…."

집행되는 것인가.

"내일이다."

나오야는 헉하고 숨을 들이마셨다. 그와 동시에 마음속에서 갈등이 일었다.

"이만 돌아가게. 다시 한번 말하지만 아무한테도 말하지 않도록 주의하고."

탄바가 한 번 더 당부하며 책상에 놓인 서류를 집어 들었다.

"저…."

나오야가 입을 열자 탄바가 고개를 들었다. 아직 안 갔냐는 듯한 표정으로 고개를 갸웃거렸다.

"저도 입회하게 해 주십시오."

탄바의 눈이 휘둥그레졌다.

"바보 같은 소리 하지 말게. 와이프가 임신 중이라고 하지 않았나. 지금 7개월…."

"8개월입니다."

"아무튼 그래서 자네는 진작부터 후보에서 제외시켰네."

나오야도 알고 있었다. 아내가 임신 중이거나 가족 중에 중환자가 있는 경우에는 형 집행 담당에서 제외된다고 들었다. 혹시라도 가족에게 무슨 일이 생겼을 때 자기가 사람을 죽이는 일에 가담했기 때문이 아닌가 하고 자책하는 일이 없도록 하기 위한 일종의 배려였다.

하지만 나오야에게는 이시하라의 형 집행에 함께해야만 하는 이유가 있었다.

호사카가 피해자의 부모라는 사실을 알면서도 묵인한 채 이시하라의 상담을 계속하게 내버려 둔 이상 자신에게는 두 사람의 마지막 대면을 지켜볼 의무가 있었다.

호사카가 교정위원으로서 끝까지 책임을 다할 수 있도록.

"저도 입회자 명단에 넣어 주십시오."

나오야는 탄바를 똑바로 쳐다보며 진지하게 부탁했다.

"안 돼. 허락할 수 없네. 만에 하나라도 자네 와이프나 아이에게 무슨 일이 생기기라도 하면 스스로를 용서할 수 없을 걸세. 자네가 무슨 생각으로 이런 일에 자원하는 건지는 모르겠지만 적어도 새로 태어나는 아이의 건강한 모습을 확인한 후가 아니면 상사로서 허락할 수 없네. 이 얘기는 그만하지. 안 그래도 해야 할 일이 산더미라고. 자네도 어서 돌아가서 일하게."

탄바의 단호한 거절에 나오야는 쫓기듯 물러날 수밖에 없었다.

중앙통제실에 설치된 벨이 울렸다. 21번 방 이시하라였다. 나오야는 무거운 마음으로 수화기를 들었다.

편지를 썼으니 가져가서 부쳐 달라는 말에 중앙통제실을 나와 21번 방으로 향했다.

방 안에서 복도 쪽을 향해 무릎 꿇고 앉아 있는 이시하라와 철창문 너머로 눈이 마주친 순간, 심장이 거세게 요동쳤다.

눈앞에 있는 이 남자는 앞으로 열대여섯 시간 후에는 이 세상에서 사라질 것이다.

나오야가 철문을 열고 안으로 들어가자 이시하라가 "잘 부탁드립니다" 하고 봉투를 내밀었다.

봉투를 받아서 받는 사람 이름을 확인했다. 하루카에게 보내는 편지였다.

남동생이 누나에게 보내는 마지막 편지….

"오랜만에 여기서 읽어 봐 줄까?"

이시하라가 눈을 끔벅이더니 이내 고개를 끄덕였다.

예전에 이시하라가 호사카에게 편지를 보내고 싶은데 이대로 보내도 될지 자신이 없다고 해서 나오야가 그 자리에서 내용을 체크해 준 적이 있었다.

나오야는 봉투에서 한 장짜리 편지지를 꺼내어 눈으로 읽어 보았다.

방에서 키우는 화분에 꽃이 피었다는 소식을 전하고, 다음에 면회 올 때 스웨터를 한 벌 넣어 달라고 부탁하는, 마지막 편지치고는 너무나도 가벼운 내용이었다.

"더 쓸 말 없나?"

"딱히 없는데요."

"매번 나가노에서 여기까지 힘들게 면회를 와 줘서 고맙다든지…."

너무 구체적으로 요구했다가는 이시하라가 이상함을 느끼고 머지않아 자신의 형이 집행될 거라는 사실을 눈치챌 우려가 있기 때문에 자세히는 말할 수 없었다.

답답하고 안타까웠다.

"이거면 됐어요. 이대로 부쳐 주세요."

이시하라가 이대로 보내 달라고 하니 나오야로서는 더이상 어쩔 도리가 없었다.

마지막으로 이시하라에게 뭔가 한마디 하고 싶었지만 적당한 말이 떠오르지 않아서 결국 아무 말도 하지 못하고 그대로 밖으로 나와서 문을 닫았다.

나오야는 교회 옆에 있는 작은 이층집을 보고 걸음을 멈췄다.

아마도 저기가 호사카가 거주하는 목사관인 듯했다.

가까이 다가가서 보니 현관문 옆에 '호사카'라고 적힌 문패가 달려 있었다.

내일 이시하라의 형 집행에 자신이 입회할 수 없게 된 이상 호사카가 지금 이시하라를 어떻게 생각하고 있는지라도 확인하고 싶어서 퇴근 후 이리로 온 것이었다.

긴장하며 인터폰을 누르자 "네" 하고 대답하는 소리가 들렸다.

"밤늦게 갑자기 찾아와서 죄송합니다. 나오야입니다."

"누구시라고요?"

이름만 듣고는 누구인지 알아보지 못하는 것 같아서 "나오야 교도관입니다"라고 고쳐 말했다.

인터폰이 끊기고 얼마 지나지 않아 현관문이 열리고 호사카가 얼굴을 내밀었다.

"깜짝 놀랐습니다. 저희 집 주소는 어떻게 아시고…"

늦은 시간에 집까지 찾아온 나오야를 수상쩍어하는 눈치였다.

"이시하라가 쓴 편지는 보내기 전에 제가 다 확인하기 때문에 자연스럽게 알게 되었습니다. 목사님께 드릴 말씀이 있는데 지금 시간 괜찮으십니까?"

호사카는 갑작스러운 방문에 당황한 듯했지만 고개를 끄덕이며 "집이 많이 지저분합니다만 일단 들어오시죠" 하고 권했다.

"그럼 잠시 실례하겠습니다."

나오야는 현관에서 신발을 벗고 안으로 들어갔다. 세 평 남짓한 방과 부엌이 있는 구조였다.

"앉으시죠."

호사카가 권하는 대로 테이블에 가서 앉았다. 그리고 호사카가 잠시 자리를 비운 사이에 방 안을 둘러보았다. 선반 위에 놓인 액자가 눈에 들어왔다.

젊은 여자가 키타가와 마리아와 호사카 사이에서 활짝 웃고 있는 사진이었다.

딸인 유아인 듯했다.

"이런 것밖에 없네요."

호사카의 목소리에 시선을 들었다. 호사카가 캔에 든 주스를 나오야 앞에 내려놓고 맞은편에 가서 앉았다.

"퇴원 후 건강을 챙기게 되어서요."

호사카는 겸연쩍게 웃으며 자기가 들고 있던 캔을 따서 입으로 가져갔다. 한 모금 마시고 캔을 내려놓더니 이쪽으로 몸을 내밀며 "그래서… 할 말이라는 게 뭡니까?" 하고 물었다.

나오야는 호사카의 눈을 똑바로 쳐다보며 자세를 고쳐 앉았다. 호사카가 순간적으로 보이는 반응을 통해 진의를 파악하기 위해 온 신경을 집중한 상태에서 입을 열었다.

"이시하라 료헤이의 사형 집행일이 정해졌습니다."

호사카가 놀란 듯 눈을 크게 떴다.

잠시 그대로 앉아서 호사카의 표정 변화를 관찰했지만 감정을 읽어내는 데에는 실패했다. 적어도 드디어 딸의 한을 풀어줄 수 있게 되었다고 안도하는 느낌은 아니었다.

"아… 그렇습니까…." 이윽고 호사카가 한숨처럼 뱉어냈다. "언제인가요…?"

"내일입니다."

"…그렇다면 저한테도 곧 연락이 오겠군요. 그런데 왜 굳이 나오야 교도관님이 여기까지 오신 겁니까?"

"목사님이 지금 어떤 생각을 하고 계신지 듣고 싶어서요."

"제 생각 말입니까?" 호사카가 고개를 갸웃거렸다.

"딸을 살해당한 아버지로서 이시하라를 용서할 수 있으시겠습니까?"

긴 침묵이 흘렀다.

호사카가 입가를 일그러뜨렸다. 그러고는 한숨을 내쉬며 입을 열었다.

"용서할 수 있다고 하면 안 믿으시겠지요?"

나오야는 아무 말도 하지 않고 호사카를 가만히 쳐다보았다.

"제 반응을 보고 아무래도 이시하라를 용서하지 않을 것 같다, 딸의 복수를 시도할 것 같다는 생각이 들면 이대로 구치소로 돌아가서 제가 피해자의 부모라는 사실을 상사에게 알릴 생각입니까?"

"죄송하지만 그렇게 되겠지요. 저는 내일 형 집행에 들어가지 못합니다. 목사님이 피해자의 부모라는 사실을 알면서도 묵인한 채 이시하라의 상담을 계속하게 내버려 둔 이상 제게는 두 사람의 마지막 대면을 지켜볼 의무가 있다고 생각했습니다. 탄바 부장님을 직접 찾아가서 부탁도 드려 봤지만 아내가 임신 중이라는 이유로 거절당했습니다."

"아내분은 임신…."

"8개월입니다."

"그렇다면 당연히 입회하지 않는 편이 좋겠네요. 이건 저와 이시하라의 문제입니다. 상사가 하지 말라는데 굳이 어둠 속을 들여다볼 필요는 없지 않습니까."

"그렇게 단순한 문제가 아닙니다. 이시하라와 상담할 때 목사님은 피해자 이야기를 전혀 꺼내지 않으셨습니다. 이시하라를 용서할 생각이 있다면 피해자에 대해 더 많은 이야기를 들어 보려고 했을 텐데 말입니다."

"그렇게 쉽게 용서할 수 있는 걸까요?"

호사카의 갑작스러운 질문에 나오야는 고개를 갸웃거렸다.

"만약 나오야 교도관님의 아내나 자식이 무참히 살해당했다면… 그리고 눈앞에서 범인이 울면서 사과한다면… 용서할 수 있겠습니까?"

아무 말도 할 수 없었다.

"문득 그런 생각이 들더군요. 상담 중에 사건과 피해자에 관한 이야기를 꺼내서 이시하라로부터 잘못했다는 말을 이끌어 낸다 한들… 그게 대체 무슨 의미가 있을까 하고요. 이시하라는 저를 많이 따르는 것 같으니 그런 제 앞에서라면 마음에도 없는 반성 정도는 얼마든지 할 수 있을 겁니다."

호사카가 하는 말도 일리가 있다. 하지만….

"적어도… 아직은 이시하라를 용서할 수 없다는 말씀이십니까?"

나오야가 묻자 호사카가 고개를 끄덕였다.

"솔직히 말씀드리면… 그렇습니다. 내일 형 집행에 입회하더라도 이시하라를 용서할 수 있을지 어떨지 모르겠습니다. 이시하라가 처형당한 후에도 여전히 용서하지 못할지도 모릅니다. 다만 이것 하나만은 분명히 말씀드릴 수 있습니다. 설사 이시하라를 끝까지 용서하지 못한다 하더라도 교정위원으로서의 제 역할은 제대로 수행할 겁니다."

호사카의 언동을 주의 깊게 살펴보았지만 나오야를 속이려고 하는 것 같지는 않았다.

"이것이 현재 저의 솔직한 심정입니다. 제 대답이 마음에 들지 않아서 상사에게 사실을 알리겠다고 하면 그건 그것대로 어쩔 수 없다고 생각합니다. 교도관님을 원망할 생각은 없습니다. 그렇게 되면 저 대신 다른 교정위원이 이시하라의 마지막을 함께해 주겠지요."

이시하라가 그러기를 바라지 않는다는 건 나오야가 누구보다 잘 알고 있었다.

"알겠습니다…. 위에는 보고하지 않겠습니다."

나오야는 호사카의 양심을 믿는 수밖에 없다고 판단하고 자리에서 일어났다. 그대로 방을 나서려다가 마지막으로 전하고 싶은 말이 생각나서 호사카를 돌아보았다.

이시하라가 평온한 죽음을 맞이할 수 있게 하기 위해서이기도 했지만 동시에 호사카의 남은 인생을 위해서이기도 했다.

"부디 사신이 되지 말아 주십시오."

언젠가 했던 말을 한 번 더 반복한 후 나오야는 걸음을 돌렸다.

15

유아가 이쪽을 보며 미소짓고 있다.

"다녀오마."

호사카는 마음속으로 굳은 결의를 다지며 사진 속 유아를 향해 인사를 건넨 다음 가방을 손에 들고 현관으로 향했다.

목사관에서 나와 차도 앞에 서서 마중 나올 차를 기다렸다. 약속 시간이 되자 택시 한 대가 눈앞에 멈춰 섰다.

뒷좌석 문이 열리기를 기다렸다가 탄바 옆자리에 올라탔다. 문이 닫히고 택시가 출발했다.

"이른 아침부터 번거롭게 해드려 죄송합니다. 오늘은 지난번 같은 일은 없을 겁니다."

탄바가 굳은 표정으로 말했다.

"그 일은 더이상 신경 쓰지 않으셔도 됩니다."

오히려 이시하라가 죽는 순간의 얼굴을 직접 봐도 상관없을 것 같다는 생각마저 들었다.

2시간 후면 모든 것이 끝난다. 기나긴 고행에서 풀려나는 것이다.

마리아에게는 이시하라의 형이 오늘 아침에 집행될 거라는 말은 하지 않았다. 모든 것이 다 끝난 후에 이시하라가 얼마나 끔찍하게 죽었는지 알려주면 그걸로 충분하다고 생각했기 때문이다.

하지만….

어젯밤 나오야가 돌아간 후 한숨도 못 자고 계속 고민해 보았지만 마지막 순간에 이시하라를 절망에 빠트릴 한마디는 끝끝내 찾지 못했다.

애초에 다수의 관계자가 동석한 자리에서 그런 말을 하는 것이 가능할지도 알 수 없었다.

물론, 옆에 다른 사람이 있더라도 나중에 쏟아질 비난을 받아들일 각오만 되어 있다면 불가능하지는 않다.

설령 호사카가 건넨 말 때문에 이시하라가 미쳐 날뛰더라도 그것 때문에 형 집행이 중단되지는 않을 것이다.

남은 문제는 과연 무슨 말을 해야 이시하라에게 끝도 없는 절망을 안겨줄 수 있을지, 형이 집행되기 전까지 그 답을 찾아내는 것뿐이었다.

복도에서 들려오는 발소리에 방 안 공기가 얼어붙는 것이 느껴졌다.

호사카는 테이블에 앉아서 가만히 문을 쳐다보았다. 발소리에 귀를 기울이며 계단을 올라오는 이시하라의 겁먹은 모습을 상상했다.

문이 열리고 세 명의 교도관에게 양옆과 등 뒤를 둘러싸인 채 이시하라가 안으로 들어왔다. 이시하라는 들어오자마자 방 안을 이리저리 두리번거리더니 호사카와 눈이 마주친 순간 동작을 멈췄다.

딱히 당황한 기색은 보이지 않았고 수갑을 풀어준 후에도 교도관의 지시에 따라 얌전히 호사카 맞은편에 와서 앉았지만, 얼굴은 이제껏 본 적이 없을 정도로 새파랗게 질려 있었고 입술은 파들파들 떨렸다.

"1370번, 이시하라 료헤이 본인 맞습니까?"

탄바의 질문에 이시하라가 들릴 듯 말 듯한 목소리로 "네…" 하고 대답했다.

"대단히 유감입니다만 집행 명령이 내려왔습니다. 지금부터 형을 집행하도록 하겠습니다."

이시하라는 별다른 반응을 보이지 않고 묵묵히 이쪽을 응시할 뿐이었다.

"마지막으로 뭔가 먹지 않겠나? 담배도 있네."

탄바가 테이블 위를 손으로 가리키며 말했지만 이시하라는 그대로 앉아서 "괜찮습니다" 하고 대답했다.

"원한다면 유서를 써도 좋고."

"그것도 괜찮습니다."

"그런가. 그럼 목사님, 부탁드립니다."

탄바의 말에 호사카가 자리에서 일어나려고 하자 이시하라가 "한 가지…" 하고 입을 열었다.

"한 가지…, 죽기 전에 마지막으로 한 가지 부탁이 있는데요."

"뭔가?" 탄바가 이시하라를 똑바로 쳐다보며 물었다.

"목사님… 호사카 목사님과 둘만 있게 해 주세요."

"둘만?" 탄바가 고개를 갸웃거렸다.

"2분… 아니… 1분이라도 좋으니 목사님과 단둘이서 이야기를 나누고 싶어요."

"마지막 부탁이니 웬만하면 들어주고 싶지만 규정상 그건 불가능해. 그렇죠?"

탄바가 동의를 구하듯 벽 쪽에 서 있는 소장을 보며 물었다.

소장이 고개를 끄덕이며 "유감이지만 그 부탁은 들어줄 수 없네"라고 대답했다.

"도망칠 생각은 없어요. 정 못 믿겠으면 등 뒤에서 수갑을 채우고, 발목도 의자 다리에 묶어 두면 되잖아요. 제발 부탁드립니다."

주위를 둘러싼 교도관들과 검찰 쪽 관계자들이 고개 숙여 애원하는 이시하라를 보며 곤혹스러운 표정을 지었다.

"아무리 마지막 부탁이라고는 해도…."

"…저도 부탁드립니다."

소장의 말을 가로막으며 호사카가 말하자 이시하라를 향하고 있던 시선이 이쪽으로 쏠렸다.

"…그렇게 함으로써 이시하라 씨가 심신의 안정을 되찾을 수 있다면 부탁을 들어주는 게 낫지 않겠습니까?"

호사카로서는 생각지도 못한 기회였다.

지금처럼 다수에게 둘러싸인 상태에서 이시하라를 절망에 빠트리는 말을 입 밖에 낸다면 맹렬한 비난을 받을 것이 뻔했다.

물론 각오는 되어 있었지만 그런 상황을 피할 수 있다면 마다할 이유가 없었다.

탄바가 어떻게 해야 할지 눈으로 의견을 묻자 소장이 "알겠습니다" 하고 고개를 끄덕였다.

"이시하라 씨의 양손과 양발을 수갑으로 고정한 다음 만일의 사태에 대비해 두 사람으로부터 어느 정도 거리가 떨어진 벽 쪽에 교도관을 배치하는 데 동의한다면 허락하겠습니다."

"감사합니다."

이시하라가 안도한 표정으로 고개를 숙였다.

"1분이 아니라 5분 정도 시간을 줄 테니 충분히 이야기를 나누도록 하게."

탄바가 교도관들에게 지시해 이시하라의 등 뒤에서 양손에 수갑을 채우고 양쪽 발목에도 수갑을 채웠다.

벽 쪽에 교도관 두 명을 남겨둔 채 나머지는 방에서 나갔다.

이시하라가 몸을 앞으로 숙이며 호사카에게 얼굴을 바싹 들이밀었다.

"부탁을 들어주셔서 감사합니다."

교도관들에게는 안 들리게 하고 싶은지 이시하라가 낮은 소리로 말했다.

"왜 둘이서만 이야기하고 싶다고 한 겁니까?"

호사카도 목소리 톤을 낮춰서 속삭이듯 물었다.

"내가 죽어서 기뻐할 인간들한테 약한 모습을 보이고 싶지 않았거든요."

그 말을 듣고서야 이시하라가 온몸을 부들부들 떨고 있다는 사실을 알아차렸다.

조금 전까지는 떨고 있다는 사실을 들키지 않기 위해 안간힘을 다해 떨림을 억누르고 있었던 건지도 모르겠다는 생각이 들었다.

"그리고 목사님한테 부탁할 게 있어서요."

"그게 뭡니까?"

"지금까지 아무한테도 말한 적 없는 피해자의 마지막 모습을 목사님한테만 말씀드렸던 거… 기억하세요?"

"네."

잊을 수 있을 리가 없다.

"제가 죽인 여자의 아버지를 찾아서 그 말을 전해 주셨으면 해요."

이시하라의 속삭임을 듣고 심장이 요동쳤다.

대체 왜 이런 부탁을….

"왜…."

"그냥… 누나 말을 들으니까 그렇게 하는 게 좋겠다는 생각이 들어서요…."

"하루카 씨가 뭐라고 했는데요?"

"…내가 죽인 사람은 더이상 아무 말도 할 수 없다고. 누군가에게 하고 싶었던 말도 전할 수 없고, 누군가가 전하고자 했던 말도 그 사람에게는 가 닿지 않는다고요. 내가 한 짓은 그런 거라고…. 그러니까… 이런 부탁을 할 수 있는 사람은… 목사님뿐이에요."

"왜 나뿐이라는 겁니까?"

"그야… 죽는 건 하나도 무섭지 않다고 생각했는데… 역시 무섭더라고요. 죽고 싶지 않아… 죽기 싫어… 목사님 때문에 그런 생각을 하게 되었으니까요."

젖은 눈으로 자신을 보며 울먹이는 이시하라를 본 순간 머릿속에 섬광이 번뜩였다. 날카롭게 벼려진 말이 떠올랐다.

유아의 한을 풀어줄 수 있는 건 지금뿐이다.

지금이라면 눈앞에 있는 남자를 절망의 구렁텅이로 밀어 넣을 수 있다. 몇 마디면 충분했다.

내가 바로 네가 죽인 그 여자의 아버지라고.

딸의 복수를 하기 위해 네게 접근한 것뿐이라고.

너는 앞으로 끝도 없는 어둠 속을 혼자 헤매게 될 거라고.

"너무 무서워요…. 홀로 남겨지고 싶지 않아…. 목사님… 도와주세요…."

"시간이 별로 없습니다. 더 하고 싶은 말은 없습니까?"

마음과는 다른 말이 나왔다.

이시하라가 뺨을 부르르 떨며 고개를 가로저었다.

"하루카 씨한테 전하고 싶은 말이 있을 텐데요."

이시하라는 완고하게 고개를 저었다.

"정말로 할 말이 아무것도 없단 말입니까!"

"…그만 갈게요."

이시하라가 벽 쪽에 서 있는 교도관을 향해 고개를 돌리려고 하는 것을 보고 호사카는 반사적으로 손을 뻗었다. 이시하라의 뺨을 양손으로 감싸고 이쪽을 보게 했다.

유아, 유아… 미안하다….

"…당신의 죄는 용서받았습니다. 제가… 제가… 용서했습니다."

손바닥에 전해지던 이시하라의 떨림이 잦아들었다.

이시하라가 눈을 감고 큰 소리로 "끝났습니다" 하고 말했다.

그 말을 듣고 벽 쪽에 서 있던 교도관 두 명이 이쪽으로 다가왔다. 그와 동시에 문이 열리고 탄바와 다른 교도관들이 들어왔다.

"호사카 목사님, 수고하셨습니다. 이제 나가셔도 됩니다."

호사카는 자신을 밖으로 데리고 나가려고 하는 탄바를 똑바로 쳐다보며 고개를 가로저었다.

"이시하라 씨가 가는 길을 지켜보면서 마지막 기도를 올리게
해 주십시오."

교도관들이 이시하라를 일으켜 세우고 안대를 씌웠다.

주름식 커튼이 열리고 교수대가 모습을 드러냈다. 교도관들의
손에 이끌려 집행실로 향하는 이시하라를 묵묵히 바라보았다.

교도관 두 명이 발판 위에 선 이시하라의 목에 흰색 밧줄을 걸
었다.

호사카는 그 모습을 지켜보며 마음속으로 기도했다.

"집행하라."

땅이 꺼지는 듯한 굉음과 함께 이시하라의 모습이 시야에서 사
라졌다.

삐걱거리며 흔들리는 밧줄의 움직임이 완전히 멈출 때까지 호
사카는 계속해서 기도했다.

에필로그

에필로그

호사카는 역 개찰구를 빠져나와 곧바로 택시 승강장으로 향했
다.

택시에 올라타서 택시 기사에게 주소가 적힌 종이를 보여 주며
"여기로 가 주세요"라고 말하자 문이 닫히고 차가 출발했다.

차창 밖으로 흘러가는 풍경을 바라보며 하루카에게 전할 말을
생각했다.

이시하라의 형이 집행되고 2주가 지났다.

호사카는 그날 자신이 취한 행동이 정말로 옳은 선택이었는지
아직도 확신하지 못하고 있었다.

유아는 호사카가 이시하라를 용서했다는 사실에 분노하고 자
신을 원망하고 있을지도 모른다. 어쩌면 그렇지 않을지도 모른다.
유아가 어떤 마음일지 호사카로서는 알 길이 없었다.

평생 답은 찾지 못할지도 모른다.

다만 한 가지 분명한 사실은, 유아가 생의 마지막 순간에 맛본

고통과는 비교도 되지 않겠지만, 그래도 이시하라에게 죽음에 대한 두려움을 심어 주는 데 성공했다는 것이다.

죽고 싶지 않다…라고.

그런 마음을 갖게 한 것이 이번 교화 상담의 유일한 목적이자 성과였고, 이시하라에 대한 자신의 복수였다.

"…여기 어디쯤인 것 같은데요."

택시 기사가 중얼거리며 차를 세웠다.

호사카는 요금을 내고 차에서 내린 다음 주위를 둘러보았다. 바로 옆에 연립주택이 보여서 그쪽으로 걸어갔다. 건물 이름을 확인하고 104호로 향했다.

초인종을 누르고 이름을 밝히자 문이 열리고 하루카가 얼굴을 내밀었다.

"일부러 여기까지 와 주셔서 감사합니다."

하루카의 안내를 받으며 현관에서 신발을 벗고 안으로 들어갔다.

세 평 남짓한 방 한쪽에 작은 제단이 마련되어 있었다. 중앙에는 유골함과 두 사람의 영정 사진이 놓여 있고, 그 옆에 작은 화분이 하나 놓여 있었다.

"고인에게 기도를 올려도 될까요?"

"부탁드립니다." 하루카가 고개를 숙였다.

호사카는 제단 앞에 무릎을 꿇고 앉았다.

두 장의 영정 사진 중 하나는 어머니인 듯했다. 다른 하나에는 이쪽을 보며 환하게 웃는 어린 소년이 찍혀 있었다.

아마도 가지고 있던 사진이 이것뿐이었으리라. 이시하라가 체포되었을 당시의 사진이라면 얼마든지 구할 수 있겠지만 그걸 영정 사진으로 사용하고 싶지는 않았을 것이다.

호사카는 초에 불을 붙인 다음 눈을 감고 기도했다.

마음속으로 이시하라에게 몇 마디 말을 건넨 후 손을 내리고 자리에서 일어났다.

"이쪽으로 앉으세요."

하루카가 권하는 대로 다과가 차려진 탁자 앞에 가서 앉았다. 하루카는 호사카의 맞은편에 앉았다.

"교도관님께 들었어요. 목사님 덕분에 그 아이가 평온한 마음으로 마지막을 맞이할 수 있었다고요. 정말 감사합니다." 하루카가 깊이 고개를 숙였다.

"아닙니다…. 그런데 저기 놓인 저 화분은…."

"그 아이가 구치소 자기 방에서 키우던 거래요."

"이시하라가 말입니까?"

"유골을 인수하러 갔을 때 개인 물품 목록에 들어 있었어요. 동생이 저랑 면회한 후에 교도관님께 살아 있는 생명체를 기르고 싶다고 했대요. 규정상 동물은 안 된다고 해서 대신 식물을 키우게 되었다고…. 그 아이가 매일 꼬박꼬박 물을 주면서 정성껏 키웠고 꽃이 피었을 때는 진심으로 기뻐했다는 말을 들으니까 도저히 그냥 버리고 올 수가 없어서 집으로 가져왔어요."

이시하라가 감방에서 화분을 키우고 있었다는 사실은 전혀 몰랐다.

무슨 심경의 변화가 있었던 것일까.

"교도관님은 그 아이가 평온하게 갔다고 하셨지만, 그 아이의 마지막 모습을 좀 더 자세히 알고 싶어서요…."

"어떤 게 궁금하십니까?"

"그 아이가 죽기 전에 자기 죄를 뉘우쳤는지… 피해자와 유족들에게… 뭔가 남기는 말 같은 건 없었나요?"

하루카가 매달리는 듯한 눈빛으로 물었다.

"피해자와 유족에게 죄송하다거나 잘못했다는 말은 하지 않았습니다."

"그동안 목사님과 상담을 하면서도요?"

호사카가 고개를 끄덕이자 하루카가 "그렇군요…" 하고 한숨을 내쉬었다.

"저한테 남기는 말도 없었나요?"

"네…. 저도 남길 말이 없느냐고 물어봤지만 이시하라는 고개를 저으며 끝까지 아무 말도 하지 않았습니다. 그러고는 바로 형이 집행되었습니다."

하루카가 슬픈 표정으로 고개를 떨구었다.

"하지만 그게 바로 이시하라가 남기고 싶었던 말… 하루카 씨에게 전하는 메시지가 아니었나… 저는 그렇게 생각합니다."

하루카가 고개를 들었다.

"그게 무슨 말씀이신지…?" 하루카가 무슨 말인지 이해가 가지 않는다는 듯 고개를 갸웃거렸다.

"이시하라 씨에게 살해당한 피해자는 아무 말도 할 수 없습니다. 누군가에게 하고 싶었던 말도 전할 수 없고, 누군가가 전하고자 했던 말도 더이상 그에게는 가 닿지 않습니다. 이시하라 씨가 한 짓은 그런 거라고… 면회 때 하루카 씨가 이런 말을 했다고 들었습니다만.'"

호사카의 물음에 하루카가 고개를 끄덕였다.

"맞아요. 그러니까… 적어도 살아 있는 동안 네가 무엇을 해야 할지 잘 생각해 보라고, 그렇게 말했어요."

"그것이 이시하라 나름의 속죄가 아니었을까요?"

하루카가 놀란 듯 눈을 크게 떴다.

"누나한테 아무 말도 남기지 않는 것이 자신이 할 수 있는 유일한…"

이시하라, 그렇지?

호사카는 마음속으로 물으며 제단 위에서 미소 짓는 소년을 바라보았다.

옮긴이 남소현

연세대학교와 이화여자대학교 통역번역대학원에서 공부하였고, 일본 문학 번역가로 활동하고 있다. 번역작으로 《형사의 약속》, 《여섯 명의 거짓말쟁이 대학생》, 《설원》, 《기묘한 괴담 하우스》, 《형사 변호인》, 《녹색의 나의 집》, 《죄의 경계》, 《그리움을 요리하는 심야식당》, 《의대 9수를 시킨 엄마를 죽였습니다》 등이 있다.

마지막 기도

초판 1쇄 2025년 6월 16일
저자 야쿠마루 가쿠
옮긴이 남소현
편집 나다연 **디자인** 배석현
ISBN 979-11-93324-53-0   03830

발행인 아이아키텍트 주식회사
출판브랜드 북플라자
주소 서울시 강남구 학동로 329 북플라자 타워
홈페이지 www.bookplaza.co.kr

오탈자 제보 등 기타 문의사항은 book.plaza@hanmail.net으로 보내주세요.
잘못된 책은 구입하신 서점에서 교환해 드립니다.